さまよえる神剣《けん》

玉岡かおる

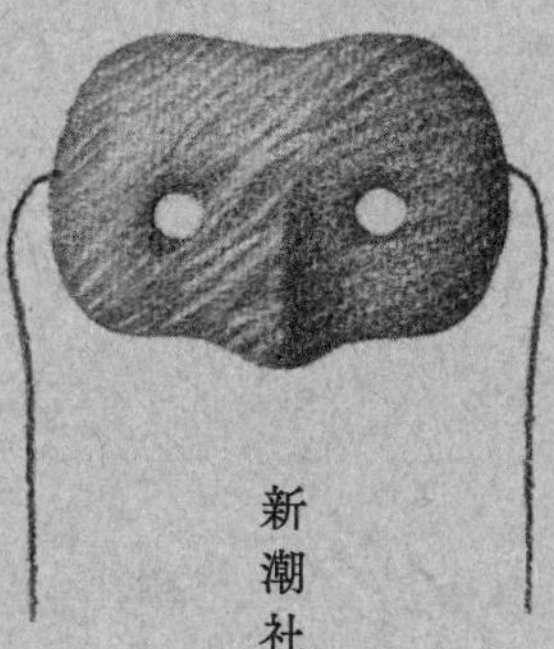

新潮社

目次

装画　最上さちこ

さまよえる神剣《けん》

プロローグ

帝《みかど》よ、どうなされた。

かような雨の夜陰《やいん》、ぬかるむ轍《わだち》を進む牛車《ぎっしゃ》も大儀だろうに、わざわざこの祖父《じじ》の御所を訪ねて来られたは、よほど火急の用向きと見える。さても、ほどなく八歳におなりの御身がさようにむずかられては、乳母《めのと》も困りはてておろう。さあ、泣かずにおっしゃってみよ。何が欲しくてここへお越しか。

剣、……とおおせられるか。剣、とな。

さようか。ついに「三種の神器」の剣のことを、知ってしまわれたのだな。

幼いそなたに聞こえぬようにと案じてきたが、いつまでも隠しおおせることではないと思っていた。

雨がひどくなってまいったのう。

この暗さ、この雨音。まるで御所ごと水に沈んだかのような。

さよう、雨の他には何も生きたものの気配とてないこんな夜こそ、剣のことを話して進ぜるにふさわしい時機かもしれぬ。

思えばこれは朕《わたし》の最後の使命。幼いそなたを今上《きんじょう》の帝として玉座に着かせ、背後でまつりごとを動かしてきた法皇としての、この朕の。そう、そなたの祖父にして後白河法皇《ごしらかわほうおう》と呼ばれるこの朕こそが、そなたとこの国の運命を決めたのだからな。

さなれば静かに聞くがよい。

そなたが欲しいと望む剣は、天叢雲剣《あまのむらくものつるぎ》――またの名を草薙剣《くさなぎのつるぎ》と申してな。天が地上に下された無双の霊剣だ。

これを授かる者は、この国と民とを治めるにふさわしき者、と天が認めた者ひとりのみ。剣はすなわち王の璽《しるし》、帝の証というわけだ。

三種、と言われるとおり、剣の他に、八《や》咫鏡《たのかがみ》、八《や》尺瓊勾玉《さかにのまがたま》があり、宮中の奥深く、賢所《かしこどころ》に納めてある。

見たい、とおっしゃられるか。そうじゃなあ、帝が御代《みよ》替《が》わりする時、すなわち皇位継承時には出されてくる。新しき王に引き継がれねばならぬ品々だからな。

ただし、剣は、そなたが見たいものとは異なっておる。今、宮中にあるのは人が作ったもので、神剣ではない。みごとな作りの剣で、それゆえに伊勢神宮に奉納されていたのを、朕が選んで、代わりとしたのだ。

なぜか、となり? それはな。本物の草薙剣は失われ、今は内裏《だいり》にはないからじゃよ。

三種そろってこそ神器。一つ欠けては霊力も劣る。王たる証明にはならぬだろう。だからできるだけすぐれた作りの剣を選んで代わりに据えたのだよ。

本物はどこにあるのか、じゃと? さあ、それは朕にもわからぬ。遠い西海《さいかい》の水底《みなぞこ》の、どこかに沈んだまま眠り続けているとしか、答えてやれぬ。

むろん、ずっと探させてきたが、今に至るも、みつからないのだ。

だから諦めよ。海底《うなぞこ》であれ国土のうちに剣はあるのだし、宮中には、神剣でなくとも人が知恵と力の限りを尽くして生み出した剣があって、なんとかこの世も安らかに鎮まり、朕もそなたも、大きな難なくこの国を治めておる。それでよいのだ。

もうお泣きなさるな。誰が何と言おうと、そなたこそが正統な皇《すめらぎ》。この日本《ひのもと》の天子なのだ。この祖父も、命ある限り、そなたを守り補佐してまいろう。剣などなくとも、そなたは何も案ずることはない。

よいか、お励みなされ。天子たる者、学問のすべてにお励みなされ。漢籍も和歌も、音曲管弦、弓や競馬《くらべうま》や蹴鞠《けまり》も、学べるものは数限りなく、どこまでも深く。

そのように暗い顔をなさるでない。――たれか、白拍子《しらびょうし》をここへ。

そなたの来訪がなければちょうど召し出すところであったのだよ。歌ってやろうぞ、気の晴れるすがすがしい今様《いまよう》をひとつ。

　舞へ舞へ　蝸牛《かたつぶり》
　舞はぬものならば　馬の子や牛の子に蹴《く》ゑさせてむ　踏み破《わ》らせてむ
　実《まこと》に美しく舞うたらば　華の園まで遊ばせむ

どうじゃ、戯《ざ》れ歌と侮《あなど》るでないぞ。歌は教える。蝸牛は舞うのが天命。そなたの天命は天子たることだ。いずれも天命に違いはない。剣などのうても、そなた自身がその身を律し、天から認められた王であると示せばいい。学んで鍛えて、誰ひとり疑う隙のない治天の君となれ。世に並ぶ者なき賢帝となったらば、その暁《あかつき》は、おのずと華の園が拓けようぞ。

第一章　帝の巻

どこが間違っていたのだろうか。何がいけなかったのだろうか。

京《みやこ》を出て以来、ずっとそれだけを考え、答えを積んだり崩したりし続けている。

お励みなされ。――祖父である後白河法皇にそう諭された幼い日のまま、朕は自分を磨くことに勤《いそ》しんだ。そして武芸はもとより、蹴鞠、水練、管弦に詩歌、あらゆる分野で鍛錬を重ね、みずからが最強の剣となるべく鍛え上げた。

それがただのお飾りでない証拠に、実力をもって京の治安に臨み、北面《ほくめん》の武士のほかに西面《さいめん》の武士を置いて警護する仕組みを整えたし、みずから先頭に立って、強盗、交野《かたの》の八郎《はちろう》を帰伏させることもした。わたしが櫂《かい》を片手でかるがると打ち振るう姿には、みな、それが天皇かと驚いたことだろう。

それらのことは、いずれ藤原俊成《ふじわらのとしなり》の歌の弟子らやそばちかくにいた大臣《おとど》、僧どもがその筆で記し残すことになるにちがいないが、歴代並びいる天皇の中でもわたしが傑出した存在であったことは、誰もが認めるはずだ。むろん、皇位を退き上皇となってからも、わたしは力みなぎる「治天の君」として世に君臨した。当代において、わたしを上回る権力者などこの日本《ひのもと》には存在しないはずだ。そうであろう?

現に、鎌倉に本拠地を構えた源氏も三代で滅び、承久《じょうきゅう》の世となった今、もはや将軍などは形だけ。平氏にせよ源氏にせよ、臣下がいっとき猛き勢力をふるっても、けっして永くは続かぬものだ。未来永劫続くのは、古来、われら王家だけと天が定めた。そう、天地開闢《かいびゃく》以来、この国をしろしめしてきたのは天皇を仰ぐ朝廷だ。そして当代、朝廷の中央に座するのは、世にならびなき日輪たるこのわたしのはずだ。

なのに、何がどう間違って、玉座を逐《お》われ、京から遠ざけられることになったのか。東《あずま》の野に生《お》う下賤の者どもは、大挙して京にせまるや、千年を超すこの国の秩序をたやすく壊してしまった。

朝廷に弓引く逆賊、朝敵ども。臣下のうちでも源氏でさえない、身分卑しき田舎侍《いなかざむらい》、北条《ほうじょう》が、だ。不埒にも武力を盾に、かくも強引にわたしの政治生命を絶ちきるなど、この恥辱、わたしは先祖神にどんな顔で言い訳できようか。

気がつけばもう空が暮れかけている。まもなく月が海に昇ってこよう。そんな時刻だ。

都をば　くらやみにこそ出でしかど
　　月は明石《あかし》の浦にきにけり

出立《しゅったつ》は人目につかぬ朝まだきの暗闇の中だった。わたしを乗せていくのは逆輿《さかごし》という、進行方向とは逆向きに乗せられ運ばれていく罪人護送の作法による。

京を出た後は舟。淀川を下って難波津《なにわづ》へ出て、岸伝いに大物《だいもつ》、今津、敏馬《みぬめ》、そして兵庫津を経て、ここ明石の浦まで。明日からは陸路、西へと向かうという。

見えるものは波、波、波ばかり。この先、わたしは隠岐《おき》へ。わが第三皇子の順徳《じゅんとく》上皇は佐渡島《さどがしま》へ。第一皇子の土御門《つちみかど》上皇は、討幕計画に反対していたにもかかわらず、自ら望んで土佐国《とさのくに》へ流されるという。さらにほかの皇子も、六条宮雅成《まさなり》親王は但馬国《たじまのくに》へ、冷泉宮頼仁《よりひと》親王は備前国《びぜんのくに》へ。即位したばかりの今上・仲恭《ちゅうきょう》天皇は在位わずか三月《みつき》足らずで廃帝となる。

代わって、北条方が帝に選んだのは兄守貞《もりさだ》親王の子だ。後堀河《ごほりかわ》天皇になる。やつらは皇位継承にまで口をはさみ、徹底して皇統からわたしの血筋をはずすわけだ。

天皇とは、いつでも代わりのきく、はかない存在だったのか。いや、そんなはずはない。やはり神剣を持たぬ天皇だから徳がなく、廃されるべき存在だったのかもしれぬ。

剣、剣。剣さえあれば、このような末路をたどることはなかっただろうに。

「お主上《かみ》、お主上……」

呼ばれていたが、自分のことという気がせず上の空でいた。すると、囁くように、

「尊成《たかひら》さま。尊成さま」

と呼び方を変え、わたしの袖《そで》を引く。衣擦れとともに微かに伽羅《きゃら》の香りが匂い立った。

「大丈夫であらしゃりますか？　お顔が恐ろしゅうござりまする」

亀菊《かめぎく》の白い顔がそこにあり、心配そうにわたしを見ている。それでようやく我に返った。もう、自分が何者であるか、わからなくなっていた。

「そなた、尊成と呼んだか？」

亀菊は答えず、ただ微笑んだ。その名で呼ぶ者はもうこの世にはいない。幼かった遠い昔、母君がそう呼んだきり。わたしはずっと皆の頂点にあり「お主上」と呼ばれてきた。そう、わたしこそがずっとこの日本の主《あるじ》、最高の地位にあったからだ。

「先ほどの御歌を味わっておりましたら、思い出される明石の歌がございました」

さらりと話を変えられたが、そういえば今、暗闇に京を出てもう明石だ、という歌を詠んだきり、わたしは深い物思いに沈んでしまっていたのだった。

「どんな歌だ。詠んでみせよ」

促せばにっこりとうなずく亀菊を、若草色の袿《うちぎ》がさながら花のようにひきたてている。

明石潟　浦ぢ晴れゆく朝なぎに
　霧にこぎ入る　あまのつり舟

「初めてお目に掛かった日、お主上が詠んでくださった歌でございます」

そのとおり、水無瀬《みなせ》の馬場殿《ばばどの》で開いた歌合わせで、亀菊が初めてわたしの前に現われた時の衝撃を詠んだものだった。

「お主上の歌で、てっきり明石には潟があるものだと思い込みましたのに、こうして実際に来てみると、潟どころか、あまりに深くゆたかな海で、せまる淡路《あわじ》がなんとも雄大で」

行きもしない歌枕の地を詠んだ虚構の歌だと責めるようにも聞こえるが、歌とはそういうものだ。想像だけで構築し、作為をともないながら皆に共通の世界を提供する。そう答えようとしたら、亀菊がなお明るい目をしてわたしに微笑んだ。

「やっぱり、実際に来てみることは大事でございますね」

なんとも前向きな言いように、わたしは一瞬、嘆きを忘れ、そして彼女を拾い上げた時のことを、まざまざと思い浮かべることになった。

かつて水無瀬のわたしの宮では、歌合わせのほか管弦のあそびなど、宴《うたげ》を催すときにはほど近い江口《えぐち》から遊女《あそびめ》たちを招くのが常だった。あの日は戯れ心のまま、わたし自身が迎えの舟に乗り込んだ。水練は得意だし、時には羽目を外してみたかったといえばよかろうか。明石へ行って歌を詠むぞ、と威勢のいい声まで上げたことを思い出す。むろん明石ははるかに遠く、淡路島の輪郭だけがかすかに望める神崎川《かんざきがわ》の河口まで出たにすぎない。

酔っていた。そして、わたしは思いもよらず、水面《みなも》にゆらぐ白い苧環《おだまき》のようなものをみつけたのだ。

驚いて船頭に命じ、櫂でたぐり寄せてみれば、それは気を失った若い白拍子だった。身投げをした女ならもっと苦しげな面相《めんそう》であろうに、眠るように穏やかなその顔は、ただただ白く、神々しく、わたしの目を釘づけにした。まさか海底から浮かび上がった人魚であろうか、それとも衣《ころも》を失って落ちた天女であろうか。それほど女の顔は、この世のものらしからず美しかった。言うまでもなく、それが亀菊だった。

ふしぎなことに亀菊には、それまでの記憶がまったくなく、自分が何者であるかさえわからなかった。なのに溺れた天女と思ったことがあながち間違いではないほど、舞《まい》も歌もすばらしく、他の白拍子らを圧倒した。そのうえ古今東西の時事にたけて教養があり、仏《ほとけ》のことにも深い知識がそなわっていた。賢《さか》しさに裏付けられた軽妙な受け答えがわたしの心をとらえないはずがなく、他のおとなしい女がつまらなくなった。やがてかたときも彼女を傍《かたわ》らから離せなくなり、御所に呼び入れ、毎夜のように話し相手をさせたが飽くことはなく、やがて「伊賀局《いがのつぼね》」と呼ばれるほどの寵姫《ちょうき》になったのは周知のとおりだ。

だがそれも、ついこないだまで雲井《くもい》の庭にいた者が、今はここでわびしく月を見ていると思えば哀れに尽きる。わたしのために咲いた花は、わたしのためにこうして遠い島へと流されていく定め。どれほど心細いだろう。そっと女の手を取った。

それなのに、振り仰ぐ顔を微笑ませ、女はわたしの慰めになることのみを口にする。

「不自由な旅でも、こうしてたくさんの歌を持参できますことの、なんとありがたいこと」

遠島に持って行けるものには限りがあり、京には多くを残してきたが、歌だけは減らず消えず損なわず、こうしてゆたかなままにわたしとともにある。

何となくすぎこし方のながめまで
心にうかぶ夕ぐれの空

またしても亀菊が歌い上げるのは、これも昔わたしが詠んだものだった。歌はわたしの本分。尽きせぬ財《たから》だ。そして彼女はわたしの歌を誰より評価する一人であった。

「その歌は、何となしに幼い頃に聞いた、お祖父さまの言葉を心に浮かべていた時のものだ」

「それはようございました。故人を思い出してさしあげるのも供養と申しますから」

そうだな、と得心する。わたしよりずっと若いくせに、彼女はつねにわたしの不安を巧《うま》くおさめる思考を持っていた。

「お祖父さまは、……いえ、後白河の法皇さまは、とても偉いお方だと伺いました」

「そうじゃ。この世を意のままに動かした帝王であらせられた。意のままにならないのはただ三つだけ」

「存じております。賀茂川の水、双六《すごろく》の賽《さい》、山法師……」

まだ二十歳にならない彼女でも知っていたかと驚くまでもない。後世の者は、後白河法皇といえば伝説のごとき上皇として名を偲《しの》ぶだろう。いくたびもの政争を経て、いくたびもの戦乱をすりぬけ、そしていつも勝ち残られた。そもそも人ならぬ「希代の大天狗」などとも評されたとおり、その政治感覚は絶妙で、朝廷の権威はすべてその手にあった。

「そのお祖父さまの背中を追って、お主上も精進あそばされたのですね？」

「そうするしかなかった。わたしには天皇たるべき徳というものがそなわっていなかった」

「まあ。そんなことはございますまい。ご謙遜にもほどがございまする」

はなから信じないという顔で亀菊はわたしを見たが、無理もない。揺るぎない院政を敷いた壮年のわたししか知らない亀菊には、未熟な幼帝時代など想像がつかないだろう。

「では話してとらそうか。わたしがどんな幼年期を過ごしたか。おそらくそなたも断片的にしか知らぬであろうからな」

まだ暮れきらぬ薄縹色《うすはなだいろ》の空に、月は白く、まるで磨いた鏡のように照っていた。明日になすべきことは何一つなく、こうしていても時間だけは限りなくある。そして、気長に聴いてくれる女がいるのであれば、追憶の旅に出るのもよいかもしれぬ。わたしは深く、ため息をついた。


そもそもわたしは第四皇子。天皇になることなどありえない存在だった。

四歳で即位した寿永《じゅえい》二年は、この国は混乱のまっただ中だった。

その混乱が生んだ異常事態の最たるものが、同時期、天皇が二人も並立したことだった。

一人はわたしの異母兄、安徳《あんとく》天皇。そしてもう一人がこのわたしだ。

本来、天皇とは世の太陽としてたった一人しか存在しない。なのにこのような混乱が起きたのは、わたしが生まれる前後に背景があった。この国で、とてつもない戦《いくさ》があったのだ。源氏と平家の、国を二分する戦のことだ。

平清盛《たいらのきよもり》率いる平家は、一門から皇后が輩出、わたしの兄を産んだ。そして幼いながら天皇の座に就け、清盛は外祖父として権勢をふるったものだ。それが安徳帝だ。

空前絶後のきらびやかな時代であったそうな。平家の者たちは、宋《そう》との貿易がもたらす財力を基盤に、朝廷に貢献し、洗練された文化を咲き誇らせていた。一門の者たちが高位高官を占めた宮中はみごとなばかりに華やかで、平家でなくばそこに居並べないのは一目瞭然だったという。

しかし栄華は永遠には続かなかった。清盛の死後、平家は東国から興った源氏の勢力によって追い立てられ、西海へと都落ちしていったのだ。

この時、平家は自分たちが天皇を守護する正式な一族であると明かし立てるため、幼帝を擁し、三種の神器を京から持ち出していった。

お祖父さまも、一足早く比叡山に脱出していなければ、平家とともに西海をさすらうことになったであろう。二番目の皇子・守貞親王は平家とともに連れられて行ったのだから。

ともかく、現役の天皇が三種の神器とともに西国をさすらうという古今未曾有《みぞう》の事態。帰ると知れた行幸ならともかく、帝がいつ戻るとも知れず都を空けるなど前例がない。ただでさえ農作物は実らず、民はあえぎ、疫病も蔓延して、不満が兵を荒ぶらせていた。都の玉座が空席のままでは、まつりごとはどうなる？　お祖父さまは、神代《かみよ》から日本の統治を託された皇統の者として、急ぎ、帝を立てる必要があった。

第三皇子の惟明《これあき》親王と、第四皇子であるわたしが京に残ったのは、お祖父さまには不幸中の幸いだった。苦肉の策とはいえ空白の内裏に新たな帝を立てることができたのだから。

人の運命とはわからぬものだ。第三皇子はお祖父さまがおそろしくて、顔を見て泣き出した。そして末の皇子のわたしは、わけもわからずお祖父さまの膝に乗って行くあどけなさ。単にそれだけのことですべてが定まった。お祖父さまはわたしを帝に就け、みずから国政をとることになったのだ。

そう、わたしは神器なき天皇。天からそれと認められた者だけに与えられる「璽《しるし》」を持たずに即位した、天ならぬ「人」が選んだ天皇だった。

やがて平家は、源氏に追い詰められて、最後の決戦である壇《だん》ノ浦《うら》の戦いで敗れた。名のある多くの勇者が海に果てた。付き従った女官たちも、花がこぼれるように波間に身を投げた。三種の神器も、その者たちとともに海に沈んでいった。

そして安徳帝も——この国の王であった天皇までもが、幼い命を波に散らした。祖母である二位《にい》の尼《あま》が、草薙剣を腰に差し、八歳の天皇をその腕でしっかと抱きあげ船端に立ち、海に飛び込んだのを、皆が目撃した。衆人が見守る中で、剣は海に没したのだ。

平家は滅亡。そして剣も、海に沈んだまま、二度と浮かび上がらなかった。

幸い、勾玉と鏡は波間に漂っていたのを回収され、無事に内裏に戻ってきた。

剣も、きっとどこかにあるはずだ。お祖父さまはきつく号令し、懸命な捜索が行われた。源氏の大将が先頭に立ち、すぐれた海女《あま》を何人も海岸の村々から動員させて、何日も何十日もかけて海に潜らせた。どこに流れ着くやら予想もつかないだけに、浜という浜、くまなく捜索が続けられたそうだ。

だが、みつからなかった。

なにしろ潮の流れの速い海域のこと。渦《うず》に飲み込まれれば、そのまま深い海の底へ沈んだきり、浮かび上がることはないという。

これにはさすがのお祖父さまも弱られただろう。わたしを玉座に座らせたはいいが、剣がなくては帝として、天なる神から治世を委ねられる資格がないことになる。

そこで宮中で、天文博士に陰陽《おんみょう》博士、高位高官の知恵者を集め、さまざまな解釈がなされたのだった。

すなわち、剣は霊験あらたかな神剣だ。今は都ではないどこかに収まっていようとも、いずれあるべき場所に、都の内裏の賢所に、おのずと帰ってくるはずだ。事実、天智天皇《てんじ》の御代に盗み出された時、剣は難を逃れてもどってきた故事があるのだ。それに海底とはいえ、この国の領域にあることは間違いないのだから、と。

——慌てることはない。剣は、今はたまたま不在であるが、そなたの御代でなくとも、そなたの子か、孫か、いずれの代にか、必ず帰る。

宮中での議論はそのように落ちついた。皆も納得していたはずだ。即位は正式な手順にのっとり、承継の儀式はもちろん、わたしの即位をあまねく国神《くにがみ》に告げる八十島祭《やそしままつり》もとどこおりなく行われた。順番が回るはずのなかった第四皇子のわたしが帝となって、母君の七条院《しちじょういん》はもちろん、これまで養育してきた乳母たちはどれほど喜んだことであろう。

しかし実態は悲しいものだった。

わたしのいる内裏には、出仕する参議の姿はほとんどなかった。多くの官人が法皇の御所に詰めていたからで、公事や任官、叙位、訴訟裁断はもっぱら法皇であるお祖父さまが行っていたため当然だった。皆がわたしを、何の力もないかりそめの天皇としか見ていなかったことは明らかだった。

宮中にも戦乱の爪痕があちこちに残っていた。さまざまな御物《ぎょぶつ》が破損したり紛失したりしていたし、天皇としてのわたしの身繕いにも事欠くありさまだった。

加えて、都を轟かすような大地震《おおない》にも見舞われ、女房たちに守られながら池の中島への避難を余儀なくされたことは忘れがたい。内裏の西透廊《にしのすきろう》は転倒していたため、南庭にわたしが仮住まいする行在所《あんざいしょ》が設けられたが、余震は一か月も続いて皆を脅かした。

その折、この地震は清盛が龍になって振動させたとか、平家の御霊の崇りであるといった噂も流れ、わたしの耳にも入った。そして女房たちは恐怖から、言ってはならないさまざまな秘密まで明らかにした。

——かようなひどい目に遭いますのも、ほら、剣を持たない帝を、天がお認めではないということなのではないかしら。

幼いわたしの心を突き刺すような真実だった。

わたしは偽りの帝なのか？　わたしには真の帝の資格がないのか？

だから居ても立ってもおられずお祖父さまをじかに訪ねて問いただした。泣きながら、牛車を駆り立てたあの雨の夜のことは忘れられない。

蝸牛でも帝でも、それぞれ生まれ持った生きようがある。そしてその通りに生きさえすれば、何もこの世はつらい場ではない。朗々とお祖父さまが歌い上げる今様に、いつか慰められて泣き止んだものの、心に刺さった棘《とげ》は抜けなかった。歌の力は偉大だったが、さりとて周囲がすぐに変わるはずもないからだ。

ほかにも、飢饉はあいつぎ、前年には盗賊が禁中に乱入して、天皇が食事をとる朝餉《あさがれい》の間にいた女房らの衣裳を剝ぎ取るという前代未聞の事件も起きており、御所の中は荒れきっていた。すべてが、帝の器量不足のせいで治めきれない事象であるかのように囁かれた。

それでもなんとか大臣たちが苦心を重ね、内裏の修理が始まったものの、天皇としてわたしがこなすべき石清水《いわしみず》と賀茂の行幸はなかなか催行されずにいた。王城鎮護の社《やしろ》として、意味ある方角に位置する両社への参拝は、代々、天皇の治世が長く続くことを祈願して行われてきたにもかかわらず、だ。

なぜなら行幸はとてつもなく費用がかかる。おかげで、召物を命じても逆らう国々や、饗《あえ》を割り当てたのに出し渋る荘園が多々あった。それは、わたしの治世に対する不信任であろう。

——先の帝の折は、遠い厳島《いつくしま》にも詣でましたのよ。どれだけ豪華絢爛でしたことか。先帝である安徳帝の折には軽々と両社へ行幸し、さらに遠く厳島神社へも、父の高倉《たかくら》院をお連れしたのだから、その財力は比べるべくもない。平家の世は潤沢でよかった、と昔を懐かしむ女房たちがいたとして、誰が責められようか。

元服の折も同様だった。後見である摂政九条兼実《くじょうかねざね》が差配し御調度などを召し寄せて調べたところ、大略が紛失しているありさまで、納殿《おさめどの》は狼狽した。院宣によって命じられた御遊《おんあそび》の召人も、管弦の御物である琵琶の玄象《げんじょう》と和琴《わごん》の鈴鹿《すずか》が破損しているのを発見し、うろたえながら奏上してきたという。戦乱の傷跡は、あらゆる局面で深かったのだ。

周囲の状況は最悪だったが、加えて、当のわたしも、あまりに不出来に過ぎた。

ようやく両社への行幸が実現したとき、幼いわたしは石清水の拝殿で、小水を粗相して装束を濡らしてしまったのだ。

ありえない突発事態であった。皆の慌てる姿のみ、今も明確に覚えている。

同じように幼くとも、先帝は運命を恐れず宝剣とともに海に臨んだというのに、片や、陸に残った代理の王は、山路の旅に疲れてだだをこね、小水を漏らすような情けない小童《こわっぱ》でしかない。帝としての徳の差は、誰にとってもあきらかだった。

しかし時がたち、やっと世が静まると、事情も異なってくる。あらゆる武芸を極め、すべてに秀でた帝王となったわたしに、誰も陰口を叩く者はいなくなった。

青年上皇となった時の参詣にふたたび石清水と賀茂を選ぶことにしたのも、自信に満ちた姿を見せつけたかったからだ。前回の失策などすっかり払拭してみせたかった。

窮屈な天皇のくびきからは解き放たれていたから、実にはればれと檳榔毛《びろうげ》の車に乗って男山《おとこやま》の麓にある宿院に向かい、高良社《こうら》の参拝。そこからは従来のように舞人を連れていかない略儀としたが、わたし自身は正装のまま、男山の山上まで束帯に赤色の袍《ほう》で軽々と歩いて登山してみせた。白河院《しらかわ》が初度の御幸で坂口までの歩行をした例《ためし》はあったが、山上まで登山するなど前例がない。

わたしの行列には、六位の蔵人《くろうど》が二人、殿上人《てんじょうびと》が十七人、上達部《かんだちめ》が九人、それに北面の下臈《げろう》も十数人が随行したが、先陣した殿上人の一人の藤原長兼《ながかね》など、険しい坂に汗で衣を濡らす苦労を強いられた、と愚痴を日記に書き残すていたらくだったという。

皆、ふがいないものだ。（源）通親《みちちか》が汗だくになってわたしの裾《すそ》を取りながらついて来たが、わたしはらくらく歩いて坂を登ったことだというのに。

同時に、わたしはだんだん領地や荘園をふやし、自身の経済的基盤をかためていった。朝廷の財政の立て直しにも成功をみいだし始めた。民は強い者の庇護を求める。全国の荘園が、競ってわたしに寄進を申し出てきたのは当然の結果だった。

すべて、お祖父さまの、あのお言葉が出発点だ。そうだ、剣などなくともよい。そなたはそなた自身を磨いて剣となれ。……そうおっしゃってくだされた、あの言葉だ。

――よいか、お励みなされ。そして誰ひとり疑う隙のない治天の君におなりなされ。

潮騒が絶えまなく響いている。寄せては返し、飽きることなく永遠に。

「この海のどこかに、剣はある」

拳を握りしめ、わたしは自分に欠けている剣を思った。

こたびの変事でわたしが失った上皇領は莫大なもので、平家滅亡によって没収された平家領の数十倍に上る。それらはすべて、最初から剣が握っていたのかもしれない。

するとわたしの傍《そば》で、小さな声で亀菊がつぶやくのがわかった。

「おかわいそうなお主上」

このわたしがかわいそう、だと？　思わず彼女を見返した。

世に最強の上皇が女官に同情されるなど、いつもなら片腹痛くて、すぐさま笑い飛ばすところだが、どうしたことだ、今は少しも声が出ない。亀菊はわたしの胸に手を当て、

「むごい剣は、ここに刺さったままなのですね」

そっと頭をもたせかけてきた。そのとたん、どくん、と体の中で音がした。何かが脈打ち、流れ出すような錯覚。いや違う、それは庭の水音にすぎない。

「よいのですよ、今はもうお泣きになっても。誰も、見てはおりませぬ」

わたしが泣く、だと？　ぐっと目を吊り上げたが、何か言うより先に、わたしには見えた。弓場に立って歯を食いしばり、何度も何度も矢をつがえては挑み続ける少年の姿。貴人にあるまじく鬢《びん》は乱れて汗だらけ、着衣にも泥が跳ね、頬にも手にも擦り傷がある。もうやめておけ、そう言いたくなるのにまだ弓を引く。それはわたしだ。思い出すこともなかった記憶の中でよみがえったわたし自身だ。

負けたくなかった。正統な剣を持った先帝に。そしてほかの皇子や家臣どもに、劣ると後ろ指をさされたくなかった。だから母君にすら、つらいとは言わなかった。言えば剣に負けると思ったから、その思いをさらに稽古にぶつけるしかなかった。

亀菊、そう呼んで何か言い訳しかけた時、不意に私の目からぬるいものがあふれ出した。

まさか、涙か。わたしは泣いているのか。

「よくお励みになられましたな、尊成さま。もう、よいのですよ、お休みになっても」

わたしの背中を優しく撫でる亀菊の袖から伽羅が香り、いつか袖ごと懐《ふところ》ごと、わたしは抱き取られるようにくるまれていた。

お祖父さまに、泣くでない、と言われたあの雨の夜から、わたしは一度も泣かなかった。その封印が、いま、亀菊の袖の中で解けていく。

庭を流れる水音と涙が合わさり、やさしい時間が流れた。潮騒はなおも、聞こえている。

有明の月も明石の浦風に
　　波ばかりこそ寄るとみえしか

背中をなでてくれながら、亀菊が歌った。平家を栄華に導いた清盛の父・忠盛《ただもり》の歌だ。和歌集の編纂《へんさん》に長く身を入れてきたわたしだから、すぐにそれとわかる。

階《きざはし》の下にさぶらうべき武士の身で殿上に登った彼は、身分の卑しさとともに、容貌を貴族たちにからかわれていた。忠盛は、すがめだったという。だが、鳥羽《とば》院に、明石はどんなところかと尋ねられ、即座に詠んだこの歌で、誰もが彼を貴族として恥じない文化人であると認めたのだ。

「平家はこの世で月に昇ったのでございますね。そして剣を手にして、来世で海の下に還御《かんぎょ》していったのやもしれませぬ。人の世は、みな、そういうものかもしれませぬなあ」

亀菊のやわらかな声は、なおも歌っているかのようだ。

栄華をきわめ、世を思いのままに動かすほどの権力を得て、そして日が沈むように海のかなたに消えていく。まことこの世は無常のものだ。世に並びなき治天の君と言われながら、東から来た蛮人どもに追い落とされ西へ追いやられるこの身も同じことか。

「剣があれば、わたしはこうなっていただろうか」

喉の奥で涙の塩辛い味がした。それは何十年ぶりかでよみがえったせつない味だ。

すると背中で亀菊の手が止まった。そして小首を傾《かし》げ、わたしを覗き込んだ。

「剣……とは、そこまで欲しいものなのでございますか？」

その表情にはあまりに邪気がなく、かようなこともわからぬか、と腹をたてる気にもなれなかった。わたしは苦笑し、

「そこまで欲しいか、だと？　始めから持っている者なら欲しがりはせぬだろう」

これもまた、一から話して聞かせてみねばなるまい。持たぬから欲しい。失われた剣は、日本国に伝わる霊剣なのだ。神代の昔からとだえることなく伝わる剣なのだ。

「存じております。由来は神代、素戔嗚尊《すさのおのみこと》が天下って出雲国《いずものくに》に立たれた時に、その地を苦しめていた大蛇《おろち》の尾から出現したのがその剣でございますね」

そのとおり、大蛇の尾から出てきた剣は、人智のおよばぬほどにみごとな拵《こしら》えの剣であったため、ミコトはこれを天におわす天照大御神《あまてらすおおみかみ》に献上された。それが天叢雲剣だ。「剣は、八尺瓊勾玉、八咫鏡と合わせ、三種の神器とされている」

やがてこの剣は天照大御神から、我ら皇家の先祖神である瓊瓊杵尊《ににぎのみこと》が受け継ぎ、地上にもたらされる。つまり、この国の王たる者にのみ受け継がれるもの。天から許され地上を統《す》べよと命じられた「璽《しるし》」である。

「神器の意味がわかるか？　それを有するからこそこの国の王者たることができるのだ」

亀菊はうなずきもせず黙っていた。

「わからぬか？　『璽』がなくば、誰でも力さえ強ければ王に取って代われることになり、力ずくの争いが尽きなくなるであろう」

強ければよいわけでない。国を治めるには万民を納得させるような、天に認められた徳というものが不可欠だ。ゆえに、天皇が崩御するか譲位の際、承継の儀式を行い、次の天皇にふさわしき者にこれらが授け渡されることになっている。剣は、決して虚栄のためにあるものではない。

理解できたのかどうだか、亀菊は無邪気に訊いてきた。

「その剣は、いったいどんな姿をしているのでございますか？」

はっ、と苦笑するしかない。誰もが知りたいことには違いなく、このわたしも同じことを大人どもに訊いた。だがお祖父さまですら実際にはごらんになったことがないという。

すなわち、神剣は人が作ったものではなく、神に由来するものだから、箱を開けたとたん、剣が放つあまりにまばゆい光に、只《ただ》の人が目にすればたちまちその場で目が焼け潰れる、と言うのである。宝物とは、実際に見てはならぬものなのだ。

まあ、と絶句し、袖で口元を覆った亀菊に、わたしは話を続けることにした。

時が下って、天皇家に伝わったその剣は、日本武尊《やまとたけるのみこと》が東《あずま》の地を平定する折、持っていかれた。伊勢におられた叔母君の倭姫命《やまとひめのみこと》が守り刀としてお授けになったのだ。はてしのない戦いに臨むにあたって、危機が迫った折に用いるように、とのお心遣いからだ。

実際、その剣のおかげでヤマトタケルは絶体絶命の窮地を免れ、生死をかけた戦いを勝ち抜かれた。この戦いにちなみ、剣は草那藝之大刀《くさなぎのたち》と呼ばれることとなる。

連戦に次ぐ連戦。血と絶叫と疾駆とに明け暮れる日々だ。時に逆境に見舞われ、妻の犠牲で切り抜けるも、なおも東にはびこる幾多の民族をまつろわせるための戦は続く。そしてミコトは熱《あつ》田《た》の地で、ここを治める神官の娘を娶《めと》られることになった。そして遠からず帰還する日の再会を約束し、剣を姫のもとに預け置いて行かれたのだ。

けれどミコトは東国平定を前に斃《たお》れ、帰らぬ人となられた。魂のみが白鳥になり、懐かしいまほろば大和《やまと》をめざして飛翔していったという。ゆえに剣は主を失い、そのまま姫のもとにとどまることになる。すなわち熱田神宮の宝剣として。

「思えばミコトが大和を前に無念の死を遂げられたのも、剣を置いて行かれ、その手になかったせいかもしれぬ。東国の荒戎《あらえびす》と朝廷との戦いは、ミコトの死から今わたしの代に至るまで、なおも続いていたということだ。そして、剣なき者が、敗者となった……」

話し終えて、わたしはやや昂《たかぶ》っていた。亀菊に触れられた胸のあたりが、まだ異物があるかのように動悸が速い。

「お主上、剣のお話はそれでおしまいになされませ。ほら、月が高く上りました」

空を見上げる亀菊の華やかな笑顔。ここまでの話を聞いていたのかいないのか、まるで花がほころぶようにみつめられれば、剣の話は強いて終わらせられたようなものだった。

「楽しいことは他にいくらでもございまする。たとえば、そう、お主上には歌があるではございませぬか。どなたより秀でた和歌詠みのお力が」

胸を突く言葉だった。言われるとおり、歌ならどこにいても詠むことができる。

和歌についてはお祖父さまから、剣の話に勝るとも劣らぬ熱量で言い残されていた。

八雲たつ　出雲八重垣　妻籠《つまごめ》に
八重垣作る　その八重垣を
スサノオノミコトが出雲に天下られ大蛇を退治した時に詠まれた歌を、お祖父さまは何度も読み上げられた。そして言われた。この歌こそが、この国における三十一文字《みそひともじ》のはじめである。和歌《やまとうた》は、このミコトの歌に由来する、と。

——そなたも今や八歳を過ぎ、手習いも進んでおれば、まもなく侍読《じどく》も選ばれ学士を集めて学問が本格化するであろう。帝王としての学びは諸人と違ってあまたに及び、なおかつ深い。だがこころせよ。それらの中で和歌は何より優先すべき王の学びぞ。

わたしがこれほどまでに和歌に入れ込むようになったのは、あのときのお祖父さまの導きがあったからだ。和歌への精進も、武道と同様、怠らずにきた。

「剣が一本、ないとしても、それに勝る和歌が、ほれ、ふんだんにございましょう」

そう言って、酒まで勧める亀菊に悪意はない。だが容易には同意しかねてわたしは言う。

「そうは言うが、剣が沈んだ壇ノ浦のことだけはどうしても詠めないのだ」

注がれる杯の中の小さな波を見ていると、その向こうに、長門《ながと》の海が見える気がした。

剣とともに入水《じゅすい》された先帝を祀《まつ》る寺をその地に建立したのはわたしの勅願ということになっている。だがわたしは幼い傀儡《かいらい》にすぎぬ。実際に宣下なさったのはお祖父さまだ。

さしもの法皇も老齢となり、危篤に陥られた時のこと、平家の祟りだと言う者があったのだ。九条兼実の家の者が太宰府との往来でここ明石の浦を通過する時、波間に童子が現われたのを見たというのである。誰もがそれは安徳天皇の亡霊に違いないと思った。いまだ成仏せずに海のまにまにさまよっていると。

そこで長門に、阿弥陀寺《あみだじ》とともに赤間神宮《あかまじんぐう》も創建した。御陵も作られた。法皇の病状を案じ、亡き天皇の怨霊を鎮めるためである。

「それで終わったことなのに、平家の亡霊はつきまとい、人は剣のことを忘れない」

それだけ、この国の人々が感じやすく繊細で、情けに満ちているということであろう。そしてそれだけ、お祖父さまは平家にむごいことをなされたのだ。いや、お祖父さまがむごいとしたら、そのお祖父さまにつながるわたしも、知らずにむごいことをしたことになろう。剣を取り上げられたのは、その報いかもしれない。

「お主上。弔《とむら》いのために赤間《あかま》ケ《が》関《せき》を詠んでみようとおぼしめすお気持ちはわかりまするが、いかがなものでございましょうや……。赤間ケ関で生け捕りになって、京へ送り返される女官の身でも、明石に来るまで歌は作れなかったようですから」

慰めだとはわかったが、すぐにどの歌のことを言っているか、思い当たる。和歌集編纂の折に目にした女の歌人の歌であろう。

我身こそ　あかしの浦に　たびねせめ
　おなじ浪にも　やどる月かな

捕らわれて明石まで来た私ですが、ここの波にも、壇ノ浦の波にも、同じように月は映っていることでしょうね。――直接には壇ノ浦を詠んではいないというのに、激しい合戦のあった海上に寄せる波の静けさが目に浮かぶような歌だった。平家方の女房ゆえ、本来はわたしの目にふれるはずのない歌だが、秀歌は秀歌。詠み人知らずとしても採ってやりたいできばえだ。その歌を、同じ境遇になって初めて共感できる。歌は、かくも深いものだ。

「お主上。謡《うた》ってくださいませぬか？　わたくし、舞いとうなりました」

衣擦れのやさしい音をたて、亀菊が小袿《こうちぎ》を脱ぎ捨てる。笛もなく琴もないが、濡れ縁に進み出て亀菊みずから口ずさむ今様は月夜の静寂に滑るように響いていった。

仏は常にいませども　現《うつつ》ならぬぞあはれなる

人の音せぬ暁に　ほのかに夢に見えたまふ

お祖父さまが好まれた今様だ。白拍子だった亀菊も、何度となく舞い、そして聴衆を魅了した曲である。月影の下で舞う姿は、見とれるばかりに美しかった。

人はわたしが、歳が半分以上も下という彼女の若さに惑わされているだけだと諫言《かんげん》する。しかし彼女を愛すべき理由はいくつもあった。この者は、わたしの嘆きを前にしても黙り込まず、必ず受け止め、自分の言葉で何らかを投げ返してくれる。その賢しさは、ほかの女にはないものだった。そして、なんといっても多くの者の心をとらえて放さぬこの舞だ。

どこかで笛が聞こえている。亀菊の歌に引き出されてきた天上の音色か。いや、警護の侍《さむらい》がつられるように吹き始めたものかもしれない。

昔、この明石で同様に窮状を託《かこ》った業平《なりひら》中将や光《ひかる》の君は、同じこの月を見上げて孤独であった。しかし、わたしにはこの亀菊がいる。海で拾った、かけがえのない宝が。

天は、本当にわたしを選んではくれなかったのか？　ずっと胸に刺さったまま堂々巡りするきりなき問いも、この者の舞を見ている間は忘れられる。

今は酔おう。水音が遠のく。流されるまま流れていくわたしの旅は、はてしがないのだ。

＊

海面が赤く染まって揺れている。

いやそれは、海面をびっしりと埋め尽くすように漂う赤い旗や印のおびただしさが、そのように海を赤く見せるのだ。いったい誰がそれほどの赤を海に投げ捨てたものか。

大小、海を覆うばかりの船、船、船。宋にも渡れようという唐船の姿もあった。朱で飾り立てた龍を描いた巨《おお》きな船で、反り返る舳先《へさき》を東へ向けて航行していく。

元暦《げんりやく》二年弥生二十四日、天下を二分する平家と源氏の決戦の海の上だ。

そんな戦場に、鋭く光を放つものがある。

船中にあり、箱に納められているというのに強い光だ。只人《ただひと》どもの目を射貫き潰してすべてを貫き、海中深くにまで刺すように届くまっすぐな光。

あれは、剣だ。神剣だ。

午前、長門国赤間ケ関壇ノ浦にて源平は、三町を隔てての正面衝突で開戦した。

赤い旗指物をたなびかせた平家軍五百艘。西からの満潮に押され、東へと漕ぎゆく船の速さといったら、まったくもって疾風《はやて》のようだ。海戦に慣れた平家を率いるのは知将・知盛《とももり》という。

これを東から迎え打つ源氏の白い旗指物《はたさしもの》は、数では勝る八百艘。瀬戸内近辺で舟や水主《かこ》をかり集めたものの、赤に押されるかのようにその船足も鈍く、いくらも進まない。潮の流れは今、東の外海へと引いており、断然、平家に味方していた。

海の上では射かけあう弓の弦がひっきりなしにぶんと鳴り、放たれた矢は連なって空を切って飛び交っていく。たちまち船板に矢の突き刺さる鈍い音。揺れる船が起こした波の音や、射られて斃れる者の悲鳴や、怒声、うなり声。さまざまな音と声が湧いて乱れて混じり合って、もうどれがどうと聞き分けられない。

午後になって、潮目が変わった。平家はみるみる劣勢になり、西へ押し戻されていく。

剣は光り、叫んでいる。みずからのゆくえを求め、狭小な箱に収まることを不服とするかのように、揺れて、もがいて、震動している。剣はどこへ行きたいのか。

しかしほどなく、剣は箱から取り出される。そして錦《にしき》の覆いに包まれたまま、一人の﨟長《ろうた》けた女人の胸に抱きとられた。華麗な唐船の舳先に、その姿はあった。

平相国《へいしょうこく》の妻、二位の尼時子《ときこ》である。

尼そぎの短い髪には白いものもまじり、ふくよかな頬には寄る年波がもたらす皺《しわ》も窺えた。いでたちは鈍色《にびいろ》の二衣《ふたつぎぬ》に練《ね》り袴《ばかま》。喪服のつもりか、あるいは死出の装束ともなりうる色といえた。

尼はもう片方の手で、傍らに立つ気高い容貌をした少年の手を引いた。

「祖母《ばば》さま、どこへまいるのじゃ？」

古式ゆかしく美豆良《みずら》に結った黒髪、山鳩色の高貴な衣。あどけない少年の問いに、女人は慈愛深い微笑で応え、案じることはございませんよ、とささやいた。

「これからまいる海の下にも都はございます。この祖母がどこまでもお供いたします」

生まれて以来、ずっと慣れ親しんだ祖母君がそのように申される。かたときもなおざりにせずかしずかれ、何も足りないものなどなくきた日々であれば、祖母君さえ一緒なら、孫君がおそれる理由などあろうか。

幼帝は言われるままにお手を合わせ、作法にのっとり遥拝をなさる。まずは東に、伊勢大神宮においとまごいを。次に、西方《さいほう》浄土に迎え入れられるよう、南無阿弥陀仏とお唱えあそばす。そのお顔には、何の怯えもなければ疑念もない。やがて尼君が抱きまいらせて、そっと微笑まれた。

「小さな赤子におわしたのに、こんなに重《おも》うなられて。もう祖母の腕に余りまする」

目尻に滲《にじ》んだ涙もそのままに、愛しい孫天皇をみつめる祖母君のまなざしはこのうえもなく満ち足りており、まるで今が幸せの頂点であるかのようだった。

今ぞ知る　みもすそ川の　流《ながれ》には
　　　　波の下にも　みやこありとは

辞世の御歌に思いをめぐらせたそのあとさきに、ざん、と激しい音が響き渡る。

「尼君が。……尼君が、お主上を抱きまいらせて、今、海に飛び込まれましたぞっ」

人々が騒ぎ、船が唐船に向かって集結する。船上にはすでに人影は見えず、もはや海面にも何の跡もない。

だが見える。きらびやかな綾錦《あやにしき》で織り出した菊の文様の包み。そう、あれが剣なのだ。

それは小さな直線となって、ゆらめきながら沈んでいく。

待ってくれ。それをわが手に、この身に具《そな》えることができれば、わたしは天に全《まった》き王となれる。

誰かの叫びが追いかける。それはこの日本のありようを知る者どもの、必死な願いにほかならない。

だがそれらの声を待たず剣は沈み、まっすぐ沈み、そしてだんだん地上の光も薄れて音も絶える深海へと落ちていく。

はてしない闇に飲み込まれるまぎわ、ゆらり、剣を包んだ袋の紫の緒《お》がほどけた。

緩んで広がる綾錦。そのとたん、強烈な光が放たれた。

それは海中に一条の道をつけ、そこだけ真昼のごとくに輝いていた。深海の闇を切り裂き、照らしながら、剣は音もなくゆっくり、なおも底へ底へと沈んで吸い込まれていく。

その先は沈黙の海底。目の裏にただ一条の光の軌跡を引いて、剣は、奈落に消えた。

＊

揺すぶられて我に返りましたのは、庭の泉水《せんすい》の面《おもて》を眺めていた時のことでございました。お主上のお顔が不審そうに曇っておわすのは、よほど何度も呼びかけてくださったのに、わたくしが応えなかったからに違いありません。

「亀菊、亀菊……」

「どうしたのじゃ。何を見ておる」

時々わたくしがこのように、水を眺めて物思いにふけってしまうのを、皆が気味悪がっているのも気づいております。自分でも、これはどうしようもない奇行であるとわかってはいるのですが、水辺に立ったとたん、どうにも意識が水へと向かってしまうのです。

「また魚たちと話していたのか？」

お主上だけはおもしろがってくださるので、わたくしも笑って言い返します。

「はい。この泉水は山の渓流を引き込んで作ったもののようです。おかげで、堰《せき》の外には鮎《あゆ》もたくさんおりますようで、海のこと、山のことを話してくれました」

山の流れで生を受けた鮎の稚魚らは、川を下ってはるかな海に泳ぎ出て、回遊したのち、生まれた山の水に還るのです。そんな話をすると決まってお主上は、

「ほう。物知りだのう。そなたは漁師にもなれそうだ」

などと愉快がってくださる。たくさんの女をごらんになってきた目には、わたくしのような風変わりな者が興味を引くのかもしれません。でも、さすがに今わたくしが没頭していた話をすれ

ば驚かれるでしょうから、言わずにいます。なにしろ、広く海を回遊してきた魚どもが聞かせる瀬戸内の海の話は、遠い昔のできごとなのです。そう、尼君が孫天皇を抱え、神剣とともに海に飛び込まれたのも、草薙剣が海底深く沈む光景も、もう四十年も前のこと。話したところで、よくできた作り話と流されてしまうのがおちでしょう。

ただ、白拍子の中には、もともと神社で神様のために舞っていた者もおり、時折、似たような能力を持った者に遭遇することがありました。どこでどう気づくのか、彼女らはわたくしを見て体をこわばらせ、

——そなた様、何者かに憑依《ひょうい》されておりまするな。

などと口走り、手にした幣《ぬさ》をわたしに向かって振り払うのです。

彼女らの反応によって、わたくしは自分の不思議な性質を理解するようになりました。すなわち、古来の巫女のように、霊感鋭く、感応しやすく、普通の者には見えないものが見えたり聞こえたりする者たちがまれにおり、時にそのものを体に宿らせて神託なるものを授かることがある、と聞きます。おそらくわたくしもその一人なのでしょう。

現に古代の小国を治めた卑弥呼《ひみこ》なる女王もそのようにして神託を得て国を平定したそうですし、奈良時代、臣下に皇位継承させるか悩んだ女帝が、たびたび神託に左右されたのは有名な史実。人の世には人の力ではどうにもならない領域が存在することを、皆が知っている時代だからでございましょう。そう理解することで、わたくしも自分が普通でないことをさほど気には留めなくなりました。

「そなた、間違っても水の中へ帰るなよ」

江口の河口で拾われたわたくしがまるで水の精であるかのように、お主上は洒脱に言ってのけ

られるのです。そしてまたこうも。――そなた、わたしを置いては行くなよ、と。

「もったいのうございます」

添い伏しの身がどこまでもご一緒に旅寝するなど、ありがたさに身が崩れそうです。

「もう美作《みまさか》との国境まで来てしまったのでございますね」

今は七月《ふづき》の十七日。明石を出て、野中の清水、二見《ふたみ》の浦、高砂の松など、名ある所々ご覧じ渡されながら、加古川《かこがわ》の宿というところに御座したのが十二日。この先、隠岐まではどれだけ遠いのでございましょう。

そしてここは奥播磨《おくはりま》の佐用《さよ》。峠を越えれば美作と因幡《いなば》、三国がせめぎあう峠です。この先は東西へ走る山地を越え、北へ、日本海へと向かうことになりましょう。天から降る雨も、山上に落ちて、南北どちらにしたたり落ちるか、分水嶺はここにあり、南に降った雨粒だけが瀬戸へ流れることになるのです。おそらく峠を越えてしまえば、魚たちのおしゃべりも、違うものに変わるだろうと思われます。

「水の音が心地よい。水無瀬を出て以来じゃのう」

離宮があった水無瀬は、その名の通り、清らかな水のたえない地でございました。離宮のお庭にも川から引いた池があり、そこでは夜ごと管弦のあそびや詩歌のつどいが催されたものでした。

仮御所となったこの山寺は、山嶺が南へこぼす水脈のはじまりに位置し、山壁を下り落ちる滝の音がたえず聞こえております。

水音は旅に疲れた心を洗い、人の記憶を遠い海へとつなぐのかもしれません。せせらぎを聞いておりますと、すべてなにごともなかったように思われ、今こうしてたよりなくお主上と二人、身を寄せている事実こそが夢の中のようでした。

「お主上、わたくしをお許しくださいまするか」

「何のことだ」

お主上は眺めておられた水辺から視線を移し、ふしぎそうにわたくしを覗き込まれる。

嘆きはお主上の方が深いけれど、わたくしもまた、苦い思いを抱えておりました。

「世間では、わたくしがお主上を破滅させた傾国の悪女だと申しております」

思い切って声に出したものの、消え入るような声になったのはしかたのないことです。

「愚かなことを言うでない。言いたい輩《やから》には言わせておけ」

お主上はおおらかにそう言ってくださいますが、こたびのお主上の不遇は、たしかにわたくしが遠因なのでございます。

お主上はわたくしをおそば近くに置いてくださるにあたり、身が立つようにと、江口にほど近い摂津国長江《ながえ》・倉橋《くらはし》の荘園をお与えくださいました。それがすべての発端でした。

父だと名乗る男が、上皇の寵姫となった娘の噂を聞きつけ、利にあずかろうと訪ねてまいったのはそのすぐ後です。さてもの遊び人、博打好きのろくでなし。刑部丞《ぎょうぶのじょう》という、罪人に刑罰を処する役職にありながら、露骨な賄賂で良悪の範を歪めるような男だとか。けれどもわたくしには、それが本当に父であるとの記憶がないのでした。

それでもお主上は、わたくしに身よりがいたことを喜んでくださり、たいそう優遇してくださいました。その父が、わたくしが頂戴した倉橋荘に、喜び勇んで乗り込んで行ったのです。ええ、それはいい。大きな土地をいただいても、私自身が管理することはできませんから、大きく上前をはねられようとも誰か代人を送り込まねばならなかったのです。

ところが現地でさっそく小競り合いが起きました。この時代、あちこちで起きている諍《いさか》いです。

すなわち、荘園はもともと皇族や貴族、寺院のものだったはずが、いつのまにか土地の管理をまかせた地元武士が独自に開発を進め、増えた土地ごと私有化して、鎌倉から所有を認められてしまっておりました。貴族の代人が当然顔でのこのこ取りたてに来ても、額に汗してそこを守ってきた地頭は藁《わら》一束たりとも渡したりしないでしょう。

父はすぐさまわたくしに泣きついてまいりました。お主上にかけあってくれ、と。

この種の訴訟は無数に届いてお主上を悩ませていましたが、わたくしの件はそれらをとびこえ、すぐに取り上げていただけることになりました。お主上のご寵愛の深さのゆえで、まことにありがたいことでした。おそらく聡明なるお主上は、あらゆる荘園で起きているこうした二重支配を、なんとかしなければならない時が来た、と思し召されたのでしょう。

折しも鎌倉では三代将軍実朝《さねとも》が暗殺されたことで頼朝《よりとも》以来の源氏の直系が途絶え、新たな将軍の座に上皇さまの皇子を迎えたいと申し出ておりました。お主上はしぶっておいででしたが、これを交換条件となさることを思いつかれます。つまり、大事な皇子を鎌倉へ東下させるかわりに、わたくしの荘園から武士どもを立ち退かせよ、というものです。

なんと胸のすくことでございましたことか。わたくしの荘園で武士を追い出すことが実現すれば、他の荘園でも同じことが通ります。英明なるお主上はわたくしの荘園を例に、もとのように皇族や貴族、寺院に荘園の所有を一本化しようとお考えになったのでした。

ところが鎌倉方の返事は「否」だったのです。

「上皇さまのお申し入れではございまするが、これを受け入れてしまえば、土地を介した幕府と武士の仕組みそのものを揺るがすことになってしまいまする。これればかりは何卒お許しくださいますよう」

上皇さまは怒りをあらわになさった。それは上皇さまを軽く見たも同然だったからです。

「なぜに朕の言うことがきけぬ？　朕はこの国の上皇ぞ」

お怒りはもっともです。国の決まりに従わず礼儀もわきまえぬ野蛮な東夷《あずまえびす》に、わたくしも一緒になって腹を立てました。そして二年後、お主上は決断なさいます。

「夷狄《いてき》の首領、北条義時《よしとき》を討て」

ご子息である土御門上皇、順徳上皇と協力して、「朝敵」として義時を追討する院宣を全国各地の実力者にお送りになられたのです。

西には天皇を戴く朝廷、東には北条氏を中心とする武家集団。しばらく続いた二頭政治でしたが、ようやく雌雄を決する時がまいりました。

しかし結果は、——まさかと声を失う、朝廷の敗北。

そこから始まるお主上の漂泊は、まぎれもなくこのわたくしのせいでございます。

「その話はもうよい。……そなたのせいではない」

お目をそらされ、お主上は表情を堅くなさる。それでも、わたくしはうなずけませぬ。

配流の旅に出るについて、お主上はわたくしに、おまえは若いのだから自由にせよ、とおっしゃってくださった。どこまでもお心の寛《ひろ》い、大きなお方でございます。

くずのような父は、この期《ご》に及んでもわたくしを食い物にしようと、ささやきました。

「娘よ、上皇さまがそうおっしゃるならそのような遠方へお供せずともよいではないか。お供なさる女人は他にもたくさんおありじゃろう。そなたは若いのじゃから京に残って、もう一度、舞え。上皇さまの寵姫であったというだけでいくらでも人気が出ようぞ」

男装して踊る舞姫である白拍子は芸能によって一人立ちする者。わたくしの舞や謡《うたい》はまだまだ世の称賛を得られましょう。けれどもそんなことができましょうか。わたくしはお主上のおかげを賜って雲の上人《うえびと》となった身ですのに。どうしてたやすく下界に下《くだ》ったりできましょうか。

こうしておそばにいても、思うことはただ一つ。おいたわしいお主上に、どうしたら捲土重来《けんどちょうらい》の道が開けるか、そればかりを考え、この日々を過ごしているのでございます。

剣、でしょうか。お主上をお救いするのは、やはり剣しかないのでしょうか。

剣、剣、剣――。今日に至るまで、お主上の心に刺さったまま抜けずにいる冷たい金属のそれを思うとき、わたくしの中にもさかまく水流がわきたちます。

扇を取り出し、傍らの筆をとってそこに書いてみました。剣、と一文字。

剣さえあれば、お主上のこの忌まわしい境遇は避けられたのでございましょうか。海に沈んだあの剣が今ここにもどれば、ふたたび日は天に返り咲くのでございましょうか。

もう夜は明けております。白み始める空の速度は著しい。大屋根の向こうで鳥も鳴いておりました。

＊

釣殿へ渡る中門廊に、亀菊とおぼしき人影が現われたのは幸いだった。今もっともわらわが会いたい人だ。そして恨みのあれこれを連ねてやりたい相手だった。

「これは伊賀局どの。ようようお出ましか」

声が尖《とが》ってしまったのは、流刑の悲しみによるのではないとわかっている。かつてはふくよかな体つきを愛されたこのわらわが、こたびの不幸な旅のせいもあって、皆から痩せた痩せたと言われることもうらめしいのだ。

「これはお石《いし》どの。かような早暁に、もうお目覚めとは」

淡々とした若い女のその視線。上皇さまをお囲みする女房のうちでも古株のわらわを敬いもせず、いつも亀菊は挑むように胸をそらしている。

湧き起こる反感をなだめ、わらわは言った。

「音曲が聞こえまいらせたので、一晩中耳を澄ませておりました」

そうは言ったが、亀菊を待っていたのはともに音曲を楽しみたいからというわけではない。

「仮の宿というのに、音曲や舞というのはいかがなものか、ちと案じられましてのう」

配流の身というのに、亀菊のふるまいは、なおも上皇さまを不利なお立場に追いはしないか。ただそれが心配だった。

「これは、お石どののお言葉とも思えませぬな。お主上をお慰めするためには音曲は不可欠なもの。よもや鎌倉までは聞こえますまい」

いつもながらの亀菊の高飛車な返答。わらわは庭の方を窺いながら後を続けた。

「周りは東方《あずまがた》の目や耳ばかりではありませぬか。それにのう、お慰めというなら、お主上をお一人にしてさしあげますことも、お主上の玉体をお休めするためには肝要ですぞ」

若い女房ではただの嫉妬と受け取られよう。わらわの方が年上で、わらわの方が院のおそばに上がったのも先なら、その期間も長く、お子まで挙げまいらせたのだ。だからこそ口にできることだった。しかし亀菊には通じない。

「これはありがたきご助言かな。お石どのは、私の母者《ははじゃ》のようでございまするな」

笑顔でそう返され、わらわの顔色は変わっただろう。事実、年の頃で言えばこの者の母といってもおかしくはない。だからこそ耳の痛い話もできるというのに。

こうなれば婉曲《えんきょく》な言い方よりも、直截《ちょくせつ》的に言ってやらねばわからないようだ。

「伊賀局どの。そなたはご自分の若さを誇って、お主上のお体のことはお考えではないようにございまする。旅は長い。お主上から精を奪うことはお避けなされてはいかがか」

京を出て以来、お主上の臥所《ふしど》にあって夜をともにしてきたのは亀菊一人のことなのだ。ほかにも女房がついてきているというのに、彼女たちの不安もくみとってやらねば流離の後宮は成り立つまい。

もともと院にはあまたの女性がはべっていたが、配流の島までついてくる女、ついてこられない女、いろいろあった。女院号宣下を受けたほどに身分高き方々は流刑についていくことができない定めで、修明門院《しゅめいもんいん》さま（藤原重子《じゅうし》）や七条院さまは、嘆きながらも、お別れなさるほかなかった。坊門局《ぼうもんのつぼね》（西御方《にしのおかた》）さまなど、女院宣下を受けていない、つまり女官身分であった方々は院に付き従って隠岐まで赴くことがかなえられた。

坊門局さまがお産みになった頼仁親王も瀬戸内の備前国児島《こじま》へと流罪になられたが、お見送りできたのだろうか。さぞおつらいことだっただろう。

もっとも、わらわとて、上皇さまのお子を生みまいらせたとはいえ御子は親王宣下を受けられず、僧になって京の大寺院に入っておられる。お別れはすでにすませてきたが、生きてふたたび母子であいまみえる日のくることだけが生きるよすがだ。

ついてくることができたのは、坊門局さまやわらわのほかに、同じ白拍子だった姫法師《ひめほうし》どの、北山御前《きたやまごぜん》どのなど。ごく限られた者が女官となって同行していく。こうなれば一蓮托生《いちれんたくしょう》となって上皇さまをおささえするばかりと思ってきたのだ。

だが亀菊がいるためお主上のおそばに上がれない者たちは、都を離れた寂しさもあって、心が不安定になっている。寵愛の深さからも、この先は亀菊が後宮の指導権を持つことになるのだろうが、そうであればこそ、皆の面倒見についてうながしておきたかったのだ。

しかし亀菊はそっけなかった。

「せっかくのご指南なれど、さようなことはわたくしにではなく、お主上に直接申し上げられればいかが」

薹《とう》が立って御褥《おしとね》に入ることもできずお茶を飲むくらいしかお声もかからないようなお方にとやかく言われたくはない、と、そこまで高飛車に言うのか。

さすがにむっとして、亀菊を睨んでしまった。

この亀菊は少女の頃、父親によって好きでもない地侍《じざむらい》との婚姻を押しつけられたのを嫌って白拍子となったものの、何に行き詰まってか、神崎川に身投げしたのを上皇さまに救われた。いや、本人は何も覚えていないらしいが、きっとそんなことにきまっている。水に解《ほど》ける糸玉のようなその体を、上皇さまが船の上からみつけて櫂で引っぱり上げた時、わらわもその場にいた。上皇さまは、竜宮の人魚をとらえたとお喜びになったものだったが、わらわには何かまがまがしいものを拾い上げたように思えてならなんだ。それは、飲んだ水を吐ききった彼女が、お経の一節のような不可解な言葉をつぶやいたからかもしれない。後で知ったがそれは法華経の深い教えの一節だったらしい。加えて、彼女の蒼白な顔の、この世のものでない美しさ。彼女は水の中の、いったいどこをさまよってきたのだろう。

そこからは強運の一途。亀菊はすべての白拍子、いや、すべての女が羨む出世をとげる。

「たしかにそなたには、われらとは違う星がついておるようじゃ。それだけに、悪しき方向に行かずにおいてもらいたい。隠岐へは一蓮托生、同じ運命の船の上なのですから」

それだけ言って、袿の裾を翻《ひるがえ》す。水のせせらぐ音がいちだん高くなったようだ。


「お石さま、お石さま。よう亀菊に、もの申してくだされた。胸のつかえがとれましたぞ」

渡り廊下を曲がったところで、姫法師がわらわを待っていた。

ため息をつく。他人の目にはやはり、わらわが妬心《としん》から亀菊を批難したと見えたらしい。

京の御所では女どうしがこんな近くに顔を突き合わせ、もの言うことなどありえなかったが、今は互いに周囲に人のいない環境だ。胸に思うことをそのまま相手に吐き出したくなるものかもしれない。わらわ自身の言葉も攻撃的であった、そう認めざるをえない。

「姫法師どの、旅はまだまだ長いのですぞ。お心を静かになされませぬと」

「いいえ、あの亀菊にはいらだってなりませぬ」

口を尖らせて言う顔は腹立たしさに燃えていた。あの亀菊を快く思わぬ者は多い。

「何と申そうと、お主上をかような目に遭わせたのは亀菊なのですよ。あの者の荘園の権利とひきかえに皇子を鎌倉へ下らせるなど、めっそうもないことでございまする」

荘園を与えられたことだけでも女たちの妬心をかりたてるのに、上皇さまはそれを守ってやるため、法外ともいえる交換条件をお出しになって彼女のために戦われた。

「鎌倉が交換に応じないと知った時は胸がすっきりしましたぞ」

愉快そうに言うとおり、当時、世間は、一人の愛妾のためにお主上は鎌倉に立ち向かわれるのかと呆然とする声が多かった。むろん、ここまでお主上のご寵愛が深いというのは、女に生まれたならばそこにきわまる、と亀菊を称賛する者もいた。

もっとも、どう言われようと当の亀菊は飄々《ひょうひょう》としていた。ここまでお主上や国を揺るがしながら、あたかも自分は何も関係がないと言いたげに、常と変わらず胸を張り、白いかんばせをまっすぐ上げて、豪奢な袿の裾を引きながらお主上の御殿に渡っていった。

そうして結局、この落とし前は、亀菊の敗北という小さな枠ではすまなかった。ありうべからざる上皇さまの惨敗の後、歴史も知らぬ、文化もわきまえぬ、そういう東の田舎者どもによってなされた驚愕すべき戦後処理に、京は戦慄したものだった。なんとなればこれまでは、朝廷の責任をとって左大臣級の公卿《くぎょう》が流罪になることはあったが、まさか最高統治者たるお主上を流罪にするなど前代未聞。いったい誰にそのような権限があろうか。この世でならびなき地位におわす方々を裁ける者など、天の神以外、ありえるはずがない。

しかし現実なのだった。暴力を笠に着た東夷どもは、ついにこの日本《ひのもと》の国のまつりごとをも牛耳った。この国の歴史は塗り替えられてしまったのだ。

皆は、お主上をおいたわしいと思うにつけ、その反動のように亀菊を憎んだ。あの者こそは上皇さまをたぶらかし、国を滅ぼす女だ、と。

けれども、わらわにはわからないのだ。ただあの者の存在がおそろしく気になる。

実は何度か彼女が舞う最中に、わらわは不思議な光景を目にしていた。月の光を浴びながら舞う亀菊のその細い体に、どこか、中空から降ってきては集まっていくしずくのつぶ。全身にそれを浴びているというのに彼女自身は濡れもせず、体の内にそれらをすべて吸い寄せ満たされていく。そんな光景だ。

仰天して扇を取り落とし、しずくが降りそそぐ中空を見た。あたりの者の顔も見たが、わらわ以外にそれが見える者はいないらしい。うっとり、みな、彼女の舞に見とれていた。しかしわらわもとは住吉の神の前で舞っていた巫《かんなぎ》。はっきりと目にした。五色のあやなる光、遠く漏れ来る笛のしらべ。月の光の暈《かさ》の輪の中を、小さな波がよぎっていくのを。いや、波ではなかった。あれは、鱗《うろこ》をきらめかせて月を泳ぎ去る龍だった――。

わらわは確信した。この女は、亀菊は、どこか海底で眠る龍神の化身、あるいは使いなのではないかと。そして何かをなすため水底から息を吹き返してきたのにちがいない。

だがいったい何をするために？　よもや、上皇さまのご不運にも関係するのではないか。そしてその時、われらも巻き込まれたりするのではないか。

仏は常にいませども――。今朝がた亀菊が歌った今様が胸に浮かぶ。

空より華《はな》ふり　地は動き　仏の光は　世を照らし

弥勒文殊は　問ひ答へ　法華を説くとぞ　かねて知る

法華経の「如来寿量品《にょらいじゅりょうぼん》」をもとに作られたというありがたい仏のことを歌った今様だ。こんな曲をあのように麗々と歌い上げるあの者が、上皇さまの天下を覆した悪しき異界の使者なのだろうか。わからない。わらわにはわからない。

しかし乗り込んだ船はすでに流されているようなもの。隠岐へ、遠島へ、あの者とともに。善か悪か、生きるか死ぬか。おそらく運命は定まっているのではないか。

今のわらわの願いは、そう遠くない日、京にもどることを許されふたたびここへ来る日のあることだけだ。南無阿弥陀仏。

魚でも跳ねたのか、突然、泉水の水音が高くなった。

＊

行在所《あんざいしょ》の警護を命じられた時から落ち着かなかった。なにしろこんな片田舎の寺院がやんごとないお方の宿になるのだ。創建は聖徳太子だか何だか相当な古刹だそうだが、なんといっても京から離れた奥播磨のことだ。相応のことができようはずもない。

わしはたまたまその近隣の井岡庄《いおかのしょう》を治める地頭だったから、こんなとほうもない役が回ってきたんだ。たとえ小さくとも実りの多い荘園の頭になったこのわしを落ち着かなくしたのは、わずかな滞在とはいえその行在所の主となるお方が、治天の君であらせられる後鳥羽上皇であるということだ。

都で起こった異変のことは、時をおかずこの奥播磨にも伝わってきた。吃驚《びっくり》したぜ、そりゃ。官軍である上皇さまの軍を、関東から来た賊軍は、わずかな期間で圧し去ったというんだからな。これまでの歴史にもない、まさに、天と地とがひっくり返る事態だった。

その後、乱の処理がどうなされたか、結果は半年とたたないうちに、まさにわしら自身の身分にも直接およんできた。

わしもなかなか運がいい。そもそもこの荘園は境界線をめぐって争いが絶えず、京にいる荘官が困り果てて腕の立つ侍を雇った。それがこのわし。井岡隆繁《いおかのたかしげ》だ。喧嘩自慢で名の知れた男よ。なんたって今は力の強さがものを言う時代だからな。

むろん即座に隣の荘園からのちょっかいは跳ね返し、逆にそっちを侵略してやった。土地が広がったことで荘官は喜び、その分も年貢を届けろと言ってきたが、そんな気はさらさらないね。

ここを実効支配しているのはわしだ。弱っちい京の貴族なんぞにいいように使われ、へこへこ頭を下げる必要がどこにある？

荘官はたちまち上皇さまに助けを求めたからちょっと焦《あせ》ったが、やつらがたのみとする上皇さまは、このたびの政変でまさかの失脚。大転換は、末端のこんな卑しい地侍にも及んできたってわけだ。そうさ、これほどみごとに世が変わるとはな。

えらいもんだぜ、この国が始まって以来支配者であった朝廷をしのぐなんざ、よほど武力にすぐれないとまず無理だが、それをやってのけたのが関東の侍の親玉、北条だ。

もっとも、やつらは鎌倉に幕府を置いて武士を束ねているといっても、もともと関東なんざ夷《い》狄《てき》の地。京を中心とする日本にとっちゃ、顔つきも言葉も異なる人種が住んでた僻地《へきち》にすぎねえ。それを朝廷の威光の下に組み入れ、支配してきただけのことさ。

だから上皇さまが院宣とやらで、北条を討て、と号令されたなら、それだけで朝敵だ。

ところが、初代将軍・源頼朝の正室である北条政子《まさこ》が、もののふどもの前に立って、大演説を行ったそうだ。荒武者どもはこれに心打たれて結束し、尼姿の政子を筆頭に掲げて京都に進軍したっていうからたいしたもんだ。途中、多くの武士が参加し、鎌倉幕府軍はおよそ十九万人の大軍に膨れ上がったというんだからな。

たちまち院宣は取り下げ、逆に上皇さまが捕捉された。まさしく天地がひっくり返ったってわけさ。馬鹿にはできねえな。このたびのことで、上皇方についた者の土地はすべて没収。その数、三千以上といわれている。ここの荘園もまたその一つだったというわけだ。

新しく幕府のものになったそれらの土地には、このたびの戦で頑張った御家人たちが地頭として任命されて派遣される。当然だろう。ところが幸か不幸かこの一帯はもともと上皇さまの領地だった。鎌倉の執権・北条泰時《やすとき》は、上皇領に限っては他の者にはまかせず、そっくり自分のものにしたんだから、よほど上皇さまが憎かったんだろうな。

わしは特に北条方について体を張って戦ったわけじゃないが、不在の荘官と争い上皇さまへの貢納を邪魔してきた実績がある。北条にすれば、土地に不慣れな関東武者を送るより役に立つというので、わしをそのまま据え置いたってわけだ。あいつらの論理では、鎌倉に忠誠を誓えば土地は安堵《あんど》されるというんだから、願ってもない。晴れて、わしはその北条に認められた地頭になったわけだ。そう、天地がひっくり返ったおかげで、わしはここの土地でもっとも大きな顔のできる身分になったというわけだった。

鎌倉方の使者が帰り、小躍りしながらこの展開を喜んだあと、さらに驚きは続いた。やがて雲上から地に落とされた上皇さまが罪人を運ぶ逆輿に乗せられ押送《おうそう》されてくるというんだからな。むろん身分の高い方のこと。その身辺を世話する女房もお連れだという。わしが落ち着かなくなったのはそれからだ。もしや、その一行の中に、あの女がいるのでは。そんな期待と妄想が、日に日にふくらみはじめていたからだ。

上皇さまの女房に思いを馳せるなど、大それたことであるのは承知の上だ。しかし、こんな山中の行在所でもなければ、雲上人を遠くから眺めることすら、わしなんかには許されない。そうでなくとも警備はものものしい。わしだって兜《かぶと》こそかぶってはいないが、黒糸縅《くろいとおど》しの腹巻姿で、まるですぐにも戦闘が迫っているかのようないでたちなのだ。

上皇さまの護送部隊は京都から隠岐までずっと従ってくる通し部隊と、特定の区間だけ協力する現地部隊とで構成されている。わしは後者だ。上皇さまが行在所を出立されればその瞬間から用なしとなる。言い換えれば、この期間だけここを護《まも》っていればいい。

ここを出られたら、あとは津山（院庄《いんのしょう》）を通って、伯耆《ほうき》（根雨《ねう》）から出雲に抜け、隠岐ノ島へ。雲上人が押送されるなどという史上稀なるできごとだけに、土地土地の民にいらぬ動揺を与えないよう、旅は極秘裏のうちに行われるのだ。

護送されていくのは、京の御殿にある時とは比べものにならない少人数で、ほんの限られた文官と僧侶、それに非力な女房たちのみ。しかしそれを警護する武士団の総数は常に五百人にのぼり、さすがに配流の人が只人でないとうかがえた。統率するのは兵衛《ひょうえ》という役職で、道案内のため畿内の御所番の武士群もまじってはいるが、上皇さまの親衛隊である西面の武士は解体されていたから、大勢は鎌倉から来た兵が戦支度《いくさじたく》のまま任に就いたというものものしさだ。鎌倉方からすれば、途上、院を奪還して幕府に仇《あだ》なそうとする輩があるやもしれず、警戒も想像以上に厳しいのだった。

だからその日の明け方、まさか書院の渡り廊下に、女人どうしが言い合う姿を見かけようとは思いもしなかった。二人は、互いに向き合うことにせいいっぱいで周囲のことに無防備になっているようだった。一人は年配の女房で、もう一人は――。

目をこらしたとき、わしは思わず飛び上がりそうになった。

まぼろしではないのか、見間違いではないのか、何度も何度も目をこすった。そして確信できた。碧《あお》い柳の地紋に金を散らした小袿姿の女人がまちがいなくあの女であると。

あろうことか、言い合いを終えて去った年配の女房の後ろ姿を振り払うように、女は庭へ降り立った。庭に引かれた泉水は、対面にそびえる山から流れてくる水で満たされる。そのせせらぎの音をたどるように、若い女人は小袿の裾をつまんで飛び石の間を歩き出した。なんということ、お供の侍女すら連れていないではないか。

小径《こみち》は杉の木立のところで山の中へと続き、女人が木陰に立ち止まるのを待って、わしは声をかけた。

「いずこへまいられまする」

ふいだったからだろう、女人は驚き、慌てて扇で顔を隠した。

「亀菊、……さまでござるな」

常なら声もかけられない相手に、我ながらなんという不躾《ぶしつけ》なことをとは思ったが、飛び出してしまった言葉はもう回収できない。わしはつんのめるように声をかけた。

「お見わすれかな、亀菊さま。いや、こちらの名なら覚えておられようか。なあ、お菊《きく》」

水音が、劇的に高まって響くようだった。いや、それは自分自身の鼓動の音か。

扇の下には、目が汚れたかのような、不快を表す女の顔。階下にさぶらうこんな卑しき男に、見覚えなどあろうはずがないと語る目だ。わしは今にも近づき、肩を摑みたかったが、かろうじてとどまった。女のたたずまいがあまりに冒しがたく高貴であったからだ。

自分が知っていたあの女は、たしかに美しい女ではあったが、かくも気品高き女性であっただろうか。耳にせせらぎの音を流しながら、わしはもう一度、女を見た。

いや、この女はあのお菊だ。まとった衣装の高雅さが欺いているだけだ。まちがいない。

「そう怖がらずとも。もう昔のうぶな処女《おとめ》でもあるまいに」

おびえてくれ。あの時のようにおびえられたら、もっと野卑になって、最大限に下品に笑って、遠い昔をよびさましてやるのに。

「井岡隆繁でござるよ。いや、昔の名前は長江《ながえの》隆繁。そなたの故郷がわしの名だ」

無礼者、とでも蔑《さげす》まれるかと思ったのに、扇の下の亀菊は意外にも無反応だった。

そうか、思い出せないほどに歳月は過ぎたのか。いや、たかが数年。そなたを最初に女にした男を、忘れるはずはなかろうに。

「身の変転とは恐ろしいものだな。いや、そなたがわしなんぞの思われ人で終わらず、上皇さまの寵姫となったと知った時には、御身の出世のおそろしさに震えたものだったが」

わしだってそれなりに出世欲のある男だった。もっと力をたくわえ、いい暮らしがしたかった。すべては力で奪う。その手始めが、おまえだった。地元で評判の美しい娘。それも、ただの腕自慢のごろつきだったわしなどとは身分違いの、刑部丞を父とする。

「あの後、わしもな、そなたの父御《てて ご》のおかげで武士になった。そなたがわしのもとからいなくなった詫びだろうな。こんなわしでもけっこう傷ついたからな。父御はわしの報復が心底、怖かったはずだ。そなたは、わしの嫁になるくらいなら海に入って龍神の女になった方がましだと言って逃げ、白拍子になったんだったよな」

思い出すだにいまいましい。わしの脳裏を、十三という幼さだったお菊の姿がよぎる。世間から、地上に降りたかぐや姫、ともてはやされた娘の存在を知り、そんな花ならこの手で手折《た お》ってみたいと思うのはどんな男も同じだろう。それに、刑部丞の婿ともなれば、今よりずっとましな暮らしができる。だからわしは、まず亀菊の父親に近づいた。そして、あの父親を、銭で釣って博打に誘い、破滅させてやったのさ。

父親は財産をすべてだまし取られたうえに朝廷の役人でありながら悪徳のかぎりを尽くしたとして、裁かれれば獄門に処されるところまで追い込まれた。助けを乞うその顔に、娘をくれるならなんとかしよう、と交渉した。ろくでなしのあの父親は、地位や財産を失うのをおそれ、条件を呑んだんだ。そしてめでたくわしを娘の部屋に引き入れてくれた。そうさ、わしの望みは叶った。あのままおもしろおかしく暮らすはずだったのに——。

おまえはわしの前から消えた。しばらくたって、江口の白拍子として評判になっているそなたの噂を聞いた時は唖然としたぜ。父親と諮《はか》って、おまえを連れ戻そうということになった矢先、おまえはまたしてもわしの手からするりと抜けた。おまえの生まれにどれほどの守護神がいたというのか、誰も届かぬ雲上に上っていったのだ。

「父親から話を聞いた時には仰天したぜ。それは本当にあのお菊なのか、ってな。御所で対面したそうだな。おまえはすっかり他人行儀に、見覚えさえもない顔をしたそうだが、父親は上皇さまからたんまり銭をもらってきてたから、本当におまえだとわかったのさ」

亀菊は自分の背中を盾にするかのようにすっくと立ち、わしを喋るにまかせている。その足下を、水は小さな流れをつくってせせらいでいた。

「おまえの出世は神がかりだ。あれよあれよというまに月に上ったかぐや姫。だがな。わしは諦めが悪い。それでも機会を窺っていたのさ。わしなりの、出世の機会を、な」

父親をさらに脅して、西面の武士にもぐりこんだ。御所にいれば、いつかおまえを見られるのではと思ったのだ。いや、見るどころではない、機を狙って、攫《さら》ってやろうと考えていたのだ。そう、上皇さまの思い人を、盗み出してやろうとな。

力がすべてを解決する時代だが、こんな大胆なことを考える男もそうはいまい。おまえはそういう男に執心されているんだ。

だが甘かった。院の女房というのは想像した以上に高い地位だ。一年たっても足跡すらも拝めなかった。そこでようやく見切りをつけた。いや、酒に酔って、ちょっと諍いを起こしちまったのがきっかけさ。都でずっと地下《じげ》にへつらい、それ以上は芽の出ない侍なんかわしの性に合わねえ。それより、ここ播磨に下ればゆたかな耕作地があり、荘園を切り開いて力をつけて、地頭になれれば、比較にならないほどにごっそりもうかる。

「わしは今では、ここいらでは名の知れた者になったのさ。ほれ、寺から見えるあの屋敷も、ここから目に入る田畑も、みーんなわしの差配の下だ」

もとは人のものだが、わしが力でぶんどったのだ。わしの最大の自慢に他ならない。

なのに、扇子の下の亀菊の顔はなおも何の反応も示さない。

「嗤《わら》いたいのか？　いや、嗤えるのか、今のおまえに」

そうだろう、ふたたびおまえはもどってきたではないか。権威も輝きも失い、こうしてとりこめられているだけの、雲の上から落ちた水の中の月として。

「いやはや、京からやんごとない貴人が押送されてくるのをお世話する役目となったのはこの身の栄誉。しかし、そのやんごとないお方に連れ添っている女官が誰かわかった時は声もなかった。雲に上ってもう会えまいと思ったそなたが、まさかここに来ようとはな」

配流の旅とはいえ上皇さまが動かれるとなれば、途上、食糧補給や宿舎の確保、領民への対応や不測の事態にそなえるなど、大変な手回しが必要になる。そのためご自分の領地を通過するのが安全だからとここが選ばれたはずだが、すでにその地は北条義時自身が取り上げた。運命の逆転は、いかに傲慢な上皇さまも、いやでも実感せずにはいられまい。

一気にそこまで喋って、ふと気がついた。喋るのはわしばかりで、亀菊は一言も言葉を発していないのだ。わしは焦った。この髭面は、もとより何日も整えもせず洗いもしないことを語るかのように、束子《たわし》のごとくに出張っている。うち続く警護の任務で、汗まみれの体もろくに洗っていない。おまえが見慣れた殿上人とは大違いの、この粗野な体を思い出してみろ。そう言いたくて、一歩、前のめりになった時だった。

「誰か。誰かある」

まるで拍子木を打つかのように、突然、亀菊が声を上げた。

そのとたん、水音がぷつりと切れた。その声に反応し、小道のきわからざざっと人影が動いた。外からの接触を断つために、境界に配置されている侍どもだ。

「はっ、ここに。――海老名兵衛《えびなのひょうえ》の配下の者にござりまする」

上皇さまの身辺をお守りする立場の者で、京からついてきた一軍だ。徒歩《かち》武者用の軽量な腹巻をつけただけの侍たちだが、たちまち庭がものものしくなった。

ち、と思わず舌打ちをしただけで、わしは後ずさらないわけにはいかなかった。もとよりあいつらにとって、地侍など人のうちではない。

たちまち亀菊のいる泉水のほとりと、わしが立っている遣水《やりみず》のあたりは、数人の侍にへだてられてしまった。やつらはわしに一瞥を投げた後は見向きもしない。

「伊賀局さま、いかがなされましたか。御行在所《ごあんざいしょ》はあちらの方にございます」

早朝の庭に女官が一人でさまよい、警護の者を呼んだ。そこに髭面で人相の悪い不審な男。その状況だけで、やつらは何をどうすべきかを訓練されている。亀菊は促されるまま本堂を見やり、振り向きもせずそいつらに護られ遠ざかっていった。まるで、最初から最後まで、わしがいたことなど気づきもしなかったとでもいうように。

そう、わしの一人芝居のようなものだった。亀菊は徹頭徹尾、何の言葉も口にしなかった。驚いていたのか、嫌悪していたのか、はたまた怖がっていたのか、どんな表情でいたかすら、見えなかった。わしがあんなに熱くなって話したことも、亀菊にはまるで庭の蛙《かえる》が鳴いていたほどのことだったのだろうか。やたら腹立たしくていたたまれなかった。

わしは前より激しく、わしの中に沈殿していた亀菊への思いにかき回されている。そっちがそうなら、本気で暴れて迫ってやろうかと顔を上げた時だ。

「これは妙なご縁でござるな。そなたは昔、西面にいた御仁《ごじん》でござるな？」

気がつくと、なおも兵衛の侍が数人、前にいた。もうさきほどまでの静かな庭ではない。そして気づいた。たしか言った男は、わしが以前、御所にもぐりこんでいた時に大番役を務めていた西国武士だった。たしか摂津に領地を持つ小楯英康《おだてひでやす》といったか。ずんぐりとした体、白いものが混じった口髭に、ぎょろりとした目。絵に描いたように貫禄のある武者姿は、京では遠目に号令を聞くばかりだったが、わしが御所を逐電することになったあの日だけは、今と同じくらい間近で対面したのだから見間違えようもない。

「この地の地頭、井岡隆繁どのです」

そばから若い侍が小さな声で教えている。

「ほう。地頭、……とな」

言いながら、やつらはまるで値踏みするような目でわしのことを眺めた。かつてと違って、身なりが明らかに成り上がっていることを確かめ、その上で嗤いやがる。

「これは見違えた。わしのことは覚えておろうの？　うちの郎党が世話になった」

言われなくても覚えていた。あの日わしは、夜番というのに酒に酔い、博打の貸し借りのことで同僚と喧嘩になって、止めに入ってきたこいつの家来を殴った。騒ぎが耳に届いて、主人であるこいつが仲裁に入ってきたが、わしはすでに相手の鼻の骨を折ってしまった後だった。逃げるほかないではないか。

「加えて、ここの荘官だった上月頼信《こうづきよりのぶ》も世話になったようだ。わしの従兄弟《いとこ》でのう」

また舌打ちしそうになった。そうかよ、あいつと縁続きかよ。――隣の荘園のやつに境界を侵され、わしを用心棒に雇ったやつ。気弱で思慮の足りない男だった。強い者にすがることしか知らなかったから、北条の天下になった今、どこにも行き場がなくて、従兄弟のこいつをたよっていったというところか。

「父上、この御仁、さきほど見ておりましたら伊賀局さまに声などかけていたもようで」

隣の若侍がまた告げ口した。父上、と言うからには小楯のせがれだったのか。兵の頭数《あたまかず》として連れられてきたのだろう。そういえば目元が似ている。似ているといえばもう一人、その若侍のそばにいるのは弟か。いっそう強情そうな目でわしを睨みつけていやがる。

誰もいないと思っていたが、こいつらはさっきわしが話した声を聞きつけていたらしい。流水のおかげで話の中身までは定かでないようだから、白ばっくれるほかはあるまい。

「何のことでござろうかな。お局どのにお尋ねになればいい。わしは何もしておらん」

「無礼者。そなたごときのことをお尋ねできるか。そばにおったというだけで罪じゃ」

吐き捨てるように言うのはさっきの若侍だ。口のききかたも知らない若造が。

そもそも京から来た上皇警護の武士団は、どいつもこいつも、わしら地侍への侮りを隠しもしない。長年、上皇に仕えてきたため急に世が変わっても受け入れがたく、なおも上皇を慕っているから、若いこいつもまともにその影響を受けているんだろう。上皇への忠誠が男にとって何より美しい徳だと勘違いしていやがる。こうなったら開き直るばかりだ。

「それなら認めましょう。たしかに話しかけ申した」

「なんということ。ますますもって無礼千万。許されることではござらぬぞ」

憎々しげにわしをにらみ、やつは眉を吊り上げ、刀に手をかけている。それがこの者たちの本音なのだ。つまり、恨み重なるわしを見つけたこの際に、何らか理由をつけて成敗したいのだ。

――だが、そうはいくか。平気でこう言ってやった。

「わしはここの地頭でござる。幕府より命を受け、土地を宿所として開放しておりまする」

するとと若侍は、面と向かっては言い返せないながら、そばの弟にささやきかけた。

「聞いたか。笑止な。たしかにここは上皇さまの領地であったよな？　それを素性の知れぬ者がかすめとっておいて、したり顔で開放するなど、よう言えたものじゃと思わんか」

よくまあ生意気が言えたことだ。しょせんはガキだ。力ずくで黙らせるほかはあるまい。わしは脅しのために刀に手をかけた。若侍は顔色を変え、後ずさった。だが怖じ気づかなかったのは弟の方だ。逆にわしの態度に挑発されて、睨みながら一歩進み出ると、

「父上。私にお命じください。武士らしく、一対一で尋常の勝負を」

もう身構えて刀に手をかけている。何を生意気な。わしの力を知ってのことか？

見れば半身に構えたその姿勢には隙がなく、静かな殺気すら感じ取れる。おもしろい。こいつ、まだ十五、六だろうに、すでに実戦の経験があるのか、肝が据わっていやがる。

「待て待て、有綱《ありつな》。ここで争ってどうする。お役目以外に、無為なことはすまいぞ」

父親が弟の名を呼び、あの時と同じように仲裁に入った。

「しかし父上。ここで会ったからには、藤太《とうた》が受けた傷の礼を言わねば、顔がたちません」

弟は承服せず、手を刀にかけたまま睨んでやがる。そうか、わしが殴った侍は大怪我をしたんだった。そしてこいつはその仇をとりたいわけだ。ようやくあの後の事情がのみこめた。こうなれば若造と二人、睨み合って一歩も動かず、きっかけを待つだけだ。

「井岡どのとやら。何にせよ上皇さまの行在所でのもめ事は禁忌《きんき》でござる。つつがなく務めおおせましょうぞ」

なんだ、またか。私憤よりも公務優先だとばかり、父親はでっぷりとした腹を突き出して言った。自分一人が分別ある大人であると示して見せたいのだ。

ふっ、と音にならない鼻息をたてて、有綱とかいうせがれはやっと刀から手を放し体を引いた。しかし火の玉みたいに燃えているその目はなおもわしから離れない。

「覚えておいてくだされ。藤太の礼は、いつかきっと」

いちいち覚えていられるか。すると、勢いを取り返した兄の方が言った。

「この遣水が流れる内側は我らの守備。そなたには禁足の地だ。立ち去られるがよい」

上皇のおられる場所を中心に、近い距離は自分たちで、遠い周辺が地元武士。そんな線引きでわしを締め出したいわけだ。

「ほれほれ地頭殿。そちらへ下がられよ。もっとそちらへ、遣水の外側へ」

「康綱《やすつな》、もうよい。そこまで言わずとも、もうおわかりだろうて」

せがれの肩に手を置いてなだめながらも、親父の顔にもわしに対する怒りが静かに燃えている。

わしが唾を吐きかけてやりたくなったのは、やつがその顔でこう言ったからだ。

「伊賀局さまもお困りだったろう。身の程をわきまえぬ田舎の蛙に騒々しく鳴かれては」

そして三人、それぞれに憎々しげな一瞥をわしに投げ、背を向けていく。わしの我慢も限界だ。

たしかに亀菊はどこまであがいても届かない雲上の月。だがそれはわしが地面にいるからだ。地面におれば京だの鄙《ひな》だの、五位だの六位だの、はたまた遣水の内側だの外側だのと、つまらぬ差別に屈しなければならない。それなら上へ、空に飛び出せばいいのだ。

「鴉《からす》。……鴉はいるか」

屯所《とんじょ》へもどり、わしは片腕ともいうべき手下を呼んだ。鴉の名にふさわしい黒ずくめで、残忍きわまりない男。人買いに売られ家畜のようにこき使われていたのを、その頑丈さと不屈の面《つら》魂《だましい》とを見込んで買い取った。ただ、長年、体罰だの拷問だのを受け続けたおかげでちょいと頭がいかれている。それでもわしへの恩義は感じているはずで、どんな命令にも従い、暴れてくれる。もともと戦うことが好きなやつなのだ。

そうさ、こんなちんけな任務が終わって、やつらが去ったらわしの天下だ。好機をとらえてやり返してやる。京への帰り道、やつらはいずれここに戻ってくるのだから。

「おまえの好きなように屠《ほふ》っていいぞ。ただし誰のしわざとわからんようにな」

鴉には、やつらの顔を覚え込ませた。一度命じたら、必ず仕留める男だ。鴉はにやと笑った。

ふっ、これでやつらも運の尽きだ。

そして、こうも思った。亀菊のことも、まだあきらめたわけじゃない。あの亀菊が、こんなことで遠い離島で一生を終える女であるはずはないではないか。きっと上皇を捨てて京に返り咲くにちがいない。ならば、わしにもまだ出る目はある。

この再会は、始まりにすぎない。わしはしたいようにやってやるぞ。力さえあれば何だって通る時代なのだ。遣水にむかって、わしは豪快に道端の石を蹴り込んだ。

＊

「康綱、有綱。おまえたち、今宵は警護番をしながら上皇さまの楽《がく》のあそびが聞けるぞ」

上役からそう告げられた時、俺は何のことかと反応した程度だが、顔を輝かせたのは兄の康綱だ。兄は笛や笙《しょう》が何よりも得意なのだ。地面が居場所の侍には、御殿の内で催される殿上人の楽のあそびなど、そうたびたびと聞けるものではない。まして当代一の風流人であらせられる上皇さまのそれを体験できるのだから、兄が舞い上がるのも当然だ。

「庭のうしろの、暗がりの方に控えておれよ」

護衛武士団の長である兵衛の海老名どのは今回鎌倉方に付いて戦い、今の職に就かれたが、父とは昵懇《じっこん》の間柄。上皇さまに弓引くことができず中立を貫いた父を、せめても鎌倉の心象をよくしてやろうとこの軍団に引き入れてくださった。父はそれに応え、兄の康綱のみならず弟の俺まで軍に加えることで他意のないことを示したのだった。おかげで世の広さ、時代の変化をこの目で見ている。加えて、殿上人の楽のあそびまで垣間見られるとは、野蛮な鎌倉方の荒戎《あらえびす》どもだけでなく俺たちにとっても、得難い体験に違いなかった。

「雲上人のなされることを知るのは、そなたらにとって悪いことではない」

そういう父も、実際にはよく知らないはずだ。かつて、武士でありながら昇殿を許された平忠盛、清盛らならいざ知らず、文化を解することは特別な身分の人にしかできないことだ。

とはいえ今回は移送中の行在所。流人《るにん》が楽のあそびを催すなど本来は許されない。

「あくまで内々に行われる。ひそかに楽に通じた者が召し出されてくるそうじゃ」

畿外といっても播磨は京に近い大国。財力を基盤に、文化に秀でる人材は少なくはない。わずかな人員にせよ楽の演奏が決定したのは、この地がもともと上皇領だったこともあり同情する者が少なくないからだろう。高雅なお方にとって、管弦を奏でられるのは食事をとられることと同じくらい大事なことなのだからと、皆が気遣い、黙認されたのであった。そして実際、管弦をたのしまれた後の上皇さまは、目に見えてお元気になられたのだから、あながち見当違いともいえまい。

「有綱、おまえは誰より無骨で管弦などとは縁遠いのだから、よく見聞しろ」

笑いながら兄も言った。たしかに俺はかしこまって和歌を詠むのも笛を吹くのも苦手で、筋が悪い。感情のまま体を動かし、ぶつかっていく武道の方がずっと向いているようだ。

「武士にとって血の気が多いのは悪いことではないが、逸《はや》りすぎると禍根を残すぞ」

いいきっかけと思ったか、父の小言が始まった。さっきの地頭とのやりとりのことを言っているのだ。大の大人に向かって戦いを挑むなど、悪い癖だと言いたいのだろう。

さもありなん、俺は喧嘩っ早くて時々父を困らせている。しかしただ勝つための腕力が強いのではなく、ちゃんと正義の側についているというのが俺の言い分だ。

実はここに来てからずっと、正義どころか礼儀も知らない地侍どもに辟易していた。やつらには朝廷への敬意もなければこの国の長き誇りすら頭にない。詩歌管弦なんぞ埒外《らちがい》だ。特にあの井岡何某《なにがし》。夜盗まがいの鼻持ちならない男だったが、兵衛の中にやつの顔を知っている者がいた。何の伝《つて》でか、京で西面の武士の中にもぐりこみ、悪さをしていたそうだ。なんと、そいつが藤太の仇《かたき》であったなど、これも何かの因縁による巡り合わせだろう。

「父上、あの者は、藤太の身体をだいなしにしたのですよ。決着をつけさせてほしかった」

そう、御所で喧嘩を起こすというあるまじきことをしてのけたあいつを、止めに入って殴られた藤太は、俺の幼い頃の守役《もりやく》だった。律儀な男で、情にもろい。だが鼻の骨を折られて人相が変わり、全快するまでの間に性格も変わってしまった。庭であっても宮中でのもめ事は厳禁。父はすべてを秘密裏に処理し、藤太を在所へ連れ戻した。それ以降、藤太が人前に出るのを嫌う暗い男になってしまったのは、あいつのせいだ。裁かれて罰を受ける前にいなくなり、何の責めも負わずにこんなところでのうのうと地頭だといばっているなら、せめて詫びだけでも言わせたいではないか。

「私は、悪い者を悪いとして、償わせたいだけです」

また口調が熱くなったが、これが血の気が多いと言われるゆえんなのか。戸外で虫を見かけても、蟷螂《かまきり》が襲いかかろうと狙う蝶は逃がしてやったし、兎《うさぎ》を摑んで飛び去る鳶《とび》は弓矢で射落とした。むろん、子供どうしの喧嘩でも、年が上でもかまわず向かっていくから生傷が絶えず、名前の有綱をもじって悪綱《あくつな》と渾名されているくらいだ。力は、弱いものを救ってやるため使うもの。それを教えた一人が守役の藤太なのだ。ならば、ここで出会った憎い相手に、せめて罪を認めさせたいではないか。

「有綱よ。そなた、源平合戦の話が好きであったの。ならば屋島《やしま》のくだりを思い出せ」

こういうとき、父は難しい唐土《もろこし》の古史ではなく、屋形に時折訪れる琵琶法師が語って聞かせた話を引き合いに出す。この話になると俺が食いつくのを知っているからだ。

「屋島……。那須与一《なすのよいち》の、扇の的ですか」

それはとりわけ俺が好きな話だった。なんなら俺が代わりに話せるほどに。

俺が生まれるそのずっと前、この国で実際にあった大きな戦。源氏と平家の、天下を二分する戦いが、瀬戸内海にある讃岐《さぬき》の屋島を舞台に繰り広げられた。日暮れになり、源平両軍が退いた後、海上の平家の軍船から一艘の小船が近寄ってくる。船上に姿を現わした女性《にょしょう》は、その手に真っ赤な日輪を描いた扇を掲げていた。――ああ、思い描けば絵のようだ。

「那須与一は、みごとにその扇の的を射落としたのでしたね」

そのあたりの状況も、俺は繰り返し聞いて、覚えてしまっていた。

頃は二月十八日の酉《とり》の刻ばかりのことなるに、おりふし北風激しくて、磯打つ波も高かりけり。

――ってね。

扇の的まで距離は七段（約八十メートル）。沖では平家が船を並べ、陸では馬上の源氏軍が轡《くつわ》を並べて見物している。衆人が見守る中、舟は揺れ、扇も定まらずひらめいていたが、小柄な与一は長さ十二束三伏《そくみつぶせ》の矢を放つ強弓の兵《つわもの》だ。海に一段（約十一メートル）ほど馬を乗り入れ、五人張りの弓をきりりとひきしぼった鏑矢は、浦に響き渡るほど長く鳴り、外れることなく扇のかなめを、ひいふっ、と音たてて射切った。

この話を聞くたび、俺はふるいたって、俄然、弓の稽古に精が出るのだ。男と生まれ、英雄になりたくない者などいない。敵味方が見守る中、これほどの晴れ舞台はなかろう。

鏑矢は海へ落ち、扇は空へ。吹き上げられて、しばらく虚空をひらひらと舞っていたが、春風に揉まれ、さあっと海へ散り落ちる。ここもさながら絵のようだ。夕日が輝き、海に照り映える中で、日輪を描いた扇が白波の上を漂い、浮き沈みしながらゆらゆら揺れる。

沖の平家は、敵ながら与一のみごとな弓矢の腕に、舟の端を叩いて讃え、陸の源氏たちは箙《えびら》を叩いてどよめいたという。さもありなん、俺は今思い浮かべても胸が躍る。

「違う、わしが言いたいのはその後のことじゃ。そなたは続きを聞いておらんのか？」

感動に水をかける顰《しか》め面で父が言う。その後？　と首を傾げるが、俺が聞いた話はその美しい色彩の中で完結している。すなわち、すぐれた武芸に敵味方なく感動が起きた、と。

「阿呆、だからそなたは甘いのじゃ」

父が呆れるそばで、くすっと笑いを漏らす兄。続きを知っているのかと睨んだら、

「あのな。あまりのみごとな場面に感激して、おまえのような甘い男が出てくるんだよ」

たまりかねたように兄は笑った。憮然と続きを待っていると、父はそのまま続ける。

「その男は五十がらみの平家の武士だったそうじゃがな。浮かれて舞い始めたのだ」

そうであろう、すぐれた武芸は神さえ喜ぶ。敵ながら舞ってやりたくなるのも当然だ。

だがそこに義経の郎党、伊勢三郎義盛《いせさぶろうよしもり》なる者が馬で与一に近づいていったという話は、今初めて聞く。彼は義経の命令として、あの男を射よ、と与一に伝えに行ったのだ。

「は？　与一を敵ながらあっぱれ、と褒め讃えている平家の男を、ですか？」

与一の話を聞かせてくれた者は、俺があまりに喜ぶために続きは聞かせなかったらしい。

「義経の命令とあらば従うしかあるまい。与一はまた矢をつがえ、いっぱいに引いた」

目に浮かぶ。剛の者が引く弓だ。ぎりぎりぎり、と音まで聞こえる気がした。

「そして今度も、矢筋は誤ることなく、狙った標的に命中した」

標的。――そう、今度は扇ではなく、船上で舞う男の首だ。ひょうふっ、と音をたてて矢は飛んで、男を骨まで射抜いた。男は、舟底へまっさかさまに落ちていく。

「まさか、……嘘でしょう、そんな残虐なこと……」

毒気を抜かれ、しらけた顔になった俺に、兄はさらにたたみかける。

「おまえ同様、平家方は静まりかえってしまい、音もせなんだそうだ。だが源氏方はまたまた箙を叩いて大騒ぎしたそうな」

そんな……、と洩らしたきりすっかり意気消沈した俺の肩を、兄が叩いた。

「関東の侍ってのはそういうやつらだ。敵を知らないと、おまえもえらいことになるぞ」

返す言葉がなかった。関東の侍なんか見たこともない。噂では、彫りが深く毛深く、顔も異なれば言葉もまったく違う東言葉《あずま》を喋るから、何を言っているかわからんとか。

「そう珍しがるな。侍というものは元来、野蛮なものだ」

よくわからないが、京や畿内近国の人間とは違って、関東の荒武者どもには美学を尊ぶ教養がないのかもしれぬ。俺は勇猛であることを好むが、残忍であろうとは思わない。

あの地頭にも、つぐないを求めるだけで、必要以上に追い詰める気などみじんもない。けれど父や兄は、俺が度を過ぎぬよう、これ以上の義憤を鎮めたいのだろう。

「思っていることをすぐ顔に出す、そういう素直なところがおまえのいいところなんだが」

褒められている気がせず、むしろ俺の短所を突かれた気がした。しかし心を静めて、

「わかりました。いざこざを起こすつもりはありません」

殊勝に言った。たしかに、あそこで井岡と対戦を始めていたら大事になっただろう。明日またあの地頭を見かけても、おとなしくするしかない。藤太の、顔の真ん中が青黒く陥没した無残な顔を思い出すとまだ悔しかったが、たしかにここで俺がやつを謝らせても元には戻らないのだ。うなだれたら、今度は父が肩を叩いてくれた。

「そういうところもおまえのよいところだ。荒ぶる心には、笛だ、舞だ」

説教の後は賑やかな景気づけだ、と言いたげに、父の声は明るい。行こうぜ、と兄の顔もにこやかだった。気持ちはやりきれないが、俺は、いい家族に恵まれたと思った。

すでに殿上ではしつらえも整っているらしく、階上の縁には笙と龍笛《りゅうてき》、篳篥《ひちりき》の三人の楽人《がくじん》がひかえていた。俺たちは庭の後ろの暗がりに石のように固まりながら座った。

だがかなり待っても何も始まりそうにない。尻が冷えてきた。しばらくして、父のところへ足早に近づく家来がある。深刻な顔で耳打ちするのは何か異変が生じたのだろう。父は口をへの字

に曲げていたが、やがて何か思いついて俺たちがいる後方の列を振り返った。

「父上がお呼びです」

俺たち兄弟は呼び出されることになるが、事情はこうだ。せっかく座を設けたものの当の上皇さまの興が乗らないらしかった。周囲の者が意を尽くしても、沈んだお気持ちはそう簡単には転換できないのだろう。

「ならばせっかく楽人もそろえたのだ、海老名どのが、こちらで何か余興に、派手にならない程度に舞のたぐいでもお見せしてはどうかとおっしゃっている」

舞のたぐい、とは。——考え始めた矢先に父は言った。

「海老名どのは、以前、相撲節会《すまいのせちえ》でそなたらが『青海波《せいがいは》』を舞ったのを記憶されている」

は？　俺は間抜けな声を上げた。

「私たちに、舞えということでしょうか」

兄が言葉にしたから初めて意味がわかった。

「そなたたち程度でちょうどよいのじゃ。華やかなのはかえって毒じゃからな」

なんという言いようだ。そんな未熟なものを上皇さまにお見せするというのか。

「ほんのとっかかりだ。序の部分は吹き流して省略して、舞の部分も短縮すればよい」

「つまり、静かなる余興として、儀式のように粛々と舞えばよいわけですね」

兄はやる気だ。下手くそな俺は恥ずかしくてやめたかったが「青海波」は二人で舞う演目だから、兄だけやる気になってもしかたない。目で、いいな、と俺に同意を求めてくる。

「有綱よ、そなたは背丈があるから見栄えがする。舞台に立つだけで雰囲気は出る」

要は、興の乗らない上皇さまに、気分を上げるきっかけを作れば役目が果たせるらしかった。

俺が元服してから三年ばかり、在所の行事で兄と二人、「青海波」の奉納が続いている。宮中行事に倣ったもので、人に見せて喜ばせるものというより、在所の豊作を願う儀式の一つだ。だから下手くそでも務まり、三年続けて舞ったら物怖じしなくなった。楽さえあれば舞える自信はあるが、そんなもので上皇さまの慰めになれるとは思えないのだが。

土の上には毛氈《もうせん》が敷かれ、舞所が作られていた。衣装も寺の所有のものを借りるが、下襲《したがさね》に千鳥模様が刺繡された、案外みごとな袍《ほう》だった。これに太刀を佩《は》き、別甲《べつかぶと》をかぶる。本来は管楽器の他に鞨鼓《かっこ》や太鼓、鉦鼓《しょうこ》など大勢の楽人で奏でるところ、今回は召し出さなくて正解だろう。上皇さまが配流中にどんちゃん賑やかにされたと鎌倉の耳に入ればまた面倒なことになる。兄の言うとおり儀式だったと言い逃れられる程度がいいはずだ。

「お目汚しではございますが、われら、せめてお慰みに、舞を献上いたしまする」

海老名さまが階《きざはし》の下から奏上している。沈みきっていらっしゃるなら、こんな気遣いはかえって目障りかもしれないのに、上皇さまが拒まれなかったのは皆の気持ちを嬉しくお思いだったからに違いない。女官たちの姿が御簾の向こうに透けて見え、あるいはこの人たちがひそかに楽しみにしているのを知って、お断りにならなかったのかもしれなかった。

ともかく、舞うならお目汚しではなく、せいいっぱいのものを捧げなければならないと思った。澄んだ龍笛の音が飛び出してくると、しぜんと緊張も解けた。えらいものだ、楽の音色にはそういうふしぎな力がある。何かを引き出すような、細く長い、笛の音色。俺の体が勝手に動き出す。

青海波は「竜宮ノ楽」だそうで、昔、天竺で、波の上に浮かぶ舞と波の下に奏でられる楽を伝え聞いたバラモン僧正が、これを漢に伝えたのだという。それがさらに本邦で独自の舞曲に整えられた。有名なのはあの紫式部が書いた源氏の物語にも、主人公が紅葉賀《もみじのが》に舞う華やかな場面がある。寄せては返す波を表すために何度もゆるやかに打ち返す袖の所作は優雅でなければならず、無骨な俺にはなかなか難しいところだった。

それでもなんとか舞い終えることができ、ほっとしながらしずしずと下がっていくと、終わりかけた龍笛と笙が、慌てて階上を窺い、音をつなぐのがわかった。なんと、階に、太刀を佩いた女人が、手にした扇をまっすぐ前に差し伸べながら姿を現わしたのだ。

まるで若葉のように清々しい碧の水干《すいかん》に浅黄色の長袴。はからずもその時ちょうど雲間から出た月の光を一身に集めるかのように、悠々と進み出てくる。俺は魂を奪われたようにその人を見ずにはいられなかった。笛がその存在に合わせるかのように音をかなでる。

仏は常にいませども　現ならぬぞあはれなる
やがて、その女人が伸びやかな声で歌い始めた。きっと伊賀局にちがいなかった。

鳴り物が、引き寄せられるように合わさっていく。龍笛も笙も篳篥も、この世に存在するもっとも繊細な音だけ選び出すかのように、一つになって重なっていく。

人の音せぬ暁に　ほのかに夢に見えたまふ
その時だ。殿上で魂を震わすような琵琶の音が加わった。俺は全身が総毛立ち、心臓が波うつように共鳴していくのを感じた。それくらい洗練されて澄み切った音色。音は歌に引き出され、歌は音に紡ぎ出されて、膨らみながら雲の果てへと流れて行った。

それからは茫然自失。神々しいばかりの感覚が、俺の体をつらぬいた。歌と舞とが進むにつれ、自分の力ではない別な何かがしぜんに俺をどこかへ連れ去っていく。琵琶が嘆けば、えもいわれぬ哀しい響きが俺の体の中で共鳴する。こんな体験は初めてだった。自分が自分の肉体を離脱して、別の世界で生きて管弦を奏でている、そんな神秘的な体験だった。楽の音色の海に漂いながら、俺は笛そのものになって音を鳴らしていた。

楽が終わり、ふたたび静寂が訪れた時、階上の御簾の内からつややかなお声が聞こえた。

「よき舞であった。おかげで皆が、楽を堪能できた」

本来ならじきじきにお声が聞ける方でない。俺は縮み上がった。それに琵琶も、上皇さまがおんみずから奏でられたのだ。こんなことは、京であったらありえない。

俺は地べたに平伏していたが、この期に及んでもまだ地上にもどった気がしなかった。音楽が熱と震動をもって、体の中を火照らせて宙を漂っているみたいな心地だった。

「世が世なら褒美を取らせたいが、許せ、今は……」

上皇さまが詫びられた。もったいないお言葉に、兄も俺も地面に額をこすりつけた。

歌や楽どころか、耳に届くものといえば意味も通じぬ東国の言葉ばかり。上皇さまはどれほど不安に思し召されてきたことだろう。それが、ようやくほっとなされたなら、これにまさる嬉しさはない。こんなことでいいなら、もっと何かをしてさしあげたかった。

俺の中の「悪綱」が目を覚ます。弱いものを見てじっとしていられない庇《かば》い性が、上皇さまのおいたわしさをなんとかお慰めしてさしあげたいと激しく欲してやまないのだ。俺はたまらず頭を上げ、口走らずにいられなかった。

「おそれながら、褒美などめっそうもございません」

「これっ、有綱。控えよ」

たちまち兄にたしなめられた。庭の後方では父が仰天していただろう。海老名さまの引立てでこの場にいられるわが一族なのだ。それを飛び越え、じかに言葉を発するなどあるまじきことだとはわかっている。だがこんな機会はありえない。俺は止まらなかった。

「これしきのこと、命を投げ出しお主上に仕える臣下にとって何ほどでございましょうや」

階上では驚いておられるご様子だ。しかしきっと俺の話でお元気になられる。

「わが小楯家は、いにしえの書物にも名が見える家であり、以後、お主上だけにお仕えしてきた家系にございます。播磨に逃れてこられた二皇子を舞楽によって見いだし皇統をつないだ先祖の手柄に比べれば、もっと多く、もっと重きことをお命じくださりませ」

幼い頃から父や祖父には、何度この話を聞かされてきただろう。自慢ではない。これが我が家の誇りなのだ。そして我が家のような臣下がいる限り、お主上はどこにあってもお寂しくはなく、どんな状況であっても孤独ではあらせられない。それを伝えたかったのだ。

これっ、と庭の脇で控えていた上役たちが片膝で立ち上がり、俺を叱る声が聞こえたが、かまわぬ、とお止めになったのは上皇さまだった。

「逃げた二皇子、とな？　……億計《おけ》王と弘計《おけ》王の話か」

さすがに博識の上皇さまは、すぐにそれが『記紀』にも『播磨国風土記《はりまのくにふどき》』にも出てくる史実であると理解なされた。おかげで立ち上がりかけた上役たちも止まらざるを得ない。

雄略《ゆうりやく》天皇が亡くなられた後、次の清寧《せいねい》天皇にはお子がなく、皇統の危機に瀕していた。皇位継承者は、雄略天皇が存命中にくりかえした骨肉の皇統争いでほぼ全滅。わずかに宮から逃れてゆくえの知れない二皇子のみだ。しかし必死の捜索にもかかわらず消息は絶えていた。あきらめかけていた時、播磨に隠れていた二皇子を発見したのがオダテ（小楯）である。

「たしか二皇子は、馬飼いと牛飼いに身をやつしておったのだったか」

「そのように伺っております。宴で、酔った役人どもに舞ってみよとからかわれたのを、誰の目にも只人でないとわかるみごとな所作で舞われ、そのご素性がわかったと」

オダテは驚き、土間の牛飼い馬飼いのもとに走り寄ってひれ伏すや、すぐに都に連れ帰る。皇子たちはそれぞれ、弟王が顕宗《けんぞう》天皇、兄王が仁賢《にんけん》天皇として即位し、いずれも立派な治世でこの国を統べられた。

父は常々、ご先祖さまのオダテが二人を発見しなければ日本の皇統はとだえていたのだと、酒を飲むたび自慢したものだが、上皇さまの反応を見るかぎり、本当だったという気がした。しかしこの時、俺が上皇さまに話すのを聞いて、父は目眩《めまい》を起こしていたらしい。

そうか、と頷かれ、静かに奥へとお下がりになった上皇さまの心のうちは図りしれないが、傍らで聞いていた伊賀局さまは、俺を含む小楯の者に、確実に信頼を抱かれたようだ。

そのあと、そっと階まで来て俺に声をかけられたのはその現われだろう。

「小楯とやら。日頃の忠義、あっぱれでありますぞ。ついてはそなたにたのみがあります」

高貴な女性が一介の武士に直接お声をかけるなど、ありえないこと。すぐに誰かが厳しく見とがめるにちがいない。さっき、地頭が近くで声をかけたのをあれほど批難したのは俺たちなのだ。なのにどうしたことか、あたりを見回すと人の気配が絶えている。いや、姿はあるのに、すべて影のようにくすんで見える。遠いような近いような感覚で、水のせせらぐ音がした。

これは、山から下り落ちてこの仮御所の庭へと流れる水が作るあやかしの空間なのか。いや、そもそもお局どのが、そのあやかしなのか。

「そなたに、内密に、使者になってもらいたい」

仰天している俺にかまわず、お局さまはそっと扇を持ち替え、そう言われた。

「ここで会うのはみな仏。そなたにすがるしかありませぬ」

さきほど口ずさんだ今様の、だれをも救う仏になぞらえてのことらしかった。

現実とも思えない空間の中で、いったい何の使者というのか。俺は震えていた。お局さまとはいえ今は流人だ。何の使者か知らないが、場合によっては俺自身が危うくなる。

「わかっています。流人がたのむのですから危険な使者です。されど、もしこの使者をまっとうしたなら、この日本《ひのもと》は本来あるべき尊厳をとりもどし、長き安寧が満ちわたるでしょう。そしてそなたには、武人としての栄誉が手に入るでしょう」

まるで香具師《やし》か傀儡使《くぐつつか》いが言うようなハッタリにも聞こえた。雲上に住んだこの女人は、そんな戯《ざ》れ言《ごと》を真に受ける者がいるとでも思っているのだろうか。俺は拳を握りしめるとひどく冷静になり、まっすぐその美しい女人をみつめ返した。俺などに言うのは、きっと、兄をはじめ、実力ある侍に断られたからではないのか、そう思ったのだ。

「今朝方、遣水のそばで地下侍《じげざむらい》と話しておられたのもこのことですか」

思わず井岡のことを訊ねたが、お局さまはその場で鼻先でお嗤いになった。

「はっ。あのような下郎にできることではありませぬ。よいか、人を選ばず言うのではありません。これはだれにもできる使者ではないのです」

吐き捨てるような言いようが痛快だった。侍とは、たしかに武力で決着をつける者たちではあるが、力の強さだけでものを言わせるのはゆゆしきことだ。武力にも、義がなければ人は納得できない。父は俺を危ぶむが、それはけっして譲れないところだ。

「そなたの不審はもっともじゃ。わらわのたのみが戯れでない証に、この太刀を授けましょう。役目ののちに返してたもれ。忠義の家の者よ、わらわはそなたに賭けてみたい」

思わずのけぞりそうになった。なんだか物《もの》の怪《け》にでも化かされているようで。

しかしそこにいるのはまぶしいほどの柳色の衣装のたおやかな女性だ。俺はその美しさにたじろいだ。物の怪が化けるにもこれほど清純なたたずまいには化けられまい。

「よいか、小楯。使者への命題は、この太刀と扇にある」

伊賀局は、手に持っていた扇を閉じて俺に渡した。

「お待ちください。使者とはどこへ、どのようなお使いに参るのでしょうや」

慌てて膝で階へにじり寄る。伊賀局は三日月のような優美な唇を撓《たわ》めて微笑まれた。

「時期が来ればわかる。待つのじゃ。一年、二年かかるやもしれぬ、いや、もっと。しかし、必ずそなたが出立する時がくる」

そんな曖昧な。——もしも俺が愚鈍で、その時が来たのにわからなかったらどうするのだ。はっきりとした指示がほしい。せめてその時期、相手の名、そして用向きなどを。

だがお局は答えず浅黄色の袴の裾をひるがえし背を向けてしまわれた。

そのとたん、水の音は消え、周囲に音がもどった。

父が顔を真っ赤にしながら近づいてきて俺に怒鳴った。

「この悪綱めが。他の家をさしおき我が家の自慢などするやつがあるか」

褒美とおおせだったのだから自慢くらい許されるではないか。ご先祖の名をお耳に留める、それもめでたい褒美であろう。

「俺は上皇さまを励ましてさしあげたかっただけだ」

「阿呆。おまえが励ますなど百回生まれ変わってもできんわ」

父は本気で怒っているが、俺は返事もせず、なおもお局の姿を目で追っていた。

自分は何かに化かされたのかもしれない。しかし太刀と扇は目の前にある。なのに、父も兄も、片付けをしている他の誰も、それはどうしたとは訊かないのだ。それが舞の道具とでも思っているからだろう。そっと抱え上げてみる。ずっしり重い。

「聞いとるのか。この阿呆綱《あほつな》。いいか、明日、家へ帰れ。在所でおとなしく謹慎せよ」

二度目、父が爆発したから我に返った。意味がわからず兄を見る。だが目をそらされた。

粛々とすべき場で目立ってしまったことが悪いのか。見上げるべき存在の上皇さまを、おかわいそうだと庇いたくなったことが不敬なのか。いや、――。

俺はようやく考え至った。流人である上皇さまに深くかかわったことがいけないのだ。鎌倉の耳に入れれば、小楯家はなおも上皇方で、叛《そむ》く可能性ありと疑われる。

おまえは甘い。そう言われたばかりだったことを思い出した。感情のまま目の前の浮かれ気分に舞い上がり、船上で踊ったがために那須与一に射殺《いころ》された男。俺の頭の中で、どぼん、と重い水しぶきがたった。そして実際、この身が沈んでいくような錯覚をおぼえた。

お局さまとのさっきの会話が現実としても、謹慎では外にも出られないではないか。

水音が、なおも夢の背景のように、せせらぎ、せせらぎ、俺の胸の中へ注ぎ込んでやまなかった。

第二章　臣の巻

闇に赤い火花が飛び、灼熱の玉鋼《たまはがね》を打つ鎚音が、二回、三回、淡々と繰り返される。

小楯有綱《おだてありつな》が鍛冶場を見るのはこれが初めてではない。武家に生まれたせいで馬の鐙《あぶみ》や轡など、鉄物《かなもの》の修理でしじゅう世話になり、幼い頃から何度となく覗いたことがあった。

しかしここ備前長船《おさふね》では、歩いて行く道筋ごとに、キン、キン、と鋭く打ち鳴らされる鉄の響きが聞こえてくる。土壁の虫籠窓からは鞴《ふいご》に燃え立つ赤い火の輻射《ふくしゃ》や、たち働く職人たちの陰影も見てとれた。これほど鍛冶が隆盛なのは、古代から鉄の産地が近かったからで、しぜんと職人が集まり、代々その技を磨いてきたためと聞いている。

思いがけなく上皇付の女官・伊賀局《いがのつぼね》から使いをたのまれなければ、おそらくここへ来ることはなかっただろう。刀鍛冶《かたなかじ》の里は、何もわからぬ有綱にとって唯一の手がかりだった。

あれからあっというまに四年が過ぎてしまった。不本意にも有綱が謹慎の身になってしまったからである。まさかこれほどの長きにおよぶとは思ってもいなかった。

それには多少のわけがある。上皇を慰め反鎌倉であるかのようなふるまいにより父から謹慎を宣告された後、有綱はついでにもう一つ、事件をやらかしてしまったからだった。

皆の面前で在所へ帰れ、と命じられた時は落ち込んだものの、すぐ気を取り直した有綱は、どうせなら藤太《とうた》の礼をしてから帰ろうと決心した。そして夜遅く、尋常勝負を求めて警護の屯所を訪ねていった。あの狡猾な男だけは許せない。ところがそこでは井岡が手下どもと額を寄せて、彼を侮辱した父を、隠岐からの帰りに待ち伏せして襲おうとする企《たくら》みの真っ最中だった。思わず、そんなことはさせるかと踏み込んだが、とっさの行動だけに多勢に無勢、さすがの喧嘩自慢も袋叩きにされかけた。なにしろ先鋒の黒ずくめの男の、悪鬼のごとく強いこと。父の配下がたまたま巡回してこなければ、骨の二本や三本、へし折られていたに違いない。鴉《からす》、というその恐ろしい男の名を、いやでも脳裏に刻みつけた。

——若、何をしにこんなところにいらしたんです。私闘など、お父上は悲しまれますぞ。

血だらけの顔でなおも鴉に挑もうとする有綱をひきはがしながら、配下の者は必死になってたしなめた。有綱はなお懸命に、地頭が襲撃を計画していると訴え続けた。しかし当の地頭はしらばっくれ、それは有綱の苦しい言い逃れということにされてしまう。

——馬鹿者。朝廷に仕える身が、こんな騒ぎを起こしよって。

父の激怒は止まらない。とはいえ地頭も脛《すね》に傷持つ身、大事にならない方がありがたい。

——お互い、上皇さまの大任務ゆえ、鎌倉には、大過なし、と伝えたいものですのう。

穏便に付す、との返答に、父は息子のためにかたじけないと頭を下げ、和解が成った。無念さに満ちたその目はすぐに、謹慎の無期限を言い渡す非情さに変わった。有綱こそ、無念の極みだった。

この一件でかろうじて得た利といえば、父が帰路にここを通らず別の道で京にもどったということだけだ。つまり、地頭の襲撃は未然に防げたことになる。

そうして在所で過ぎていった四年。伊賀局は、一年、二年、いやもっと、時期が来たらわかると言ったが、この間、有綱には何の合図もわからずじまいだった。日夜あの刀を前に、自分が何をすればいいのかを考え続けた。だが、いまだ何もわからない。そのうやむやを、体を鍛え武芸に励むことでまぎらせた。もちろん書物も貪るように読んだし笛の稽古も始めた。何かの気づきがあるかもしれないと思ったからだ。

おかげで四年のうちに胸板は厚く、脚や腕は筋骨たくましく鍛え上げられた。

——容れ物が立派でも、中身があいかわらず阿呆なら木偶《でく》の坊じゃわい。

いつもそう言ってなかなか成長を認めなかった父。だが四年目の夏、突然に倒れ、家督を兄の康綱《やすつな》に譲ることになった。同時に有綱の謹慎を解いたわけだが、病床の苦しい息で、実はおまえが自慢だった、と洩らされた時には、有綱は不覚にも泣いた。

——上皇さまに、わが小楯家の誉れを語ってくれたおまえを、実はあっぱれと思った。嬉しかったぞ。だが武士とは、おまえのように素直でいては生き残れぬ。それを教えたかった。

震える手で有綱の手を握り、父の目からこぼれた涙を、今も忘れることができない。父は有綱の言動を嬉しく思いながらも決して表には出さず、つまり「浮かれて踊る男」になることなく自分を律し、他家や幕府を慮《おもんぱか》って息子を罰した。武家たちは処分の厳しさに、小楯どのは分をわきまえていると納得もし感心もした。それが父の処世の方法なのだろう。許せよ、と言ったその目は、それまででいちばん深い慈愛に満ちていた。

——でもな、親父どのよ。おれはやっぱり「踊る男」でいたいと思う。

父が息を引き取った時、有綱は誰にも聞こえないようつぶやいた。承久の変で、父は慎重に状況を見て中立をとった。少年ながら有綱はそれを不満に思った。我が家こそは先陣切って駆けつけねばならないであろう。たとえそのことで不利に回り、命取りになろうとも、晴れの道を通りたい。ゆえに自分はあっぱれと思えば踊り、許せぬと思えば尋常勝負を挑みに行く。それしかできない。見守ってくれ、と、眠るような父の顔に、そう祈った。

新当主となった兄の康綱は多忙を極めたが、有綱は謹慎が解けたとはいえ、無冠ゆえに宮への出仕のめどもすぐには立たず、嫁取りもままならない。伊賀局から預かった刀をみつめて焦《じ》れ焦《じ》れと過ごす日々はなお続き、隠岐まで返しに行くことも考えたが、四年もたってそれはあまりに間が抜けていると思い直し、ついに、あてずっぽうでも行動を起こさずにはいられなくなった。それまで誰にも知られないよう隠し持っていた刀を兄に見せ、すべてを打ち明けた。兄は驚くばかりだったが、これまでおとなしく謹慎していた弟を憐れみ、領地で作付けが始まる次の春までと期間を区切って漫遊を許してくれたのだった。

——今後は小楯の家と所領を、おまえとともに守っていかねばならん。たのむぞ。

兄の信頼が嬉しかった。こんな自分も兄が家や領地を守っていくのに役立つと思わせてくれる。長子の任は、やはり兄のような思慮深い男にしか務まらない。兄に勝ちたい褒められたいと、がむしゃらに喧嘩で強さを誇示した幼い頃の自分がなんとも幼く思えた。

備前に行こうと考えたのは、藤太の言葉がきっかけだった。

——使者の内容は太刀と扇にあるとおっしゃったのでしょう？　ならばそれを刀匠に見せればわかるんじゃないでしょうか。

人相が変わり、人と会うのを好まなくなった藤太だが、有綱が自分のことが原因で謹慎となったいきさつを知るや、彼にだけは心を開いた。幼い頃の守役だけあって、有綱が話す伊賀局とのふしぎな会話も、疑うことなく信じてくれた。

――名匠がいるのは京の粟田口《あわたぐち》か、備前長船といいます。さてどちらへ行きますかな。

決めかねて、有綱は扇を開いた。それを投げて、表なら備前。裏なら京。二人がみつめる中で、扇はひらりと舞い上がり、そして床に落ちて、表を示した。備前、だった。

他愛ない決め方だったが、扇の表には一文字、「剣」と記されており、いかにもそれが正解であると、揺るぎなく示しているように思われた。

藤太は一緒について来たがったが、これは男としての有綱の使命だ。ならばご無事で、と深々と頭を下げて見送ってくれた姿を目に刻んだ。今は夏の終わり。備前では黄金色に稲が育って、豊穣が待たれていた。

「おたのみもうす。ここに、暁斎《ぎょうさい》どのはおられるか」

目指す刀工の家を見つけ、有綱は戸口で大声を上げた。聞いてきたとおり、刻印で「暁」の木板を掲げたその鍛冶場は、他と同じ土造りの平屋ながら、どこか構えに威風が見えた。

しかし中からの反応はいきなり「シーッ」と指を立てて黙れと促すものだった。慌てて「すまん」とまた声を出してしまい、有綱は自分の口を両手でおさえねばならなかった。

入り口近くには何人かの職人が押し合うように立っているというのに、誰も有綱に関心を示す者はない。人の背中越しに覗き込むと、どうもそこには普通の鍛冶場と違う景色がある。土間の四方に細縄が張りめぐらされ、白い御幣がいくつも垂れ下がって、そこが神聖な結界の内であるとでもいうのだろうか。正面には神棚がしつらえられていた。

そして皆が静寂を保ってみつめているのは、結界の内に座った一人の刀工だ。

白い麻の狩衣《かりぎぬ》に風折烏帽子《かざおりえぼし》。鼻から下を麻布で覆い、真剣な目で道具を研《と》いでいる。たいして大きな男ではないが、神棚を背に座った姿は、落ち着いて威厳があった。

いったい何の儀式であろう。筵《むしろ》の上にはさまざまな道具が整えられており、彼はまず鉄梃《かなてこ》を取り、正面に置かれた三方《さんぼう》の上の長い鉄の棒を掴んだ。土にまみれ、たいしてありがたくもなさそうなしろものが二本。同じ条件で同じものを作るらしい。

「あれは……、何かの素材か？」

声をひそめ、有綱はすぐ傍にいる男に訊いた。洗いざらした狩衣を着た老人だった。ふいに声をかけられ驚いたようだが、うなずいてくれた上、細長い石の火桶《ひおけ》を指さした。そこには真っ赤な火が熾《おこ》っており、刀工は火箸で石火桶をグサグサとぞんざいにえぐっている。

「あれを焼くのか？」

つい尋ねたら、今度は見物している者たち全員が怖い顔で有綱を振り返り、シッ、と静粛を強いてきた。太っちょや、出っ歯やら、子供みたいなのやら、いろいろいる。しかし老人が有綱に「そうだ」と小さく答えるのを見ると、黙って前へ向き直った。

その間にも、火桶の中でひしめくような炭の塊が、熱さと強さをうったえてチィと弾ける。その中へ、刀工はためらいもせず、鉄梃で挟んだ棒状の鉄を挿し入れた。

ざくっ、と音がし、鉄が炭をかきわける。赤く熱を発する炭の欠片《かけら》が飛び、火の粉が舞う。刺激されて、炭はますます赤く熱く熾って、外から侵入したものの冷たさに激しく反発しカッと燃えさかる。まるで火が鉄に襲いかかるかのようだ。

男は表情一つ変えず、鉄梃をさらに深く差し入れる。儀式めいた雰囲気でありながら、その迷いのなさ、力強さ、手際のよさは、見ていてあっぱれなほどだった。

皆が固唾をのんで見守るこの小柄な男が長船《おさふね》暁斎であろうか。

備前には刀鍛冶の名人が多いと聞いていたが、同じ訪ねて行くならこの人に、と藤太が調べ上げてくれた人物である。有綱は、伊賀局から預かった刀を見てもらうつもりで訪ねてきたのだ。何度も何度も考えたが、どこへ何を伝えに行くか、使者の役目はこの刀が知っているように思えたからだ。

しかし重要な儀式が始まったなら間が悪い。皆の後ろで待つしかなかった。

どれだけの時間がたったのだろう、やがて刀工は炭の中から真っ赤に焼けた鉄を取り出した。

驚いたことに、さきほどとは違って形に明らかに反《そ》りが現われていた。初めから片側だけが薄く成形されていたのであろう。彼はそれをすぐさま石桶の水の中へ突っ込んだ。

じゅう、と激しい蒸気が立って、鉄が沈む。続けてもう一本。

「あれは？　赤く熱したのを、急激に冷やしているのか？」

またしても有綱は訊いてみずにはいられなかった。老人は呆れたようにため息をつき、

「そうだ。鉄を、鍛えているのだ」

簡単に答えてくれた。そして思い直して言葉を補う。

「溶けそうに熱く焼かれたかと思えば凍るほど冷やされ、また熱く、もう一度冷たく。冷たく、熱く。そして堅く、堅く、鍛えていくのだ」

鉄を、鍛える。――有綱は口の中で繰り返した。鉄は、極度に過酷な環境を行ったり来たりして強靱になり、形も変えて育っていくのか。

「いちばん大事な工程だ。見ているがいい。鍛えることで、刀の刃によきものが現われる」

老人は期待を持たせるかのように言い、目で笑った。

そんな声も届かぬ結界の中で、その刀工は白い水蒸気が鎮まる間合いをはかって、ふたたびそれを赤い火の中へと差し入れる。冷から熱へ、火から水へ。極致から極致へ、烈しく変わる環境

に投げ入れられて鍛えられる鉄。刀が強靱である理由がわかる気がした。

それにしても彼は、鉄がどのくらい堅くなったか、どのようにして知るのだろうか。そっと自分の刀に手を添える。背には伊賀局から預かった刀を古布で包んでくくりつけているが、腰には元服の折に父から譲られた刀が差してある。武士には装束の一部のようなものだ。この時代、武器というなら弓矢であった。勇猛な武将を「国一番の弓取り」と賞するように、戦に用いて功を奏するのは刀ではなく圧倒的に弓矢であったからだ。戦の形態が集団と集団がぶつかる合戦であるため、遠く離れた敵を倒すのには弓矢が適している。

よって、刀を使用するのは何らかの理由で弓矢が使えなくなった場合、もしくは自分自身を処する時、つまりよほどの場合に限るであろう。後世、集団戦がなくなった江戸時代になると、一対一の接近戦に有利な刀剣が著しく発展し、洗練されていくが、今はまだその濫觴《らんしょう》の時といってよい。刀が精神性さえ帯びて、武士の魂、などと言われるようになるのもまだまだ後のことだ。武士は今ようやく朝廷をしのぐ勢力となり、文化を創っていく力を持ったばかりにすぎない。

どれだけ時間がたったか、ふう、と小さな吐息が刀工の口から洩れた。場の緊張がゆるむ。彼が眼前にかざした鉄はまだ濡れていたが、それはすっかり、刀だった。全体を覆っていた泥は焼け落ち、水で冷却されて、鋭い輝きを放っている。焼き戻しの間に形状として現われた反りも、今は定かな意匠となって、その頑丈さ、硬質さをゆるぎなきものにしていた。

完成——であろう。まったく、驚くべき手業《てわざ》であった。

「お師匠さま、ご検分を」

呪縛が解けたように刀工が口を開き、こちらに向かって頭を下げる。

えっ、俺か？　と慌てて周囲を見回したのは他の弟子たちも皆、有綱の方を振り返ったからだが、当然ながら、違っていた。

「ご苦労。……すべての手順、あざやかであった」

声を発し、進み出たのは、有綱の傍にいる老人だった。だろうな、と有綱は道を空け、老人が神棚に一礼して刀工の隣に座るまでを見守った。食い入るような皆の視線の中、老人は懐から取り出した布で生まれたばかりの二本の刀を拭き上げていく。

後ろから見ている有綱の距離からでも、刀の刃の方に、白く波のような紋様が生まれているのが見えた。それは刃全体に浮かんで連なり、鋭く光を放っていた。

「いずれもなんと美しい刃紋《はもん》じゃ。……みな、見えるか。みごと、の一語に尽きる」

刀から視線を離さず老人がつぶやいた。受けて、刀工が軽く頭を下げる。喜ぶでなし、誇るでなし、彼にはそれが初めての褒め言葉ではなかったのだろう。

何を思ったか、前にいた弟子が、腕組みのまま振り返り、有綱に説明する。

「どうだい、あの刀。二本作って、一本は神様に奉納し、もう一本が世に出るんだ」

真顔だったが、ひどい出っ歯で、一度見たら忘れられない顔だった。

「素材の玉鋼はな、性質が違うのが複雑に重ねられていて、それが表の刃紋になって現われる。どうやって刃紋を出すかは、刀工の腕でね」

今見た刃紋がみごとなために、誰かに感慨を漏らさずにいられないような口ぶりだ。

「よろしい。今日はここまでとしよう」

老人が刀を返すと、刀工はうやうやしく台座に据えた。その肩に手を置き、老人は言う。

「もうわしがそなたに教えることは何もない。ようここまで精進した」

それは名実ともに弟子が師匠に認められた瞬間であろう。さすがに彼の目が輝き、弾んで顔の覆いを取った。驚いたことに年は有綱と変わらぬほど若い。二十歳そこそこだろう。有綱と目が合った。人の内側を見透かすように涼《すず》やかな切れ長の目だ。

「お師匠さま、そこに、来客がいらっしゃるようで」

彼の声は外見に反し、低く柔らかだった。有綱は我に返った。

「あっ、……はい。もう話してもよろしいのか？　私は長船暁斎どのを訪ねてまいった者」

涼やかな刀工の目からまだ視線を離せずに有綱は言った。答えて、

「暁斎は私だ。お侍が、何の御用かな？」

向き直ったのは老人だ。有綱は慌てて頭を下げる。師匠、と呼ばれていたから当然だろう。ならば儀式のように鉄を鍛えていた刀工は一番弟子か。気を引かれつつ、有綱はここに来た用件を切り出さねばならなかった。まずは背中にくくりつけた刀をおろす。

「この刀を見てもらいたくて、まいりました」

古布をほどくと金襴《きんらん》の袋が現われ、重厚な刀装をほどこした刀が姿を現わした。いぶかしそうにそれを受け取り、少しだけ鞘《さや》を抜いて鎺《はばき》が見えると、暁斎はにわかに顔色を変えた。

「なんと、……上皇さまの御使者でありましたのか」

驚くのは有綱の方だ。刀を一目見て、上皇さまにつながるとはどういうことだ。

「いや、その……。正確には、上皇さま付き伊賀局さまからのご命でござる」

「同じことでござろう。まず教えてくだされ。上皇さまは、京にご帰還あそばされたのか？」

暁斎は頭にかむった布をはずし、座り直した。上皇がどういう境遇にあるか、また伊賀局がどういう存在であるのか、すべてよくわかっているらしい。

「いえ、それは……。四年前、わが父ども兵衛の武士がお供して、無事に隠岐へとお送り申し上

げましたが、あれから四年たった今も、まだ、かの地に」

あの年、文月七月に都を出て、隠岐に到着されたのは仲秋。日本海に冬の荒波が打ち寄せる季節の到来を前に、上皇は雄々しく胸を張られて舟にお乗りになられたと聞いている。

われこそは新島守《にいしまもり》よ　隠岐の海の
　荒き波風　心して吹け

上皇が詠んだ歌に、涙せぬ者はいなかった。しかしそれは哀れを誘われてのことではない。吹きつける逆境の波風にさえ立ち向かう帝王の心意気というものに、誰もが心を打たれ感じ入ったからだ。このお方こそは、並外れた胆力を持つ王の中の王であらせられた。

四年前、そんな強いお方を庇ってさしあげたい一心で、有綱は無駄に先祖の話などして謹慎をくらった。思慮の足りない十六歳の小童《こわっぱ》だったと、今思えば気恥ずかしい。

「やはり、いまだ隠岐に、な……。おいたわしいことだ」

暁斎は手にした布で、汗か涙かわからぬもので濡れた顔を拭った。

これまでのどの行在所よりも粗末な、島の小さな仮御殿。そこに至上の貴人を置き去りにしていくことについて胸の痛まない者は一人としてなく、父を始め、どの者も出立の勢いがつかずにいたことだろう。途中で謹慎となって送り返された有綱は、それを体験しなかったという意味で、いくぶん気持ちが楽かもしれない。

「朝廷に出仕している兄の話では、そろそろ上皇さまを京へ呼び戻せるよう、鎌倉に働きかける動きが九条《くじょう》家などから起きているそうなのですが」

しかし鎌倉はそう簡単には許すまい、とも言っていた。聞かされた暁斎も同感らしい。

「鎌倉の恨みはそこまで根深いのだ。いや、上皇さまを恐れるがゆえか」

源氏が滅びた後、北条は北条で父と子で執権の座をめぐって争うなど、なおも騒乱が続いている。しょせん新興の勢力ゆえに、皇室ほどの安定した秩序が成立していないのだ。

「して、わざわざこの老人に伊賀局さまからの使いとは。用向きは何であろう。お文は？」

暁斎が尋ねたが、そんな真摯な目を向けられたところで、有綱はまともに答えられもしない。ここは正直に言うしかなかった。

「それが、……それを知りたくてこちらにまいった」

「なんと申される？　……いや、これは、使者どのが、何の使いかわからぬとは」

呆れたように言い、暁斎は有綱をしげしげと見た。阿呆でないのか愚鈍でないのか確認するためと思われ、有綱は恥ずかしさに全身から汗が噴き出す心地だった。

「さもありなん。……だが、これを、見ていただけまいか」

小さくなって、腰に差した笛の袋から伊賀局の扇を取り出してみる。流人の密使であるのだから、書面だと詮議を受けた際には読まれてしまい、書面そのものも没収されてしまう。また有綱にも累が及ぶことを考え、ありふれた扇にしたのに違いなかった。これなら携行にもたやすく、万一調べられても言い逃れがきく。そう解釈してきた唯一の手掛かり。

疑わしそうに暁斎は有綱と扇を見比べていたが、ごつごつした手で開いた扇面を見て、またも表情が変わった。しばらく食い入るようにみつめ、やがて有綱に視線を移した。

「使者どの。そなた、伊賀局さまから使者を承った時、どのように伺ったのじゃ？」

それは答えに窮することだった。だから正直に答えるしかない。

「まったく謎めいたことにて……。お局さまはこうおっしゃられた。使者となる時期はおのずとわかる。そしてもしこの使者をまっとうしたなら、この日本は尊厳がとりもどされ、そなたには

武人としての栄誉が手に入るでしょう、と

たぶらかされただけかもしれない、と」までは言えず、有綱はうつむいた。

仏は常にいませども　現ならぬぞあはれなる

自在にならない世の中のことも自分のことも、割り切れない思いに陥る時、有綱の胸によみがえるのは伊賀局のあの歌だった。天竺の地で入滅した釈尊は、永遠の命で常にこの世に存在し、すべての人々を救おうと法を説いてくださっているという。苦悩する人がいるかぎり、仏は最後までともにいてくださる。なのに仏に会うことは容易ではない。――伊賀局の、この世のものとも見えなかった舞姿を思いつつ、来る日も来る日も刀を眺めた日々。晴れぬ気持ちはやり場がなく、最後は笛を取り出したものだ。始めはフ、ヒーと苦しげな音しか出なかったが、回を重ねるごとに滑らかになり、流れ出す調べはささくれだった有綱の心を癒やした。今では兄が、まさかおまえがこれほどまでになるとは、と驚く腕前になった。

笛は確実に、有綱の心を落ち着かせてくれた。そして静かに自身に向き合い、問いかけることを促した。俺は何をすればいい？　ただそれだけを考え続け、結局、行き着いたのは、有綱に賭けてみたいと言ったお局さまに、有綱もまた、賭けてみるしかないということだったのだ。

暁斎は、黙って有綱をみつめていたが、もうさっきのような侮りの色はなかった。

「委細わかり申した。ようお訪ねくだされたな。おかげで私も決心がつき申したわい」

優しい声になって暁斎は言った。だがたったこれだけのことで、彼は何を理解したのだ？

「ははは、そのように怖い目をなさらずとも。……これはお局どのも、たのもしい使者どのをお選びになったものだな」

おうよ、と答え、東武士《あずまぶし》には劣らぬぞと受けたいところだが、そっと顔をやわらげるにとどめた。思っていることをすぐ顔に出してしまう自分をおさえるのが当面の課題だ。

「さて、そうなれば……。おまえたち、かねて話していた時が到来したようだ」

そう言って暁斎は弟子たちに、伊賀局からの扇を開いて見せた。扇面の表に「剣」と、墨の色もくっきりしるされた一文字。そして、それが彼女の印と示す鮮やかな朱は、伊賀局のかつての名、亀菊にちなんだ「菊」だった。丸い宇宙を十六弁に刻んだ花びらである。

「伊織《いおり》。これを拝見してみよ」

暁斎が、有綱から預かった刀をあの一番弟子に渡す。伊織と呼ばれた若い刀工は、刀を鞘から抜いてためつすがめつ、鋭い目で調べ見て、ため息をついた。そして有綱に、

「お武家のお方。ご存じと思いまするが、これは剣ではなく、刀」

淡々とした口ぶりで、扇に書かれた「剣」との区別をまず伝えてきた。

「これからは剣と刀、しじゅう話に上りますので、念のために確かめたまでですが」

わざわざ刀匠から講釈を聞かずとも、有綱にもそれぐらいはわかっている。剣といえば、刀のような反りがなく、真っ直ぐな形状をしたものになる。武具というより祭祀に用いるためのものだからだ。戦闘で用いるにはたいてい馬上になるから、やはり反りがあるものでないと役に立たないのだ。これは中国など他国の騎馬民族も同様と聞く。

「菊御刀《きくごとう》……でございまするな。いやはや、初めて目にいたしました」

言って、伊織は深々と頭を下げた。菊御刀？　言われても、有綱にはわからない。

「これは価値ある立派なものじゃ。伊賀局さまからそなたへの報酬というところかの」

補ったのは暁斎で、じゅうぶん好意的な口調だったが、有綱はむっとした。

「それがしは報酬ほしさにここへ来たわけではない」

自分をそういう輩と思われただけで厭わしく、肩で威嚇するかのように胸をそらしてみたが、では何のために働くか、と問われればたちまち答えに窮しただろう。それは自分でもわからないのだ。あの日、管弦の後の興奮の中で、水音にとりまぎれるように話した局どのに心を摑まれ、動けなかったなどと、まさか言えまい。

「これは失礼つかまつった。そのような意味で申したのではござらぬ。それほどに、たいそう価値あるものだとお伝えしたかったのでござるよ」

笑みを崩さないまま、暁斎は謝った。そして刀の柄《つか》から茎《なかご》を覗かせた。

「ほれ、ここに、どなたが打った刀か、刻印があるのが見えますかな」

言われて彼の指先を見る。そこには、扇にあったのと同じ、菊の御紋があった。

「上皇さまが御所で刀を打たれた時、それが自分の作であるという証に、茎にその御紋をしるされるのですよ。ゆえに、さっき伊織が申したように、これは他ならぬ菊御刀」

「ではこれは、上皇さまのお作だと……？」

思わず有綱は息が止まりそうになった。

「刀匠は、自分が打ったものだと示すために茎に印を残しまする。はっきりと文字で明示する者もあれば、単に一を刻んで印とする者もございます。しかし宮廷で打たれたものは名を記すことすらおそれおおく、無銘であるのが当然なのですが」

そもそも宮廷で、やんごとないお方自身が何かを造形されることは数少ない。まして刀など、この後鳥羽上皇の他に、自身でお作りになられる帝王などおられたためしはない。

「されど上皇さまは遊び心のあるお方ゆえ、好んでご自分の御作に菊をお用いになられる」

「菊、を……？　あの、菊とは亀菊さまの菊でござるか」

やがてそれは皇室の紋として定着していくが、上皇がもっとも愛する者を印としてそこにお留めになった大胆さにはただ驚嘆する。加えて、これがそういう意図の刀と知って、有綱は震えがきた。上皇みずからお作りになられた希少な刀を、伊賀局はなぜ自分などに？

今さらながらに、あのときの伊賀局の真剣なまなざしがよみがえる。

「いったい、お局どのはそれがしに、どういう目的を果たせとおっしゃったのであろうか」

ふいに不安になってきた。

「それは明日、準備が整ってからご説明まいらせよう。今宵はゆっくり休まれるがよい。これ、亀六《かめろく》。ご案内せよ」

はい、と答えたのはさっき言葉を交わした出っ歯の弟子だ。有綱は案内されるまま、作業場の隣の母屋に行き、旅装を解くことになった。その途上、亀六がいきなり訊いてきた。

「おまえ、ほんとはお師匠さまを迎えに来たんだろ？」

いいや、と有綱はかぶりを振るが自信はない。お局は暁斎を連れてきてほしいのだろうか。

「なんだ、てっきり鎌倉からの迎えかと思ったぜ」

「鎌倉の？　ふん、悪いが俺の家は千年前から帝をお守りする家系なんでね」

それは有綱の自負といってよい。皇統が絶えるという危機を救ったのが先祖ならば、その末裔である自分もまた、どこまでも天皇家だけを主として仰ぐ。将軍だろうが執権だろうが、力でのしあがった東者に従うつもりは毛頭なかった。

「そりゃ失敬したな。本当のことをごまかしてんのかと思ってさ」

亀六は肩をすくめた。

「なにしろうちのお師匠さまは、都で上皇さまの御番鍛冶《ごばんかじ》を務めてた腕前なんだ。鎌倉がほうっておくはずがないからな。今にも拉致しに来たかと思ったんだよ」

「御番……？　文字からすると、帝《みかど》の専属の鍛冶ってことか」

「なんだそんなことも知らないのか。御番鍛冶は、全国で有数の刀剣の産地から一級の名工が選ばれ、二月《ふたつき》ごとに水無瀬の宮に呼ばれて、一流品の作刀を担当したんだ」

「宮の内に御番鍛冶を集め、刀を作らせておられたってことだな？」

「違う、違う。刀を作られたのは上皇さまご自身だ。なにしろ刀についてはこの国一番のお目きだからな。そのお目がねにかなう一流の刀を作るため、ここ備前を筆頭に、備中、粟田口などから名工が宮に上がってお手伝いしたのさ」

心底、有綱は驚いた。亀六の話では、上皇は集めた御番鍛冶に教わりながら、また相槌などの助手を務めさせつつ、みずから刀をお作りになったというのだから。

「よほど剣にこだわりがおありなのかな。あれほど繊細な琵琶を弾く名手であらせられるのに、その同じ手で、このような武具をもお作りになっていたとは」

「いや、楽器に劣らず、刀は美しいぜ。さっき見ただろ？　伊織が打った刀の紋様を」

刀工の端くれとしてこの亀六も、さっきの刀のみごとさは感嘆するほかないのだろう。

「世が世なら御番鍛冶には伊織が召されただろうな。なんせ刀打ちの天才だからな」

妬《ねた》みともとれる粘っこい口調で亀六は言う。そうか、彼はそれほどすごい匠《たくみ》なのか。

「だけど今や武士の時代だ。伊織は御所ではなく鎌倉でかわいがられるがいいさ」

「あいつ、鎌倉に行くのか？」

そこからは妬みでも何でもない、むしろ喜ばしいことのように亀六は話した。

「そりゃ鎌倉も、古代から西国で培われてきた名刀を作りたいからな。あいつなら適役だ」

うなずけることだった。すでに新たな寺院を創建するため、多くの宮大工や彫り師が西国から集められていった。美など解さぬ関東の武士どもが、政変を機に都に上り、優美な文化に開眼したというなら、まずは自分で所有できる刀をよきものに変えたいだろう。

時代が変わろうとしている。それは末端の武士である有綱にもわかっていたことだ。都の荘厳な寺院建築のみならず、父たち西国武士が身に備えた拵え物に注がれる彼らの羨望の目、感嘆の声は、重いほどに伝わったからだ。文化というものはつねに権力者が築き、支配し、謳歌する。治天の君であらせられた上皇さまが退かれたとしたら、東に興った新しい権力者もまた、新しい文化を享受したいと望むだろう。今、鎌倉の連中が文化や芸術にまで触手を伸ばしてきたというのはそれだけ余裕ができたことを表している。

「これまで鎌倉からは、お師匠さまを召し出そうと再三使者を送ってきたよ。けど、日本で最高のお方に仕えた刀工が、何を好んで文化果つる関東くんだりへ行かれようか」

弟子なりの矜恃《きょうじ》であろう。御番鍛冶としてやんごとないお方に身近で指導してきた暁斎が、北条に力で促されて従うはずもなかった。高齢を理由にずっと断り続けてきたという。

「それでもやつらはあきらめんのだよ。だんだん強引になってきておる」

最初は鎌倉に来た場合の待遇や褒賞だったのが、このごろは来ない場合の脅しに変わってきているという。何にせよ、もともとが力ずくでのし上がった者どもだけに、そのやりかたもいつまでも品よくしてはいられまい。

「そうなると、お師匠さまの代わりに誰かが鎌倉に行くしかない。そのしおどきを見計いつつ伊織に仕上げの刀を打たせたところへ、あんたが来たんだからな。何かの定めだな」

そうか、有綱は、知らずにそういう節目の時に現われたわけか。

考えれば考えるほど、この使者の役目はふしぎなことだらけだ。流人が秘密裏に外部と接触したいというのなら、もっと他に別れを惜しむべき人や利になる人を選びそうなものなのに、伊賀局はどうしてこんな堅物の刀匠などに？　また、その暁斎も、扇に書かれた文字一つで伊賀局からの伝言のすべてがわかったのはなぜだ？　そしてこの刀。何のためにこんな価値あるものを自分などに下されたのか。

早く答えが知りたくて、暁斎がすべて整え説明すると言った朝が待てない気がした。

「お待たせしたな。では、これからのことを、お話しいたそう」

翌朝になり、一晩じゅうそれが何か考えあぐねていた有綱は身を乗り出して聞いた。

「いよいよ鎌倉へまいらねばならなくなった。もうこれ以上は断れそうにないからな」

かねて聞かされていたからか、弟子たちはおとなしく聞いている。しかし耳を疑ったのは次の言葉だった。

「鎌倉へ行くについては、亀六、五郎太《ごろうた》がついてまいれ。安丸《やすまる》と祐七《すけしち》は他所《よそ》に預ける」

暁斎は、鎌倉へは自分が行く、とそう言ったのか。みなが呆気にとられて師匠を見た。

「鎌倉には一度行ったらなかなか帰ってこられない。いや、わしの年ではもう二度と帰ってこられぬかもしれぬ。よって、ここ暁斎の工房は閉じ、兆司《ちょうじ》に後を託していく」

暁斎は淡々と宣言し、目を閉じた。兆司は同じ長船の刀工らしく、皆もよく知っているようだが、そこに身を委ねることになるなど初めて聞く話で、弟子たちには青天の霹靂《へきれき》のようだ。

「待って下さい、お師匠さま。なぜ……なぜにお師匠さまが鎌倉へ行かれるのですか」

せっつくような熱い目で迫ったのは、名前を呼ばれなかった伊織だった。高齢の暁斎に代わって鎌倉へ赴くのは一番弟子の自分であると、彼も覚悟をしてきたのだ。

「伊織よ。そなたは自分の刀を完成させた。あれは私が預かり、鎌倉で神様に奉納しよう」

穏やかな目を向け、暁斎は一番弟子を見た。あとの一本については言及がなかった。おそらくそれも師匠が持って行き、しかるべき者の所有になるのだろう。

何にせよ、時勢上、暁斎は鎌倉へ行くのを避けられないと割り切り、伊織に単独で刀を打たせたらしかった。もうこれで一人前。一人立ちできる節目の作だったのだ。彼は師匠の期待に応え、まさに、入魂の刀を仕上げてみせたというわけだ。

「これより、そなたはこの使者どのとともに行くのじゃ」

仰天したのは有綱だった。

「待ってくだされ、暁斎どの。本当の使命も何も、それがしはまだなにも知りません」

心外という点で有綱と伊織は同類かもしれない。しかし暁斎はぴしゃりと言った。

「今さら何をおっしゃる。あなた様には、伊賀局さまが暗に命じられた、本当の使命がおありでしょう。それは、あなた一人でやり遂げられるものではない」

有綱は引く。それほどに、老匠の目は厳しかった。

「ご安心なされ。そのために使者どのには、この伊織をお供にお付けいたす」

今度は穏やかな目になった。だから有綱も伊織も、何も口答えする隙がない。

「伊織。皆にはそれぞれ、おのれだけしかできない使命があるものじゃ」

将来のある一番弟子を鎌倉には行かせず、野に放つ。いったいその意図は何なのだろう。

「そなたはこれなる小楯どのの使命をお助けせよ」

まだ納得できるはずもない伊織をそのままに放置し、暁斎は有綱に言った。

「この者は賢しく、生まれながらに希代の手を持ち、刀を打つばかりでなく鍛冶にも木彫にも大いに役立つことでありましょう。読み書きもできますゆえ、書物をいくつか与えておきます。道中、読ませて、参考となされるがよろしかろう」

弟子の能力を認め、評価するさりげない優しさ。いつか伊織がうなだれているのがわかった。褒められているのに、本意ではない命令をどうにも承服できないのだろう。

「お師匠さま。……それでは、その使命とやらを、このお方がやり遂げられたなら、私も鎌倉へ、お師匠さまのもとへ馳せ参じてもよろしいでしょうか」

言いながらこみあげてくる思いで伊織の声はくぐもっている。暁斎の銘をその精神や技術ごと受け継ぎ、鎌倉に赴く覚悟はとうにできており、皆も納得していたはずだ。なのに思いも寄らないこの決定は、そうそう容易に納得できるはずもない。

「いいか伊織。皆もよく聞いてくれ。鎌倉がほしいのは長船暁斎の名だ。その銘を刻んだ刀がほしいだけだ。だがその名は鎌倉で滅ぶ。そなたたちは新たな銘を生むがよい」

武力、暴力にからめとられた美しい鳥が、みずから滅びの道を肯定している。暁斎は鎌倉で死ぬ気なのだ。もとより暁斎には妻も子もないと聞く。後顧の憂いは弟子たちだが、それについても彼はかねてから同じ御番鍛冶の一人であった兆司にたのんでいたらしい。

「やつはわしより八つも若く、ここに宿った剣神ともども、大切に継承してくれる。おまえたちは安心して師とあおぐがいい」

なんというきっぱりとした将来図であろうか。暁斎はずっと熟慮してきたに違いない。

「最後にわしが伝えることは、……いいな、ひたすらに、よきものを作れ。よきものには神が宿る。神が宿ればそれがすなわち正義となる。精進せよ。正義を作っていく者、それが匠じゃ。神にもっとも近き造部《つくりべ》じゃ」

みなはうなだれて聞く。黙っていても、師匠の今の声が、これまででいちばん慈愛のこもった声であるのは伝わった。だがほんとうにこれが最後なのか。お別れなのか。有綱はそっと伊織を見た。無念で、承服しかねて、ただ唇を嚙んでいる。

一方、他の弟子からも不安の声は上がった。出っ歯の亀六だ。

「わたくしたちは、鎌倉から帰った時に行き場があるのでしょうか」

当然の不安だが、不遜にも師匠の死の先を言っている。無理もない。長く暁斎のもとで寝食をともにし、師匠の教えにすがってさえいれば何の不安もなかった弟子たちだ。この先もずっと長船にいて、隠居となった師匠とともにのんびり鉄を打つ日々を続けたかった、それだけだろう。多くを望まなければそれで満足だったのに、まさか鎌倉なんぞに行く羽目になるとは。彼らの思いをくみとり、暁斎は哀れむように微笑みかけた。

「心配するでない。わしが生きている間はただついてくればよい。そしておのれを研いで磨けば、いずこにでも居場所はできようぞ」

顔を見合わせ、おし黙る亀六と五郎太。不安でならない気持ちはよく理解できた。

「そして使者どの、ここからが大事。そなた様はこの伊織を連れて、伊予《いよ》へ行くのです」

「伊予、ですと?」

思わず叫んだのは有綱だけではなく、伊織も同時だった。二人はすでに一蓮托生、同じ道をたどる者になっている。

じゅう、と石桶に挿される鉄の叫びを聞いた。火と水に鍛えられる鉄の塊のように、有綱もまた、刀になるか鉄塊で終わるか、試されようとしているのだ。

吉井川《よしい》の水面は今日も穏やかにきらめいている。船着場から見る川は、稲刈りのすんだこんな季節、水量も少なく、すっかり力を失ったかに見える。しかしその実、いつもどおり生きて流れているのが浅瀬の石ころたちのせせらぎでわかる。

そのせせらぎへせり出すような渡し場に向かって、土手から伊織が小石を投げる。いかにも面白くない、といった感情がその顔から見て取れて、有綱はつい声をかけた。

「おい、伊織……だったな。舟はなかなか現われんな。昼飯でも食うか」

一瞬だけ、彼は有綱の方を見たが、鼻であしらい、また小石を投げる。これから彼と一緒に下り舟に乗る。川を下って、瀬戸内海の渡船の拠点笠岡《かさおか》をめざすためだ。この旅に、彼は有綱と同行する。師匠暁斎が、そう命じたからだ。

「なあ、おまえも食おうぜ」

竹皮を開き、自分の分の握り飯を示してみせた。白米の握り飯とは、備前が米どころだからか、刀匠が豊かだからか。この先そうそうありつけない食い物に違いなかった。

だが食い物で釣っても伊織は不機嫌顔で、まだ小石を投げ続ける。

この旅が彼の本意に沿わないことは知っていた。けれどそれをこちらのせいにされても困る、と有綱は思う。気が重いのは彼だけでなく、他の弟子も同じだろう。そして有綱自身も同じなのだ。あの扇と刀を見せさえすればすべてが解明されるのでは、と安易に考えていたほどだから、海を越えて四国へ行くというのは、まったく予想の外のことだった。

川岸に風が吹く。

ふっ、と肩の力を抜いて握り飯にかぶりつき、有綱は立ち上がって伊織の隣にすわった。

「それにしても、おまえ、えらく大荷物だな」

簡単な着替えと布にくるんだ「菊御刀」を背中にくくりつけただけの有綱とは大違いに、伊織は大きな葛籠《つづら》を背負っている。暁斎が形見として弟子たちそれぞれに下げ渡した愛用の道具が納まっているからだ。当然ながら、一番弟子の伊織にはとりわけ配分が多かった。

彼は顔をそむけて答えなかったが、有綱にもわかっている。弟子は、十になるかならぬかの年で師匠のもとにころがりこんで、そこを全世界として修業の歳月を送る。ゆえにその師匠との別れは世界の終わり。葛籠には一時代すべての所有品が収まっているのだろう。

「なあ。この使命をとっとと片付けて、自分で刀剣を作りゃいいじゃないか」

しょげている彼をなんとか元気づけたいと思うのだが、どうにも言葉が空回りする。

「あのな、使者さんよ。そう簡単に言われても、材料の鉄は、なかなか手に入らんのだ」

やっと口を開いた伊織だが、まるで有綱を素人扱い。だからさっそく言い返す。

「隠岐への報告は俺がやるから、あんたは途中の出雲あたりで、砂鉄拾いをやればどうだ」

先に父の供をしたとき聞いた話だった。隠岐への道中にある出雲では、古代、砂鉄がずいぶん採れたそうだ。神話の八岐《やまた》の大蛇《おろち》というのも、上流の蹈鞴《たたら》場から流失した酸化鉄が川を赤い色に染め、氾濫して八つに分岐したものだった、という説もあるらしい。

「悪いがそれ、大昔の話だろ？　今では採り尽くしたって話だ」

これにも伊織はふてくされたような声で返す。だからなお有綱もむきになる。

「そんなら空から落ちてきた星をみつけたらいいんだ。ごそっと採れるらしいじゃないか」

「阿呆なこと言うな。そっちの方がよほど稀だ。そうそう飛石《ひせき》（隕石）が落ちてくるもんかい」

伊織はますます不機嫌になる。笑わすつもりだったが、これもだめか。

「あのな。俺はあんたと違ってお先真っ暗なの。あんたの使命とやらを手伝った後は、俺にはもう帰るところがない。身上すべて引き上げての旅さ」

「なぜだ？　師匠もベタ褒めしたその腕があれば、どこでだって刀鍛冶はやれるだろ」

師匠は、それをはなむけに、伊織を自分の手から放したのだとも言える。

「鍛冶場もないのに、どうやって俺の銘で刀が打てるってんだ。刀鍛冶は浮き草ではない」

吐き出すような伊織の声には、師匠への多少の恨みも滲んでいた。たとえ何らかの方法で鉄が供給されて刀剣が打てたとしても、研師《とぎし》、鞘師《さやし》、柄巻師《つかまきし》など、完成までには多くの工程を担う職人が必要で、そこにも熟練の技がいる。そしてどの技が欠けても支障を来《きた》すだけに、すべての技術集団がそろった備前を離れた時点で、彼は刀作りの道を断たれたも同然なのだ。やけになりたくなるのも当然といえよう。

「そんならまた備前にもどってくればいいじゃないか。生まれた家は？　親や家族は？」

楽しげに有綱は言った。だが、それが伊織の心を閉じさせた。

「おまえ、もう俺に話しかけないでくれ」

けだるそうに顔をそむけると、それきり何も答えなくなった。有綱と話すと苛々するばかり、と思っているのが読み取れる。

しかし有綱はこんなことでは懲りない。幼い頃はたえず父や兄の顔色を見て、暗ければ盛り上げ、賑やかにするすべを体得してきた次男坊だ。それに、今の伊織はほうってはおけないほど沈んでいて、そういう弱さを見てしまえば、庇いたくなる有綱なのだ。

「おい、伊織よ。隠岐に行けばどうだ？　おまえの居場所があるやも知れんぞ」

「もう俺に話しかけるなと言っただろ」

ついに堪忍袋の緒が切れ、伊織が腰を上げた。それでも有綱は前より大きな声でなおも言う。

「隠岐で、おまえの技を咲かせろ。上皇さまは、無類の目利きであらせられる」

伊織にはよく聞こえなかったかもしれない。風に乗って、別の声が上がったからだ。

「舟が来るぞぉ」

吉井川の流れに沿って下ってきた、さして大きくない網代帆《あじろほ》をかけた舟。背後で、商人やら旅の僧やら市女笠《いちめがさ》の女性やら、何人もの男女が船着場めざして立ち上がった。

「下り舟だ。さあ、俺らも行くか」

有綱も立ち上がった。お互い、長い旅になる。これから二人で川を南に下って瀬戸内海に出て、対岸の伊予へ。まず河野通政《かわのみちまさ》のゆかりの者を訪ねて行けと言われていた。

伊予はもともと上皇領だったが、さて、今はどんなことになっているやら。隠岐も伊予も、互いに行く手は苦難だらけだという気がした。

意気揚々と舟に乗り込む有綱の背後から、伊織が珍しく親切そうな声をかけてきた。

「なあ、有綱さんよ。人のことを心配してくれてる場合じゃないぜ。あんた、平家の剣をみつけるなんて、どだい無理な役目だと思うぜ」

その声に、ぎょっと有綱が振り返る。今なんと言った？　平家の剣、だと？

「ま、腰の刀に見合うだけ働いてそれをもらい、あとは適当に切り上げて京に帰るんだな」

立ち止まった有綱を追い抜き、伊織はさっさと先に舟に乗り込み、座り込んだ。

ここに来るまで二人で話す時間はたっぷりあったというのに、なぜ今になって言う？　詳しく聞くため有綱は彼をひきずりおろしたかったが、船頭はすでに艫綱《ともづな》をほどいていた。

涼しい顔で景色を見渡す伊織の横顔を、有綱は苦々しくにらみつけた。

*

ざざあっと音をたて、巨木の梢《こずえ》がいっせいにしなった。

ここは備後と伊予をつないで瀬戸内の海に飛び石のように置かれた島々のうちの一つ、大三島《おおみしま》。かつて島そのものをご神体とみなし、御島《みしま》と呼ばれたことから転じて今の島名になった。鎮めの神は大山祇神《おおやまづみ》。伊予一宮《いちのみや》である。楠《くすのき》の巨木はその神域の中にそびえていた。

樹齢一千年、いや二千年は過ぎていようかという巨大な楠だ。大地に根ざす本体を、踏ん張るようにやや傾げ、やがて天に向かって四方八方、すべての方角に大枝を差し伸べるその木は、あまりに大きく、あまりに広く、生い茂る緑の葉の数々はすっぽり宙を覆ってしまおうという意志を持つかのようだ。

今、有綱には、その木が海からの風を受けて、何かを告げに騒いだかのように思われた。

「平家の剣、と言ったな？　何なんだ、それは。まさか、草薙剣のことか？」

ここに来るまで、有綱は何度、伊織に訊き返したことだろう。

そうだ、と言われても信じる方が難しい。この瀬戸内の海で平家と源氏が戦い、国の宝である剣が沈んだのは有綱も伊織も生まれる前のこと。すでに四十年が過ぎている。それでもまだ、あの宝剣を探しているというのか。上皇や伊賀局は言うにおよばず、刀匠の暁斎も、そして伊予の国人たちも、諦めることなく探しているというのか。

「呆れた話だ。まさか本気ではあるまい」

有綱にしてみれば、それはおとぎ話の続きを大まじめに追いかけるようなものだった。

「でも、そのまさかなんですよ。みなさんは、ずっと探し続けてるんですよ、今も」

師匠からもらった書物は、都の貴族が書いた日記の写しで、かなり正確に源平の合戦のことが記されている。読み書きのできる伊織は、暇ができれば読みあげた。お互いのつまらない身の上話をするよりはずっと有意義だと言わんばかりに。

伊織が話し終えると、有綱は信じられない、という顔で、この広漠たる海を見やった。

合戦の後、赤間ケ関のあたりでは、海女たちが深く海に潜れば、何かしらお宝をみつけて上がってきたそうだ。時がたつにつれ、鎧《よろい》や兜といった大物はなりをひそめたが、今でも武具の飾りの一部など、さすが平家のこしらえと目を引くものが上がるらしい。それらが潮流によってどこかに流れ着くかも知れないとは、あながち荒唐無稽な推測ともいえなかった。海には海の摂理があって、渦潮《うずしお》が引きずり込んで深い海底に落ちたものが、引き潮満ち潮、わずかな潮の加減でまた巻き上げられて海面に浮かぶことが実際にあるらしい。

「上皇さまが伊予を領地とされていたのは、ここに瀬戸内を真っ二つに区切る島々があるからで、何か引っかかってくると狙いをつけておられたからかもしれませんよ」

瀬戸内海は、九州へ突き当たる西の端で豊後水道から外海につながり、逆に東は淡路島を越えた紀淡海峡から外海につながる。つまり、閉ざされた海ではないために、それぞれの方角から満ち潮引き潮の影響を受ける。そしてここ伊予の来島《くるしま》は、ちょうど半分の位置にあり、外海からの潮流が入れ替わる位置にあった。

おとぎ話も、そんな地形の妙が、実に現実的なものにしていた。

たしかに大山祇神社を戴く大三島は、海上に浮かぶ聖なる島で、海の神、山の神、農耕の神、戦の神と、およそ人間の太古からの営みにまつわる神々が往来し、鎮座した。ゆえに、伊予守《いよのかみ》に任じられた源義経《みなもとのよしつね》はじめ、武家の棟梁である源頼朝《よりとも》など、多くの武将が鎧を奉納し、武運や国家安寧の祈りを捧げてきたのだ。ここで待てば、きっと神々が剣のゆくえをもたらしてくださる。そう信じたくなるのも否めなかった。

騙されているような気分で、有綱は伊織とともに備前をあとにし、笠岡から舟で陸地沿いに瀬戸内を進み、尾道から島伝いに伊予にやってきている。暁斎からはその地の国人の河野通政の縁に連なる者を訪ねよと命じられたのだ。

すでに後鳥羽上皇が西国に所有していた膨大な領地はすべて没収されており、荘官たちは追い出され、鎌倉方に任官された地頭が大きな顔で管理している。鎌倉が西国支配を強固なものにした今、旧勢力を訪ね行くのは難しいことだった。

「その者の一族どもは、もうとっくにおらん」

訪ねる先々で、そっけなく言われた。

かつて伊予を所領としていたその人物は、承久の変で上皇方について戦い、敗者となった。すぐさま京を脱出、領地である伊予に戻って、高縄山城《たかなわやまじょう》に籠もって反抗を続けたが、幕府方に攻められ、ついには降伏。捕虜となって陸奥国《むつのくに》江刺《えさし》に流罪となっていたのだ。

むろん一族はことごとく連座。いずことも知れず離散してゆくえもしれない。

別な噂もさんざん聞いた。

「あの河野一族か？　天罰が下ったのよ。恩を仇で返すようなやつらだからな」

すなわち、平家が隆盛だった昔、河野家は「平家の飼い犬」とまで言われるほどに重用され、その庇護を得て伊予を領有した。平家にあらずば人にあらず、と言われた時代である。平家の権勢を笠に着て、伊予での河野家は大きな顔をして好き勝手にふるまったことだろう。噂する者たちの語調には批判と蔑みとが滲んでいた。

ところが清盛の死により平家が斜陽になると、それまでの恩義をうち捨て、源氏に寝返った。本来は平家方に所属するべき彼の水軍が、すべて源氏側に旗色を変えたのだ。

「壇ノ浦で、海戦に断然有利な平家に対し、関東から来て陸戦しか経験のない源氏は船もない。なのに最終、船の総数が逆転したのは、やつらが裏切って源氏方についたからさ」

もちろん裏切りは河野一族だけではない。同じく平家に可愛がられた阿波《あわ》の田口《たぐち》一族もそうだったし、中立だった熊野水軍が占いの結果、船を源氏方につけたことも大きい。ともあれ船の数の違いはそのまま勢いの差となって、平家の敗色を決定的にしたのだった。

「寝返った者の船が、敵方の船として数えられていたわけか」

それにより平家の負けが決定的になった。事の大きさにおののいた彼らが、せめてもの詫びに、宝剣探しに働いていたというのは因縁というものかもしれなかった。

だがそれもこのたびの政変で大きく運命を変えた。生き残るため、平家と源氏、朝廷と鎌倉、どちらに付けば有利か、たえず抜け目なく窺ってきた一族が、今回は見極めそこね、敗者に回ってしまったというわけだ。

「そういえば一人、生き残ったのがおる。坊主になって生き恥をさらしておるやつが」

かろうじて得た情報は、通政の近親の者が一人、政変を知るやすぐさま出家し、落武者狩りを免れて大山祇神社の神護寺《じんごじ》にいるということだった。

「急ぐのか？　そんなやつに会っても、なんにもならんぞ」

たしかに、常に日和見によって得する方へついてきただけの一族の者が、ぶれることなく上皇のために協力してくれるとは思えない。

「雨になるぞ。泊まっていったらどうだ。わしの屋形で湯など入って、ゆっくりと」

おしえてくれた男は、最初に有綱を迎えた時にはそっけなかったのに、そばに控える伊織を見ているうちに態度が変わっていった。何かあるのか？　あらたまって有綱は伊織を見た。

太陽に触れることのない屋内作業で伊織の肌は白く、細身の体は見ようによっては女のようになよやかで、濡れたような唇に切れ長の目は、女がわざわざ男装しなくとも白拍子として通りそうだ。なるほどその道の男にはたまらぬ魅力があるかもしれない。

「おまえ、あいつのところに残ればかわいがられて、工房くらい作ってもらえたんじゃないか」

「何を言ってる、おぞましい。たのむぜ、情報のために俺をひきかえにするなんてまねは」

「おっ、それは名案だな」

からかうつもりはなかったが、伊織は、下品な侮辱には耐えかねる、とばかりに立ち上がり、無言で荷物を背負うと一人でどこかへ行こうとした。

「すまんすまん。役目を終えるまでは、俺がちゃんと守るから」

結局、有綱が追いかけて、謝るしかなかった。

俺が守る。――無意識に出た自分の言葉に、有綱は身震いした。伊織と有綱、お互い、どこでどんなふうに育ったか、親は誰で兄弟はいるのかいないのか、何も知らない。なのにすでに何日も寝食をともにしている。奇妙な縁であった。自分一人の旅でないことはたしかだった。

探すものが平家の剣なら、暁斎が言ったとおり、これは自分ひとりでできる使命ではなさそうだ。だとしたら伊織は相棒。意のままにならない面倒な荷であり、また自分に足りない部分をそなえた協力者でもある。それだからこそ、有綱が武力で護らねばならなかった。謹慎中に磨いた武力は、そのためにこそ使うものだと、改めて思った。

枝がざわつき、大きくしなった。風は、嵐の前触れだろうか。見上げると、葉裏の蔭からこまぎれにされた空のかけらが、二人の顔にも光って躍った。

「平家の剣なんか、もう、あるわけないんだよ。何年たってると思ってるんだ」

ふてくされながら伊織が言うのを、有綱は木々の騒ぎで聞こえないふりをした。

ともかく次に訪ねるのはさっき教えられた河野氏の生き残り――青蓮《しょうれん》という僧侶である。彼が伊予一宮の神護寺にもぐりこめたのは、それまで河野家が帰依してきたおかげといえた。うまく生き残ったものである。戦や政変では、生き残るための嗅覚がやたら冴えている者は少なからずいる。つまり、踊らぬ男だ。事態がどのように騒がしくとも、目の前の状況には乗らず、常に自分が有利に立てる道を探る。父は、有綱に足りないのがそれだと言った。わかっている。四年の謹慎の間じゅう、考えたのだから。

「小楯有綱と申す。父は西面の武士でござった」

面会に際しては父の名を借りて河野に近い者だと示したのだが、最初、青蓮は小さくなって目をそらすばかりだった。北条方の落人《おちうど》狩りは熾烈《しれつ》だったらしく、この聖域にいても厳しい詮議を受け批判にさらされたようだった。有綱が話す時の京言葉で、ようやく彼が北条の追捕使《ついぶし》でないとわかるまで、どれだけ押し問答が繰り返されたことか。

「いや失礼した。そなたたちが鎌倉から送られてきたと思い込んでしまっていてのう」

「いいえ。河野どの同様、朝廷に仕えることを誇りとする武士の家の者にございます」

彼の自尊心をくすぐるように言ってみた。西面の武士として院庁に仕えた河野通政は、承久の変では、台頭してくる北条方ではなく、後鳥羽上皇方についたのだから。

そしてそのもくろみは当たったようで、青蓮はようやくわかってくれる者が来たと言わんばかりに有綱たちの方へ身を乗り出してきた。

「前代未聞のことでござるよ。官軍である上皇軍に矢を向けた朝敵が、まさか勝つなど」

つい口走り、青蓮は亀が甲羅に首をすくめるように小さくなって周囲を見回したが、彼の言には有綱もまったく同感だったから大きくうなずいた。

「よろしいか、神代よりこの国に根付いた国神《くにがみ》を祀る総帥たる天皇家が、そう、天つ神の子孫であらせられる上皇さまが……、後発の、一氏神《うじがみ》を奉る群臣に敗れたのですぞ」

「なるほど、寺社の視線でみればこたびの変は、天皇家と新興の一豪族との争いというばかりではなく、それぞれが祀る神々の決戦であったともいえるのですね」

「そうです。長い歴史を誇る朝廷は、南都と北嶺、それぞれ国と天皇家とを守護する仏や神に依《よ》ってこの国を治めてきましたからね。戦に臨むにあたって、高僧たちを総動員して戦勝祈願を尽くしたでしょうよ。だが祈りは届かなかった」

つまり、国家の威信をかけた中央の神仏が、武家の氏神である八幡神《はちまんじん》に敗れたわけである。高僧たちも、言い訳の余地もなく、今の政局を見守っていることであろう。

「嘆いたとて詮《せん》ないことでござりまするがな。もうあれから四年」

肩を落としたまま、青蓮は自分に言い聞かせるようにつぶやき、大きく息を継いだ。

「お尋ねのことにつきましては、もちろん存じておりますとも。我ら河野家がこの数十年、ひそかに命じられ、どんな小さな情報も逃すまいと心がけてきたことでありますれば」

彼もまた、伊賀局の扇の文字を見ただけで、有綱が訪ねてきたわけを理解した。

「しかし世の中がこうなった以上は、その捜索は、もはやこれまでとなりまする」

「捜索……。青蓮どの。あらためて確認したい。上皇さまは、何を探しておいでなのだ？」

剃り上げられた青蓮の丸い頭をみつめ、有綱は訊いた。まだ信じられないのだ。

しかし青蓮は見下したようにきっぱり言い切った。

「上皇さまのお探しものといえば、一つしかござらぬであろう」

そう、ただ一つ。あらゆる能力に恵まれ、地上に広大な土地を有し、望めばそのおん手に入らぬものなどなかった治天の君の探しものといえば――。

「剣……なのですか？　三種の神器の宝剣を、ずっとお探しになっておられたわけですか」

有綱の声はひどくしおれていたが、青蓮が大きくうなずくのを見て、ため息に変わった。

「当然でございましょう。みつからないなら、神剣は無理でもみずからお作りになって皇剣とするおつもりで、大勢の御番鍛冶もお集めになられたくらいですから」

そうだったか、と伊織を振り返る。上皇が暁斎ほか有能な刀匠をそば近くに集めたのは、単に趣味の作刀の相手をさせるためではなく、皇剣を作るつもりだったか。

上皇の、剣にかける執念に今さらながらに感服する。菊御刀ができたのだから、いずれたぐいまれなる皇剣が生まれ出たであろう。伊織が静かに頷いた。

その顔を、有綱はまじまじと見つめ返す。そうだとしたら――師匠が伊織をこの旅に送り出したのは、剣探しのためではなく、失われた神剣をふたたび人の手によって生み出すような匠となれとの「鍛え」のためではないのだろうか。

上皇は都を逐われ隠岐へ入る身となられても、なお帝王たることをあきらめてはおられない。いや、むしろ不遇な立場に追いやられたからこそ、今こそ神剣を必要となさっておいでなのだ。ゆえに必ず、優秀な刀匠が必要になる。老いた暁斎自身は鎌倉で朽ちるとも、技のすべてを教え託した一番弟子は、美学なき関東武士らの野望に弄ばれることなく伝統を守ってほしい。だから北条方の目から隠すため旅に放った、と考えればすべて納得がいく。

　自分の想像が行き着いた結末に、有綱は唸った。これは壮大な師匠の意図だ。暁斎の名は彼の死とともに消失するが、あの美しい刃紋を生み出す匠の技は、北条の目を逃れた伊織の中で生き延びた。彼こそが、古来、みやこ人が持つに値する美を継承する者なのだ。

　むろん伊織自身にそんな自覚はなく、師匠の理不尽な命令への不服しかない。だが何年か先、彼は力と権威を求める者のために、彼の銘を刻んだ宝剣を創り出す名工となるに違いない。時至り、彼の剣を求めるのは、帰還を果たした上皇か、はたまた新たな権力者か。

　しばらく伊織の顔から眼が離せなかった。大変なものを預かった、そう思った。使者とは言うが、自分こそ、この国に大義をもたらす偉大な刀匠のお供ではないか。

「実はこのこと、北条方からも、しつこく尋ねられましてな」

　有綱の思索を打ち切るように、青蓮がまた言う。

「三種の神器が揃ってこそ正統なこの国の王であるという認識がすたれないなら、次なる天皇にも、ひとしくその宝剣は必要になるから、いつまでも詮議が続くのは当然だ。

「たぶん今後も、同じ目的で北条はこの地に目を光らせることでありましょう」

　有綱は身震いした。伊賀局から受けたこの使命には、誰とは知れない手強い競争相手もいるわけだ。救いは、まだ誰も剣のゆくえを知る者はないという事実だけ。

　また震えた。大楠の木がまた大きなざわめきをたてたせいではない。これは簡単な使者ではないと、ようやく自分の使命のとんでもなさに覚醒したような気がした。

「青蓮どの、ほかには何か……」

　すがる思いで有綱は訊いた。

「これ以上のことは拙僧にもわかりかねるが……、どうです、お泊まりになられては」

訪れた時にはあれほど威勢のよかった有綱が、今は塩をかけられたようにしゅんとしているのをいたわるような猫なで声だが、ちろり、伊織を盗み見た青蓮の目が意味ありげだ。

「いいえ、我らは先を急ぎますので」

立ち上がったのは伊織だった。強い口調で、有綱にも言う。

「行こう。これ以上ここにいても何も情報は得られないようだ」

「お待ちくだされ……」

有綱を置いて出ていこうとする伊織を、慌てて青蓮も追いかける。

「そういえば思い当たることがござるのじゃ。上皇さまの懐かしいお方がこの近くに」

二人の間に残された恰好の有綱が、素朴に、はて懐かしい人とは、と訊き返した。

「それは今宵、お泊まりになってゆっくりと……」

どんな手掛かりでもほしい有綱だが、横目で見れば伊織は憮然と顔をそむけている。

「貴重な情報をお持ちかもしれませぬぞ？　上皇さまとは深いご縁のお方ゆえ」

坊主頭がてかっている。上皇は百花繚乱の後宮をお持ちだった。そこには伊賀局のような白拍子もいたが、市井に咲いた可憐な娘たちもいたと聞く。そうした女性がこの地にいて、何かを知っているとしたら。――ざわわ、と巨木が梢をしならせる音が聞こえてきた。

「伺おう。上皇さまの、懐かしい人、とはどなたかな？」

声を上げたのは伊織だった。ゆっくり近づき、顔を突き合わせるまでの近さに立ったのには青蓮も崩れるように破顔したが、伊織はさらに坊主に作り笑いを浮かべて先を促す。

「うむうむ、それはのう、この島の北に、生口島《いくちじま》という島があるのじゃ。光明坊《こうみょうぼう》という尼寺を訪ねられれば、そこに鈴虫《すずむし》の前《まえ》……いや、今は妙貞《みょうてい》というお名前の尼御前がおられまするゆえな……」

鈴虫の前――。その名に覚えがあって、有綱は首を傾げた。

「ああ、続きは詳しく教えて進ぜようほどに、さあ、あちらへ」

にやけた青蓮が伊織の手を取ろうとする。それを有綱がきっぱりと割《さ》き、

「無用でござる」

上背で威圧するように間に立った。これ以上聞く必要はない。すぐさま、その生口島とやらに行くまでだ。外では巨木のざわつきが前より大きくなっていた。

＊

ふわり、ふわりと日を跳ね返し、庵の土塀の上を動く光。またあの娘が鏡で遊んでいるらしい。銅でできた小さな鏡だが、磨き直したおかげでよく澄んで、日に当たると光を反射し、あちこちで踊った。あの娘は、鏡は自分の顔を映すよりそうやって遊ぶものだと思っている。これから庵にやってくる客を、驚かそうと考えているのだろう。

そろそろ客が現われることは、妙貞にはあらかじめわかっていた。空が鈍色に陰って海が荒れ始める前でないと舟を出せないことはわかっていたし、なにより、朝のお勤めを終えた時、あの娘が、だれか来る、と予言したからだ。

「庵主さま、やってきます、剣の知らせを持った者たちが」

そして本当に、たのもう、と寺の前で大きな声を上げる男が現われた。もう一人、まるで男が

白拍子を装ったような美青年をお供に連れて。

あの風変わりな娘、奈岐《なぎ》は、時折、少し先の時空の景色が見えるらしい。そういう不思議な力を生まれ持っていた。おそらく聖域のなせるわざだろう。聖なるものがこの少女の体を借りて一時的に俗世に立ち現われるのだ。

古来、巫《かんなぎ》と呼ばれ神の依《よ》りましとなる娘たちがいたのは周知の事実だ。奈岐の場合はあまりにその能力が顕著だったため、まわりの者から気味悪がられ恐れられて、それでこの寺に預けられる身となった。十五になれば正式に仏門に入ることが定められている。

――生まれる前から宿業を背負った子のようじゃ。よきにつけ悪しきにつけ、いたずらに民心を怖れさせる力ならば、封印するのがこの子のためにもよろしいのじゃ。

そう言って幼い奈岐を連れてきたのは大山祇神社の位高い神官だった。たしかに、成長するにつれ彼女の力は強まっている。あの島にいたことがなおさら増幅させたのだろう。

なぜにわたくしにこの子をお預けになるのですか、とその場で尋ねたけれど、神官は一言、亡き人を弔うだけが尼僧の役目とは限りますまい、と答えて笑った。言われればそのとおりであった。ここが選ばれたのは、おそらく何らかの神託に従ったのかもしれない。

しかし自分はあの娘を守り切れるだろうか。妙貞はため息をつく。幼くてまだ自分の能力に気づかず、まして、使い分けたり封じ込めたりするすべも持ち合わせない。ここにいれば今のところは安心だが、無闇に力を恃《たの》む者に知られればどう利用されるか知れない。

どうかお守りくださいと妙貞は持仏堂に向かって一礼した。

「失礼つかまつる。伊賀局さまよりおおせつかり、まかり越したのですが」

若い武士が小楯有綱と名乗っている間にも、奈岐はどこからか光をちらちら当てている。

「こちらは連れの伊織と申します」

紹介したとたん、光の反射はその若者の顔で止まって、彼はまぶしげに顔をそらした。

「これっ、お客様に無礼です、やめなさい」

たしなめられて、ぱたぱたと外へ飛び出していく足音がする。妙貞があらたまって奈岐の失礼を詫びると、若者は立ち上がって奈岐を追って出た。三人が座れば窮屈になる狭い板間を気遣ったのだろう。残った有綱はゆったりと坐し、丁寧な口調で切り出した。

「伊賀局さまから預かりし品にございます」

扇であった。彼がそれを開いて床に置き、妙貞の膝前に進める。そこに、剣、と一文字。女性らしいたおやかさでありながら均衡のとれたしっかりとした文字があった。

伊賀局、と聞いても、おぼえがなかった。おそらくその者は妙貞が御所を出てから後に上皇に召し出された女性であろう。そうなるとまだ若い女のはずだと思いをめぐらす。

上皇は、その自信に満ちた態度をもって、若く色香に満ちた女性を次から次に御所に上げてきた。妙貞も十七歳のとき、鈴虫、と名を呼ばれるだけで舞い上がったものだ。それは二つ上の姉・松虫《まつむし》にしても同じ。姉妹だからこそ、二人して同じ感情を増幅させ、御所に上がって二人かわるがわるに愛され、あるいは二人一緒に戯れもし、この世の記憶とも思えぬ歓楽の日々が続いた。なんといっても上皇は、この国最上の地位にあるお方。若く、強く、不可能など何一つない、絶対無二の男性だったのだから。

「上皇さまはいまだ隠岐におられ、伊賀局さまもついてまいられております」

夢見心地の追憶を断ち切るように、有綱が言った。妙貞はとまどう。

むろん、政変のことは知っている。こうして墨染めの質素な島暮らしをしていても、上皇のお噂は耳に届いてくる。それはそうだ、あのお方こそがこの日本そのものなのだから。

「大地が揺らぐ、とはこのことでありましょうね。今も信じられませぬ」

そしてため息とともに、有綱から、上皇が隠岐に着いて詠まれた御製、新島守を決意し自認される和歌を聞かされた。

荒き波風、心して吹け——。

妙貞は口の中でその歌を繰り返し、そして自坊の外に広がる海に思いをはせた。今は嵐の前。だから風も大きく波もうねる。だが瀬戸の海はふだんはこよなく穏やかで優しい。上皇が向かわれた北の海を思うと哀しかった。

「おいたわしい。……人の世の定めとは、わからぬものです」

それしか妙貞には言葉がなかった。

その昔、自分たち姉妹を出家させてくれた僧侶の命をこともなげに奪い、その師である名高い法然上人《ほうねんしょうにん》を都から逐《お》ったあげく、四国への流罪に処した。それほどの権力を持ったあの上皇が、今は逆の立場となって、自分たちより遠い島、隠岐へ送られたなど——。

「それで、こちらをお訪ねしたのは、その扇に書かれているとおり、剣のことなのですが」

おずおずと切り出した有綱だが、続きを聞く前に妙貞は首を振った。何も聞かずとも扇の文字を見ればすべてわかる。そしてその答え——自分が何も知らない、ということも。

なのに有綱は、言わずもがなのその話をやめない。

「今こそ上皇さまには剣が必要なのです。正統な剣の持ち主であらせられると証明されれば、鎌倉方も、上皇さまを京にもどさないわけにはいかなくなりましょう」

そうかもしれない。だがそれが何になる？　この若い侍はそのことによってどうなりたいのであろう。

「そなたは上皇さまとともに、京に帰り咲きたいのですか?」

皮肉な言いようだとは思ったが、妙貞は訊いた。たちまち有綱が反論してくる。

「それがしのことは考慮の外です」

むきになった彼の顔は、眉が反り返り、とても強情な面構えになる。院にいたならきっと上皇さまに気に入られたことであろうと思う。その顔で、にらみつけるように彼は言う。

「まずは上皇さまのおんために、剣が必要なのです」

若い。何であろう、その必死さは。まるで傾く地面をささえて押し返そうとでもいう意気込みだ。妙貞はその若さから目をそらすように顔を傾けた。

たしかに、剣を取りもどされたなら、あのお方は無敵。いかに鎌倉の無法者でも、正統な皇統を隠岐に閉じ込めたままでは、末代まで朝敵のそしりは免れえない。なんとかせざるをえないであろう。しかしそのときこそ世はふたたび乱れる。妙貞はそう言いたかった。

あの強いお方が京にもどれば、おとなしくなさっておられるはずがない。いや、仮におとなしくなされても、周囲の貴族や寺院は上皇さまをかつぎあげ、宝剣の名の下に民も集まるだろう。そうなればまた、朝廷と幕府、天皇と将軍、京と鎌倉の戦になる。

「そなた、こんな世になったというのに、それでも上皇さまの側につくのはなぜです?」

かすかに有綱が引くのがわかった。だが返事はすぐにあった。

「忠義というものは、そういうものであろうと心得まするゆえ」

まっすぐな目だった。若者特有の、自分の信じるものを疑いもしない強いまなざし。ほっ、と妙貞が笑みを漏らさずにはいられないような。

「忠義、とな。……では、仕えるべきは主君なのか、この国なのか」

「この国をしろしめす主君にございます」

　これもまた即答だった。

「ならば今上の帝に、その忠義とやらを尽くすべきでは」

「そういう論もありましょう。しかし今上帝にはあらたな配下の者がおられまする」

「一度配下となったら主を変えぬ、ということでしょうか」

「そうとも言えます。いくら世が変わろうとも主君は主君。それを変えるは寝返りに等しい。そんな恥ずかしいまねは小楯の家の者にはできませぬ。名は惜しむべきでございましょう」

　太古、天皇家の後継者をみいだし、都に連れ帰ったことで名を残した先祖のオダテのことはあとで知る妙貞だ。しかしこの時点では、有綱の若さとまっすぐさにたじろぐ思いだった。今のままでは、この若侍は、どこかに突き当たればぽっきり折れてしまうのではないか。昔会った、あのお方のように。

　最後まで、そう、とことんまで、主を裏切らないし、逃げもしない。窮地にあっても揺らぐことなく信念を通し、そのために死ぬしかないと知っても命乞いさえしなかった。勇敢で、まっすぐで、かぎりなく尊いお方――。

　どうしたことだろう。自分が涙ぐんでいることに気がついた。妙貞は動揺している自分に慌てた。ふだんこのような若い男と話すこともなかったからか。

　そんなことを知られたくなくて、庭の方へと目を向けた。そこではさっきから、風が吹くのもかまわず群れ遊ぶ村の子供らの声が聞こえている。

「失礼ながら、かの法然上人も、ご存命なら上皇さまをお慰めになったのでは」

勢いあまって、この若侍はそんな差し出たことまで言う。そなたなどが引き合いに出すお方ではない、と怒ってもよかった。だがこらえた。

権威をよしとせず、ひたすら衆生を救いたいと願われた法然上人。そのため他宗派からの攻撃でたびたび法難に遭われた。決定打は妙貞たちの出家事件だった。上皇付きの女房・松虫と鈴虫が、二人して法然への帰依を深め、信奉するあまり、上皇の許しを得ずに出家してしまった。その責任を問われ、上人は土佐《とさ》への流罪を申し渡された。

いくら詫びても詫びきれない。むろん、直接妙貞ら姉妹を出家させた高弟たちは死罪。ああどうしてまた上人のことなど。いつか数珠を堅く握りしめていた自分に気づく。

この者は、若すぎて暑苦しい。顔をそらせば、門の方で子供らがはやしたてる声がした。

「やーい、がたろ、がたろ、やーい」

がたろ、とはこのへんの言葉で河童をさす。誰かを河童みたいだとからかっているのだ。

「こら、やめろ。仲良うせんか」

大きな声で子供たちをたしなめたのは大人の声だ。さっき出て行った連れの伊織であろう。群がる子供たちは「ちぇー」と残念そうな声を上げて散っていく。しかしまた振り返って、

「がたろ、がたろ、やーいやい」

とはやして去る。妙貞は暗い気持ちになった。いじめられているのは奈岐なのだ。仏門に入るために短く切りそろえたおかっぱ頭を、村の子らはいつもそのようにからかう。だから彼女も、めったに村の子たちの前には姿を現わさないのに、来客が珍しくて、つい案内するかのように外に出たものだろう。泣きべそを掻きながら、伊織に連れられ入ってきた。

その顔を見て、有綱は驚きを隠せないようだった。悪童たちに「がたろ」とはやし立てられて

いたとおり、奈岐の容貌は、たぶん河童とはこのような、というほど目も口も人間離れして大作りなのだ。おまけに前歯の二本が、まるで木鼠《きねずみ》のように白くて大きい。けっして可愛いとはいえないこの顔に驚かず、庇ってやった伊織は、ある意味、立派だ。

「お話の邪魔をしましたでしょうか。出たり入ったり、勝手にすみません」

奈岐を引き渡しながら伊織が謝るのに、妙貞はふと心がなごんだ。今日はまた、懐かしい人をよく思い出すことだ。あの方も、優しい人であった。この青年同様、弱い者に寄り添い手をさしのべるのを厭わぬ人だった。妙貞は奈岐を抱き寄せ、髪を撫でてやる。

きっと浄土では安らかにと祈る毎日だが、ともに念仏した姉は、昨年、この島で世を去った。寂しくないと言えば嘘になり、権力によって前途を絶たれた有能な若い僧を思えばいついつまでも心は泣いた。亡き人の菩提《ぼだい》を弔うだけが尼僧の役目でないと大山祇神社の神官には言われたが、いまだ自分は迷いから脱し切れていないらしい。

やがて奈岐が泣き止んだのを見計らって、有綱はおもむろに両手をついて頭を下げた。

「私がなぜ妙貞さまをお訪ねしたかと問われれば、藁にもすがる思いとしか言えませぬ」

彼を、正直な男と思う。おそらくここに来たとて何かが一気に解決するとは思わないまま、ただ上皇さまに繋がる縁をたどってきたにすぎないのだ。だから親切にするべきだが、

「ご苦労さまでしたね」

そう言うしかないであろう。そっけないかと思い直し、妙貞は少し付け足す。

「みほとけの教えでは、剣であれ何であれ、物質に執着するのは煩悩というのでございますよ。人はそういう執着から解き放たれる方がいいのです」

それが正論だったからか、有綱がうなだれた。仏門に入った妙貞に、俗世の相談を持ち込んだ

間違いに気づいてくれたならそれでよかった。もう自分には何の力もないのだから。

若者たちに、諦めのための静かな時間が流れていた。なのに、奈岐が突然それを破った。

「庵主さま。剣のありかなら、あたい、知ってるよ」

妙貞の膝から顔を上げ、はっきりと言う。ぎょっとして、有綱が、そして伊織が、彼女を見るのがわかる。その伊織を、奈岐はまじろぎもせずみつめていた。

「あたいを一緒に連れていってくれるなら、教えてあげてもいいよ、剣のありかを」

「奈岐。いけません。ふざけてお客様をまどわせては」

思わずたしなめたが、妙貞は自分の声が上ずっているのを感じた。すかさず有綱が少女の言葉に食いついていく。すがってきた藁がここにあったと言わんばかりに。

「剣のありかを知っている、とな？　教えてくれ。それはどこにある」

「まあ、小楯どの、こんな子の言うことをお信じあそばしたのか？　子供の戯《ざ》れ言《ごと》ですぞ」

妙貞は荒々しく有綱の前に片膝を進めた。

「日が暮れます。尼寺に男の客は泊められませぬ。近くの百姓家へお行きなされ」

「ガンさんの家でしょ？　あたいも一緒に泊まっていい？」

少女は目を輝かせ、許可を乞う。近くには村の名主の岩吉《いわきち》の家があり、ときおり妙貞も奈岐ももらい風呂をしている親しさだった。

「いけません」

叱ると、奈岐はとたんに不機嫌になり、妙貞を見ずに侍に言った。

「剣は、土佐の山中にあるんだよ。龍の背骨のような山地ぞいに、いくつもいくつも深い山と谷を越えて行った先だ」

あまりに明快な答えであった。四十年という長い歳月をかけ、最高権力者たる上皇さまが探しに探してみつからなかった宝剣のありかを、この娘はいともたやすく言い切った。

有綱はしばらく呆然としていたが、やがて我に返って、少女に訊いた。

「剣は海に沈んだんだぞ？　なんで奥深い山中にあるんだ？」

問い詰めるような有綱から逃れ、奈岐は襖《ふすま》に隠れたが、やがて小さく言った。

「だって、平家の落人《おちうど》が持っているんだもん。山の中に、隠れているんだよ」

奈岐、と妙貞は声を荒らげ、今度はきつく叱った。

「子供の戯れ言です。剣を平家の落人が持っているとは、このあたりの者なら誰もが言っていることですよ。たくさんの落人が岸に上がって来ましたからね。根拠はありません」

奈岐を守らねば。厄介ごとに巻き込まれてはならない。妙貞は必要以上に奈岐を庇った。

「違うよ、庵主さま。あたいは見えるよ、どこの山か」

「奈岐、やめなさい」

「連れていってくれれば教えるよ。お願いだから……」

とうとう妙貞は立ち上がり、少女の口を塞いだ。とたんに少女は大きな声で泣き出した。

「あたいを連れて行ってよ、もうこんな島にいるのはいやだよお」

伊織と有綱が目を合わせ、落胆しているのが見て取れる。少女が、この島を出て行きたいばかりに剣のありかを知っているなどとうそぶいたのだと知ったからだ。

気の毒だが、剣を探す道はここで行き止まりだ。手掛かりはとだえたのだ。

ざわざわと、樹がしなる。枝が揺らぐ、葉がそよぐ。島じゅうの木々が騒いでいた。

＊

川面に紅い灯が揺れる。葦《あし》がそよぐ岸辺の、向こうに建ち並ぶ家々からは、笛や鼓《つづみ》の音も聞こえてきた。ゆきかう舟の上では、誰かが今様を歌っている。

遊女《あそび》の好むもの　雑芸　鼓　小端舟《こはしぶね》
簦《おおがさ》かざし　艫取女《ともとりめ》　男の愛祈る百大夫《ひゃくだゆう》

ここは神崎川の河口、江口《えぐち》の里。淀川下流に位置する宿駅で、平安時代からの遊里である。伊織は、まさか自分が、音に聞こえた江口にいるとは今もって信じられなかった。

「あれが名高い江口というものか……」

さっきから伊織は船端から乗り出すようにして周囲に浮かぶ小舟を見回してばかりいるというのに、有綱の方は、無言で腕組みをしたままだ。

「ねえ有綱サンよ、こんなところでどうするんだい」

どうにも落ち着かなくて、訊いた。こんなところは、来るのも見るのも初めてだった。

「どうするも何も、日が暮れてはどこかで宿りせねばならんだろう」

「そうは言っても……」

神崎川は、奈良から京への遷都にともない、開削されて生まれた川だ。奈良時代には都への海運は難波津が中心だったが、川砂の堆積が進んで船の運航に支障が出るようになり、大規模な土木工事によって別な川を開いたのだ。そのため河尻から江口を経て淀川本流を遡行できるようになり、江口は京の玄関口となっていた。おかげで河口は瀬戸内や南海道から入る入り船出船であふれ、人や物産はもちろん、畿内の寺社仏閣への参詣に向かう天皇や公家で賑わうようになったのである。

　この繁盛ぶりを、平安時代の学者・大江匡房《おおえのまさふさ》は「天下第一の楽地」と紹介している。それから百年もたった今は、いっそう賑わいを増し、彼の書いた『遊女記』の記述のとおり、

「門を比べ戸を連ね、人家絶ゆるなし、倡女《うため》群をなし、扁舟《へんしゅう》に棹さし、旅船に着き、以て枕席を薦《すす》む」

　といった光景がそのまま伊織の目の前に出現していた。

「安心しろ。別に、江口に来たからとて遊ぶわけじゃない」

　目を閉じたまま言って、有綱はなおも黙り込む。

　まったく、わからない男だった。伊織が初めて会った時は、刀のことはもちろん、自分の使命すらよくわかっていない能天気な侍だったが、大三島で青蓮に会った時も、生口島で妙貞尼に会った時も、あらたにわかった事実をめぐって思索する姿は全身全霊といってよいほど真剣で、育った家の教えだそうだが忠義にうるさく、欲得なしにまっとうだった。師匠にお供を言いつけられた当初、ばかな乱暴者につきあわされるなどたまったものではないと敬遠していた伊織だが、今では軽口をききあうまでになっている。

　けれどもそんな彼も、妙貞尼のところで手がかりが消えた時にはやけになっていた。

「もうやめだ。こんな雲を摑むような使者、やってられるか」

　そして実際、備前にもどる船に乗ってしまった。どうやら本気であきらめたらしい。

「ちょっと待ってくださいよ。それなら、おいらはどうなるの？」

「しかたないだろ。万事休したんだから。あんたは鎌倉へ行けばいいさ。俺も家に帰る」

あっさり有綱が剣をあきらめてくれたことが伊織には意外だったが、師匠はがっかりするだろう。人の思いとは不思議なもので、宝剣探しに行くと言われた時はあんなにも抵抗感があったのに、あっさりやめると言われるとまた、それでいいのかと気後れする。なんといっても、あの奈岐という女の子は、剣のありかが見える、と言っていたのに。

「そもそもあの尼僧は上皇さまを憎んでおられるんだ。だから協力してくださる気もない」

そっぽを向いたまま有綱が言う。それはそうかもしれない。妙貞は、鈴虫と呼ばれた時代、上皇の後宮で寵《ちょう》を競い合う女たちの烈しい妬心に揉まれ焼かれて、心身共に疲れきり、出家を願った。すがすがしいみほとけの使者として現われた法然上人の弟子に生きる希望を吹き込まれたなら、御所での豪奢な暮らしも、黒髪さえも、惜しいとも思わなかったことだろう。姉妹が出家したのは上皇が他の女房を連れ熊野参詣の旅に出られた留守のこと。ひそかに御所を抜け出し、剃《てい》髪《はっ》してしまえば上皇だとて手が届かないと考えたのだ。

だが上皇は激怒した。それは寵愛する女二人を失った悲しみではない。男の面子《めんつ》、権力者の誇り、そうしたものを、仏という名の下に傷つけた若い男たちへの憎しみだった。震えながら彼女は姉と抱き合い、自分たちの罪の大きさにおののいただろう。だが遅かった。若い僧らは弁解の余地なく捕らえられ、六条河原に引きずり出されて首を刎《は》ねられた。そう、彼女らにかかわったばかりに、その僧たちは、無数の民を救えるはずのその命を散らした。祈っても祈っても、妙貞の胸の慚愧《ざんき》は尽きないだろう。いくら冥福を祈る毎日でも。

「そんな因縁の人に、剣のことなど尋ねて行った俺が愚かなのさ」

有綱は自嘲する。剣探しを煩悩とまで言われてしまえば、諦めるしかないではないか。

「鎌倉に行きたければ行け。だが、京は見て行った方がよいぞ。俺の在所も近くだ」

関東へは海路は無理で、いずれ船を下りて陸路になる。それなら京は、一生に一度は目にしておくべき都だった。備前からは笠岡で船を乗り換え、陸づたいに室津《むろつ》を過ぎ、泊《とまり》、泊をつなぎながら東に向かってきた。そして江口まで来たなら京まではあと少し。このまま川を上って宇治川と桂川、木津川の三川が合流する淀津《よどのつ》で船を下り、鳥羽作道《とばのつくりみち》を北上すれば、ほぼ一日の行程になる。だから伊織も納得ずくでついてきたのだ。

「お侍さん、寄っていきなさいよ」

「あら、いい男。お安くしとくわよ」

舟の上から、女たちがかわるがわるに袖を振りながら有綱を誘った。

この時代、遊女は「あそびめ」「うかれめ」などと呼ばれてはいたが、必ずしも近世後期以降のように売春を伴うわけではなく、また、自分の意志に背いて人身売買の犠牲になる苦界の女というのでもない。歌舞音曲に通じた一種独特の芸能人、というのが正しく、この仕事につくのは本人の自由で、どこに住むかも自由であった。芸の技量と人気によって、それぞれが自営業として独立しているのである。したがって、美貌や芸が目に留まり貴族や上皇から招聘されて御所に上がって舞を披露する者も出てくるわけだ。

川岸にはそうした多くの遊女宿が並び、旅人の舟が泊に着くと、小端舟に乗って漕ぎ寄せる。そして川波の音に響かせるように鼓を打ち、琴を奏で、今様や朗詠を謡っては、船客から祝儀の纏頭物《てんとうもつ》として絹や米、着物などをもらうのである。川宿では酒食が供され、毎夜宴が繰り広げられるのだった。

しかし、有綱は頑《がん》として、なびく様子はない。

「悪いな。昨日、親父が死んだんだ。今夜は泊めてくれるだけにしてくれ」

嘘も方便とは言うが、たしかに彼の仏頂面は親が死んだと言ってもいいほどだった。ここで宿を取ったのは、要するに旅を続けるにも日が暮れてしまったからであり、どうせなら旅の塵《ちり》を落とし、さっぱりとして京に入りたかったためらしい。伊織はため息をつく。

「まあ、そやったん？　ほんなら、亡くならはった親御さんのために歌いまひょか」

「いや、それは今度来た時にたのむ。それより、湯屋が使えるならそれでじゅうぶん」

有綱は懐からいくばくかの銭を渡して、遊女に握らせる。垂髪《すべらかし》に作眉《つくりまゆ》をほどこし、小袿《こうちぎ》を着て緋の袴をつけた遊女は、暗がりの中で銭を確かめると、やわらかに微笑んだ。

「ほんなら案内いたしまひょ。うちは、桔梗《ききょう》、いいます。よろしゅうに」

「えっ、姐《ねえ》さま、そんな銭では、あきませんでしょ」

傍《はた》から妹分の遊女が止めにかかる。しかし桔梗と名乗った遊女はさばさばと言った。

「ええのどす。うちの宿は、お客がうちを選ぶんやない、うちが客を選ぶんどす」

「姐さまったら、またそんな気まぐれを」

妹分はしかたなくあきらめ、桔梗はみずから櫂をとって、川岸へ案内していく。伊織はどぎまぎして顔を上げられなかった。

「どうした、まばゆいか？」

有綱がからかう。たしかに、遊女たちは美しすぎる。

「そういうおまえさんはどうなんだ。あの女たちを、きれいだとは思わないのか」

伊織が訊き返すと、有綱はふっつり黙ってしまった。もっときれいな人でも知っているのかよ、と追い打ちをかけようとしたが、それより早く言い返された。

「ま、がたろよりはいいだろうけどな」

生口島の妙貞尼のところで会った、あの少女のことだ。今の時代、美人とはこの桔梗や、また妙貞のように、色白で下ぶくれの輪郭に線を引いたほどの細い目に鉤鼻《かぎばな》、という顔が高く評価されたから、あの奈岐の、どんぐりみたいに丸く大きな黒い瞳や、笑うと大きく裂ける口は、がたい、とからかわれてもしかたのない異様な顔だちなのだった。

しかし伊織は奈岐を醜女《しこめ》とは思わなかった。あの娘には、何か人を引きつける力がある。それが何かと尋ねられたら、ちゃんとした答えはないが、何かを感じたからこそ、いじめっ子たちを追い払ってやった。それは必ずしも伊織が誰にも優しいからではない。

「なんだ、打ち消さないのは、まさかほんとにあの子が気に入ったのか？」

「いや、そういうことではないよ。でも、あの子が言ってたことは気になる」

言うと、有綱はまた不機嫌になった。そう、彼の不機嫌は、あの少女から始まった。

あの子は言った。四十年もの間、みなが血眼《ちまなこ》で探し続けてきた宝剣は、今なお平家とともにある。四国の、龍の背骨のような山脈の、谷をいくつも越えた奥深い山の中にある。そして彼女にはそのありかが見えるのだ、と。

「あんな子供に何がわかる。妙貞さまも、子供の戯れ言と言ってただろう。その通りだよ。きょうびの琵琶法師どもが創った話に惑わされてるのに違いないわ」

吐き出すように有綱が言う。ここまでの道中、数々の泊で同乗してくる法師やうかれめに会ったが、当世、聞き手に喜ばれる演目は平家なのだという。そして彼等は各地に残る伝承も加えながら、平家のその後を大衆が求めるかたちで創っているのだ。

「民というのは身勝手だ。滅びて、哀れな末路をたどった者に同情する。だから鎌倉の厳しい詮議をすりぬけた落武者たちがどこかで再起をはかっている、と言いたがるし、幼い安徳帝も実は死んでいない、と信じたがる。むろん、海に沈んだはずの宝剣と一緒にな」

「そうかなあ。そのわりには、あんた、ずっと考え込んでるじゃないか」

ずっと仏頂面でいるのは、その真偽のほどを、頭の中で自問自答し続けているせいではないか。つまり、半分は本当ではないかと思っているのだ。しかし有綱はきっぱりと、

「考えてなどいない。あんな話は嘘っぱちだ」

大きな声で打ち消した。

「琵琶法師のやつらは、民が好む話に合わせて仏法とやらを説こうとしてるだけさ」

言い切られてしまうとそれ以上、伊織にも言葉はない。あの少女もやがて仏門に入ると聞いた。生者必滅、だから来世を祈れと、結論はそこへたどりつくだけかもしれない。

川宿は、舟を繋ぐ桟橋の上に建っていた。桔梗が案内したのは、紅い提灯《ちょうちん》にそれとわかる桔梗の印のある宿だ。思った以上に立派な宿であることに伊織は驚く。

「おい、さっき渡したあの銭だけしか払えんぞ」

有綱は慎重で、降りる前に確認した。桔梗はかまうことなく舟を舫《もや》い、

「わかっとりますえ。さ、どうぞ」

にこやかに言って、先に舟から降りていく。裾がさばけ、白いふくらはぎが見えた。伊織はくらりとして目をそらしたが、怖い顔の有綱も、一瞬ひるんでいるのが見てとれた。そんな二人を、桔梗はなおもにこやかに手招きする。

「お帰りやんす」

船を降りると、宿で働く小者たちが次々に出迎える。伊織はつい尋ねた。

「有綱サンよ、ここは前にも来たことがあるのかい」

「阿呆を言うな。あるわけないだろ」

小者たちは慣れてきちんと躾けられている。河に面して大きな引き戸を開いた部屋もこぎれいで、これは身分の高い方が訪れる部屋ではないかと身がすくむ。

「落ち着かんな。ともかく湯屋へ行くか」

それがここでの目的だった。たのんでもいない白湯《さゆ》や酒など出される前に、有綱は早々に、教えられた湯屋に出掛ける。それは町外れにあり川宿が共同で使う蒸し風呂だ。こんな施設があるのも、やはり繁華な江口だけのことはある。

先客が二人ほどいて、白い湯気がこもる板場で、火照った体をさらしながら着替え中だった。有綱は下帯一つになるとまさに水を得た魚のごとく嬉々として湯屋に駆け込んでいく。そこには妙に饒舌な下僕がいて、背中を流してくれるのも湯屋のありがたいところだ。

一方、伊織が彼より遅くなったのは、今出て行こうとしている客から眼が離せずにいたからだった。どうもその横顔に見覚えがある。そしてその客が出て行くまぎわ、

「おい。……あんた、まさか、亀六じゃないよな」

声をかけたのは、よくよく窺ってからのことだ。そんなはずはないと思いながらも、何年も一緒に師匠の家で寝食を共にした弟弟子《おとうとでし》のこと、間違いない、と呼びかけたのだ。

ところが相手は、ぎょっとして伊織を見ると、慌てて荷物をつかみ戸口から飛び出した。

「やっぱり亀六だったか。おい、亀六、……待て。待てよ」

追いかけたかったが、なにしろ裸だ。開け放たれた戸口に立って、走り去る男の姿を呆然と見送るしかなかった。

「あ？　亀六だって？　あの出っ歯の？」

彼のことは有綱も覚えていたようだ。すでに汗だらけになっている彼の体を、伊織はまぶしく眺めた。侍だけあって、その胸は筋肉もたくましく盛り上がり、なめらかな肌は粒の汗をはじかせている。

「伊織サンよ。鎌倉にいるはずのあいつが、こんなところにいるわけないだろ？」

湯屋に来て気持ちがほぐれたのか、有綱はもとの能天気さをとりもどしている。だから伊織も思ったことを口にできた。顔を見て逃げ出したのだから、亀六は伊織だと認識したのだ。他人の空似であれば逃げることはないはずだ。間違いない。あれはたしかに亀六だった。

「だがそうだとしても、なんでこんなところにやつがいるんだ」

問題はそれだ。暁斎の身に、何かあったのだろうか。こんな遊女宿に彼ひとり泊まれる銭があったか、それも気になる。伊織はたちまち心配で胸がつぶれそうな顔をした。

「ともかく、ちゃんと垢を流せ。さっぱりしとけ。考えるのは後のことだ」

有綱が伊織の肩を叩く。下僕が待ってましたとばかりに伊織の背中をこすり始めた。

「お侍さんの体は鋼《はがね》みたいだったが、こっちのお方は、まるで羽二重《はぶたえ》みたいだねえ」

褒められた気がせず、伊織は黙る。生っ白く貧弱な自分の体を隠したかった。

限られた路銀は惜しまねばならず、これまではけっこう倹約続きだった。それが、今夜は二人にとって最高の贅沢である。お互い、いくぶん胸が晴れたような帰り道、

「おまえ、やっぱり鎌倉に行くつもりか。備前に、親や家族はいないのか？」

ほぐれた空気に、ふと有綱がそんなことを訊いてきた。長船を出て以来一月《ひとつき》になるというのに、まだ互いの身の上は何も知らない。

「いたとしても、帰れない」

「なぜ」

いつもならそっけなく、もう話しかけないでくれと戸を立てる伊織だが、湯に入ったことで心がほどけてきたのか、自分から話し始めた。

「俺の生まれは備前福岡。長船と同じく、やっぱり作刀が盛んな里で、親父も刀匠だった」

「じゃあ、親父さんについて学べばよかったんじゃないか」

「学んださ。けど、兄貴がいる。親父の名を継ぐのは兄貴ひとりさ」

技を伝承する匠の家では、口伝ゆえに一人にしか教えられない秘技もある。そうでなくとも親の名前は一つしかなく、継げるのは一人。そして、それは長子の特権だ。

「なんだ、おまえも次郎だったのか」

驚いたふうに有綱が立ち止まった。つられて伊織も立ち止まる。

「いや。三郎だ。二番目の兄は、赤ん坊の頃に亡くなった」

「実質は次郎じゃないか」

こらえきれずに有綱が吹き出すのがわかる。意味がわからず伊織は不審顔で見返したが、おそらく二人がどちらも長子ではなかったという共通点に親しみを感じたものだろう。当初は無愛想だった伊織が、越えられない壁のために鬱屈していた胸の内をさらけだしたことが彼にはおかしかったのかもしれない。

「勘違いするな。兄貴を僻《ひが》んだわけじゃない。俺よりできが悪いくせに横柄だから、つい殴ってしまって家にいられなくなった。福岡を出た俺を、お師匠さまが拾ってくれたんだ」

有綱は笑いやんだ。

「おまえ、俺よりずっと複雑そうだな」

家督や技術を継がせるために、長子には未来を見据えて教育も上質で、なおかつ懇切丁寧になる。だが次男以下は親もそれほど力を入れず、物足りなければ兄が学ぶそばから盗むほかはないのである。有綱もそのようにして武術を学んだのだ。

「笑って悪かった。俺はどう頑張っても兄を越えることができなかったんでな」

有綱が伊織よりも幸せだとしたら、それは兄が何においても彼よりすぐれ、名実ともに父の名を継ぐにふさわしい男だったことだ。そうでなく、弟が兄より秀でていれば伊織のように凡庸な兄との間で摩擦が起きただろう。兄を殴ったのは決して衝動的にでなく、そこに至るまでに耐えた日々があったはず。それは同時に父をも批判したということだ。ならばもうそこにはいられない。彼が、帰れない、と言ったことがようやく理解できた。

「けどよ、福岡と長船、別の里であっても備前は備前だろ？　暁斎さんにしてみれば商売敵じゃないか。おまえが父に言われて技を盗みに来たと勘ぐってもおかしくないよな」

「父は則宗《のりむね》といって、御番鍛冶でこそなかったが、競合相手には違いないな。だが師匠はそんなことにはこだわらない。どこの出であろうが筋がよければこだわりなく養ってくれた。だから俺もそれにくらいついて懸命に学んだ。師匠がいなければ、今日の俺はない」

「そうか。どちらも立派だ」

神妙な顔で有綱が言うから、つい伊織も胸が熱くなるのだろう、師匠に会いたいよ、とほろり、つぶやく。

「できすぎる弟子をもて余す師匠もいるだろうに、おまえ、暁斎に会えてよかったな」

せいいっぱいの有綱の慰めは、彼が思っている以上に伊織の胸にしみたか、その後は黙って歩いた。有綱も、もう何も言わない。並んでここを歩いていることが、何か、とてつもない力によって仕組まれた、不思議なことに思われた。

川に向かって並ぶ宿は、陸側はすべて家々が背中を向けたようにひっそり暗い。宿も近く、ようやく火照った体が心地よく鎮まる頃だった。

「おう、お二人さんよ。上機嫌のようだが、ちょいと待ってもらおうか」

細い路地から、いきなり黒い人影が飛び出してきた。と思ったら全力で有綱に斬りつけてきた。

「何をするっ」

とっさに身をひるがえし、有綱が刀を抜く。慌てふためき伊織は彼の背に隠れた。

「無事に宿に帰りたかったら銭を置いて行きな」

相手は賊だ。三人はいるか。湯屋帰りのゆるんだ気分で不意を突かれたものの、体勢が整えば有綱も負けてはいない。きん、と音をたてて、何度か斬りつけられた刀をはじき、逆に相手に打ちこんでいく。思いの外の応戦に、相手はたちまち劣勢となり、後ずさって何度か有綱の刀を受けるのがやっととなった。その背後には、ひときわ黒い男の影。

「お頭《かしら》、……こいつら、ちと調子が狂うようで」

手下たちはすがるように黒ずくめの男を見たが、彼が顎《あご》で、引け、と命じると、全員、背中を見せて逃げ出した。一人残った頭が有綱の前に立ちはだかる。

黒ずくめに見えるのは、まず狩衣と袴が黒で、額から斜めに頭半分を覆う異様に太い鉢巻が黒なのだ。無言で胸をそらす大きな体に気圧されまいと、有綱が全身で立ち向かう。

しかし睨み合ったのは一瞬だけで、黒い男は刀を抜かないまま、ふっと鼻で笑った。

「ふん。あいつら、見る目がない阿呆なやつらだ。割に合わん戦いはやめだ」

妙に落ち着いた声で言うと踵《きびす》を返し、素早く姿を消す。

けれどもそれでおさまる有綱ではない。

「人を襲っておいて、謝りもせず逃げる気か。待てっ」

弱い相手なら簡単に銭を奪うつもりが、予想外に有綱の腕が立ったのであきらめたのだろうが、逃がすものかと有綱は後を追う。その後ろから、伊織も必死で走っていった。

男が逃げ込んだのは宿の並びの中の一つだった。追って入って、紅い提灯の桔梗の紋を見上げた時、有綱も伊織も大きく肩で息をした。これは自分たちが逗留《とうりゅう》する宿ではないか。

「伊織、離れるなよ」

刀を収めても有綱は緊張を解かず、足をしのばせながら入っていく。華やかな鼓の音が聞こえ、それに合わせて詠う女の声もする。つられるように前まで行けば、川に面したその広間は大きく開け放たれて、覗き見する必要もなかった。客に寄り添って詠う遊女は、さっきの桔梗。驚いたふうもなく、有綱と伊織を認めて詠うのをやめ、

「お帰りやんす」

にっこり、笑顔を向けてきた。

何者ともわからぬ者に襲われ殺気の抜けない二人は、そののどかな笑顔との落差に、しばらく呆然と部屋の中を見回した。鼓を打つ若衆と太鼓を叩く男がおり、客は、壁にもたれてしどけなく杯を口へ運んでいる。白く化粧し眉を置いているのを見るにどこぞの公卿か。まだ若く、長い髪を一つに結って垂らし、狩衣の片袖を脱いでくつろいだ姿であった。

そして、広間の外、川に面した縁側には、顔を伏せた男が小さくなっている。

「亀六。……やっぱりおまえ、亀六じゃないか」

たまらず伊織は声を上げた。面目なさそうに亀六が顔をそらした。

「なぜこんなところにいるんだ。お師匠さまはどうされた。鎌倉へは行かなかったのか」

伊織は矢継ぎ早に問い、彼の前に駆け寄っていって肩を掴みそうに勢いこんだ。

「まあまあ、そなたたち、座るがよい。積もる話は、ゆっくり聞こうぞ」

長髪の男が杯を置く。それに合わせて、桔梗が有綱にも酒を勧めた。

「まあ飲みしゃんせ。ご安心なさいまし。こちら主《ぬし》さまのお代ですよって」

「いや、酒はたしなまぬ」

持ち銭に限りがあるのは恥じることではないが、こうした宿で勘定を意識しながら飲食するのは粋ではないし、といって見知らぬ男に奢ってもらう酒など美味くない。有綱の返答に、桔梗は、あら、と目を見開いたが、それ以上は勧めないで杯を伊織に向けた。

「女も羨むきれいな殿御のこちらさんは、……まあ、やっぱりあきまへんか」

いちおう伊織にも声だけかけて、すぐに杯の向きを返し、自分で飲んだ。

「今、湯屋からの帰り道、不意に斬りつけられたが、それはそこもとご存じの者か」

面目なさげに背を丸めている亀六を指して、有綱が追及した。まだ憤慨がおさまらない。

「襲われた？　知らんぞ。亀六、おまえか？」

長髪の公卿が視線を投げると、亀六は身を縮めて首を振った。

「めっそうもございません。おいら、ただ慌てて逃げてきただけで……」

ふうむ、といぶかしむ表情をして杯を伏せ、公卿は襖の向こうへ声をかけた。

「智光《ともみつ》。おるか。そなた、何ぞしたのか？」

すると即座に襖が開き、一段暗く火を落とした部屋から、きちんと烏帽子をかぶった従者の姿が現われた。主人とは別に、そこで酒を楽しんでいるらしい。

「私は何も存じません。ただ、ここにおりますと、川ぞいの道を駆けていく者の足音が聞こえました。誰か、並びの船宿に逃げ込んだようですな」

情報としてはじゅうぶんだった。それなら、何者か、二人を襲った連中が近くにいる。

「よいではありませんか。ここにいれば安心どす。常々、遊女ばかりと侮って悪さをする者もおりますゆえ、用心に腕のたつ侍も雇っております」

そう言ってまた酒を注ぐ女のしどけなさ。たしかに、こうして身も心も弛緩して遊んでいるところで刀を振り回されてはたまらない。安全とは、武力をもって築くものだ。寺を僧兵が守るのも、荘園で武装した地頭が幅をきかせるのも、どれも同じ原理である。

「それで、お怪我はあらへんのどすか？」

はんなりと気遣ってくれる女の様子をおもしろそうに眺めながら、長髪の客が言う。

「まあゆっくりしていけ。外に出ず、ここにいれば安心だ」

ではあの者は誰だ。なぜ二人を襲った？　だがそれよりもわからないのはこの客だ。

髷《まげ》を結わず、烏帽子もかぶらず、長髪を垂らしたままでいるのは元服をすませていないからだが、それにしてはひねて不遜なその態度。年は十七か十八。身分のある家の出なら十三や十四で元服をすませ、何らかの役職に就いていてもふしぎでない。なのにその年で、何か特別な事情でもあるのか、異様であった。

「亀六から聞いた。そなたたち、剣を探しに伊予へ行ったのであろう？　それが湯屋で出会ったもんだから、こいつ、慌てふためいて帰ってきたぞ」

思わず身を引く。おそらく亀六がすべて事情を話しているのだ。

「そんなことはこっちの勝手だ。それより亀六、どうしてここに」

伊織は詰め寄った。出っ歯の亀六は小さくなって、言い訳する。

「お師匠さまには五郎太と小丸《こまる》がついていったさ。もう鎌倉におられるはずだ」

「鎌倉の連中は、ちゃんとお師匠さまを厚遇しているんだろうな」

他にも気になることはある。亀六は、たかが従者の分際で、江口で一休みなどできるわけがない。もしかしたら師匠から銭を盗んで逃げたのではあるまいな。

「そうせっつくなよ。関東なんかごめんだ。俺は、悪いが帰らせてもらうことにしたんだ」

「帰る？　備前にか？」

「いいや、師匠から逃げたなら備前には帰れねえ。京か大和か、雇ってもらえる工房があれば転がり込むさ。だがその途上、ちょっとここで一休みしていたら、悪いやつらに銭袋をとられちまってさんざんだよ。それを、こちらの宮さまに拾っていただいたんだ」

「宮さま？　……だと？」

有綱と伊織、同時に目を向けた。異様な長髪の男は、にっこりと笑った。


その男、たしかに宮さまであった。親王宣下は受けていないがれっきとした皇室の生まれであり、祖父は高倉天皇、また後鳥羽上皇は叔父になるというお血筋だ。交野宮国尊王《かたののみやくにたか》というのが正式な名前で、生まれはもちろん、幼い頃に醍醐寺《だいごじ》に預けられたため学の素養はじゅうぶんだったし、彼を養育した藤原通具《みちとも》の庇護があるため銭の払いにも困らない。

そんな天皇家の一員が、江口にいたとておかしいことではなかった。かの栄耀栄華をきわめた左大臣藤原道長《みちなが》は遊女の小《こ》観童《かんどう》を寵愛したというし、その子、関白藤原頼通《よりみち》もたびたびここで遊んだという。何より、あの後鳥羽上皇は、再三ここを訪れ、また水無瀬離宮にも遊女を呼び寄せ宴を開いていたのは有名な話だ。

「なんとしたこと。……そうとは知らず、失礼のみぎり、何とぞお許し願いたく」

慌てふためき下座に下がり、平伏する。とまどいながら伊織もまた、彼にならって後ずさり、頭を垂れた。宮は、そんな二人を見て高らかに笑った。そうと身分を明かしてもどういうことかわからぬ者もいるだけに、有綱の礼儀正しい態度が爽快だったのだ。

しかも彼の話は興味深い。その昔、皇統がとだえかけた一時、地方に潜伏していた二皇子が復帰して危機が回避された話は宮も知っていたが、その発見者がこの者の先祖なのだという。彼にはその話がついこの間のことのように受け継がれているのがおもしろかった。

「そのように気遣うな。ここは遊里ぞ。誰もが同じ、ただ遊びに来ただけの客だ」

そう言って桔梗に酒を注がせる態度にはたしかに貴人としてのゆとりがあった。

「されど、……宮さまともあろうお方が、どうしてそのようなお姿のまま……」

思わず口にしてしまった有綱を、桔梗が微笑みながら軽く睨んだ。

「先の、上皇さまの変事のせいどっせ」

承久の変。後鳥羽上皇が失脚して流島になるという天変地異が起きなければ、今頃はこの交野宮も頭を丸め、兄が座主を務める醍醐寺に入っていた、と桔梗は言うのだ。

——弟よ、剃髪は待て。そなたは坊主になってはいけない。

兄の醍醐寺座主・聖海《しょうかい》が、あたふたと駆けて来た時のことは、宮も、よく覚えていた。

皇室に生まれた男子が坊主になるのは、天皇になる目がないからだ。だから幼くして仏門に入った兄も、十九という若さで座主となった。その弟ならばなおのこと。

ところが、鎌倉幕府は承久の変の後、後鳥羽上皇の血をひく天皇、上皇、すべてを廃したばかりか、まだ帝位に就かない親王や孫宮もことごとく仏門に入れ、皇位に就けぬよう俗世との関わりを断ち切らせた。おかげで、後鳥羽上皇の直系でないために出家させられずにいた。皇室の男子は、この交野宮ともう一人、従弟の茂仁《ゆたひと》王の二人だけになっていた。

――もしかしたら、そなたが玉座に着くことになるかもしれぬ。

兄が興奮していた姿はまだ記憶に新しい。宮自身、期待がなかったといえば嘘になる。

しかし天皇候補の二人は、交野宮にしても茂仁王にしてもまだ十代。いきなり天皇として国政を仕切れるわけがなく、補佐してくれる治天の君が必要だった。この条件において、交野宮は脱落する。父の惟明親王は、わずか一月《ひとつき》前にみまかったばかりだった。

一方、茂仁王の父・守貞親王は存命であった。天皇になった経験はないが、皇位に就いた我が子を、太上《だいじょう》天皇となって補佐することができた。かくして後堀河帝が誕生する。そしてその二年後にこの世を去られるのだから、まさに子を玉座に着けるためだけに、弟の惟明親王より二年長く生きられたことになる。

思えばその守貞親王も、ご自身は不運なお方だった。高倉帝の第二子として生まれ、兄の安徳帝のお控えの皇子となられたというのに、平家とともに瀬戸内をさすらった日々は、幼な心にどう刻まれただろう。そして安徳帝が西海に沈まれた後、皇位をひきつぐべきは第二皇子のこの方であるはずなのに、京に帰ってみれば、すでに四番目の弟が後鳥羽として即位していた。もう自分に日は当たらないとみて出家されてしまったのも無理はない。

それが、このたび、思いがけなく我が子に順番が回ってきたのである。皇位に就いたことのないお方が上皇となるなど先例はないが、そうでもしなければ皇位は空座になってしまう。鎌倉幕府はそこまでしても後鳥羽上皇の血統を廃したかったのだ。

「そやけど、今の帝はお体が弱く、お子をもうけるお力もないのやそうどす。そこで、この宮さまがお控えとして、お髪《ぐし》をおろさないままでいらっしゃるわけなんどす」

桔梗が説明してくれた。鎌倉幕府は、天皇家の皇位継承さえも牛耳り、このような皇族の方の人生さえ掌《てのひら》に握っているというわけだ。

「出家もしない、さりとて朝廷にも出仕しない無位無冠の身。となれば、ここでおもしろおかしく暮らすほかないだろう」

ひねくれたように宮は言い、笑いながら杯をあおった。

「そんなことはもうよい。智光。あれを持て。この者たちに詫びてやれ」

宮がそう命じると、従者はすぐさま次の間へもどり、何やら運んできた。

以後お見知りおきを、と挨拶した上で、彼が差し出す三方には錦の袋が載っている。袋をはちきれんばかりに満たしているのは銭であろう。

「取るがよい。これでその亀六とやらを許してやれ。そして、詳しい話を訊かせてくれ」

従者がわざわざ有綱の前まで運んで置いて行った袋の意味がわからず首をかしげる。

「平清盛が宋国より持ち込んだ折は猛反対も起きたらしいが、ものを買ってそれまでどおりに米や絹で支払っていたら、私など江口へ荷馬車を何台も遣わさねばならぬわ。のう、そうであろう、桔梗？」

「はい。私も米蔵をいくつも建てねばなりませぬ」

「はは、言うのう。たしかに重うていちいち運んではこられんだろう。便利なものじゃ」

後は笑いばかりのしどけない会話だったが、今の世は、すべての経済が銭で行われているのは事実だった。平安末期に流通し始めた銅銭は、平家の時代に大量に輸入され、清盛が一気に日本で流通させて主要な通貨にした。宋からの輸入を一手に握った平家は、いわば造幣局も同然となり、空前絶後の富を積んだのだ。

「そうは言っても銅銭は圧倒的に不足しておる。ものの値段は天井知らずじゃ。平家だけは安泰だが、世間は苦しんだものだ。それは後白河法皇から庶民にいたるまで同じこと」

なるほどそういうものかと、有綱は目の前の銭袋を眺めた。だが驚いたのは次の言葉だ。

「結局、平家は、銭で恨みを買って滅ぼされたようなものであるな」

平家滅亡の理由はいろいろ言われている。武士でありながら貴族化し、優雅な文化に浸って戦を忘れたことであるとか、傲慢になり各地で横暴を働いたとかいうのが主流だ。正確には、横暴を働いたのは平家という虎の威を借りた地方武士であろうが、清盛は今でも徹底して悪人とされている。そこには疫病が流行り、飢饉が続いて庶民が苦しんだ背景があった。それでも平家だけが栄華を誇ったことが恨みを買ったと解釈してきた有綱だが、今、宮が言うような貨幣の事情で物価の高騰が世を直撃していたなら、それも平家批難のじゅうぶんな理由になる。

「むろん清盛とて無策ではなかったのだぞ。足りないならば大量に輸入すればいいだけのこと。だが交易船は思い通りに往来できず、平家の懸命な輸入も追いつかなかった。……となると、どうなるか。わかるか？」

「それはおそらく、銭の価値が高騰することでしょう。そして、絹の価格が暴落」

「そうだ。おかげで、絹を主たる貨幣代わりにしていた東国は大打撃を受け、平家を恨む」

それで東国を領地とする源氏が立ち上がったのか。清盛と蜜月のような関係にあった後白河法皇も、東国に所有していた荘園から上がる絹が価値を落としたことで収入が激減。そのため銭の流通に反対し、清盛との仲が険悪になっていく。そしてこのことが遠因となって幽閉されてしまうのだ。

「では、もし宋銭が大量に国内に入ってきて余ればどうなる？」

「それは……。今度は逆に銭が余り、ものの値段が高騰するのではありませんか」

「そのとおり。そなた、なかなか頭の回転がよいぞ。つまりな、私が言いたいのは、『銭の病』というものは、よほどの知者が均衡をはからねばならぬものじゃ」

自信たっぷりに宮がしめくくった。通貨高騰、物価高騰。いずれも後世には社会を悩ますデフレ、インフレのことで、国を揺るがす課題にさえなる経済問題なのだった。

「知っておるか？　平家が滅んだ後に、三河守《みかわのかみ》源《みなもとの》範頼《のりより》の意見で宋銭は流通停止を命じられたのじゃ。源氏も、平家の宋銭をよほど憎々しく思っていたのだろうな。しかし時遅く、銭の便利さは皆が知ってしもうた。もはや銭を禁じる源氏の考えは時代遅れじゃ」

銭について深く考えたこともなかっただけに、有綱はこの宮の話に感服した。単に武力で世を測ろうとするのでないあたり、並の知識のお方でない。

その後、朝廷内部にも絹から宋銭に財政運営の要を切り替えるべきだという意見が上り、建久《けんきゅう》三（一一九二）年には宋銭を絹などと同等として扱うため、その公定価格「銭の直法《じきほう》」を定めた。だがその翌年にはこれを撤回、「宋銭停止令」が出される始末。

「朝令暮改もいいところじゃ。もはや銭の利便性は誰もケチがつけられないであろうに」

さすがの後鳥羽上皇も、天皇時代は九条兼実に実権を握られており、この件については無策だった。治天の君となった院政時代も同様だったのは、所有する莫大な荘園のほとんどが西国にあり、米を媒体とする経済にはさほど銅銭の影響がなかったからかもしれない。

「もしも私が朝議に参画する身になれば、まず最初に銭と物の政策に手を付けるぞ」

堂々たる断言に、有綱は反射的に、ははっ、とさらに頭を低くせずにはいられなかった。

「あはは。だがな、いくら朝廷が無能でも、何者でもない私が遠吠えしても届かぬわい」

宮は杯をあおり、破顔する。その笑い声は妙に乾いて耳に響いた。有綱には、このお方が帝であったなら世は違うのかも知れないと思え、打たれたように平伏するのだった。

「それで、この者……亀六のことに戻るが」

宮が話題を変えると、桔梗がまた代わって説明した。

「この人なあ、不敵にも宮さまのお部屋へ盗みに入って、うちの用心棒に捕まったんどす」

身の置き所もないように亀六は小さくなったが、路銀を盗まれすっかり身動きがとれなくなっていたらしく、思いあまっての犯行らしかった。

「けど、このお人、めったと見られへんような立派な刀のわざ物をお持ちやったんどす。有名な刀匠のお弟子の作やと言わはるやありまへんか」

ねじあげられた亀六から、桔梗は師匠の工房が解散となった経緯を詳しく聞いたようだ。

「おもしろい話どすなあ。師匠は、たった一人、そのすばらしい刀を作った高弟を、北条が目をつけんうちに、ひとまず伊予へ隠したんや、とは」

ぴくり、と伊織が反応する。亀六は知る限りのことを宮に話すことで罪を許されたようだが、おかげで伊織は、師匠が彼に同行を許さなかった真意を今、知ることになった。

「ふつう刀は同時に二振り作るんですてな。それで、一振りはこうして師匠がお持ちで、もう一振りは、師匠があんたさんのご生家の備前福岡に届けはったんやて?」

なんということ。師匠は、そこまで深い配慮を尽くしてくれていたのか。絶句し、亀六を振り返る伊織の顔が常より白く蒼《あお》くさえ見えた。

「けっ、おまえはいいよな。あの刀を見りゃあ、どんな刀鍛冶もおまえを迎えるだろうさ」

粘っこいまでの亀六の僻み。それだけに、師匠の深遠な配慮がいっそうきわだつ。

「見よ、このみごとな刃紋を。これほどのものは見たことがない」

顔の前に刀をかざして、宮は感嘆した。一人前の証として、暁斎が認めた別れの刀だ。

「亀六、おまえ、なんという恩知らずなことを」

思いが堰を切って、思わず片膝を立てる伊織。刀を褒められたことより亀六への怒りで前のめりになっている。そんな伊織を有綱がおさえた。亀六は縮こまって震えるばかりだ。

「待て待て。そんなことより、こやつの話はもっと大事だ」

宮は冷ややかな目で皆を眺め、刀を鞘におさめると声を低めた。

「そなたらが探すその剣、このわたしにも、必要なものだ。そうではないか？」

ひやり、息が詰まる気がして、有綱も伊織も押し黙った。

「そうだろう？　正統な皇位継承者が持つべき剣。それがあれば、わたしは次の天皇になれる。そして、長く不満に思ってきた銭の病をこの手で治してみせられる。違うか」

思わず有綱は目をつぶった。妙貞が言ったとおり、あの剣は、ますます話を複雑にし、人を混乱に陥れる。上皇が復帰のしるしに探し求めるあの剣は、いまだ運命に恵まれないこの宮にも、あらたな帝王となるしるしになりうる宝剣なのだ。

「小楯どの、とやら。それで、この銭でございます」

従者が横から口をはさんだ。ただの家来ではない、宮に近く仕える者としてその声を代弁する態度は堂々としている。実は智光というのは宮にとっての乳母子《めのとご》で、彼自身従五位下の出であった。

「宮さまのために、働いてくれますな?」

おっとりしつつも押しの強い語調で彼は言う。つまり、剣を探せ、と。

「上皇さまに仕えるのも、宮さまにお仕えするのも、勤王の家の武士の誉れ。なれど、そなたの先祖は野にあった億計王と弘計王をみいだし玉座に着けたのでありましょう」

優美なようで鋭いまなざし。公家が得意とする戦法だ。どちらにつけば得か損かだけでなく、在野の親王を帝に就けた先祖の話をこの宮に重ね、巧みに有綱を誘導する。

だが有綱には即答できなかった。帝であると正統化する宝剣を、いったい誰の手に渡せばいいかなど、どうして一介の武士に判断できようか。

「まあいい。飲もう。ともに語ろうではないか。剣はどこにあるか、さ、語ってくれ」

なんと能天気なことだ。宮は、剣は簡単に手に入るとでも思っているのか。

「よいな? わたしのために、その宝剣とやらを探してくれよ? わたしが帝となったあかつきには、そなたたちはもっとも近しいところに置いて優遇してやるゆえ」

最後は高らかに笑い、宮は重ねて桔梗に杯を差し出した。伊織は困惑して、そっと有綱を盗み見た。有綱は石になったように、眉一つ動かさずうつむいている。

「よい話になりましたな。では、剣が宮さまのもとにまいるよう、一曲、舞いましょうか」

「そうだな。そなたたちも、楽しめ。桔梗の舞は、天下一品だ」

桔梗がにこやかに立ち上がり、衣擦れの音をたてて細紐《ほそひも》で両袖をたくしあげた。白くしなやかな腕がのぞく。鼓が鳴り、伊織はふと、有綱も笛が吹けるなら合わせればよいのにと思ったが、彼の不機嫌面ではそれはありえないことと思われ、また神妙に頭を下げた。

世の中をいとふ人にも　草枕　旅路の上のなみだ雨
仮の宿りを　貸したくも　世をいとふ人ゆえ　惜しむらん
心とむなと　惜しむらん

伊織がぽかんと見とれる。田舎回りの白拍子ならこれまで備前の神社で見たことがあったが、それとは違い、座敷内で見る舞のあでやかさは一流の風情を漂わせ、夢見心地にさせるのだ。なのに、有綱は舞が終わると、覚めた顔で上機嫌の宮に一礼した。

「それではわれら、これにて失礼つかまつる。よき舞をかたじけのうございました」

まるで桔梗の舞などには心奪われなかったかのような淡々とした口調。伊織も慌てて頭を下げる。舞の間、有綱はずっと熟慮していたのであろう、声は思い詰めたように堅かった。

「まことに申し訳なきことなれど、剣は平家滅亡の日より四十年の長きにわたって探し続けられてまいりました。それを今になってわれらが見つけられるとは思えませぬ」

心地よく酔っていた宮の顔が急に曇った。それは宮の依頼をはっきり断る言葉だった。

「何を言うか。そなたに伊予行きを命じた刀匠は、手掛かりを知っているのであろう？」

「はい。伊予へはまいりましたが、すっかり世相が変わってしまっておりました。何の手応えも得られず、それで、あきらめて、京へもどるところでございます」

はっ、と呆れ声を吐き出し、宮は杯を伏せた。もうすっかり酔って、目の縁が紅くなっていたが、目は定まって有綱を睨みつける。

「桔梗、なんだった、さっきの舞の、あの歌は。世の中をいとふ人にも……、だったな」

「はい。後鳥羽上皇さまがお選びになった和歌集にも入った、西行《さいぎょう》さまの歌からとった今様でございます」

「有綱、そのほう、今様はともかく、元になった和歌の方は知っておるか？」

はっ、と有綱はうなずいた。西行が天王寺《てんのうじ》へ参詣のため、ここ江口の里までやってきた時に詠んだ歌である。にわかに雨が降って、西行法師は困ったことになった。そこで近くの宿に今夜一夜泊めてくれるよう頼んでみると、そこは遊女宿で、主人の遊女は泊めようとしない。そこで西行は、遊女をなじる歌を贈ったのだ。

世の中をいとふまでこそかたからめ
かりの宿りををしむ君かな

私のようにこの世を厭い、出家までするのは難しいかも知れないが、あなたは仏の道を行く私にかりそめの宿を貸すような簡単なことすらしてくれない。そういう歌だ。宮の心境としては、簡単にはたのみをきかない有綱を同じようになじりたいところだった。

「そなたは、濡れ鼠のこの私に、宿を貸さぬと言うのであるな？」

一瞬、有綱がたじろぐ。

「宮さまだから、というのではございませぬ。……その、どう説明すればいいか……」

そしてすぐに西行へ返された遊女の歌を思い出した。

「おそれながら、遊女が西行に返した歌は、たしかこのようであったかと」

世をいとふ人としきけば　かりの宿に
心とむなと　思ふばかりぞ

西行に恨みの歌を贈られた遊女は、驚くべきことに、その場ですらすらとそう返した。すなわち遊女は、あなたが世を厭うお坊さまだとわかっているから、こんな宿なんかに心をお留めにならない方がいいんじゃない、と思っただけですけど？　と、当意即妙に返したのだった。

「遊女の宿を、剣に置き換えればそのまま宮さまへの返歌になりまする」

世をいとふ人としきけば
　　その剣に　心留《と》むなと　思ふばかりぞ

俗世を厭うあなたさまだと知っているので、剣のことなどお心に留めたりなさいますな。

大胆にも有綱は、歌の一句を変えてそう詠んだ。謹慎中の読書が、こんなところで役に立った。

この答えようには、宮だけでなく、桔梗も、伊織でさえ言葉がなかった。

つまり、先に申し上げたとおり、自分たちは剣のことはもう諦めた、と突っぱねたことになる。隣で伊織は、よくまあ宮さまにそのような減らず口を言えたものだ、と冷や汗をかいている。今の歌は撤回するか、あるいは伏して失礼の言を詫びるべきだ、という顔だ。

しかし有綱は動じない。頭を下げたまま、じっとしていた。強情そうな大きな目が、揺らぐことなく床の一点をみつめている。困ったやつだ。いったいどうこの場をおさめるか、頑固な男とは感じていたが、宮は、有綱を眺め続けた。

そこへ、一人の女が駆け込んでこなければ、本当にどうなっていただろう。

「太夫、太夫、……たいへんです。またあの男がまいっております」

息を切らして板の間に膝をつき、泣き出しそうな顔で桔梗にすがる若い女。

「あの男？　……奥播磨の地頭か」

まるで害虫でも入り込んできたように顔をしかめ、女たちはうなずきあう。

「太夫はいないと押し切っておりましたのが、さきほどこちらから太夫の歌が聞こえましたゆえ、桔梗を呼べ、と言ってきかず……。こちらへ乗り込んでくるやもしれません」

桔梗は黙って扇をぱちんと閉めると、宮に向かって頭を下げた。

「宮さま、申し訳ございません。ちょっと野暮用ゆえ席をはずさせていただきますが、代わりにこの小萩《こはぎ》を置いてゆきます。引き続きお楽しみなされてくださいませ」

遊女宿だけにしばしば厄介な客に悩まされることもあるのだろう、桔梗は特に慌てることもなく、小萩という妹分を残して出て行った。手慣れたもので、小萩はするりと宮に寄り添い、酒を注ぎ、鼓を打たせてみずから詠いましょうかと伺いをたて、場を繋いだ。

「では、われらもこれにて」

よいきっかけとばかり、有綱も立ち上がった。伊織も慌てて立ち上がる。むろん亀六を睨みつけることは忘れていない。宮は、憮然として杯を口にする。それをもりたてるように鼓が鳴り出し、賑やかな今様が始まった。

「おまえ、備前に帰れることになって、よかったな。さすが、師匠とはありがたいな」

部屋にもどると気持ちがほぐれ、有綱は伊織を気に掛ける余裕ができた。

「もう一振りはどうする？　本来は師匠のものだろ？」

盗まれて、罪の代償として宮さまのものになったのなら、伊織に取り返す権利はない。取り返したとしても鎌倉に届けるすべもなかった。もとより彼には作ったものへの執着はなく、刀がすぐれていると認められて大事にされるならば満足のようだった。

無言で二人で帰ったが、川筋を眺めると、隣の宿にも桔梗の紋の提灯があった。この並びにある数軒が彼女の営む宿らしく、さっきの小萩をはじめ遊女も何人も抱えているようで、江口における桔梗の宿はけっこう大きな商いであるらしい。女ながらに芸一つでこれだけの繁盛とはただ者ではない。あらためて桔梗の妖艶な笑みが目に浮かんだ。

それにしてもこの部屋。暗闇は思いのほか世界を広くするが、交野宮の部屋を知ってしまうと、粗末さが実感できる。なにしろ板壁一枚を挟んで、隣の声も届いてくるのだ。

「ほれみろ、桔梗はー、おったではないかぁ。る、留守じゃと、み、みなが騙すのだ」

しかし隣の声が聞こえるのは何も板壁が薄いからだけではないようだ。隣の客がかなり酔っているらしく、川風に乗ってわめき声が拡大されるかのように聞こえてくる。

それに比べてずっと小さいが、桔梗の声も聞き分けることができた。さきほど京よりもどったところだと詫びている。歌会があったとのことだ。京の貴族たちから招かれるほど著名な芸能人だったとは驚きだった。そういえば後鳥羽上皇の和歌の師とも同志ともいえる藤原俊成の歌会に江口の遊女が出席したと聞いたが、桔梗のことだろうか。

「和歌だと？　ふん、気取りやがって、おれは……、おれは、いらんぞぉ。そなたが舞ってくれるだけでよいのじゃぁ。さあ、桔梗、舞ってくれ舞ってくれ」

酔客の声は、寝ようとしている自分たちにとってはうるさくてかなわないが、文句は言えぬ遊興の地だ。こんなやつの相手もしなければならないのだから、馬鹿な女ではつとまらぬ商売だと、ふたたび桔梗に感心しながら体を横たえる。湯屋での清涼感はすっかりなくなっていたが、そろそろ休まねば身が持たない。

だがしばらくたっても隣の声はまだやまない。戸を閉めようと思い立ち、有綱が起き上がったついでに出窓から欄干越しに乗りだせば、思いがけなく隣の宿の内が窺い見えた。

「そう急がれますな。舞いますゆえに、まずはちょっと注がせてくだしゃんし」

桔梗のあしらいにまんまと機嫌を直し、杯を受け取る客。有綱はその顔に見覚えがあった。たしか桔梗を呼びに来た小萩は、奥播磨の地頭、と言っていたが、まさか――。

名を聞くまでもない、あの品のなさ、あつかましさ。間違いない、上皇の行在所を警備していた時に出くわしたあの男、井岡隆繁に違いなかった。

「どうした？　知り合いか？」

横たわったまま伊織が訊いた。出窓から窺い見を続ける有綱を不審顔で見ている。

「いや、ちょっと、な」

ちょっとどころではない。守役の藤太を再起不能にし、自分の謹慎を無期限に引き延ばした憎い相手だ。名前と顔は、一日たりとも忘れたことはなかった。

彼がどうしてここに、とは思わなかった。ここは江口。宮さまも来るが、地方の侍もまた、京への使いの行き帰りに羽休《はねやす》めの感覚で立ち寄っていく。川に面した小さな部屋の並びには今夜も何人もの客がある。江口は、西から東から、そして上《かみ》から下《しも》から、縦横に人が往来して交わる土地なのだ。井岡にとって苦い因縁のある遊里であるとは知らない有綱ではあったが、彼がねちねちと遊女に迫る様子は聞くに堪えない。

「美しいのう、桔梗。舞も天下一品。いや、天下一の呼び名は、昔、違う白拍子のものだったらしいが、おれにはそなたが現の一番。な、もっと近う」

「困りますえ。芸ではのうてそちらをご所望でしたら、別な女を呼びますが？」

「そなたがよい。そなたもまんざらではないであろう、な？　おれは船に米を十石、積んできた。そのうち半分をおまえにくれてやるぞ。うん？　よいではないか」

目を閉じていたが、胸くその悪くなる声だ。頭から狩衣をかぶって狸寝入りを決め込んでいる伊織を見れば、こんなところに連れてきた自分が悔やまれた。

よく見れば、手前の廊下で銭を数えている男たちがいる。膝前に並べた銭袋は色も形も違い、おそらく盗品ではないか。さっき自分たちを襲ったのも、また亀六から銭袋を奪ったのも、こいつらに違いない。そういう輩を、井岡は平然と手下にしている悪質さだ。そんなやつを相手に、さあ、どうするか。考えあぐね、深呼吸をした時だった。

「やめとくれやす」

よく聞き取れなかった桔梗の声が、急に尖って大きく響いてきた。

「うちはお上からもお呼びがかかる女どすえ。たかが米十石の半分でものになるとお思いなのは片腹痛《いと》うおます」

「なんやと」

たしかにここは遊興の場だが、遊女が必ずしも身をひさぐとは限らない。天下に名高い桔梗であればなおのこと、芸に誇りがあるだろう。それを認めず、ただ快楽ほしさにやりたい放題、米や銭で女などどうにでもなるという下品さを露骨に剝き出す男に、恥はない。

よほどしつこく迫られたからか拒否する桔梗の態度は別人のようだ。もみあう様子となって、ピシリ、と肌を打つ音がしたと思うと女が悲鳴とともに床に倒れるのが察せられた。

驚いて伊織が半身を起こす。有綱も同時に身構えた。そこへ廊下の手下たちをとびこえ、「お屋形《やかた》」と声を出す者がある。さっき「お頭」と呼ばれていた黒ずくめの男だ。

「派手にやらかすと、ここの用心棒が来ますぜ」

部屋の灯りで、今ははっきり顔が見えた。有綱はあっと声を上げそうになる。それは以前、有綱が井岡に勝負を挑んで踏み込んだ時、応戦してきて有綱をめった打ちにした男だった。悪鬼のように強かったのを思い出す。

「鴉、そいつをやっつけるのがおまえの仕事やないか。外でよう見張っとけ」

そう、鴉という男だった。井岡が追い払う声に、鴉は、にんまり笑って引き戸を閉めた。主人に従順というより、残忍な行為そのものを好む顔だ。

「おい、有綱、ほっとくつもりか……」

伊織が目で訴える。なおも激しく人を打擲《ちょうちゃく》する音、陶器が投げられ割れる音に、衣が切り裂かれる鋭い音まで聞こえる。有綱の迷いは吹っ切れた。もう遊女宿の痴話話と傍観していられる場合ではない。欄干を乗り越え、隣の出窓に立った。

「御免。騒がしいと思えばこれは何ごとか」

遠慮なく中を覗けば、流血の修羅場であった。部屋には酒肴の器が壊れて散乱し、几帳《きちょう》の布は破れて垂れ下がり、その奥では、桔梗が男に押し倒されている。

しかし、男が動きを止めたのは、有綱が現われたからではない。顔をひきつらせながら体を離した男の下で、桔梗が刀を抜いて、睨み付けているのである。

「それ以上の乱暴をなさいますと、許しまへんえ」

ぎらりと光る脇差は、あと少しで男の喉笛を突こうかという至近距離にあった。

加勢のために伊織も背後についてきたが、有綱は呆然とそこで立ち尽くすほかなかった。

「けっ。窮鼠、猫を嚙む、か?」

修羅場に立ち現われた有綱の手前、男はばつが悪そうに桔梗から体を離し帯を揺すり上げたものの、なおも悪態をついて、座り直そうとした。

「帰っとくれやす」

体を起こしながら桔梗が言った。刀をかまえた身にそぐわない冷静な声だった。

「ここの主人はうちや。出ていっとくれやす、と言うてます」

こんな夜半に行くところがあろうか。男はなおも居座ろうとしたが、

「米を積んだ船がおますのやろ？　そこで猫と一緒にお泊まりやす。うちは人間相手の宿ですよって、けだものに貸す宿はおませんのや」

なにをっ、と男はこめかみに青筋をたてて向き直ったが、そこは有綱が一歩を踏み出し、部屋に入ることで静止した。

「奥播磨の井岡どのと見た。久しぶりだな。私を覚えているか」

名前を言い当てられ、相手はぎくっとして有綱を見た。前に会った四年前は、有綱はまだ十六にすぎなかったから、今の姿から誰と認識するには時間がかかるだろう。

「小楯有綱。西面の武士小楯康綱の弟だ。そのせつはわが一族が何人も世話になったな」

始めは藤太。鼻の骨を折られた。次に親戚の上月《こうづき》氏。荘園を奪われ追い出された。そして三人目が有綱自身で、半分は自分に原因があるものの、長い謹慎を余儀なくされた。しかしあそこで踏み込んでいなければ、帰途を待ち伏せされた父の一行から大きな被害が出ていただろう。

「へっ。さあ誰だっけな。俺にやられて泣いてるやつはごまんといるからな」

不敵にもにんまり笑い、おもむろに立ち上がると、威嚇するかのように睨みつける。積もる恨みを晴らすにはいい巡り合わせだ。有綱は睨み返し、腰の刀に手をかけた。

すると、血まみれの顔を有綱に向け、桔梗が淡々と言った。

「ちょっとちょっと。あんさん、人の喧嘩を持って行くおつもりどすか」

え？　と毒気を抜かれる。彼女は有綱に助けを求めるどころか、これを自分の喧嘩とし、邪魔をするな、と言っているのだ。そして井岡に向かって言葉を吐きつける。

「ほんまに何してくれますんや。芸が売りもんのあそびめの顔に傷つけて。うち、都のやんごとないお方にも顔がききますねんさかい、その首、よう洗《あろ》て待っときやっしゃ」

歯切れのいい啖呵《たんか》であった。呆気にとられる有綱はもちろん、井岡もそれ以上言葉はなく、ちっ、と舌打ちをしたきり、すごすごと出て行かざるをえなかった。はたしてどこで寝るやら、たしか下船した時には十石もの米を載せた船など見当たらなかった気がする。

燭台を倒されたせいで部屋は薄暗く、桔梗の怪我の深さがわからない。やつを追うべきか迷ったが、まずは桔梗が案じられた。背後には伊織も来ている。

「立てるか？」

有綱は手を差し出す。素直にその手を借りて立ち上がりながら、桔梗は愚痴を吐く。

「来るたび乱暴狼藉、若い遊女を怪我させて、いつかなんとかせなあかん男やったんどす」

顔の血を拭いながら、やはり井岡をはねのけるのに全力をかけていたのだろう、まだ興奮がおさまらないのはよくわかった。

「男の用心棒もおりますけど、ここは女の世界ですよって。女にたしなめられては、もう二度と江口に足はよう踏み入れませんやろ。へえ、うちら、せいぜい悪口を吹聴しますえ」

男は出て行ったものの、やはり興奮がまだ冷めないのだ。桔梗は饒舌《じょうぜつ》だった。

「江口やったんが身の不運。こんなことしたからには、京へ、浪花《なにわ》へ、瀬戸内へと噂は広がり、里の防備も厳《きび》しゅうなります。誰もあんなやつを泊める宿はおませんやろな」

たいした女性だ、と伊織がまぶしく桔梗を見直している。芸に秀で、美しいだけでは、独立した遊女宿の経営などできはしない。遊女にも器があると思い知った。

「それより、あんさん方、用心おしやす。あの男も、剣を狙《ねろ》うとりまっせ」

まだ喋り足りない桔梗は、二人に矛先を向ける。ぎょっとして有綱は桔梗を見る。

「あの男、二日前からここに逗留してましてな。酔って、さんざん喋ったそうや」

思い出して吐き気がするのを抑えつつ、桔梗は有綱のために貴重な情報をもたらした。

「心得違いなことに、伊賀局とおっしゃったか、上皇さまのお局さまに横恋慕しとるのやそうな。あはは、月とすっぽん、とはこのことどすな」

嘲笑する桔梗の声に反して、有綱の体がぎくりと固まったのは無理ないことだ。

「執念深い男やさかい、ひそかにあんさんに見張りをつけとったみたいどすえ。あんさん、何年ぶりかで家を出られましたんやてな。動きがあるのを待っとったみたいどす」

啞然とした。小楯の在所は京へ上る途上にあるから、他国からの人の出入りも多く、折につけ立ち寄って様子を見るくらいは簡単だ。だがその執拗さは何なのだ。

いくら父や兄、有綱たちが思うさま蔑んだとはいえ、通り過ぎれば二度と会うこともない間柄ではないか。彼に挑んだ愚かな有綱も、長い謹慎で身動きもとれなかったというのに。

まさか、伊賀局がからむからか。彼は、伊賀局が有綱に何か使者を命じたことを察知して、その内容を探ろうとしていたのだろうか。

「あんさん方、伊予へ行かはったんですやろ？　あの亀六さん、銭を取られて絞り上げられて、宮さまに教えたようにあの男にも、いろいろ喋ったみたいどっせ」

伊織が手で目を覆う。井岡は、伊賀局に何かつながると見込みをつけて有綱を監視していたのだろうが、亀六によってもっとおもしろいことを発見した。夜盗同然の欲深い男に、剣はまばゆいばかりのお宝に違いないのだ。

有綱は唸った。彼の出現で、ことはますますややこしくなってきた。

それから、と桔梗は破かれた衣服を整えながら、低い声で付け足した。

「さっきのあの今様……西行さんに宿を貸さんかった遊女は、平家の女やそうどすえ」

何が言いたい？　有綱は桔梗の意図がわからず、ただ見下ろす。桔梗は続けた。

「たしか、資盛《すけもり》さんの娘やとか。いえ、江口には、さまざまな素性の女がおるのどす」

資盛といえば平清盛の嫡男小松《こまつ》殿の次男だ。たしか壇ノ浦で最期を遂げた武将である。その娘であるならば、音曲も歌もさぞかし妙手であったろう。西行に歌でうらみごとを告げられ即答で巧い返歌ができるのも、ただの女ではないことを物語っている。

「西海に沈んで終わったはずの話が、これだけ時が過ぎてもまだ続いとるのどす。そやから宝剣も、落人の誰かが持ち去っているとまことしやかに言われるんは無理もあらへん。それやったら、誰かがちゃんと、ことの真偽を糺《ただ》さんとあきまへんのと違いますやろか」

言うだけ言って、桔梗は立ち上がる。乱れた髪を手でなでつけながら、そっと上目遣いに有綱を振り返った。そのまなざしが、伊賀局を思わせて、有綱は息をのんだ。


翌日はよく晴れて、川面は鏡のように穏やかで、どの舟もすみやかに進んでいた。船着場で京へ上る船を待ちながら、伊織はため息をつく。

まったく大変な一夜であった。こんなところに泊まるからだ、とまたため息。そして、腰に差した小さな刀にそっと手を当てた。まさか白昼、あの鴉という男が再度襲ってくるとは思えないが、それほど執念深い悪ならどこかで監視を続けているかもしれないではないか。自分ですらも持っている守り刀が、ちゃんとあるべき場所にあるのに安堵した。

そしてそれは遊女も同様。特に白拍子たちは男装の舞姫だけに、舞う時、腰に長い刀を差している。それがいったい何のためのものか、伊織は昨夜、この目で目撃したような気がした。昨日、桔梗は、その守り刀で、自身をあの乱暴な客から防御したのだ。

それは、助けに入った有綱も必要としない、みごとな自己防衛だった。女の本気に、力ずくで弱い者を征服しようとした浅はかな男が退けられたのだ。

――よきものを作れ。よきものには神が宿る。神が宿ればそれがすなわち正義となる。

伊織は、師匠が言っていたことがわかる気がした。桔梗の刀はまぎれもなく正義だった。

お師匠さま、とつぶやきが洩れた。伊織は、師匠の深い意図を理解せず、なぜ一緒に行けないのかと詰め寄ったことが恥ずかしかった。師匠は誰より自分を慈しんでくださっていた。

川面を鳥が舞っていく。かりかりと小さな音がしているのは、有綱が左手に握った胡桃《くるみ》の実をもてあそんでいるからだ。さてこの剛直な男は、いったいこの後どうするのだろう。

昨日、桔梗に乱暴しようとした男が、有綱には悪縁の憎い相手ということは聞いた。そして桔梗が、平家の女の和歌を借りて、諭《さと》すでもなく彼に投げた刀の命題。終わった話がまだ終わることなくまことしやかに伝わっているなら、誰かがちゃんと、ことの真偽を糺すべきではないのか。

――それは伊織の胸にもたしかな影を落として突き刺さっている。

水上を眺めていると、近頃の京では頻繁に市が立つからか、荷を載せた商人たちの舟も目立つ。これだけの交易の隆盛を見れば、宮の影響ではないが、たしかに銅銭がなければ、対価の米や絹を積むだけで舟はたいへんな荷になってしまうのを実感した。便利な銭は、すでに京の圏内では重宝されているが、それだけに銭の病も深刻なのだろう。庶民の暮らしを楽にするためには、宮のような考えの方が朝堂《ちょうどう》に必要なのは明らかだった。

かりかり、胡桃が擦れて音をたてる。伊織は、有綱の横顔を眺めた。だがため息が出るばかりだった。反り上がった太い眉、少し張った顎。武士らしい顔だと思って見ていたが、今はすっかり強情者としか映らない。宮を前に、勧められた酒を一滴も飲まず、また、剣を探せと命じられてもうなずかず、それで彼は何か得をするのだろうか。

ぼんやり川面を見ていた。すると有綱がふいに胡桃をぽうん、と放った。

「伊織、下りの舟に乗るぞ」

せっかく上りの舟が来たというのに、進み出た伊織を制して有綱は言う。

「もう一度、伊予に引き返すんだ。がたろが最後の手がかりを持っている」

ぽしゃん、と水音をたて、胡桃が川面に落ちて輪を描いた。

「おい有綱。京を前に、今から引き返すってか。伊予は簡単に引き返せるほど近くはないぜ」

剣など見つけられるはずがない、と言ってたくせに。それに、今の伊織は鎌倉の師匠が気になってならないというのに。なぜ今頃そんな変更を、と彼の勝手をなじる伊織を塞ぐように、

「剣は必要だ。どんな世にも、誰にとっても必要だ。だったら納得がいくまで探してみて、諦めるのはそれからでもいい」

迷いなく言い切る有綱。おそらくずっと考え続けていたのだろう。伊賀局が上皇のために必要とする剣。交野宮が自分のために必要とする剣。だれかが一度きちんと落とし前をつけねばならない剣なのだ。

「手がかりがあるうちは追いかけよう。それでみつからなければ、伊織、おまえが作れ」

ふたたび、えっ、と声を上げたきり、伊織は答えを返せない。

「神の宿る剣を、おまえが作ればいいいんだ」

言って有綱は笑い、川面から視線を上げる。さっきの鳥がゆっくり岸辺に降下していく。

＊

小さな島の尼寺へ二度も来るのは、庵主の妙貞のみならず小さな島の人々をも警戒させるのではないかと思ったが、江口で桔梗にたのんで用意してもらった行者《ぎょうじゃ》用の法衣が功を奏した。腰には自分の刀、そして背中にはもう一振りの菊御刀をくくりつけている有綱なのに、道中、誰かに不審がられたことはない。京からはるばる霊峰石鎚《いしづち》をめざしての旅の途上と言えば、誰もが敬い、便宜を図ってもくれた。

「お二方、よくまいられましたな」

妙貞が驚きもせず、案外あっさり有綱と伊織を迎えたのには二人とも拍子抜けした。まるで前もって知っていたかのような落ち着きぶりだ。まさか奈岐が予知していたとは知るよしもない。

「来た。来た。来たな、おぬしら。待っておったぞ」

大騒ぎをして飛び出してきたのは奈岐で、大きな目と口をいっそう大きく開いて、狭い庵を走り回った。

「行くと言ってきかぬのを、なだめすかしての今日でした」

有綱たちが去った後、追いかけていきたいと無理を言って妙貞を困らせていたらしかった。あんなに外に出るのを嫌った子が、毎日のように岬に出ては海のかなたを眺め、近づく舟の帆影《ほかげ》を待っていた。銅の鏡だけが彼女を慰める遊びだから、根負けして妙貞はそれを奈岐に与えたが、それとて雨や曇天の日は役にはたたない。それでも岬に通えば、またしても村の子供たちにみつかってからかわれて帰る。どうしてやることもできず、妙貞もとうとう望みをかなえてやる気になっていたようだ。全身で嬉しさを表し、目を輝かせながらそばに来る奈岐が、伊織にも少しいじらしく思われた。

二人を招き入れると、妙貞は奈岐も同席させた上で、早速に切り出した。

「前にも申しましたよね。宝剣を平家の落人が今も大切に持っているなど、世間が勝手に作り上げた話にすぎませんよ。八歳で亡くなられた幼帝を哀れに思い、今もどこかで生きておわすと、いろんな土地で言い伝えられているのです。奈岐は、島に来る琵琶法師だの白拍子だの傀儡師《くぐつし》だのからそのことを知っただけにすぎないのですよ。それでもこの子を連れて行きますか？」

それは妙貞の最終確認だった。わずかな畑を耕し海に出て漁をする以外に何の生業もないこんな離島では、本土から巡ってくる旅の芸能集団は何よりの楽しみだった。奈岐は彼等について回ってそれを見聞きするうち、台詞もしぐさもすっかり覚えてしまったのだ。

「かまいません。火のないところに煙は立たず。あるかもしれないと思うから噂となって生き続けているのを、とことん調べ、それで宝剣はもうない、とわかってみれば、世の者も落ち着きましょう」

有綱は言い切った。もう前回のような自信のなさは見られなかった。

「それで、剣があればどうなさるおつもりじゃ？　また混乱のもとになりますぞ」

「いいえ、逆です。今度こそ落ち着きまする」

前に会った時とは別人のような有綱に、妙貞は目を見張る。

「おそれながら、剣はそもそも、誰か一人のために使われるものではないのです」

それが、有綱が考え続けた結果なのであろう。迷いのない目で、彼は言い切った。

「ゆえに、われらが剣を探すのは上皇さまのためにあらず」

といって、あの風変わりな宮のためでもないのを、胸の内で確認するかのようにかすかに首を振り、有綱は妙貞をみつめた。伊賀局も、上皇さまのため、とは一言もおっしゃらなかった。彼女の言葉はこうだった。もしこの使者をまっとうしたなら、この日本は本来あるべき尊厳をとりもどし、長き安寧が満ちわたるであろう。何度も何度も思い返したから間違いない。つまり剣は、この日本のゆくすえのために必要であるのだ。有綱はそこまでを一気に言った。

ほう、と妙貞は背筋を伸ばした。ようやく、彼の話が、聞くに値するものと認識できた気がしたのだ。目をそらさずに、有綱は続けた。

「剣は、その出現以来、誰か個人のために使われたものではありません。暴れ回って民を苦しめる大蛇を鎮めた後に、この国に平和と安定が続くようにと天から下されたものであるならば、迷うことなく朝廷に納められ、国や民が正しく時を重ねていくのに必要なものです」

妙貞は相槌も挟まなかった。彼の言うことが、まっすぐ胸に響いたからだ。

「なのに剣が失われたままであるということは、そもそもこの国は危ういのです。代理の剣でなんとか均衡を保っていても、何か一つ異事《ことごと》があれば大きく揺らいで転覆する。現に、古来、朝廷によって保たれてきた政《まつりごと》の秩序がひっくり返ってしまったのがその証拠です。関東の一豪族が武力によって頂点に立ち続ければ、この国は戦、戦で、無数の民が命を奪われ流血に泣き、生き残ってもあえぎ続けるばかりでしょう」

ここまで彼が考えていたとは、伊織でさえ知らなかっただろう。今は、全身を耳にして有綱の決意を聞いている。

「なぜこんな転覆が起こったか。それは剣を失ったあの時点から、歴史が歪んでしまったからです」

説得力はあった。仏門に入った妙貞でさえ、今の世の、まるで天地がひっくり返ったような事態には目も当てられずにいる。伊織も同じだ。こんな異変がなければ、師匠が鎌倉に連れられていくようなことはなかったし、あの宮もあのようないでたちで江口をさすらうことにはならなかっただろう。皆が、乱れる時代の煽《あお》りを食ってさすらっている。

「だとしたらもう一度、誰かがあの時点にたちもどり、歪んだ歴史を改めるべきなのです。つまり、剣をあるべきところに戻し、歴史をやり直さねばならない」

もう妙貞には何も言えなかった。伊織も同様だ。有綱が、ここまで自分の使命を理解し、それを誰の前でも揺るぎなく表明できるのならば、それこそが彼の天命。やってみるしか、彼は納得すまい。

「伊織さん、でしたね。……あなたも、ついていくのですね、この人に」

傍らにいる伊織にも、妙貞は確認した。ああ、と口ごもりながらも、彼は応える。

「私はお師匠さまから言いつけられましたので。この人の供をするのが私の役目です」

これもまた、彼なりの使命であろう。妙貞はあきらめきったようにため息をつく。

――わたくしに、この子を守り切れねばどういたしましょう。

大山祇から奈岐が連れられてきた時、自信がなくてそう訊いた。神官は微笑みながら、

――それはその時のこと。この子の宿業がまされば、人の力など無力にすぎませぬ。

そう言った。ふたたび現われたこの者たちは、さて、奈岐に幸いをもたらすのか、否か。

「奈岐。本当に、この方々と行きますか？　遊びではありませんよ。過酷な旅ですよ」

迷いが抜けずに奈岐に問いかけたが、本人は弾むような即答である。

「大事ない。行き先は知っているから」

苦笑しながら妙貞はしみじみと奈岐を見た。小さかったあの奈岐も、今は自分の手に余る。生まれる前から宿業を背負い、それを解き明かすためにその力を与えられたならば、彼女が自身で封印を解くしかないのか。そして二人の若者はそのために海を渡ってやってきた者たちに違いない。ならば自分は奈岐を手放すしかないだろう。

祭壇に膝を進め、妙貞は抽斗《ひきだし》から硯《すずり》の大きさくらいの桐の箱を取り出した。

「うわあ、これは何？　いい香りだあ」

二重の入れ子になった桐箱に入っていてさえよい香りを放っているが、竹紙に包まれた盤状のものを取り出したとたん、たちまちかぐわしい香りがあふれた。伽羅であろう。厚さは一寸もないが、ちょうど奈岐の顔半分を覆うほどの大きさがある。全体が香木ならありえないほどの値になるのではないか。中心には二つ、穴がくりぬかれていた。

「何だ、これは？　傀儡のお面か？」

奈岐がそれと気づいたのは賢明で、自然なくぼみを活かして目になっているのだ。鼻の頭に載せ、紐で耳に掛ける様式の軽い木面。さっそく奈岐は自分の顔に当ててみるが、何も塗られていない木目だけのお面には微妙な陰影が生じ、いとも神秘的な表情になる。口元を巾《きれ》で覆えば人間の表情は消え、左に傾ければ笑っているように、右に傾ければ泣いているように、そして上を向ければ男のように、下を向ければ女のようにも見えるのだ。

「持って行きなさい。そなたの母者《ははじゃ》から預かってきたものです」

「おっ母《かあ》の？」

幼い頃に死んだという母親が何者であったのかは大山祇で聞かされてきたのだろう、奈岐は静かに面をみつめている。だがそれもわずかな間で、彼女の胸にあふれてくるのは感傷よりも、ここを出られるという興奮のようだ。ただただ明るい声で言う。

「庵主さまの鏡と、おっ母のお面。あたいにとっての宝だな。剣がないから二種の神器か」

「愚かなことを言わないで、真面目にお聞きなされ。鏡は、わたくしの形見ですよ」

厳しい声でたしなめると、さすがに奈岐は消沈した。形見と言われたことが胸に迫ったか、鏡の彫刻を何度もなでた。妙貞は微笑んで、奈岐の首にお面の箱をぶら下げてやった。

「お二人にもお願いします。今、奈岐に渡したのは『陰陽《おんみょう》』という銘がついた面《おもて》です」

陰と陽、幼と老、美と醜――。目で見えるあらゆる対極的な観念を表すという面だ。

「とても希少な、異国の地中に何百年と埋もれていた香木でできています。取り出したならこの香りだけで、この子の周辺を浄化し魔を払ってくれるでしょう。守ってやってください。この子はまだ自分が何者であるか知らないのです」

「何者……、とは？」

思わず伊織が身を乗り出したが、妙貞は微笑んだまま答えの言葉を選んだ。

「それは、この子自身が解き明かすでしょう。私が推測で申し上げることではない」

鏡と仮面。謎めいた持ち物であった。そうでなくともこの二人には、奈岐は得体の知れない子供であろう。だがともに連れ行くならば守ってやってほしい。それが彼らの役目だ。

妙貞は、奈岐にも行者の恰好をさせた。もともとの顔だちのせいで、とても女の子には見えない。三人並ぶと三兄弟に見えるくらいだった。初めて安堵の笑みを見せ、

「この子を、どうかお願いします」

万感の思いで妙貞は頭を下げた。だが、奈岐の方はすっかり有頂天だ。

その喜び方に、彼女が長くこの島に閉じ込められ、寺の外に出ることもはばかって、子供にすれば息が詰まりそうな暮らしをしてきたことが表れていた。

「しかたのない子じゃのう。……さて有綱どの、そなたたちの旅の行き先ですが」

行くとなれば、妙貞はできる限り旅の全貌を把握しておこうというつもりだ。

「あなたたちは本気で、帝が壇ノ浦には沈まなかったとお思いなのですね？」

それはこの旅を始めるについての大前提だ。妙貞の目は今まで以上に真剣だった。

「もしも帝が入水なさらず、京におもどりになられていたらどうなったでありましょうや」

それは、と有綱は口ごもる。すでに京では別な天皇がおられるのだから、譲位は避けられなかっただろう。それでも、先帝を殺すことなどできないから、命は安全だったはずだ。そうすれば剣は御所の内にもどり、歴史のねじれは生じなかったのではないか。

「ですよね。……私はおこがましくも、時折、二位の尼になったつもりで考えてみるのですよ。どうしてあのお方は、あたら幼い帝のお命を海にお沈めになったのだろう、と」

思わず有綱が返答に詰まったのは、これまでそんな見方をしたことがなかったからだ。命を惜しむな、名を惜しめ、とは武家の矜恃であって、誇りを尊ぶこの国では誰もが得心する選択だった。女ながらにそれを体現した二位の尼を、批難する者は誰一人ない。

「それは、二位の尼の、譲れぬ誇りゆえに、でございましょう」

ようやくの返答だった。同じ船団にあって平家の総大将として全軍を率いた宗盛《むねもり》は二位の尼の実子だが、家臣に言われても入水できず、生け捕られて鎌倉へ送られた後、京で首をはねられた。頼朝の前でも最後まで自分や我が子の命乞いに終始したその生き方を、必ずしもこの国の民は褒め称えない。

「二位の尼は、仮に帝が命を長らえても、今以下の扱いを受けながら世を忍んで生きることに耐えられなかったのだと思われます。違うでしょうか」

有綱の返した答えは正しい。現に、帝の母君の建礼門院《けんれいもんいん》は、入水後、源氏の兵の熊手に掛かって引き上げられて京へ送られ命を長らえたが、大原《おおはら》での隠遁生活は、かつて国母だったお方とも思えぬような逼塞《ひっそく》ぶりであったという。

「なるほど。誇りのために、二位の尼は可愛い孫を、一国の天皇を、道連れになさった。そういうことですね？」

「道連れ？　いえ、違う。道連れはご自分であるとお思いだったでしょう。その道を行くのは帝なのですから」

帝がもしも成人した立派な男子だったなら、やはり、京でみじめな待遇のままに生き延びる人生など、よしとはなさらなかったのではないか。有綱はそう主張する。

「あくまで正統なる帝としての、くもりなき生き意地。さなればこそ、京に残った朝廷の非がきわだちまする。情よりも義を通された。女人ながらあっぱれなお方と思いまする」

言いながらあらためて感動している有綱の心情が余すことなく伝わる。二位の尼は、亡き夫・清盛に代わる平家の棟梁としての自負から、あくまで平家の名を惜しんだのだと。

しかし、そこで妙貞は一息ついた。「でも」と話し出すのにわずかな時間を置いたのは、熱くなっている有綱に水をさすことをためらったからだった。

「でもね、有綱どの。……もしも、ですよ？　もしも帝が、決戦の前に船上を脱し、壇ノ浦から逃げ落ちておられたとしたらどうでしょう」

いったい何を言うのだと、今にものけぞりそうな有綱に、妙貞は容赦なくたたみかけた。

「帝がすでに安全ならば、二位の尼は思い残すことなく、お一人で入水できますよね？」

答えられず有綱は固まってしまったが、そういう背景ならば、大勢の者が目撃したあの劇的な入水の場面は意味が違ってくるであろう。妙貞は、ひと膝にじって、声をひそめた。

「あくまでも、琵琶法師どもが語ってきかせた話です。白拍子か、傀儡師だったかもしれません。つまり、民間の伝承にすぎないものですが」

何度も聞いた前置きだろうに、有綱も伊織も、前のめりになってうなずいている。

壇ノ浦の戦いの後、助けられた生虜《いけどり》の人々の中に、按察局《あぜちのつぼね》というお方がいた。幼い天皇を抱いて海に沈んだのは二位の尼だと思われているが、実際にはこの人が帝を抱いて海に飛び込んだのを、源氏方の多くの兵が目撃していた。にもかかわらず、当時の文書には、

〈先帝ヲ抱キ奉リテ入水ストイヘドモ存命ス〉

と、このお方のみが浮かび上がって助けられたことが記されている。幼帝は彼女より軽いはずなのに、浮かび上がってこられなかった。これはいったいどうしたことであろう。この不審から、安徳帝は生存しているのではという疑いが根強く残ったわけである。

このことは、九条兼実が日記『玉葉《ぎょくよう》』にも書きとどめており、壇ノ浦の直後の四月四日のくだりにはこうある。

「去る二月二十四日午刻、長門国団浦に於て合戦す、正午より晡時（午後四時頃。夕刻を意味する）に至る。伐取らるる者、生取らるるの輩、その数を知らず……（中略）……但し旧主の御事分明ならず」

つまり、安徳天皇のことはよくわからない、と記しているのだ。

「お抱き奉るのが二位の尼でないなら乳母が代わるべきでしょう。船には、時忠《ときただ》卿のご妻女領子《むねこ》

さまをはじめ、身分高き乳母が乗っていらした。にもかかわらず、按察局、とはね」

たしかに妙だ。控えの皇子の守貞親王は、知盛《とももり》卿の妻治部卿局《じぶのきょうのつぼね》明子《あきこ》という確たる乳母が最後まで一緒だった。

「でも帝はそこにおられた。誰であれ人に抱かれておられた。大勢の者が見ております」

叫ぶように有綱が反論した。その顔へ、妙貞は謎のような笑みを投げ、体をそらす。

「それは、帝であったのでしょうな？」

うう、と言ったきり、有綱は後の言葉を続けられなかった。

帝が浮かび上がったとして、あれほど密集した源氏の船をかいくぐって岸に泳ぎ着くなどできただろうか。捜索の目は子供に集中しており、逃れるのは至難の業だ。なのに生存したというなら、あの海からではなく、先に陸地に逃げていた、と考えるのが妥当だった。

「たしかに、どこかの時点で帝が船を脱し、陸へ逃れていたとするなら、二位の尼も心残りはないですね」

我慢しきれず伊織も口を開く。彼はこれまで書により多くの知識を得ていた。

「一ノ谷の合戦の後、こんな話があったではありませんか。朝廷から、生け捕りになった息子の重衡《しげひら》の命と引き換えに三種の神器を渡せ、と交渉してきた時です。二位の尼は母として心が揺れ、それに応じようとした。そんな情の深い女人が、同じ人とも思えません」

情に負けて神器を渡したところで、外交巧者の朝廷がすんなり重衡を返しはすまい。合議により、これは見送られた。けだし正解であった。したたかな後白河法皇は、三種の神器の返還だけが目的で、平家の公達《きんだち》の助命など論外だった。だがそんな苦い経験をしても、情け深い女人のこと、二位の尼が、帝だけは助けたいと思わないはずはない。なのに壇ノ浦で動じることなく死を選んだのは、すでに帝の安寧が保証されていたからなのか。だから最後まで神剣を譲らず、思い残すことなく堂々と海へと消えられたのか。

「だが、だが、――いえ、だとしたら、船にいたのは誰なのです？」

その答えに思いを飛ばし、有綱は思わず震えた。帝でないなら、その子供は替え玉か？

船にいた子供が誰であれ、帝の姿をしたその者は確実に海に沈んだ。現に二位の尼もみつかってはいない。引き上げられて虜囚の辱めを受けることのないよう、沈むことが役目であったのだ。帝でないならどこの誰か、幼い命を散らしたことは気の毒に尽きるが。

凝縮したような沈黙が座を押しつぶす。遠くで潮騒が鳴っていた。

思い直したように唇を引き結び、有綱は意外にもすっきりとした顔を上げた。

「わかりました。我々は、帝がご生存なされたということを大前提としてまいります」

帝は海に沈んだか、それとも替え玉を残して脱出されたのか。ここで迷っていては進めない。旅は常に一本道だ。ゆえにたえず二者択一をせまられる。人が選びとれるのはただ一本の道だけなのだ。妙貞は、彼の表情を見てほほえんだ。

沈んだのが替え玉なら、本物の帝はいつ、どこで脱出されたのか。どこへ、どのように逃げ落ちられたのか。そしてもう一つ。それなら、船にいたのは誰なのか？　まだまだ謎は残っている。なのにここで屈せず先を見ようとするその目が好もしかった。

「帝が逃げ落ちていかれたなら、剣も一緒なのでしょうか」

伊織が言う。それもまた大きな謎であった。

「剣はそもそも王者に備わるものであり、別の者が手にすればおのずと帰る、と言われています。それが、いまだ朝廷に帰らないのは、正統な王者が持っているからにほかなりません」

帝が生きているということの、それがもう一つの裏付けだった。

「もしも生きておわすなら、後鳥羽上皇さまより二つ上の四十八歳……」

妙に現実的に、老いた帝の輪郭が浮かび、三人ともに背中がぞわっとするようだった。天下を東西に二つに分けたあの合戦の後、そのお方はどこをどうさすらい、そしてどのような人生をたどられたのか。ご自分の運命をわかっておられたのか。四十年の歳月は長い。

「こうしていても今は何もわかりませんね。だからそれはあえて考えずにおきましょう。ともかくその後、帝が落ちていかれたとしたらどんな行路が考えられますか？」

妙貞が問いかけると、ここは伊織がかねて描いておいたらしい簡単な地図を取り出した。

琵琶法師どもの語るところでは、安徳帝が生きて逃れたと言われている地は大きく分けて三つ。一つは九州で、これは壇ノ浦からの海流を考えればうなずける話だった。現に、多くの落人たちが、奥深い山で肩寄せ合って暮らしているという。帝はさらに南方、幕府の支配が及ばない南西諸島の鬼界《きかい》が島《しま》に逃れたという話もある。

しかし有綱はこれを却下するのだった。

「九州は、最初に平家が都落ちした時、帝もろとも追い返した地です。まして息の根を止められ力のない敗残の方々を、匿《かくま》ったりするような温情はないでしょう。はるかに遠い鬼界が島へなど、道中、助ける人がなくばとてもたどりつけません」

しかも頼朝は弟義経追討の名の下、郎党を九州へ差し向け、それを口実に南西諸島も支配してしまっている。帝がいたならとっくにみつかっているはずだ、と彼は言う。その通りで、民は自分たちの未知なる島なら幼帝も隠れおおせると思いたいだけだろう。

二つめが、対馬《つしま》。これもまことしやかな話で、海は赤間ケ関で外海につながるから、玄海灘《げんかいなだ》へと逃れたならば、行く手には対馬という陸地が待っている。

「これもおかしくはありません。玄海灘につながる長門彦島《ひこしま》には知盛が陣を敷いていて、地元の女に産ませた子が対馬へ逃れ、名を変え土着しているとか。しかし幕府から知行を得るまでになっているそうだから、もしも帝を擁していたなら頼朝が見逃すはずはない」

そして三つめが、四国潜伏説だ。瀬戸内側からはどこからでも上陸できる地の利がある。

しかも平家は都落ち後、四国に内裏を置いて勢力を盛り返そうとした時期がある。あてにした九州を追われた後に、かつてみずから火を放った福原《ふくはら》へ取って返し、京への復帰を狙ったものの、一ノ谷で敗れ、讃岐の屋島に退いたのだ。讃岐は淡路島を挟んで福原の対岸にあり、京からも遠くない。その間、さまざまな方策を考え手を打つ時間があった。

「では、替え玉を用意し、すり替えたのはこのときか」

「いや一ノ谷の合戦の前には、水島《みずしま》の戦いで木曾《きそ》義仲《よしなか》を破るなど、まだ勢いはあったから、そう早々と逃げを考えないだろう。控えの子供を用意していたとしても、まだ一緒にいたはずだ」

とはいえ、結果的には、台風にまぎれ背後の陸から襲撃をかけてきた源義経軍によって、またもや平家一門は屋島からも敗走する。制海権を失って、知盛のいる長門国彦島へと逃れることとなるのである。そして、ついに壇ノ浦の決戦に追い込まれていく。

それでも滞在の長さからいって、屋島では四国の土地勘ができ、人脈も作れたに違いない。長く隠れ住むには絶対に協力者が不可欠だが、四国ではそういう可能性が拓けた。

「されど、沿岸の平家領はことごとく鎌倉方の侍に領地として分配されてしまっておりますゆえ、平地は調べ尽くされたことでありましょう。新興武士にしても鎌倉に認められ、新たな領土を安堵したいでしょうからね」

一つ積んではまた妙貞が崩していく。だが有綱は首を振った。

「急峻な四国山地の山襞《やまひだ》にもぐりこめば話は別です」

それが奈岐の言う龍の背骨——四国を東西につらぬく四国の山脈だった。太古、人がまだ存在しなかったような大昔、地殻の盛んな活動により、海だったところが隆起してできた。ゆえに、畿内につながる中国山地などとは比較にならないほどに峻険《しゅんけん》で山襞も複雑だ。

四国の土豪は源氏の勢いに怖れをなして寝返ったとはいえ、源氏からの扱いが軽く、新しくやってきた支配者への不満もあって、落人を見逃す者がいたとしても不思議ではない。

「ともかく、屋島での滞在の間に、何か手を打ったというのはじゅうぶんありうる」

「それでは、……まず屋島にまいりますか」

妙貞は大きく肩で息をした。ここまで検討しているならもう何も加えることはない。

「行かなきゃ、伊織。早く出ないと夕刻には時化《しけ》になる」

奈岐の観天望気はおそろしいほど適中《てきちゅう》する。まるで先のことが見えるかのようなその予測を、やがて彼らも理解するだろう。

はしゃぐ奈岐、まとわりつかれて困惑する伊織。二人を率い、真剣な顔で行く有綱。行者姿の三人の後ろ姿を見送れば、妙貞には、僧侶姿の懐かしい面影も笑って遠ざかるような幻影が見えた。もう自分は許されているのか。——奈岐を預かった時間が自分をどれだけ癒やしたか、今、気づく。はらはらとこぼれる涙の中で、妙貞はいつまでも、南無阿弥陀仏を唱え続けた。

第三章　山の巻

屋島までの船旅は造作もなかった。海の難所と言われる海域ではあるものの、経験豊富で航海技術に長けた水主《かこ》たちが、巧みに船を操って運んでくれるからだ。もしかしたらこの水主たちの父や祖父、係累たちも、源平合戦にかりだされた者たちかもしれない。そんな興味で眺めれば、日に焼けた男たちの一人一人が有綱《ありつな》には物珍しくてならなかった。

「ここが源平の合戦が行われた屋島か」

船が讃岐に入って、遠く海上からも目を引く平たい屋根のような特異な形をした山。奈岐《なぎ》は船端から身を乗り出して、だんだんと近づいてくる屋島の姿を目に刻んだ。

都落ちした平家は、かつて遷都を行った西の本拠地福原を焼き払い、清盛《きよもり》の父忠盛《ただもり》の時代からの領地だった九州の太宰府をめざした。そこは二代にわたって日宋貿易の拠点となり、平家の繁栄の土台を築いた地だ。しかし、あの交野宮《かたののみや》が言ったように、民は物価が高騰したり下落したりの「銭の病」にあえぎ苦しみ、富を独占した平家を憎んだ。その結果、在地の武士たちによって全軍が追い返され、しばらく船での流浪を余儀なくされる。その後勢力を盛り返し、みずから焼いた福原に戻って京を窺うものの、一ノ谷で敗れ、ここ阿波国の土豪田口重能《たぐちしげよし》に迎えられて本拠を置くことができたのだった。

重能は清盛に取り立てられてこの地を与えられた。日宋貿易では代官のごとき役目に就いており、中間搾取者となってそれなりの財も蓄えていた。平家に船を用意したり、平宗盛《たいらのむねもり》が郡司に命じた内裏の造営を監督するなど、財を費やし協力できたのはそのためだ。

「ということは、ここ屋島では、帝もしばしの平安を味わわれたのだろうな」

伊織《いおり》の説明に、有綱が感慨をもらす。

「書によれば内裏で年を越され、除目《じもく》や叙階など宮中行事もつつがなく行われたようだ」

事実、この間、木曾義仲《きそよしなか》と源頼朝《みなもとのよりとも》と、源氏が二派に分裂して身内争いをしたこともあって、平家への目立った攻撃がなかった。

「たぶんその間に、さまざまな方策を練ることも可能だったろう」

「たしかに。平家はまだ海をおさえていたんだろうから、負けは考えてなかっただろうし」

「俺もそう思う。そのころの平家は平知盛《とももり》を大将に長門国彦島にも拠点を置いて、有力な水軍を擁していたんだからな」

彦島は長門の西方、本州と九州との間にある島で、そことは対極になる東の口の屋島をおさえていれば、瀬戸内海は一直線。まるごと平家が制海権を握ることになった。したがって陸からの補給も攻撃も可能であるし、諸国からの貢納をおさえることで力を蓄えていたのだ。一方、鎌倉方には水軍がないから、彦島へも屋島へも攻撃に踏み切れず、しばし休戦が続いたというわけだ。

だが、それを破ったのが、希代の戦上手、義経《よしつね》だった。

「義経というのはすごい武将だな。こうして現地に来てみると、屋島は海に浮かぶ要塞みたいな島だ。まさか背後から急襲されるなど、誰が予想できただろう」

侍だけに、有綱は自分が義経だったらと置き換えて戦略を見てしまう。

この時代の屋島は独立した島で、陸続きになるのは後世、江戸時代になって新田開発が行われたためである。しかし義経は干潮時には騎馬で島へ渡れることを知り、強襲を決意したのだった。

もっとも義経は、後白河法皇から平家追討の許可を得たはいいが、四国に攻め入るために摂津の渡邊津《わたなべのつ》で集めた船はわずか五艘。兵もたった百五十騎だ。折しも海は大嵐。頼朝から戦目付《いくさめつけ》として随行してきていた梶原景時《かじわらかげとき》はこの無謀な作戦に反対する。それでも義経は嵐の中を出航し、阿波国勝浦《かつうら》に上陸するや地元の平家方豪族の屋敷を襲い破って、屋島へと進軍したのだった。景時とはこのことで禍根を残し、頼朝に告げ口されて兄弟の決裂へとつながっていく。

それはともかく、義経の急襲は鮮やかだった。兵が少ないことを悟られないよう、民家に火をつけ大軍に見せるなど、思いも寄らぬ作戦で平家に迫る。

「そりゃあ平家はびっくりしただろうな。総帥宗盛はただでさえ臆病者だし、海からの襲撃を予想して前を向いて守っていたら、まさか尻から来るとはな」

慌てた平家は屋島という拠点を捨て、海上へ逃げた。もっとも、義経軍が意外に少数だったことがわかるとふたたび船を岸に寄せ、前戦に繰り出して矢戦をしかけた。つまり、この時点では平家はまだ十分な船と兵を擁していたということになる。

「このときも、船にはまだ帝は本物がいらっしゃるよな」

「だろうな。勢力を盛り返し、ここから京への復帰を窺っていたんだろうからな」

有綱と伊織の話を、奈岐はその大きな口を閉じ、逆に、大きな目はいっぱいに見開いて聞き、ただおとなしくしている。彼女にはここの海の風景が何やら心に迫るらしい。

海からの平家の猛攻は、あわや義経の身にもせまるほどで、郎党の佐藤継信《さとうつぐのぶ》が身を盾にして義経を庇い、討死《うちじに》したほどだった。弓を射たのは平家屈指の猛将、能登守《のとのかみ》平教経《のりつね》。数々の合戦において武勲を上げ、最期まで義経の好敵手となった男だ。

「ご存じですかい？　その教経さんも、家来の菊王丸《きくおうまる》を殺されてしまうんですよ。たったいま教経が殺した継信の弟忠信《ただのぶ》に、仇《かたき》とばかり、射落とされてしまってね」

船頭が話に加わってきた。

「菊王丸ってのはまだ少年でね。教経さんは死骸を船に引き上げて泣いたとか。かわいがってたんでしょうねえ。彼を埋めた塚が近くにありますよ」

屋島の合戦は、有綱も好きな話だ。けれども、敵を殺せば恨みを残して仇となり、また殺されて恨みが生まれ、仇となる。断ち切ることのできない恨みの連鎖は、いったいどこで決着がつくのか。ふと、藤太《とうた》の礼をするのだといきり立った昔の自分を思い起こした。鴉《からす》には、まだ憎しみが渦巻いているが、やつを同じ目に遭わせればそれは消えるのだろうか。

「深い話だな」

しみじみ言うと船頭は調子づき、なおもこのあたりの言い伝えをおしえてくれる。

「平家ってのはあくまでも優雅でねえ。そんな殺し合いをしておきながら、戦がすんだ夕方には美しい女人を乗せた船を漕ぎ寄せて、扇の的を射ろと挑発するんですぜ。それをみごと真ん中を射て落としてみせたのが那須与一《なすのよいち》っていう関東の侍ですよ」

那須与一と扇の的。有綱がもっとも胸を躍らす場面だ。現地ではまるで昨日のことのように長く伝えられ、外から来た者たちにも広く語り継がれていくものらしい。もっとも、語る者は作為的に話を飾り、枝葉を盛るが、逆に、好みでない話ははしょっていく。おかげで有綱も、その後の関東武士の残忍なふるまいの話を知らずにきた。

船が桟橋に着き、船頭が舫《もやい》をかける。手際のいい作業を見守りながら伊織がつぶやく。

「屋島を手放したのは平家には致命傷だな。内裏にも火を掛け焼いたんだろ？」

「そう、陸上に帰るべき地を失った、ってことを意味するからな。平家の総帥宗盛はよほど臆病で愚かなんだろう。いや、それだけ義経がすごすぎるってことかもな」

「ってことは、平家の頭に負けがちらつき始めたり、万一のことを考え出すのは、この後、海上に出てからってことで間違いないな」

「たぶんな。お控えの帝を用意していたとしても、まだ長門には主力軍がいるんだからここで帝を落とす必要はないし、急襲に慌てていたからそんな余裕もなかっただろう」

仮説を立てては組み直す。まだ正解は見えてこないが、それでもここが平家の命運を分けた重要な土地であることは変わりない。だから来てみる必要があったのだ。

「さあ、上陸だ。行くぞ」

ところが奈岐に異変が起きた。船の中で背中を丸めてうずくまり、動こうとしないのだ。

「どうしたんだ。さあ、降りるぞ」

軽く言って、伊織が近づいて肩を叩くと、奈岐の体は強ばって震え、石のようだ。

「奈岐、桟橋を渡るのが怖いのか。……伊織、おぶってやれ」

先に桟橋に降りた有綱は、伊織が動きやすいよう手から荷物も取ってやる。

しかしだめだった。奈岐はうつむいたきり返事もせず、ただ丸まって震え続ける。

「奈岐。おまえ、妙貞《みょうてい》さまに、俺たちについて行くって言ったじゃないか。降りろよ」

苛立って、有綱の口調が命令調になる。そしてふたたび船にもどって、みずから奈岐を抱え上げようと肩を摑んだ。その瞬間、奈岐が鋭い反応で顔を上げた。

有綱は思わず手をひっこめた。声は出さなかったが、驚くべきものを目にしてしまった。

奈岐の顔は、一目見るだにおどろおどろしい形相に変貌している。もともと大きな目がさらに大きく剝《む》き出し、血走って赤い眼球に瞳孔だけが金色に光っているのだ。口ももともと大きかったが、今は耳まで割けて、白く尖った牙が見えた。

しかし一瞬のことで、奈岐はまたうつむいて頭を膝の間に抱え込んでしまった。

「乱暴はだめですよ。子供は、落ち着かせてやらないと」

庇うように伊織が戻ってきた。そばに座って、背中をとんとんと叩いてやる。するとしばらくして奈岐は落ち着き、顔を上げた。もとの、可愛いとは言いがたいが奈岐の顔だ。

「ごめん、あたい、なんだか……」

「いいよ、もう少しこうしていよう」

優しい伊織の声に、汗でぐっしょりになった奈岐は目をうるませている。しかし有綱は動けなかった。今見たものは何だったのだ。奈岐にいったい何が起こったのだ。

それでも、梃子でも動かなかった奈岐が、伊織に手を引かれ、船を降りていく。


陸地に降りてからは、奈岐の様子はいつもと変わらなかった。むしろ快活に喋って、とてもあの恐ろしい形相が結びつかない。それどころか、これまであの小さな島で話し相手もなく孤独に過ごした分、堰を切ったように喋り始めたといった様子はいじらしいばかりだ。それを受け止めるのは伊織。奈岐は当初から伊織を気に入っていたふうだったが、今はかたときもそばを離れなくなった。そして夜になれば伊織の傍に横たわり、有綱との話を聞いているうち眠りに落ちる。

有綱は時折、あれは自分の錯覚だったかと思ったりした。

一行は吉野《よしの》川《がわ》に沿って歩き、田畑の開けた農の里から、だんだん山道に入っていた。

里はどこも、実りの季節だった。宿には困らなかった。霊場への参詣に奈岐のような子供を連れて行くのはさぞ大変だろうと、村々で、納屋や軒を貸してくれる家があったからだ。四国では、この地で生まれた弘法大師《こうぼうだいし》の教えのせいか、発心《ほっしん》して仏に参る旅人への同情は大きい。時折、分《ぶ》限者《げんしゃ》の家で部屋はもちろん湯を使わせてもらえることもあった。

ただ、御礼はありがたいお経やお札を期待されるが、えせ行者である有綱らには何も返せない。それどころか、侍だとばれないように、有綱は無言の行《ぎょう》の最中ということにして、声すら出さないですむよう繕《つくろ》っていた。

こうした僻地では外来の訪問者を珍重し、思いもよらない接待をする風習がある。

「ようよう、一杯注がせてくれや、まれ人さんよ」

まれ人、とは、めったに訪れぬ外からの来訪者をさす。村の日常にはない異文化をもたらし、活性化する者として、尊ばれる場合が多かった。有綱のそばには村の娘がたびたび酌《しゃく》の世話にやってきた。閉ざされた領域から出ることなく何代も暮らしていると、村じゅう血縁になり弱い子供しか生まれなくなる。そのため外からの新たな血を取り入れることが必要で、若い男の来訪が歓待されるというわけだ。

なのに修行の身であるために退けねばならず、それを伊織はおもしろそうにひやかす。

「おいおい。やせ我慢は体に悪いぜ。修行なんて嘘だーって、飛びついたらどうだ」

「そんじゃあ、おまえが代わりにいただけよ」

ふてくされて突き放すが、どうも伊織にその気はないらしい。有綱も、こんな時、頭に浮かぶのは伊賀局《いがのつぼね》が微笑む顔だ。思うだけで体温が鎮まる気がする。そして次にため息。

「おまえにはわからんだろう。一度天女を見てしまえば、地上の女なんぞ相手にならぬ」

そう返すことがせいいっぱいだが、伊織は懲りずに、

「そうだろうな。江口でさえも、おまえ、あんなにカタブツだったからな」

とまた茶化す。それを聞きとがめた奈岐が、

「なあ、江口って、あの有名な遊里のことか？　おまえら、遊びに行ったのか？」

などとからんでくるのは、少女ながらに伊織のことが気になるからだろう。

「奈岐が十五になったら教えてやるよ」

ぬらりとかわし、立ち上がる伊織。他のことで彼は里人たちから歓待されていた。

重い道具を背負ってきた甲斐はあり、鋤《すき》や鍬《くわ》などの修理をする野鍛冶はお手のもの。他の村落で見た水くみや運搬の道具を見よう見まねで細工してやっては珍重された。今は少し噂も広まり、彼らの訪れを待つ里もできてていたのだ。

のみならず、奈岐の舞も、じゅうぶん喜ばれた。これこそ彼女があの小さな島にいる間、ただ一つの楽しみとして、旅の白拍子たちが帰った後も真似しては舞い、また思い出しては舞い、くりかえし楽しんできた成果であった。奈岐がいた小さな島でさえそうだったから、各地に霊場がある四国の街道筋では芸能者の往来は少なくなく、どこでも里の繁栄と豊作を祝う踊りは歓迎された。奈岐は、人前で舞うときには仮面をつけたから、見る者は誰もその下に不思議な子供の顔があるとは思わない。それどころか、えもいわれぬ香木の香りに、ただうっとりと見とれ、舞にひきこまれるのだった。

「のうのう、さっきの舞じゃが……」

その日、山裾《やますそ》の小さな里で村祭りがあり、奈岐は舞を披露した。その直会《なおらい》で、酒を勧めながら近づいてくる者があった。

「のう、平家はほんまに一人残らず滅んだんか?」

実に素朴な質問だった。さっきの舞で、平家はすっかり滅び、栄えた者もいつか勢いを失う、という無常を謡ったのだが、それは世間に広まっている仏教思想とあいまって、誰もが受け入れやすい話なのだった。奈岐は高飛車な言い方で、

「そうじゃ。おもだった者は海に沈み、浮かび上がった者は生け捕りにされて都へ送られ、頼朝の命で首を刎ねられたのじゃ」

まるで見てきたかのように答えた。里人は衝撃を受けたかのように息をのんだ。

「何を驚く?　そりゃそうだろうが。生かしておいては、後々、反旗をひるがえして攻めてこられるかもしれんからの。後顧の憂いを断つ、というのが武家の定めよ」

隣で聞いていて有綱は感心した。武家の出であるから彼には理解できる。だが普通の者には、なんと非情な、と気持ちが沈むことだろう。事実、かつて平治《へいじ》の乱で源氏が敗れた時、十四歳だった頼朝は、平清盛に命乞いをしてくれた池禅尼《いけのぜんに》のなさけによって生き延びた。例外中の例外である。幼い者まで殺すとはむごい、とは、仏道に入った尼君らしいなさけであった。ところが、その尼君も亡くなり、十数年が過ぎた後になって、彼は流刑地の伊豆で反旗を翻したのだ。幼い者もいずれは成長して大人になり、一族の最期を聞いて育った恨みは生きる。そのことを身をもって知っている頼朝は、今度は平家に対して一滴のなさけもかけず、根絶やしにした。

「なんなら言って進ぜようか?　亡くなった平家の武将たちの名をぜんぶ」

里人はそこまで望んでいないのに、奈岐はもう指を折り始めている。

「まず一ノ谷で討ち取られた大将は、通盛《みちもり》どの、忠度《ただのり》どの、敦盛《あつもり》どの、知章《ともあきら》どの、業盛《なりもり》どの、経《つね》俊《とし》どの、盛俊《もりとし》どの、師盛《もろもり》どの。壇ノ浦では、経盛《つねもり》どの、有盛《ありもり》どの、行盛《ゆきもり》どの、知盛どの、資盛《すけもり》どの、教盛《のりもり》どの、家長《いえなが》どの……」

「待て待て、奈岐」

さえぎらなければいつまでも数えあげるのを、伊織が止めた。

「おまえ、なんでそんなに平家の大将たちの生死に詳しいんだ？」

止められたのが不服か、奈岐は少し表情を曇らせ、

「いけないか？　言えと言われれば、あたい、全員の名前を言えるよ。庵主さまの大事なお方が平家の出で、庵主さまは海で亡くなった平家の霊と一緒にずっとお祀りしておられた」

驚いたのは、死者を弔う妙貞のお経を聞いて奈岐が全員の名を覚えてしまったことであったが、もう一つ、妙貞がなぜ平家の菩提を弔っていたかというその理由だ。

「鈴虫《すずむし》の出家が原因で死に追いやられた若い僧は、平家の一族だったのか」

平家滅亡ののち、出家するしか生き延びるすべがなかった者も多かろう。江口で桔梗が言ったように、世間にはいまだ、素性を語れぬ歴史の敗者が息づいている。ここにもそんな縁が繋がっていたと思うと、自分たちが生口島を訪ねたことも、そこで妙貞が奈岐を育てていたことも、すべてが定められた業《ごう》のように思われる。としたら、大事な者を死なせた罪を背負ってきた妙貞も、この旅によって何か変わるような気がした。

「一ノ谷で生け捕りになって後で首を斬られた重衡《しげひら》どのや、屋島から離脱して入水自殺された維《これ》盛《もり》どのや、そのほか病気でなくなられたお方の名も知っているよ。言ってみようか？」

「わかったわかった」

有綱の感慨をよそに指を折る奈岐を伊織が止める。

「つまり、討ち取られた方々はもちろん、自ら入水された方や、生け捕られた方々もすべて死んで、平家の名だたるお方は生き残ってはいない、ってことですな？」

確認するかのように里人が聞いた。奈岐は大きくうなずき、

「壇ノ浦から十年、いや、もっとたった頃に、こんなことがあったそうだよ。平家嫡流の小松家《こまつ》の遺児、六代《ろくだい》どのが斬られたんだ。最後に残った平家の血だ。お子はなかったから、そのお方の死によって、平家の血は一人残らず消えたんだ」

言い切った。里人はしゅんとしてしまった。

奈岐の言っていることは事実だった。平家興隆の祖・平正盛《まさもり》から数えて六代目にあたることからずっとそう呼ばれてきた六代、こと平高清《たかきよ》は清盛の曾孫で、小松殿と呼ばれた重盛《しげもり》の直系の孫になる。いわば誰もが認める平家の本流、御曹司だ。壇ノ浦の合戦の後、母の新大納言局や僧の文覚《もんがく》らの懸命の助命により、仏門に入ることで十数年を生きながらえていた。それを後年、探し出して処刑したのは北条氏《ほうじょう》だ。出家した時はまだ十三歳。しかし、頼朝の死後に実権を握ることになる北条氏にとって、平家の嫡流が生きていては、関東の一豪族にすぎない彼らを根底から揺るがす脅威になる。

「のう、ほかには、生き延びられたお方はおられませんのか」

もう一度、未練がましく里人が訊いた。

「おらん。……言うたじゃろ。六代高清が最後の平家じゃ」

面倒くさそうに奈岐は答える。それでも諦めきれないのか、村人は重ねて訊いた。

「では、平家の落人というのは何者なんじゃ？　平家の血ではないということか？」

「そうだよ。血が繋がっておれば頼朝は草の根を分けても探し出して根絶やしにした」

言い切られ、里人は黙った。奈岐は里人のがっかりした顔が気になり、声を和らげた。

「おぬしは平家の者に生きていてほしいのか？」

すると里人は、いやいや、と打ち消した上で、小さな声で言う。

「実は、この川の上流の山の奥に、名のある平家が棲み着いていたという噂なのでな」

「なんですと？」

それこそ有綱たちが知りたい情報だった。思わず伊織も前のめりになる。だが奈岐は、

「平家は、男の生き残りはこの世に一人もおらんぞ」

なおも突き放すように断言する。伊織が、ほんとにそうか、と念を押すと、

「そりゃまあ、血は繋がらんでも、身分ある平家の大将の家来だったんなら、平家の側になるから、いちおう平家と言っても間違いにはならんがのう」

なるほど、奈岐に言われるまで、有綱も、平家の落人といったところでどんな者たちであるか、定義はなかった。しかし、これで明確になった。

もしも安徳帝を奉じて山中に逃げた者があったとしても、それは平家の血を引く者ではない。平家の血族はこぞって戦に出征してしまっているのだ。当然だろう、一族の存亡がかかっていた。決戦を前に敵前逃亡したのは維盛くらいで、全員が命をかけて敵と戦い、この世から消えた。平家の血縁者は、一人残らず。

「そうは言うけどなあ、わしのお祖父《じい》が聞いた話なんじゃが、山の奥のさらに上には天界があるそうな。炭焼き小屋がその境界やそうじゃが、ある時そこへ一人の侍が降りてきて、真新しい布を一反《いったん》、分けてくれと言ったんだそうだ。長く仕えていた主が亡くなったので、清浄な布に包ん

で葬《ほうむ》りたいのだと言って」

はっと、有綱が色を変える。

「それはいつのことだ」

思わず片膝を立て、睨みつけるような有綱の形相に、里人は驚いて首をすくめた。

「お祖父が生きてた時代だから、そう、壇ノ浦の戦いがあってまもない頃になろうかな」

「名は？　名は聞いてないのか」

危険を冒して白い布を手に入れにきて主を弔ったその侍は、いったい誰だ。詰め寄ると、里人は震え上がった。

「ようは知らへん。平《たいら》の、国盛《くにもり》……だったかのう。赤い布と、交換したのやそうや」

赤は平家の旗の色だ。としたら、その侍は、平家の残党か。

有綱は奈岐の頭をぐりぐりと撫でつける。よくやった、と褒めたつもりだが、奈岐は大きな目をさらに大きく見開いて、有綱を睨んだ。

「有綱の阿呆。無言の行はどうするのじゃ」

あっ、と口をおさえたがもう遅い。伊織も奈岐も、きつく有綱を睨みつけた。


平家一門が落ち延びたという伝承は、北は東北から南は南西諸島まで各地にあって、けっして少なくはない。だがあらためて考えると、「平家の落人」といっても、平家の血を引く正統な者は死に絶えたから、各地にいるのは家来を含め、平家側について戦い敗れて落ちた者をさす。平家の郎党の場合もあれば、平家方に味方した武士の場合もあるわけだ。

そういえば有綱も、父が、平貞能《さだよし》の一族と名乗る者に面識があったことを覚えている。「平」とは言うが血族ではなく、平家譜代の有力家人《けにん》であった。『愚管抄』には父の平家貞《いえさだ》は清盛の「一ノ郎等」と記されているほか、『玉葉』には清盛の家令を勤めたとあり、『吾妻鏡』にも清盛の「専一腹心の者」と評されている。つまり「家来」だったが平家の主軸に近く、平氏を名乗っていたわけだ。

彼が「平」の名を冠したままでその後の鎌倉の世を生き延びることができたのは、縁者の宇都宮朝綱《うつのみやともつな》をたよって鎌倉方に投降したからだった。朝綱は、彼自身も平家の家人として在京していたとき、貞能の配慮で領地の東国に戻ることができた。その恩義から、頼朝に貞能の助命を嘆願し、それが認められたのである。

平家の落人伝説は関東にもあり、なぜ西海に沈んだはずの平家の落武者が遠い東の地で命脈を保っているのか、辻褄が合わない感があるが、貞能の場合が典型的な答えになろう。また、平家所有の荘園は東国にもあったから、信頼すべき家来たちがそこにおり、東国各地に居ながらにして平家の滅亡に遭遇することになってしまった者もいるはずだ。となれば源氏の目を逃れるために、土地勘のある東国内に隠れねばならなくなる。彼らはみつかりさえしなければそれでよく、奥深い山に隠れることになったわけだ。

しかし西国の落人はそれとは違う。天下を分けて源氏と実際に闘うためにいとしい妻子とも別れ、親や子を目の前で失う悲しみにも耐え、壇ノ浦の海からずぶ濡れで岸辺に這い上がった。むろん彼ら自身は東国の落人同様、抹殺されるまでもない他人であるから、やはり生き延びるためだけに安全な地を求め、山路をさすらった。

ただ、彼らが帝を奉じていたなら話は違ってくる。彼らの目的は帝を安全な場所にお移しするということだから、生きる意味が決定的に異なる。

「だけどその目的は、肝心の帝の崩御によって消滅するよな」

「だからこそ嘆きは大きく、みつかる危険を冒しても山を下り、白い布を求めたんだろう」

山の中とはいえせめて身分に合った葬り方をしたいと願った臣下の気持ちが、有綱には痛いほどわかった。

「でもよ、ここで亡くなって白い布で葬られたのが帝だとしたら、御陵があるはずだろ？」

疑問はたえず湧いてくる。伊織は思いつくままそれを口にした。

「いや、そもそもこの国の天子さまのご遺骸だぜ？　京に戻さなくてもよいものか？」

「御陵はすでに後白河上皇の時代に、壇ノ浦に面した陸地に造られているからな」

「赤間ケ関の、阿弥陀寺じゃな」

「それならあらためて都に報告する義務もなかろう。これが本物の遺骨でございい、と名乗り出るなんて、かえって自分たちの身が危なくなる」

壇ノ浦の戦いの後、何らかの手段で四国の山中に落ち延びられた帝は、この地で亡くなられた——。そして国盛なる侍が、葬った。そうなのか？

想像が意外にも重く大きく、有綱の胸にのしかかってきた。山に入られてからさほど時がたっていない時期というなら、帝はまだ少年であったはずだ。そしてそれは、四十八歳の老帝を想像するより、ずっと胸になじむ気がした。

「慣れない船戦《ふないくさ》や山中の逃避行……。そりゃあ、心身ともにお疲れであったろう」

伊織がこぼす。安徳帝に限らず、高貴なお方はお体が弱く、子をなすこともできない方も中にはおられる。ましてこの帝の父母君は、ともに平家の血をひく従姉弟どうし。御殿育ちの脆弱《ぜいじゃく》さは否めない。

「いや、まだわからんぞ。だが一歩前進。ともかくその炭焼き小屋をめざすんだ」

ここからは民家もほとんどない。だからこうして思い思いに思索するにも、互いに考えを吐き出し合うにも、よい時間をくれた。短い休憩のあいまには、伊織は葛籠から書物を取り出し、有綱のために読み上げながら彼自身も確認した。

「その間にも、海から遠い京では政治は動き、後白河法皇は屋島にいる清盛の後嗣・宗盛に使者を送って、三種の神器の返還と源平の和平を打診した、とある。三種の神器を返せば平家の生存も保証しよう、との交渉だったらしい」

「はっ。一ノ谷で生け捕りになった重衡との交換だろ？　そんなの信用できんな」

「だよな？　母親の情として二位の尼はぐらついたようだが、宗盛も拒否している」

礼節を重んじるこの国では、歴史上、三位以上の朝臣を殺すなどという事例は一度もない。ゆえに宗盛も二位の尼も、捕らえられた重衡は剃髪した上で遠島、というほどの処遇を予想していたのではないだろうか。だがそれは貴族化した平家の甘さだった。関東で血なまぐさい土地争いに終始してきた源氏は、目を覆うほど残虐な断罪を下した。かつて天皇の近くに侍《はべ》った身分高き平家の公卿を、鎌倉から京まで衆人の前に引き回し、その後木津川畔で首を刎ねた上で長期にわたって街角に晒した。京の民は恐怖に震えながらも、黒だかりの見物であったという。

屋島では平家の者はみな、東夷の首領、源氏の非情さに震え上がっただろう。

「そんな目に遭うならば、やっぱりどこまでも戦うしかなかったんだなあ」

戦は避けられなかったのか、滅びは回避できなかったのか。繰り返し夢想しては崩れてしまう。相手は平家の滅亡だけをめざす者たちだ。和議という中間案は彼らの頭にはない。有綱にも伊織にも、平家がたどった滅びへの時間が、今では手に取るように理解できた。

「屋島へは、先に少数で出陣した義経を追って、源氏側の梶原景時が渡邊津《わたなべのつ》（現在の大阪）から大軍を出航させてくるんだ。義経だけなら少数だったから船から攻撃もできたんだが、こうなれば平氏は長門の彦島に退かざるをえないよな」

屋島からの平家の撤退は、四国における拠点を手放したことを意味する。九州は源氏の源範頼《のりより》が制覇。もはや平家に行ける地はない。屋島を離れたことで平家は制海権を失い、源氏方に水軍を投入しやすくさせてしまったばかりか、陸上の補給線への攻撃もできなくなってしまったのだ。

「としたら、やっぱりこの地で帝を逃がしたんだろうか」

義経の急襲を受けた時、船に乗り遅れた者や乗せてもらえなかった者、離脱した者もいるだろう。そしてその者たちは、あの船頭やこの里人のように、この地から陸路を辿った平家の郎党たちに一縷《いちる》の望みを託し、幼い帝が宝剣とともに落ち延びたと、まことしやかに伝えてきたのかもしれない。伊織は書物を閉じる。

「でもおかしいよな。もしも屋島で帝が船には乗らず陸へ、山づたいに逃げたとしたら、どうして宝剣だけ持って逃げたんだ？　どうせなら三種の神器すべてを持って行くはずだろ？」

「そうだなあ。替え玉ならなおのこと、本物めかすには三種の神器は必要だ」

そう、正統な帝の権威を裏付けるには、一点欠けても意味がない。剣だけを持って行くというのはどう考えても変だった。

「では、本物の帝は神器なしに山へ逃げ出たということか？」

それも無策にすぎる。後でどんな事情で本物の帝であると申し出ることになろうとも、神器の他には証明するものがない。よって、平家は必死で三点欠かさず守りぬいたはずだ。

「やっぱり、すべては壇ノ浦の敗戦から始まっているってことだよな。三種の神器と帝はいったん海に沈んだが、剣だけがたまたまもどらなかった、というのが自然だ」

「なのに壇ノ浦から遠いこんなところに帝の気配が残っているというのはどういうわけだ」

「うーん。屋島で積み残された者たちに、何かがあったことはたしかだな」

最後は有綱が言い、まだまだ謎を残して二人の議論は終わる。

「ここからは正規の記録にはない旅だ。手掛かりは地元の民の記憶だけしかない」

「むろん承知の上のことだよ」

もう、旅は片足を目的の地へ踏み込ませている。あとは進むしかなかった。


「ところで奈岐、おまえのあのお面だけどさ、おまえのおっ母は傀儡師《くぐつし》だったのか？」

道中は長い。互いの身の上のことは、歩く間の単調さをまぎらすにはちょうどよかった。

「顔も覚えてないからよう知らん。けど、大山祇《おおやまづみ》神社の巫女やったそうで、おっ母が神楽《かぐら》を舞うと、誰より確かな神託が聞けたそうな」

「神力のある巫女だったんだな」

こくり、うなずくけれど、そう聞かされてきたにすぎないのだろう。

「じゃあ、お父《とう》は？」

「まれ人、だよ。……よそから大山祇神社にお参りに来た人ってことだ。どんな人だったかは教えてもろうてない。おっ母はあたいを産んですぐに死んだからな」

ならば奈岐は両親の、どちらの顔も知らないわけか。哀れになるのを押し戻すように、

「おまえも、相当神力があるんじゃないのか」

伊織が言うと、はは、と曖昧に笑う奈岐。だが少し自分のことを話す気になったようだ。

「神話では、大山祇の神様には、こんな話があるのを知ってるか？」

奈岐は静かに話し始める。

この国古来の国《くに》つ神《かみ》で、日本《ひのもと》の海と山とをつかさどる大山祇の神様は、天からやってきた天《あま》つ神《かみ》の孫にあたる瓊瓊《にに》杵尊《ぎのみこと》に、天と国とが仲良く和するよう、めでたい婚姻を申し出た。大山祇の神様には二人の娘があって、これを妻として与えたのだ。

しかし妹の木花《このはな》佐久《さく》夜《や》姫《ひめ》は美しかったが、姉の石長姫《いわながひめ》は醜女《しこめ》だったため、ミコトは父親の元に送り返してしまう。美女の木花佐久夜姫を娶ればたしかに木の花が咲くように繁栄するが、ミコトの命は木の花のようにはかなくなる。しかし石長姫がいれば、ミコトの命を岩のように永遠のものとする。そう考えてのことだったのに、ミコトが拒んだために、それ以来、子孫の天皇の寿命も、神々ほどは長くなくなったという。

「以来、送り返された実家である大山祇の神官の家では、醜女しか生まれないんだ。あたいみたいに」

自分が美しくないことを、その幼さで自覚しているのがなんとも哀れだったが、屋島の桟橋で奈岐の変貌を見てしまった有綱には打ち消してやることができない。伊織だけが、

「醜《みにく》い姉にも、人を長生きさせられるちゃんとした役目があったってことなんだな」

と応じてやっている。だがそれは慰めどころか、いっそう傷つける言葉であったことに気づいて、慌てて口をつぐんでしまった。しかし奈岐は力なく笑い、付け足した。

「ただ、何代かに一人は、まれに美女が生まれるそうだ。あたいの叔母がそうだったらしい。お

っ母の、妹だよ」

美女と聞いて、へえ、と想像をめぐらす有綱を、伊織が肘《ひじ》でつついた。

「美女は得さ。六歳の頃、前の海を通りかかったやんごとないお方にもらわれていったんだって。お面はその時、姉が寂しくなるだろうから妹の代わりにともらったものだそうだ」

ぎくりとして、有綱が立ち止まる。

「いつの話だ?」

ちょうど屋島の合戦があったころにならないか。有綱は伊織を見やり、また奈岐を見た。やんごとないお方が連れて行った? もしかしてそれは、幼帝の替え玉として——?

帝は当時八歳だった。美豆良《みずら》を結った少年であるから、六歳の少女が同じ装いをしたなら見分けはつかないのでは?

しかし奈岐は、まったくその可能性を思いつかないのか、宙を仰いで嘆くのみだ。

「あーあ。どうせならあたいが、その稀な美形になりたかったよ」

無言で有綱はまた歩き出す。さまざまな記憶が言葉になって紡がれ、何かを引きだしては繋がらないまま、胸のうちにもつれて巻かれ、そして旅は続いていく。


どこまでも滔々《とうとう》と流れ、尽きることのない吉野川。四国で一番大きいこの川は四国三郎と呼ばれ、暴れ川として知られている。そこへ注ぎ込む支流にさしかかったあたりから、川が谷を押し開き切り崩した大小の奇岩がごろごろと姿を現わし、大地の力を見せつけられた。小歩危《こぼけ》を通って、大歩危《おおぼけ》へ。一歩、歩くのも怖いことからついた名前ともいわれるが、たしかに、子供の奈岐にはきつい行程だった。有綱は川ぞいの岩場で休みをとった。

澄んだ水は碧色の川底を透かして流れ、奈岐と伊織は水を汲んだり手巾《しゅきん》をしぼったりしていたが、そのうち川に踏み込み、ふくらはぎまで濡らしながら水を掛け合ってはしゃぎ始める。その姿は、やはり無邪気な子供であった。

「この先は上り道になるぞ」

すでに民家はなく、木々が密集して道も狭まる中をどんどん高所へ上がって行く。めざしているのは、里人から聞いた、炭焼きの小屋があるという山の奥だ。川沿いでは畑が切り開かれていたが、ここから上は鬱蒼《うっそう》とした原生林で、薪《まき》や炭や材木など森の資源を採るためわずかに人が往来する区域で、道も、谷から谷、山の中腹を渡っていくことになる。

山に分け入ったせいか、天候は変わり、どんより曇って、川の水気が重苦しかった。谷が反響させるのか、川の音が轟きとなってあたりを包む。

小屋はあった。すぐそばに屋根だけかけた炭焼き場があり、窯と、積まれた薪が吹きさらしになっている。冬場だけ使う仮のものだけに、今は小屋の入り口にまで蔦《つた》や雑草が生い茂り、戸を開けるだけでも大変だった。虫もうじゃうじゃいる。有綱はまず火を熾して松の葉をいぶし、小屋じゅうの虫を払い、蔓《つる》を束ねて土間に座れる場所を作った。

「ずいぶん手際がいいな。感心するぜ」

「親父が上皇さまの狩りの随行をするのに、下見にやらされたからな。本隊より先に行って、緊急避難の場所を前もって調べるのは慣れている」

父親も、知恵の回るこの次男がいてずいぶん助かったであろうと伊織は感心した。

「磊落《らいらく》な親父でな。増水している川を平気で渡っていったりして自分が勇敢なことを示してみせるんだ。でも実は前日、ちゃんと調べて、どこまでいけば危険か確認してるんだ」

有綱が家族のことを話すのは珍しい。だから奈岐が目を輝かせ、食いついてくる。

「なあ、有綱の兄貴は美形か、醜男《ぶおとこ》か？　嫁はいるのか？」

「なんだよ。そんなこと訊いてどうする。……俺よりは美男だ。ちゃんと優しい嫁もいる」

答えながら有綱はふと懐かしくなる。家を出る時、当座の銭だ、と兄がじゅうぶん渡してくれたというのに、柴垣の後ろから見送りに来た義姉が、さらに一袋、摑ませてくれた。

――邪魔になるものではありません、持ってお行きなさい。あなたは禁欲に過ぎるから、時には自分のために散財して、男を磨くことも大事ですよ。

説教めかしく言われたのが、幼い頃に死別した母を思わせ、せつなかった。

「うわっ、百足《むかで》だ」

突然、現われた百足を見つけ、伊織は恐慌をきたして飛び跳ねる。

「なんとかしてくれ。俺、虫は苦手なんだ。特にそういう脚がいっぱいついてるやつは」

青くなって逃げ回る姿に、奈岐が大笑い。有綱は腰の刀を抜き、こともなげに切っ先で虫をひっかけると外へ放り出した。そして戸を閉め、殺生《せっしょう》はいかんからな、と片目をつぶる。

「ほんとにおまえ、行者になれるんじゃないか」

減らず口をたたきながら、半日かけて小屋は暮らせるまでになった。日が暮れると念仏を唱える奈岐の習慣に影響され、今ではすっかりお経を覚えてしまった伊織だ。さらに炊飯の後、残り火の下で葛籠の書物を取り出しては読むようになった。また山の夜長は、今後のことを話し合う実のある議論の場にもなった。竈《かまど》に煙を上げてもどこからも何の反応もなく、誰も訪ねてこなかったら、そのときはまた上へ行くことも決められていた。

この炭焼き小屋に来た侍は、もっと上から下りてきたのだ。ということは、この上に行けば何か痕跡がみつかるはずだ。

幸いにも晴天が続き、三人は数日間をそこで過ごした。奈岐と伊織は森に入って薪を集めたり山菜を採ったり、渓流で沢蟹をつかまえたり。有綱は森に入って罠を仕掛け、二日がかりで狸《たぬき》を仕留めたりした。むろんそれが狸汁になる間、奈岐は念仏を上げ続け、殺生を嫌がって食べるのを拒んだが、伊織に言い含められて汁だけ飲んだ。

「おまえは育ち盛りなんだから、ともかく食えるものは食っておかないとだめだ」

こうなるとまるで奈岐の保護者のようで、有綱はくすっと笑いを禁じ得ない。

しかし外からは何の反応もなく、むろん誰も訪ねてはこなかった。炭を焼くわけでもなくこんな狭い小屋に長くいられるはずがなく、三人は小屋を出て上へ行くことにする。

ここまででさえ、人の往来もない寂しい山中だったが、ここから上は、さらに木々が密になる道なき道。あったとしても、森をかき分けていくけもの道だ。そしてそれは突然、森の中で立ち消え、終わりになる。木々のすきまから現われた広大な空間は、自分たちの地面がそこで終わり、向こうにはもはや別の山がそそり立っていることを教えるばかりだ。

「向こうの尾根へ行くしかないな。あっちからなら、炭焼き小屋の煙もよく見えたはずだ」

「どうやって向こうの尾根まで行くのさ。鳥みたいには飛べないよ」

鬱蒼とした木立に覆われているが斜面の真下は谷である。そこには渓谷を削り取りながらほとばしる川があり、流れる音は不平をこぼす伊織の声もかき消すほどだ。

「いや、どこかに低く繋がる往還があるはずだ」

現にその侍は、炭焼き小屋に煙が上がるのを見て人がいることを悟り、真新しい白布がほしいばかりにわざわざ尾根を渡ってきたのだ。ただし、川まで下りたのではまた同じだけの高さを上らなければならない。時間的にも労力的にもいちいち川べりまで下りたり上ったりするより、同じ高さで山から山、谷から谷に繋がる部分を行く方が早い。

「いや、往還を探すよりも簡単な道がある。……橋だ」

川の上のどこかに、橋がかかっているはずだ。有綱は顔を上げ、行く手を見る。

人が住んでいるなら、利便性を考え、手間はかかっても橋を架ける。橋ならじかに、行きたい場所を点と点でつないでくれるからだ。

そして、思ったとおり、橋はあった。

だが木立の向こうに現われた橋を見て、三人は絶句する。それは彼らが知っているような、木の橋桁がある板橋ではなかった。踏み板を籐や蔓でつないで吊した葛橋《かずらばし》だったのだ。

「なんだなんだ、これは。猿でも渡るのか？」

川床からここまで百丈もの高さがあろうかという深い谷の中腹。そこを、川の上のはるかな高さで谷をまたいで、向こうの尾根へ、ゆらゆらと吊り橋が架かっている。

「ちょ、ちょっと待って。この吊り橋を、人が、ほんとに渡るの？」

奈岐が声を上げる。無理もない、踏み板と踏み板は大人の足幅で作られており、子供の奈岐が踏み外せばすっぽり抜けてしまいそうだ。しかも川床から何十丈という高さに架かった空中の橋だ。落ちればごつごつとした川面の岩に砕かれひとたまりもないだろう。

「大丈夫。蔓をつかんで、ようく足下を見ながらゆっくり渡るんだ」

見本を示すべく、有綱が先頭に立って渡り始める。その後を奈岐に行かせ、最後尾は伊織だ。

しかしその有綱が数歩進んだところで足を踏み外し、うわっ、と声を上げて蔓につかまったから大変だ。橋はぐらぐら揺れて、後に続く者も必死で蔓につかまった。

「きゃああ。……いやだ、……怖いよ」

「平気だ、俺と行こう。さ、手を放して」

背後から伊織が奈岐の手をとる。泣きながら、蔓にしがみついていた手を放して伊織にあずけ、彼が導くままに一歩、また一歩と板を踏みしめる。

だがこれだけ慎重に進んでもまだほんの真ん中。板の隙間からは容赦ない高さが見て取れる。有綱も、正直、足が震えた。

「下を見るな。こんなところで止まっているほうが怖い。思いきって行くんだ」

手助けしようとわざわざ有綱がもどってきたが、彼が歩く震動で、橋はまたも軋《きし》んで揺れ始める。奈岐はとうとう、いやだ、と蔓を摑んだまましゃがみこんでしまった。

困り果てて、有綱と伊織、顔を見合わせるうちに、曇天から雨粒が落ち始めた。

「こりゃあ降ってくるな。……弱り目にたたり目か。困ったぞ」

雨足はどんどん早くなり、本降りになってきた。足下では川がうずまくように流れ、激しく速度を増している。上流では尾根を降雨が滝になってほとばしっていることだろう。

「奈岐、たのむ、歩いてくれ」

大粒の雨が容赦なく額を打ち、行者の衣はすぐずぶ濡れになった。対岸にたどりつきさえすれば掘立小屋があり、雨宿りできる。しかし奈岐は震えたまま動こうとしない。

稲妻が光る。そしてすぐに雷鳴。奈岐が悲鳴を上げ、ふらりと蔓から手を放しくずおれる。

「奈岐、だめだ、しっかりするんだ」

しかし励ます伊織の声は再度の雷鳴にかき消される。中空に浮かぶ吊り橋の上、稲妻はまるで三人だけが天地の間にさまようようにくっきりと陰影をつけて浮かび上がらせた。自分一人ならなんとしてでも蔓につかまってここを切り抜ける自信はあったが――。有綱は歯を食いしばる。正直、二人を連れての窮地は手に余った。岩を削り石礫《いしつぶて》を飲み込み、しぶきを上げて流れゆく川。板のすきまからは、足がすくむような高さが垣間見えた。

どうする？　天を振り仰いだとき、向こう岸の小屋から人影が現われるのを見た。驟雨《しゅうう》に透けて黒い輪郭しかわからないが、菅笠《すげがさ》に蓑《みの》を着けた大柄な男のようだ。山で木を伐る杣人《そまびと》だろうか。全身、影のように黒いが、稲妻の反射で、鉈《なた》を手にしているのがわかった。

「そこのお方ぁ。手を貸してくれぇ」

雨の勢いに負けないように大声で有綱は呼びかけた。せめて荷物だけでも持ってもらえれば奈岐をおぶってやれる。杣人はこちらに気づいているようで、橋に近づいて来る。

だが次の瞬間、目を疑った。男は、橋のかかりの主柱まで来ると、手にした鉈を、大きく振り上げたのだ。

あたかもそれが合図のごとく、稲妻が光った。鈍色《にびいろ》の雨空を割《さ》いて駆け抜ける龍のように、光は世界の色を反転させてひらめく。そして、男の手にあるものが反射して、それが凶々《まがまが》しい武器であるとおしえた。

がつん、と音がして、橋が大きく揺れた。男がためらいもせず、橋の主柱に結わえてある葛《かずら》に鉈を振り下ろしたからだ。揺れて、伊織が、奈岐が、身も世もない悲鳴を叫ぶ。

「何をする！　橋が落ちてしまう」

蔓が切れれば三人は橋板もろとも峡谷へとまっさかさまだ。

「やめろ。やめるんだ」

有綱が男に向かっていく。その勢いで粗末な葛の橋が揺れ、伊織も奈岐も振り落とされそうになって、必死で蔓にしがみつく。有綱はかまわず、蔓を両手で掴みながら男に向かって進んだ。隙間だらけの葛綱《かずらづな》の上を、必死になって。

止めるまもない二度目の打撃。ぐらりと有綱も体ごと揺すぶられて均衡を崩す。体勢を立て直した時には、何本も縒《よ》り合わされていた葛の吊り縄に大きく亀裂ができていた。あと数回も振り下ろされれば、間違いなく葛は切断され、橋は落ちる。

「なぜだ、なぜそんなことをする」

叫んだ瞬間、有綱は橋板と橋板のつなぎめに片足をとられ、どう、と倒れた。子供であれば板の隙間からすっぽ抜けていたかもしれない。その瞬間、黒い男が言った。

「なぜ、だと？　俺はおまえのようなぬるい京《みやこ》の侍が、反吐《へど》が出るほど嫌いだからさ」

その声に、聞き覚えがある気がした。「京の侍」と言うからには関東の男か。しかし雨が視界を塞いでよく見えない。雨音にまじって、奈岐の泣き声が聞こえるが、橋板に挟まった有綱の左足は空を蹴るばかり。はるか下では渓谷を刻む川の流れがごうごうとしぶきをたてているのが見えた。

「へっ。もっと叫べよ、泣くといい。おまえらが苦しめば苦しむほどいい気分になれる」

橋は容赦なく大きく揺れる。背後で、助けてくれ、と伊織の叫び声がした。

「さあ、俺が味わったのと同じ、落ちていくのがどんな気持ちか、お前も味わってみるがいい」

顔を上げると、黒い男は、最後の一撃を吊り橋に向けて振り下ろすところであった。

＊

龍の尾が天高く過ぎる残像を見送ると、渓谷から怒濤《どとう》のように奔《はし》る川の音だけが響いた。

いや、川の音ではない、潮騒だ。いつこの身は海のほとりに流されてきたのだろうか。

だんだんに、奈岐にはその音に人が立ち騒ぐ声がまじっているとわかってくる。

「早《はよ》う、早う乗るのじゃ。船が出ますぞ」

周りでは、緋袴《ひばかま》を引きずりながら、色とりどりの衣の女官たちが上を下への騒ぎであった。おそるおそる目を開けてみる。なんとしたことか、ここは仮の内裏のようである。

なぜにこんなところにいるのだろう。また、夢か。——奈岐はため息をつく。

それぞれに大小の唐櫃《からびつ》を抱え、御殿の渡り廊下から海へつながる桟橋へと急いでいる。

立ち騒ぐのも道理。みなは内裏を捨てて海へ避難していくところで、家人も雑司女《ぞうしめ》も、荷運びに右往左往の最中だ。船に主人《あるじ》とともに乗っていける者ばかりではなく、少なからず陸に残されていく者もあったのである。

「茜《あかね》。屋島を捨てることになりましたぞ。そなたには後をまかせた」

「えっ。わたくしは乗れないのですか？　義経とやらがすぐそこに迫っているのでは」

華麗に舳先を並べる船は、下賤の者が乗れるものではないとわかっていたが、一緒にお連れくださいと懇願する声は、あちこちで聞こえた。しかし定員はもういっぱいらしい。

「そなたらは女ゆえ、陸で源氏にみつかったとしても、命までとられぬ。内記《ないき》と逃げよ」

「御典医どのと？　内記どのは、船には乗られないのですか」

先に言いつけられたのだろう、傍らに控える男は黙ってうなだれる。

「そうじゃ。この後は死を決した戦いになろう。もはや傷の手当も不要。内記は郎党とはいえ平家の血ではないゆえ、百姓に身をやつせば捕らえられることもありますまい」

内記という男の背後には、やはり船に乗れない郎党たちがうろたえている。海に出れば船を漕げる水主《かこ》は重宝されるが、陸戦でしか役に立たない男は取り残されるしかない。

「そして内記、あのお方を、しかとたのみましたよ」

女官は厳しい表情で申し送る。内記は実直な男であるようだ。はっ、と返事をした。

あのお方、で通じる命令は、すでに前々から伝えられていたことであるらしい。

「ともかくここを無事に落ちて、どこなと隠れ、しばし時を待つのじゃ。よいな?」

もう一度、内記が、はっ、と鋭く答えた。

「さ、もう国母《こくぼ》様はお乗りになられた。お身の周りのものを、早く。残すでないぞ」

平家方の元号では寿永四年、後鳥羽帝なら元暦二年。義経の急襲を受け、海へ逃れる平家の騒動の中に、奈岐はいる。国母様とは天皇の母、建礼門院徳子《けんれいもんいんとくこ》であろう。

その時、皆に指揮をしている女官のもとへ、りりしく武装した大将級の武将が現われた。

「治部卿局《じぶのきょうのつぼね》どの、船が整いました、早くご乗船めされますよう」

その名を、顔を、なぜか奈岐は知っていた。安徳帝とともに都落ちした二番目の皇子・守貞親王の乳母である。ということは、この方も親王を守って一門とともに乗船するのか。

しかし治部卿局と呼ばれた上臈《じょうろう》は、この期に及んでもなお気が進まないようだ。

「能登守どの。どういうわけか海に出るのは不安で……。この内裏を死守できませぬのか」

能登守といえば平家一門でおそらく最強とされる、武勇の誉れ高い教経である。清盛の甥で、お歯黒に薄化粧をほどこした顔は武将というより公達の風情だ。妙貞の弔簿にもその名があったから、奈岐も覚えていた。たしか、壇ノ浦では義経と対等ともいえるあざやかな八艘飛びの戦いぶりをみせ、最期は源氏の兵二人を脇に抱えて海に飛び込んだのだ。そして二度と浮かんでこなかった。悲運の武将と語り継がれる、それがこの男だった。

「阿波民部太夫《あわみんぶだゆう》が、ここは捨てた方がよいと申しておるそうな」

「あの田口重能が、ですか」

「そう、ここの内裏を造営してくれたあの重能です」

治部卿局の顔は晴れない。阿波民部田口重能とは、その官職が示すとおり、ここ阿波一帯を領有する者で、長年、清盛に目をかけられ、その地位と版図を手に入れたのである。彼もまたその恩義に報い、太宰府を追われて漂白していた平家を阿波に迎え入れ、ここ屋島に内裏を築いたのだった。

だが志度《しど》の戦で嫡子の教能《のりよし》が生け捕られ、その動揺は周囲にも明らかになっている。

「わが夫、知盛さまは、あの者を信用してはおられませぬ」

「知っております。しかし長年、平家のために働いた者。われらが与えた利権は莫大なものです。それがよくわかっているからこそこうして帝のために内裏も築いてくれた」

「そうでしょうか。ここを捨てよと言うのもその者でありましょう？　そもそもこの内裏の背後を守っていたのはその者の弟とか。義経に襲われ早々と逃げたそうではありませぬか」

義経は嵐を突いて渡邊津から船を漕ぎ出し、淡路の尻を横切って阿波の西方勝浦に上陸。手始めに近場の桜間《さくらま》という地を攻めた。知行するのは阿波民部太夫田口重能の弟、桜間介《さくらまのすけ》田口良遠《よしとお》で、なんと彼は戦いもせず城を捨てて逃げたのである。そのため、義経は内裏のある屋島をまっすぐ後方から突くことができた。

「義経と申し合わせていたのではありますまいか。さよう、兄の重能と示し合わせて」

女ながらに鋭い指摘だ。長年、平家は彼に甘い汁を吸わせてやったが、利にさとい者こそ、傾く折には敏感だ。平家に見切りをつけて源氏と結託すれば、彼は平家が握ってきた交易を鎌倉への手土産として、この先も安泰に生きられる。

戦に生きる武士であれば当然考えることを、彼女も案じている。もしもそれが当たっていたら、田口兄弟の言動はすべて源氏の策略で、こちらの動きも筒抜けということになる。

「もしも知盛どのの読みが当たっていれば、源氏は巧みにあの者どもを言いくるめ、わたくしたちを海へ追い落とそうとしているのですよ」

教経の顔にも、重能への信頼半分、治部卿局と同じ疑いが半分、複雑な思いが表れている。実際、彼女の夫で平家の副将でもある知盛は、重能が裏切るに違いないと読み、彼を退けることを進言していた。しかし総大将である兄の宗盛は、まさかあれだけ目をかけた者が裏切るはずはないと信じきって、受け入れなかったのだ。

「お気持ちは同じです。されど、総大将宗盛どのがお決めになったこと。田口も、まさかわれら主筋を裏切るようなことは……人として許されないことでありますれば」

不承不承、治部卿局は押し黙る。

しかし彼女の読みは的中する。このあと田口重能は、教経が「人として許されない」と線引きした主への裏切りをやってのけ、平家を滅亡に陥れるのである。

気づくと、庭先には家人たちが集められており、その中には当の田口重能の日に焼けた顔も見えた。治部卿局は目をそらす。どうにもその三白眼が好きになれないらしかった。

「みなの者、そなたたちは船に乗れなんだが、それは別働隊として働くためである。総勢三百名。田口重能の手の者の案内で陸路をとる」

庭に面した階《きざはし》の上から教経は命令を下す。誰も、治部卿局のように田口を疑っている者はいない。京から来た彼らにとって、土地に明るい田口は心から信頼されているのだ。

「もっとも、重能はこれから私とともに海に出る。そなたらを陸で率いるのはこの者だ」

いちばん近いところに控えていた家人を示して、教経は言った。

「よいか、そなたはこれより我が身と同体。わしの体はこれより西海に向かうが、心はそなたらとともに山中を潜行すると思え」

はっ、と片膝をついて承る家人を、教経はしみじみと眺めおろした。

「ついてはそなたに我が名を与える。国盛じゃ。……わしが今の教経を名乗る前の、初名である。これでそなたは我が身と同体」

ははーっ、と今度はいっそう深く頭を垂れる。平国盛、立派に平家の一員となった証の名を帯び、彼は感激に身を震わせた。裏切り者と忠義者、そして死をも怖れず海に向かう者。奈岐は今一度、彼らの姿を目に刻む。

「われら本隊はこれより海戦に臨む。源氏に水軍はないから、勝機はわれらにある」

威勢よく教経は言った。まさか田口をはじめ、伊予の河野《かわの》など、平家に恩ある者たちが反旗を翻し、源氏にないはずの水軍となって立ち向かってくるとは、彼の想像の外だ。

「勝利の暁には必ず使いをよこすゆえ、いずこにいようと平家の赤旗は忘れるでないぞ」

これに応じて、国盛の背後に控える一人の武者が、ことさらに背中に巻き付けた赤旗を誇示した。裏切るのではないかと疑われている田口の一の家臣であった。

教経は満足そうにうなずいたが、彼らが赤旗の下に早くも源氏の白旗を隠し持っていたまでは見抜けなかった。

「たのんだぞ」

「かしこまってございまする」

後に田口重能は、勝利をもたらしたことで褒賞にあずかろうと鎌倉に行き、頼朝に対面するが、関東武士のことごとくが彼の不忠を批難し忌み嫌った。予想外の反応に驚き、罵詈雑言で応じた彼は、結果的に斬刑から火あぶりへと罪状を重く科され、大きな代償を払うことになるのである。これもまた、情に甘い西の武士と、原始的な獰猛《どうもう》さを抑えもしない東の武士との感覚の違いであろう。それを知らなかったことが田口の悲劇であった。

「それにしても、こんな時にこそ小松どののお姿があれば」

教経が無念そうに唇をかんだ。維盛は清盛の長男・小松宰相重盛の嫡男で、いわば平家の総帥となるべき生粋の嫡流だ。二位の尼の血脈でないため立場的に疎外されていったが、今、この軍団の中に姿がないという事実は、まさに皆の戦意をくじくものであった。

「それをおっしゃいますな。人はそれぞれ、戦いに対するお考えが違いますゆえ」

逆に治部卿局が慰めた。維盛は一年ちかく前に戦線離脱。これ以上の争いをよしとせず、屋島から東の対岸にある紀州へと脱出し、高野山で出家をとげていた。平家の嫡流の者がそんな道を選んだと知らされた時は大きな衝撃と悲しみが走ったか、それでも残された一族はこれから、命運をかけた戦に臨もうというのであった。

「では、お上《かみ》。くれぐれもご健勝で」

そうして教経は、奈岐のいる御簾の方に向き直ると、深々と頭を垂れた。その隣では、治部卿局も、そして後ろに控えた者たちも、いっせいに教経にならい、御座所を出て行く。

何だ。何が起きるのだ。訊き返すまもなく、奈岐は治部卿局が引いていく小袿の裾の、潔いまでの衣擦れの音を呆然と聞いた。あたいは、置いて行かれる側なのだ——。

平家の貴人たちが船に乗り込むのを見送った後、「別働隊」は夢から覚めたように動き出す。生きるために、動き出す。陸路、山に潜行するために。

「さ、行くぞ。残った道具はできるだけそのまま持って運べ」

新たな名を得た国盛が命じると、その場に残った者たちは生き返ったように立ち上がった。絶望している暇はない。彼ら郎党や家子《いえのこ》は、忠実に主人の命令を達成するのみだ。

漆の椀や酒器をできるだけ唐櫃に詰めこむ。平家が使うものだけにどれも美しく上質な漆に洗練された蒔絵《まきえ》がほどこされた品々だ。敷物や掛け物、香炉や硯、筆、几帳に衣桁《いこう》といった日用品から、琵琶や和琴といった楽器まで、かき集めるように櫃に詰めたり畳んで小さくまとめたところで地下侍の田口が命じる。潜行に関しては彼が指揮をとるのだ。

「荷を背負った者から順に、裏口へ集まれ。これより我らも出立する」

だれもが主人を見送った後だけに、今後は彼についていくしかない。今なら島の裏側の浜は潮が引いて、歩いて向こう岸へ渡れるのだ。逃げるとしたら今をおいて他にない。

「はぐれぬよう、前の者に続いて、ついてまいれ」

皆が無言で進み始める。

「さ、伊勢《いせ》どの。こなた様も、お上を、早う」

国盛に命じられたのは奈岐の傍に控えていた若い女官だ。近くに誰かがいたともわからずにいたが、それほど存在感の薄い女だった。治部卿局や教経が別れを告げた時、一言でも何か言うべきところではなかったのか。見れば、彼女は泣いていた。置いて行かれる悲しみか、すでに滅びを悟った嘆きのせいか。それでもようやく袖で涙を拭うと、立ち上がって御簾を上げた。

「では、お上。まいりましょう」

これまですべてが御簾に隔てられ現実のこととも思えずにいたのに、伊勢と呼ばれた生身の女の白い手が差し出された時、奈岐は慌てた。

お上、と呼ばれる自分は誰なのだ？　彼らはいったい誰を連れ出そうとしているのだ？

「御免。急ぎまするゆえ、失礼をお許しくださいませ。さ、内記、お連れせよ」

続いて国盛が御簾をからげ、内記が片膝を進めて入ってきた。いやだ、あたいは海へ、あのきらきらしい人たちと船に乗って行きたいのだ。なのに体は意のままにならない。

あたいも船に。——声にならないまま体が拒んでいる。しかし「お許しを」の一言で、軽々と国盛の肩に担ぎ上げられてしまった。ここでも奈岐の体は子供であるらしい。

「そのようにおむずかりあそばすな。しばらくの辛抱でございますれば」

さっきの伊勢という世話係が優しい声でなだめる。いや、その声は妙貞さまのようでもある。いやいや違う、その手の温かさは、顔も覚えていない母なのか。

泣きじゃくりながら、奈岐はだんだん意識を失っていった。

＊

「奈岐、奈岐」

体を揺り動かされて目が覚めた。真上に伊織の顔があった。

「よかった、夢にうなされて、もう目覚めないのかと思ったよ」

さっき聞いた声は、妙貞さまでもなく母でもなく、伊織だったのか。

ほっと安堵の笑みを浮かべ、彼は奈岐の額からずりおちた手拭いを取ってくれる。生温かくなっているのは、熱がかなり出たのであろう。

「水、飲むか？」

聞かれてこっくりうなずいた。喉がひどく渇いていた。

まだ起き上がることはできない。目だけ動かして自分が今どこにいるか、見回してみる。粗末な山小屋だ。奈岐の記憶は、大きく揺れる葛橋の上で、必死に蔓にしがみついていたところで止まっている。たしか稲妻を伴う雷雨に打たれ、それで内なる何かが感応し、気を失ってしまったのか。あれから何がどうなってこんなところにいるのだろう。

「よくがんばったな。今度、河原に出たら、その顔を洗わないといけないな」

「そんなに汚いか」

慌てて奈岐は懐をまさぐって鏡を取り出した。自分の顔の前に掲げたが、鏡は島ではあんなに日を反射して光っていたのに、薄暗いほどの山の中、しかも川の水気がたちのぼる小屋の中では、曇って沈んで、よく映さないようだ。

「磨いてやるよ」

「いいんだ。どうせあたいの顔なんか映ってもきれいじゃないんだから」

金属を扱うのはお手のものの伊織だが、奈岐は鏡を渡さず両手で隠した。

「有綱はどうしたんだ？　まさか、橋から落ちたんじゃないだろな」

「あいつか？　思いがけない顔見知りに遭遇して、追いかけて行ったよ」

「顔見知り？　こんな山の中で？」

「あいつときたら、ほんとに思い立ったらイノシシみたいにまっしぐらだ」

苦笑しながら伊織はあのあとのことを話してくれた。

意識を失った奈岐を庇って伊織は橋の真ん中でうずくまるしかできずにいたが、その間にも有綱は歯を食いしばって橋板から足を抜き、鉈を振るう男に突進して行ったのだ。

おまえ、なぜこんなところに、と叫ぶ有綱の声で、伊織も顔を上げた。橋のかかりに立って、今まさに鉈で葛の橋を伐り落とそうとしているその男、こんな山中だからてっきり樵《きこり》か杣人と思い込んでしまったが、その凶悪な顔には見覚えがあった。そう、それは江口で彼らを襲った賊の棟梁、井岡《いおか》の手下の「鴉」だった。

菅笠をつまんで上げた時、額を半分覆った鉢巻が見えたために、それは確信に変わった。なんということだろう、彼は執念深く、こんなところまで尾行してきたのか。

すべては井岡の差し金か。不敵に笑い、鴉はまたも鉈を振りかざす。橋を吊る葛の束はその一振りで完全に断ち切れてしまうだろう。激しい雨と激流の音。これで終わりだ。伊織はしっかりと奈岐をかかえ、観念して目をつぶった。

だがどうしたことだろう、橋は落ちない。ただ揺れている。伊織も奈岐もさっきと同じ姿勢で重なりうずくまって震えているが、まだ無事だ。

目を開けると、有綱の体越しに、鴉の背後にもう一人、小柄な人影が見えた。その人影は、背後から鴉を羽交い締めにして、それに抗《あらが》う鴉と烈しくもみ合っている。誰かが、自分たちの味方をしてくれているのだ。

「えっ、誰？　こんな山の中に、誰があたいたちの味方をしてくれたっていうの？」

信じられずに尋ねる奈岐と同様、伊織も当初、信じられなかった。粗末な身なりの、それこそ杣人といった男であった。しぶとく鴉を放さず、ついに彼の手から鉈を奪った。

「その男は、おれたちの味方というより、橋を守りたかったみたいだ」

「橋を伐り落とされたくなくて、男をやっつけてくれたの?」

答える代わりに伊織はうなずく。ここで暮らす杣人にとって、橋は大切な交通手段。これだけ長い川幅の分、葛を縒り合わせて繋ぐのは大変な作業で、何か月もかかる。

――この野郎、よくも橋に悪さしようとしたな。

もがきあう中、杣人の怒声がよみがえる。橋を必死で守ろうとする気持ちが鴉への憎悪となって吐き出されたのだ。そして、それが結果的に三人を救うことになった。

鴉は鉈を奪われるや必死で手をふりほどき、男を突き倒すと、這うようにして山路へと逃げ出した。有綱はその間に体勢を立て直し、橋綱の上に立つことができたから、今度は確実に板と板を踏み渡って岸にたどりつき、後を追った。樹木に隠れ、鴉の姿は早くも見えなくなっていたが、山道は一本だ。今頃は追いついているかもしれない。

「そのあとは? あたいたちはどうなったの?」

その問いには、伊織は頭を掻くしかなかった。橋の揺れは止まったが、雨は降りしきり、橋板の下は急流がさかまくようにして流れ続ける。錯乱状態の奈岐をおぶってやるどころか、自分一人で立つこともできなかった。それを、橋をひょいひょいと渡ってきて、助け上げてくれたのは、あの杣人だ。

――わしの帯を摑め。

伊織に向かってそう言い、後ろから帯をつかませると、下を見るな、焦ってはならん、といくつか注意を投げかけたうえで奈岐を抱え上げ、一足、橋板を踏みしめては揺れに耐え、また一足、踏みしめては前進する、といったやり方で二人を対岸へ渡らせてくれた。

「でも、渡りおおせたのはいいが、おまえがひどい熱で」

男はこの小屋に奈岐を運んで寝かせてくれた。それどころか、雨の中へ取って返し、飲み水や薬草をとってきてくれた。礼を言いたかったが男は奈岐が落ち着いたのを見てとると出て行ってしまった。だから伊織はそのまま奈岐のそばを離れずにいるわけだった。

「あんな橋を、落人たちも渡ったのかな」

「そうかもしれない。おいらたちみたいに何日も炭焼き小屋にいて、橋を作ったのかもな」

「そして、追いかけてくる者に気づいたら、さっきみたいに鉈で切り落とす」

「そうだな。あれを切り落とされたら、もう対岸からは追いかけられないもんな」

奈岐は、意識を失っている間に見た、夢とも幻ともつかない屋島での残響を思い出した。伊織に言ったところで、信じてはくれないだろう。そう思ったら寂しかった。

子供の頃から時折わけのわからぬ夢を見た。そして寝覚めと同時に、突き上げる思いで大人たちに語ったが、いつも一笑に付されるばかり。しかし今のはこれまでになく、最大に色濃く生々しかった。それでもまた、そんな作り話、と笑われるだろう。伊織に笑われたくなかった。そう、伊織だけには。

それでも心は残る。屋島で下船する時、体がこわばったように動かなくなったこと。そして祖谷渓《いやだに》の深い谷間の中空にきらめく稲妻と雷雨に脅かされ、意識を失ってあの夢の中に連れ去られた。何かが今までとは違う。あんなにはっきり、顔も声も鮮明だ。あれは夢ではなく、別の次元へ遷移したのか。奈岐は唇をかみしめる。

「なあ、伊織、笑わずに聞いてくれるか?」

思い切って、奈岐は話を切り出す。屋島では「別働隊」がいた。御典医まで付き添って屋島を落ちていったのだから、お上、と呼ばれていたその人は帝だったのか。話せば自分ではわからないことも明らかになる気がした。だがそれは外からの音によって阻止された。

「シッ。誰か、来る」

鴉、か? ——伊織が反射的に身構える。今、襲われたらひとたまりもない。

「奈岐、いいか。俺がどうなっても、死んだふりをしていろ」

言い置いて、伊織は自分を楯にし、動けない奈岐を庇うつもりだった。

だが、戸が開けられて、中を覗き込んだ顔を見て、伊織の緊張は一気に解けた。

「なんだ、有綱か」

「なんだとはなんだ。今日の食い扶持を取ってきてやったというのに」

有綱の手には、すぐにも煮て食料となりそうな茸《きのこ》や山菜が入った籠がある。

「それはありがたい。やっぱりあんたは兄貴だな。たよりになるぜ」

兄貴とは、次男に生まれた有綱が、言われてもっとも喜ぶ言葉であるとわかってきた。こうして一緒に過ごすうち、自分もだんだん兄のようにたよっているのもわかっていた。

「雨が上がった。奈岐の様子を見ながら、別な場所に移ろう。ここは病人には不適だ」

「別な場所って?」

その問いには、有綱は背後を指すことで答えた。戸口に、さっきの杣人が立っていた。

「この御仁のおすまいが、この上にある」

この上に? こんな山奥の、まだその上に? 伊織はにわかに信じられずに杣人を見た。

雨がやんで、遠く山頂へ鳴き渡る鳥の声が響いている。その先は空だ。とっくに明るく白んでいるのに太陽が見えない空。それほどに山が四方から険しくせめぎあってそそり立ち、空をさえぎっているからだ。

清冽な空気を斬るかのように、上半身裸の有綱は刀を振った。五回、十回、二十回。その切れ間を見計らって、伊織が声をかける。

「こんなところに人が住んでいるなど、まだ空中にでも浮いている気分だぜ」

「まったくだ、葛橋のところでさえ奥深い山と思っていたのに、まだ上があったとはな」

あの日、葛橋を切り落とそうとした鴉から三人を救い、奈岐を背負ってここまで連れてきてくれた男、権左《ごんざ》。今は彼の家で世話になっている。

「よくまあ毎日、飽きもせずに刀の素振りなんかやってられるな」

「これは習慣というものだ。一日怠れば、昨日と同じには振れなくなるからな」

ぬるい京の侍、と鴉に罵られたが、それがあれほど憎まれるべきことなのか、有綱はまだ理解できずにいる。おそらく鴉は東《あずま》の出で、恵まれた畿内近国に領地をもった侍を妬ましく思うのだろう。鉈を振り上げた時の鴉を思い浮かべ、また刀を振る。

関東、か――。見知らぬその地は寒冷で、米の実らぬ赤土の層が少なくないと聞いている。生きていくため、少しでも広く、少しでも肥沃な土地を、と奪い合いになり、力で死守するならば残虐な手を使ったはずだ。気質の違いは、有綱たちの想像を超える環境によるものかもしれない。といってそれで妬まれ憎まれるのは割に合わない気がしたが。

「刀を振ったところで何も生みはしないだろうに」

小さくあくびしながら、伊織は先日、家の前庭にしつらえた切り株の作業台に腰を下ろした。そこには簡単な手桶と砥石《といし》があって、研ぎかけの鎌が置かれていた。

「少なくとも俺はこれを研ぎ、ものを作るってことにかかわっているぜ」

「ああ、そうかよ。だがおまえの言うもの作りは、安心して守られていてこそ実るものだ。略奪されればおしまいだろう」

武士の台頭はそういうことだと有綱は思った。皆がそれぞれ平和に自分の領域内で暮らせるならば、武力などはいらなかった。けれども土地の所有が始まり、互いに境界線を窺うようになったことから争いが絶えなくなった。その争いを解決するのが強い者の力。すなわち貴族や寺社や帝、上皇だったが、やがてそうした権威だけではおさまらなくなり、武力で解決するようになっていったのだ。

「しかし、それもここでは不要だな」

木刀代わりの棒を置き、有綱は汗を拭った。そして手に斧を持ち代え、薪割りを始める。たくましい腕が振り下ろす斧は、次から次に丸太を割って薪にしていった。その軽快な動きは、無言のうちに、これなら生産的だろうと言っているようで、伊織は苦笑する。

ここに来るまで、彼が奈岐をおぶって歩き出したはいいが、どこまで歩いても九十九折《つづら》りの山道が終わらないのに閉口したことを思い出す。薄暗い深山《しんざん》のさらに奥、道とも言えない道を上りに上って、突然、木々の中から現われた集落。まさかこんなところに人が住んでいるとは誰が想像しようか。山裾からも対岸からも、決して見えない深山の死角だ。

「どうやらあの橋が境界だったんだな」

今思えば、あそこから下は定住した者たちの区域。そしてそこから上側は獣しか住まない山中となり、居場所を定めない「山人」の領域と認識されていることがうかがえた。

定住者なら農耕を行い、中央の土地支配に組み込まれる。そして検地に従い税に当たるなにがしかを納めなければならなかった。だが、炭焼きや木地師《きじし》のような山人は、良質な材木を求めて移動するため定着しない。だから支配の枠内にとらわれず、為政者も放置しているのだ。なのに、その線引きをかすめ、こっそり定住している民がいたわけだ。

「こんなとこに住んで、着るものや食べるもの、いろいろと不自由ではないんだろうか」

思わず口にしてしまう伊織だが、余計なお世話というものだろう。郷には郷のやり方があり、たしかに暮らしは不便だろうが、足りないものは、あの橋を渡って炭焼き小屋まで行って、下の常人たちと物々交換で補うのだ。むろん貨幣は介在していない。常住しているわけではないので、無人のままに品を並べ、いるものだけを取っていき、それで交易を成立させて帰る。後世の用語でいわゆる「無言交易」と言われる形態だ。

「白い布を求めて下りてきた侍も、ふだんはそうして物を手に入れてたんだろうな」

ただし求めるものがいつもの決まった品でないために、あえて人のいる炭焼き小屋まで下りてきたものだろう。彼は確実に交易がしたかったのだ。

「まさに隠れ里だな。これなら絶対、誰にもわからず暮らしていける」

さえざえとした山の稜線を描く高い山は、太陽をさえぎるため日の出も遅く、また日が隠れるのも早い。日の当たる時間の少ない世界の中で、せめて東に向いた斜面を切り開き、すみかとしたのがうかがえた。斜面にへばりつくように粗末な小屋が十軒ほどもあり、周囲にはわずかな焼き畑があって、稗《ひえ》や粟《あわ》などの雑穀を作っているらしかった。

そこへ、水くみに出かけていた権左が帰ってきた。積み上がった薪に、目を丸くする。

「おう、ようさん薪ができたのう。これは助かる」

力仕事は若い有綱にはたいしたことでなく、こんなことで奈岐を助けてくれた権左への恩義が返せるなら安いものだと思った。

彼に導かれてここに着いた時、どこから見ていたか、数人の男たちが影のように湧いてきて、どういうつもりだ、と権左を責めた。どの顔も警戒心が強く、口数も少なく、有綱たちに向ける尖った視線は思い出すだに居心地が悪かった。なのに権左は言った。

――また争うのか？　よそ者だからと追い出すのか？

男たちが目をそらすのへ、権左はさらに、困っているなら助けるのが人間だろう、と付け加えた。立派な男であった。人々が帰った後に、彼はこうも言った。あんたら、山を下りたらわしらのことを喋るんやろな、と。

ここに人が住む集落があると知れたら、たちまち支配者の領地に組み込まれる。だから外から来た者と関わりを持ちたくなかったのに、それでも、奈岐のような子供の病人をほうっておくにしのびなかった彼の気持ちの温かさがありがたかった。

弟を助けていただいたのです。我々は、修行の他には何の意図もない。――有綱はきっぱりとそう答えるしかなかった。奈岐はいちばん下の弟ということになっている。いまだに平家の剣について切り出せずにいるのはそうしたわけだ。

あのとき、権左は、ぼそりと言ったものだ。

「礼には及ばんよ。わしは脈見《みゃくみ》や薬草とりが生業やけん、助け合うのは当然やしな」

山の暮らしには、虫や毒性植物、はたまた怪我や病が絶えないため、権左はこの集落に不可欠な医業を仕事としている。親はどちらも亡くなり、以来、彼はずっと一人だという。

何にせよ、じめじめとした橋の傍の小屋とは違って、彼の家は定住を目的として建てられた頑丈なもので、火も焚かれ、空気も頻繁に入れ代わったから、数日の療養で奈岐はすっかり元気になっていた。

「悪いが、この鋤も、手入れをたのめんかのう」

庭先の桶《おけ》に水を移し終えると、権左はさっき有綱が立てかけた棒を取って伊織に言った。有綱が勝手に素振りに使ったが、どうやらそれは、彼が使う農具の柄《え》であったようだ。

「今も山で柴を刈ってきたが、あんたが研いでくれたおかげで、ようはかどった」

伊織はここ数日、特にすることもなくて、権左が鴉と戦った時に持っていた鎌を研いでやった。彼がいつも腰からぶらさげている愛用のものだが、形状からしていびつで、厚さも妙な造りをしている。せめて刃の部分だけでも研げば使い勝手は格段に上がるに違いないとの配慮だった。伊織にとっては簡単な研ぎだったが、できあがりを手にした権左はたちまちそれまで見せなかった晴れやかな顔になったものだ。

「うーん、これは鉄《かね》の問題でなく、木の柄が緩んでるんだ。取り替えた方がいい」

さっそく鋤を手にして伊織が指摘する。伊織にとっては農具の修理など野鍛冶の仕事と突き放したいところだが、権左が困っているなら手を貸すのはやぶさかではなかった。

「桑《くわ》か朴《ほお》か、山に入って木を探すのがいいですね」

伊織の提案に、権左は顔に似ない素直な態度でうなずき、後で適当な材木さがしに行くことが決まった。すると庭先に男が一人現われ、三人の様子を覗いている。

「あんのう、すまんけど、わしのんも研いでもらえんやろか」

差し出したのは、やはり鎌だ。権左のと同様、いびつな形状をしているのは、何かを焼き直して作ったものであるからだろう。それでも今朝の権左の働きぶりを見て、自分もあやかろうと手入れを望んできたのだ。集落内での情報は思ったよりも早く行き渡るようだ。

「よくまあこんななまくらを使ってますね」

半ば呆れ、伊織は本格的に打ち直してみようと思い立つ。葛籠の中には暁斎《ぎょうさい》から譲られた道具があるし、炭ならここでも焼いていてふんだんに手に入る。石桶や水桶も何かで代用できるだろう。

「それは助かる。……なんせ、たった一人いた野鍛冶が死んで三年や」

以来、ここの者は金属の道具に関して我流で調整するしかなかったという。

「どないやろ、あの鍛冶小屋を使《つこ》てみるか？」

今は道具場として共同で使っているという鍛冶小屋へ連れられて行くと、埃《ほこり》だらけだが鉄の加工に欠かせない鞴《ふいご》もある。思いがけなく伊織の鼻腔に、鉄の匂い、火の粉の匂いがとびこみ、目眩がした。兄を殴って家を飛び出して以来、ずっとこの身になじんできた匂いであった。伊織はあらためて、今、暁斎がどうしているかに思いをはせた。自分が、遠くにいるのを実感した。

「やってやれよ、伊織。野鍛冶だろうが、使わなければその腕だってなまくらになるぜ」

恍惚《こうこつ》とたたずむ伊織の背中を叩き、有綱は言った。それで、伊織の目が輝き出す。

「奈岐、伊織の邪魔をするなよ」

「してない。……あたいは伊織が仕事をしているのを見てるだけだ」

もうすっかり伊織のそばを離れない奈岐だが、仕事場では水を差したり汗を拭いたり、ちょっとした助手として役立っている。有綱は、厄介者の自分たちが、せめて彼らの役に立つよう心がける。それが年長の自分の責務だとも思った。

簡単な研ぎと違って、火を使っての本格的な打ち直しは数日を要した。伊織は複数の鎌を同時に引き受けている。依頼した男らは自分の道具が直される間、黙って作業台のそばに立って見ていたが、仕事の代価に、毎食、竹皮に包んだ栃餅《とちもち》や栗の焼いたのなどを持ってくる。おかげで奈岐も有綱もお腹をすかせたことがなかった。やがて、それらはみごとに仕上がった。

「おお、なんちゅう……。これは、まるで三日月や……。鎌がこんな美しい形になるとは」

「目に美しくしたのではありませんよ。均整のとれたその形がいちばん使いやすいんです」

先祖の知恵はすばらしい。金属器が伝来して以来、彼らは何百年間も試行錯誤をくりかえし、長い長い年月の中で、もっとも望ましい形を完成させて今に伝えた。里人たちは生まれ変わった自分の道具を惚《ほ》れ惚《ぼ》れと見直し、眺め飽きないようだった。

「道具は歴史が生み出し、歴史が完成させる、ってな」

いつから見ていたのか、有綱が感心してつぶやいた。けっ、と伊織は照れて、

「何をきざなことを言ってやがる」

「いや、何かで読んだんだ。刀にも、この形になる必然があったということだよな」

古代、大陸から伝来したのは剣だった。直刀、といわれるまっすぐな形状をしたものだ。七つに枝分かれした不思議なものも神に祀られているが、それを人間のために用いるようになった時、人はその技術によって剣を湾曲させていき、みごとな曲線を描く道具にした。すべて、人の使い勝手のためである。それが刀であり鎌であり鋤だった。

「ならば人は、それを巧く使い切らねばならんということだ」

逆に言えば、神に捧げた剣のほうは、人が勝手に用いるのではなく、未来永劫、神に預けるも

のであろう。有綱はあらためて、剣と人との縁を思った。

「あんた、侍にしとくのはもったいないな。刀匠になるなら弟弟子《おとうとでし》にしてやるぜ？」

「はっ？　弟だと？　ごめんだね」

そこへ権左が覗きにきて、珍しく柔和な顔で声をかけた。

「商売繁盛やのう。村にとってもありがたい。あんたらはまれ人じゃ」

警戒されていた有綱たちも、伊織の技術をもって、ようやくまれなる来訪者として肯定的に受け入れられたのかもしれなかった。

農具を持った男はまた一人現われ、二人現われ、ついには順番を待つほどになった。

その日、最後にやってきたのは、落ち着かない目をした若い男だった。窺うように小屋の外を何度も確認しては、ようやく中に入ってきた。

「俺は阿佐《あさ》の和助《わすけ》という」

珍しく、名字があるのか。研ぎ直してもらいたいものがある、と切り出した。

「研ぐ？　打ち直すんじゃなく？」

それまで持ち込まれてきたのはすべて形のいびつな鎌だったから火を通して打ち直した。しかし彼は、形を変えることを求めず、研げ、と言う。古くなった筵《むしろ》にくるまれていたが、稲の育たないこんな山間では筵さえも貴重であろう。

「砥石ならこれを使《つこ》てくれや。少し向こうに石立山《いしだてやま》というのがあってな、そこで採れた」

むき出しになった地層には、金属を研ぐのに適したきめの細かい石もみつかるようだ。筵を開くと桐の箱がくるまれており、箱の中には、もっと驚かされるものが収まっていた。

「刀……じゃないか」

息をのんだのは伊織ばかりではない。それは赤い布に包まれており、歳月で褪《あ》せかけ、ところどころ白く毛羽立ち、茜で染めたとわかる元の紫色を現わし始めている部分がある。漆塗りの鞘にもところどころひび割れが見られるのを、有綱は驚きをもって眺めた。

「おいらの勝手で持ち出してきたんや。死んだお父《とう》からは、触るなと言われとったけん」

そんなものを持ち出していいのか、と言いかけて、有綱は黙った。伊織がうやうやしく受け取ったからだ。だが鞘は抜くまでもなく、ぱっかり二つに割れた。貼り付けてあったのが乾燥したのだろう。有綱からも伊織からも、当の和助からも嘆息が漏れた。

なぜなら割れた鞘から現われた刀は悲しいほどに赤く錆《さ》び、刃こぼれまで生じていたからだ。おそらく保管がよくなかったのだ。父親の言葉によると、触るな、出すな、と言われ続けて長い歳月を経てしまった。刀のたどった時間が目で見えるようだった。

「そうか。村人が持ってる鎌は、もとはこれだったのか」

何度かそれを裏返してみて、伊織にはわかった気がした。下界と隔絶された奥山で金属の道具を手に入れるなど不可能に近い。凶器にもなる鎌を無言交易の小屋に放置しておけるはずもなく、特別な入手経路でもなければ彼らが鎌という文明の利器を得ることなどできない。だが、刀があった。打ち直したなら、いびつであっても、生活のための道具にはなる。

「だけどどうしてこれは刀のままなんだ」

「お祖父《じい》の時代に、凄惨な殺し合いがあったそうでな。大人らは黙っとるが、つまり仲間割れやろ。それで、すべての元凶である刀を二度と取り出さないよう封印したと聞いとる」

有綱は唸った。この集落に立ちこめる暗く重々しい空気の理由はそれだったか。皆はその争いをきかっけに、刀を鎌に打ち直し、山の民として生きることに専心したのか。

「なのにあんた、これを刀のまま研いでどうするんだ？　刀なんて、何に使う？」

よけいなことだが、有綱はつい尋ねた。深山で暮らす者に、刀が必要であるはずがない。研いだところで何に使えるだろう。しかし彼はあっけらかんと言った。

「これ、山を下りて里に持っていけば多少の米にならんか？」

触るな見せるなと戒めた父親は、その父の戒めをかたく守ってきたが、息子はそれを得難い米に替えたいと切望する。時代は確実に移ったのだ。

「なあなあ、どないや。なんぼほどの米になる？　一度でええ、腹いっぱい米が食いたい」

せっつかれ、伊織が首を傾けながら、何かいわれがあるのかと和助に尋ねた。

「いわれ？　刀の素性ってことか？　……あるよ」

和助は用心深そうにあたりを窺い、山の者が誰もいないことを見計らってから言った。

「これは、平家の刀なんだ」

伊織が鉄梃《かなてこ》を取り落とした。平家の――。彼はそう言ったのだ。

二人は固唾をのんで続きを待った。いったい、誰が持っていた刀だというのか。

「さあ、それは知らん。聞いてない」

またもあっけらかんと彼は言い、二人は脱力して互いの顔を見合わせた。

それは偶然拾ったものか、盗んだものか。合戦があった戦場では、勝敗の決した日没後になると周辺に住む農民や漁民が夜陰にまぎれて立ち現われ、死んだ武者たちの体から武具や銭になりそうなものをはがして持ち去っていく。暁斎のもとにも時折、そうした戦場から奪ってきたとみられる古い刀が持ち込まれてきた。打ち直されたり研がれたりして、ふたたび世に出る刀を、伊織も何度も見てきた。もしかしたら、これはそういう類いのものかもしれない。つまり、彼には悪いが、盗品か。

　桐箱にあった赤い布は、平家の旗指物で間違いないだろう。しかし、身分高い武将が用いる旗にはそれが誰とわかる家紋が染められていなければならなかったが、その布には平家を示す揚羽《あげは》蝶《ちょう》の紋はなかった。雑兵のものか、あるいは陣を敷いた際に立てた無紋の幟《のぼり》だったか。もとより、旗は家来が持って走り回るべきもので、位のある武将がみずから持つことはない。

「なあなあ、どうなんや。値打ちはあるんか、ないんか」

　なんと答えてやればいいか、伊織が困ったように有綱を見る。

「どうなんや。やっぱり石立山に……いや、剣山《つるぎさん》にほかすしかないんかのう」

「剣山、だと？」

　鋭く反応した有綱に、和助は悪びれずその名の由来を教えた。

「仲間割れで大勢の死者が出て、屍《しかばね》と一緒にそいつらの刀も埋めたからそう呼ばれとる。皆は、もう戦いはやめる、と誓ったのに、お祖父だけ、こっそり一本、隠しとったというわけや」

　有綱と伊織は顔を見合わすこともできずにいた。それほどの衝撃を、今、受けた。

　争いに倦《う》んだ人々が不戦の誓いを立てた山。それが名として残ったというわけか。

　もっと聞きたい、語り合いたい。しかし、彼との時間はそこで終わった。権左が戻ってきたのだ。彼は小屋へ入ってくるなり、和助が何を持ってきたか一目で見抜いてしまった。

「おまえ、ここで何をしとるんじゃい」

　低く、ぞっとするような権左の声。

「この不心得者が」

　和助は権左をにらみ返すと、慌てて桐箱をもとの筵でくるみ、逃げるように出て行った。

あとは居心地の悪い空気だけが残った。何も見ていない、聞いていないと言い繕うこともできたが、権左は信じないだろう。それほど、彼の顔は険悪に曇っていた。彼はいったい、何を知られたくないのだろうか。そっと横顔を窺い、有綱と伊織は顔を見合わせた。

翌日は、権左の案内で鋤の柄《え》探しに出かけた。久しぶりに奈岐も連れ出し、伊織と権左が、あれでもないこれでもないと森の木々から材料選びに熱中するのを邪魔しないよう、有綱はゆっくりと散策に耽った。そして別の方角へ踏み入った時、

「あっ。そっちはあかん。あんたら、行ったらあかん……」

気づいた権左が追ってきて制止したが、もう遅かった。森の奥にそこだけ木を伐り取ったとわかる空き地があって、有綱はそこに異様なものをみつけて、立ち尽くす。

日の射さない木立の中の、湿気の多い空間だ。平たく薄い石盤が何枚か重ねられて苔《こけ》むしており、それがいくつも列をなして並んでいる。

大きいものも、小さいものもあった。それらは鬱蒼とした森に埋もれるようでいながら飲み込まれず、すべて丑《うし》の方角――わずかに東にふれる北を向いて並んでいた。

「これは、墓地……ですか」

有綱が尋ねる背後で、奈岐はぶるっ、と震え、思わず伊織の袖を摑んだ。

じめっと重いばかりの森の気がのしかかる。先日の雨のせいか、そうでなくとも天を隠すばかりの木々に囲まれて陽の射さない深山だけに、墓地の空気はなお湿って暗かった。

「どれも、墓に名前がありませんね」

訊いても権左は何も言わない。目をそらし、そこを離れたがっているのが伝わってきた。

「どなたの墓です?」

三度目の問いで、ようやく権左が目を上げる。土のようにくすんだ顔だ。

「名を刻めない者どもじゃき。……そやけん、墓石はすべてこのように伏せとるんじゃ」

言ってから、彼は自嘲するように口元をゆがめた。

「刻んだところで、名のある武将ならいざ知らず、誰とも知られん者どもやけんな」

これは、落人の伏せ墓か。——名を主張してはならない。聞いてはいけない。けれどもたしかに、屋島から落ち延び、慣れない山道をここまで歩き、そして命を落とした者たちが、この平たい石盤の下に墓碑銘も刻まれず眠っている。

思えば権左は何歳だろう。屋島の合戦の時にはまだ生まれていなかったか。彼が落人の一族であるとして、何をどんなふうに教えられてきたのだろうか。

「丑の方角は、京《みやこ》ですね」

権左はうなずかなかった。うなずけば、たちまち自分たちの正体が知れるとでも警戒しているのだろうか。ただ一言、言い訳のようにつぶやいた。

「あちらはな、まぶしい日が昇る方角なんや」

有綱は、今こそ彼に尋ねる時と思った。これを逃せばもう訊けない。

「あなた方は、何者です?」

それは直截《ちょくせつ》的で、権左が答えるまでには時間がかかった。

「知って、どないするんや?」

ぶっきらぼうに権左が訊く。伊織も奈岐も、息を潜めるように黙っている。

「あんたら、はじめから、ここに誰が隠れ住んでいるか、調べに来たんか」

猜疑《さいぎ》は人の顔をけわしくする。今の権左がその例だ。初めて会ったとき以上に、彼はこわい顔になっている。いいえ、と打ち消しても、彼に信用させる余地はあるのだろうか。

「葛橋を切り落とそうとした、あんな輩も、時々やってくるけんな」

鴉のことだ、と有綱は唸る。だが橋を切り落とそうとしたのは有綱への私怨である。だからいずれ終わるだろう。いくら執念深い男でも、親の仇《かたき》ではあるまいし、この先もつきまとい続けるとは思えない。

「平家が滅びた当座、そうや、わしらがまだ子供やった時分、何度か関東から追討の軍が来たそうや。感心するくらいしつこうにな。けど、ここには何もあらへん。誰もおらへん」

父や祖父から聞いた話であろうか、権左は吐き出すように言葉をつないだ。

何もない。——それは鎌倉方が手柄として持ち帰るべき名のある武将の生存はなかった、ということを物語っている。雑兵を捕らえたり殺したりしたところで手柄にはならない。褒賞の対象になるような名のある平家の将は、すでにこの世にはいないのだ。

「そのうち、時代の方が変わっていったんや。ここにおるのは、米も作れん貧しい山人ばっかり。役人どもは、何かまきあげようにも何もないとわかったけん、帰っていったよ。また来るかもしれんが、そのときもまた諸手を挙げておとなしゅうするばっかりや」

彼らは時代の変遷がわかっている。年に何度かあの葛橋を渡って里まで炭を売りに行くのだし、その際、地上のできごとを耳に仕入れて帰るだろう。だから源氏が三代で滅びたことはもちろん、その後に実権を握った北条のことも、後鳥羽上皇に関わる政変のことも知っていた。その上で、権左、和助と、土地の者らしい素朴な名をつけ、山人になりきり、役人がやってきてもひたすら恭順を通せ、との教えを守っている。

「申し訳ない。……あなた方が時にまかせて忘れようとしていることに踏み入って」

有綱はうなだれるほかなかった。しかしそれを見て伊織が苛立ったように袖を引いた。

「おいおい、有綱さん。肝心のこと、訊いといてくれよ。ほら、国盛は。国盛のことは」

せかすやいなや、待てないふうに、直接、権左に向かって問いかけた。

「ここに平国盛という武将がいたんでしょう？　その人も、この墓の下にいるんですか？」

それを唯一の手がかりとして三人はここまで来たのである。伊織の質問は正しい。

「ここでどなたか高貴な方が死んで、それでその国盛が、葬祭のための白い布を求めてあの橋の下の炭焼き小屋へ降りていったんでしょう？　……亡くなったのは、どなたです？」

伊織は遠慮もなく核心を突いた。権左はうろたえ、どう答えようか、いや、答えるべきか、初めてのことに迷い、答えを出しかねている様子だった。

その間、奈岐がどうしていたのか、有綱は気にもかけずにいた。いつも主な会話は年上の彼らが進めるからだ。だがこのとき、えもいわれぬ香りが漂ってきたのだ。そして背後で、彼女がつぶやくのを聞いた。

「みな、ここにおったのだな」

低い、小さな声。ぎょっとしてふりむくと、奈岐は墓石に手で触れ、語りかけている。いつのまに取り出したのか、仮面をつけている。伽羅が放つ芳香に、あたりの空気がそこだけ浄化され、まるで違う次元にあるかのように明るく浮いていた。奈岐はつぶやく。

「内記、伊勢……。みな、ここに眠っておるのだな」

そのとたん、殴られでもしたかのように権左の顔がこわばった。

「いま、……なんと言うた？　まさか、伏せた墓石の名が、見えたんか？」

いいや、そんなはずはない、と権左は墓石の前にすわりこむ。奈岐はかまいもせずに、

「よう生きた。よう働いた。ご苦労であったなあ」

墓標の前にひざまずき、一つ一つをなでさすりながら、小さくつぶやき続けるのみだ。

「喜多《きた》に、阿佐、有瀬《ありせ》、西山《にしやま》、久保《くぼ》、管《すが》、徳善《とくぜん》、……」

権左が恐慌をきたす。それはおそらく彼らの名前なのだ。

「争いはいつの世も絶えぬもの。こんな山中まで来て、みな、さぞ苦しかったであろう」

権左は奈岐の声をかき消そうと大声を上げた。

「まさかまさか、……いや、そんなはずはない……」

怯え、驚く権左は、それ以上奈岐が喋らないよう両手を伸ばし口を封じようとする。

「ここで死んだ者たちの名は、我々だけが知っとればええ。そやから名を裏向けに伏せたままなんじゃ。そやのに、なんでわかった。なんで知っとる……」

やめろ、と有綱は、権左を奈岐から引き離そうと彼の肩をつかんだ。その拍子に、奈岐の仮面の紐がはずれた。

有綱は思わず息をのむ。そこには屋島に上陸した時に見た、恐ろしいまでに変貌した奈岐の顔があった。大きく剝き出した目が血走り、瞳孔だけが金色に光っている。

二度目だからけっして見間違いではない。権左は有綱に引っぱられていたせいで見なかっただろうが、有綱はたしかにそれを目の当たりにした。

地面に引き倒された奈岐は四つん這いになり、泣きべそをかきだした。

「ううう……、声が聞こえた気がしたんだよ。……だから耳をすませたんだ。……そしたら墓の

下から、生き残った者たちは心穏やかに生きてくれ、って」

もう、もとの、ただの子供の奈岐にもどっているのか。香木の香りが、あたりの木々を誘導するかのように、森に結界を作っていた。すでに権左は常軌を逸したように激しく墓石をこすっていた。しかしやはり、石には何の文字も現われはしない。手からうっすら血が滲み始めるのを見て、有綱はそっと彼の背中に手をやり押しとどめた。伽羅の香りがなおも満ち、やっと落ち着いた権左を、奈岐はふしぎそうにみつめた。

木々の葉先から、ぽつ、ぽつ、ぽつと音がした。山の天気は急変する。急に陰《かげ》って時雨《しぐれ》になって、それは名もなき墓の下で眠る者たちが降らせた涙雨のようにも思えた。


そのあと、権左が有綱たちに話してくれたことは、書物に綴られていない物語だった。

「屋島合戦の後、たしかにこの地に、平家軍は落ちてきた。我々は、その子孫になる」

初めて語るためだろう、彼の話はたどたどしかった。

船に乗せきれなかった数々の道具、家具、調度品。家来たちは持てるだけのものを背負って山へと走った。率いていくのは平国盛と田口重能配下のおもだった郎党だったが、みな恐怖心が先立って、てんでんばらばら。もとより統制がとれていたわけではないから、中にはそのまま逐電していく不心得者も後をたたなかった。しかし結局、不案内な山中で身の置き所に困り、また合流したり離れたり。

「逃げる、というんはそういうことですやろ。みんな生きるために必死で逃げたんや」

有綱は同情を禁じ得なかった。

「同じ逃げるんにも、決戦を投げ出し敵前逃亡した大将級のお方もおられましたけどな」

「まさか」

「はは。誰もがそう思いますやろな。けど、投げ出したのや。平家の嫡流ともあろうお方が」

平家の嫡流といえば清盛の長男・小松宰相重盛の嫡子、三位中将維盛である。一ノ谷では敗れたが盛り返そうと機を窺う時に、三十艘の船を引き連れこっそり屋島の内裏を抜け出し、船で対岸の紀州へ船で渡って高野山へ逃げた。そしてそのまま出家してしまうのだ。

「たしかに、そんなことが書かれていました」

すかさず伊織が言い、葛籠からそれらしい書を取り出した。そして、言いにくそうに、

「それでも、熊野を回り、どの寺院にも入らず、結局、補陀落渡海《ふだらくとかい》をとげた、と」

すなわち、那智《なち》の沖に漕ぎ出し入水自殺を遂げたのだ。海のかなたにある補陀落へ渡り成仏するという信仰による。このことは時をおかず京にも伝わった。維盛の末路は、この地上にはもう、仏道に入るしか平家の者が生き残る場がなかったことを示している。

しかし身分の高い維盛だから船もあり、平家の陣から脱出することもできたが、船なき有象無象の兵どもは、四国の地面を歩いて逃げるしかなかった。一路、四国の山をかき分けて。

そしてこの地をみつけて落ち着いたが、残念ながらそれも二年たらずだったという。

「でも、あなたたちがいるのでは」

「はは……。ここに残るしかなかった者たちや。ほんの僅かな人数やけん」

なんらかの事情で、落人たちは分裂したのだ。

「なにせ、ここにはそれだけの大人数を養うだけの食料がありまへんからな」

彼らが来るより前に、山には、戦などとは無縁の、貧しいけれど細々と平穏な暮らしを営む集

落があった。だが、ただでさえ平地のない山間部だ。米などは望めず、山の斜面に切り開かれたわずかな畑で穫れる雑穀は、他人に分けてやるほど余裕はない。

そこへ逃げ込んできた落人たちは、当座の食料にもこと欠き、最初は物々交換でなにがしかを得たとしても、そのうち押し入って強奪するしかなかっただろう。しかし略奪を繰り返しても思ったように食料が手に入らないなら、他へ行くしかない。

生きるためとはいえ、辛酸を舐めた落人を思うと言葉もなかった。逆に権左は、話してようやく楽になったというふうに、肩で大きく息をした。

「あのう、有綱サンよ。……おいら、また、訊いてもいいかな」

そこへまた伊織が言葉を挟む。なんだ、と目で尋ねると、彼は嬉々として言った。

「国盛という侍だよ。わざわざ白い布を求めて葬ったのは、どなただったのですか」

そうだった、そうだった。肝心のことを訊いていなかった。有綱が頭をかく。

今と違ってまだ源氏の天下、平家追討の目が光っている時期である。みつかるかもしれないという危険を冒してまで弔いの布を求めにきたのだから葬るのはよほど大事な人物だろう。伊織も有綱も、それが帝だったのでは、と予想して権左の答えを待っている。

だが権左の答えは肩すかしだった。

「それは、後から来られた高僧のことかな。ここで病に倒れ、亡くなられたお方や」

え？　と反応したきり、二人は権左をみつめるしかできずにいた。

「うちの先祖は、さっきの墓の下に葬られている堀川《ほりかわ》内記という者で、御典医をしとった。そやけん、その高僧のお方の脈見もしたようや。そやからたぶん、間違いない」

帝――ではなかったのか。二人は言葉を失い、肩を落とした。

「でも……、でも、その高僧のお名前は？」

あきらめきれず、伊織がもう一度書物を開く。ここに来るまでの間に、奈岐が記憶していた平家の武将の死者の名と合わせ、生存して捕らわれ京に帰還した高官たちも整理している。その中に、たしかに西海へと帝に供奉《ぐぶ》した高僧や陰陽師たちはいた。都がどこに移ろうと、帝を補佐し、時には陰陽道により先々の吉凶を占う者が必要だからだ。

「二位僧都《にいのそうず》全真《ぜんしん》さま、法勝寺執行《ほっしょうじしゅぎょう》能円《のうえん》さま、中納言律師《りっし》仲快《ちゅうかい》さまのお三方だ。でもこの方々は、壇ノ浦で捕縛され、京に連れもどされておられる。他に、身分の高い僧侶は……」

書物の記述をたどりながら伊織は僧侶を探す。記述に値しない身分の者は省かれているから、やはりその三者くらいしか見当たらなかった。

「お名前は、さあ……。相当身分の高いお方やったというのは間違いないが」

権左は口をへの字に曲げた。そもそも忘れるために名を記さなかった者たちなのだ、名前を訊くのは間違いだ。それでも、ここまで来たからにはすべてを知りたい。それは権左に伝わり、彼は強い口調で言い切った。

「名もはばかるような高貴なご身分の方が、こんな山中で息を引き取られたのを嘆き、国盛はじめ、わが先祖どもは悲しみをこらえながら火葬に付した。そう聞かされとるけん」

「火葬？　……だって？」

二人が同時に声を上げたのも当然で、火葬はこの時代、まだ定着していない。死という穢《けが》れに対する感覚は恐怖を伴い、よほどのことがない限り遺骸を焼くなどできはしない。

「ここからかなり離れた山の中に火葬場が残っとる。今では誰も近づかんがな」

亡骸《なきがら》になっても帰る場所のない平家の者は、灰になるしかなかったということか。

「では国盛もここに……この墓の下に眠っているのですか」

「いいや、国盛は山を下りて里に入り、土着したと聞いとるよ」

平家であっても、家人や郎党ならば土着するなどして生き抜けた。だが身分がある者はそうはいかない。遺骸を残せば掘り返されて後々まずいことも起こりうる。だから火葬するしかなかったのだ。やはり、葬られたのは平家の血を引く身分高き者だったのか。

「もうこのへんにしましょうや。昔のことやけん。わしが物心ついた時には、もう父たちはここでひっそり暮らし、昔のことは話したがらんかったけん……」

彼が話を終わらせたがっている。だがまだあきらめられず、伊織が力ない声で言った。

「剣は？　剣のことは何も聞いていない」

「剣？　なんじゃ、あんたらもそれがめあてか」

権左の顔色が変わった。ようやくおまえらの目的がわかったぞ、という顔だった。

「あいつが言うたんやろう？　あの不心得者の家のせがれ、和助が」

低く吐き出される声は、憎悪をにじませているかのようだ。

「ここにはないぞ。あいつの祖父《じい》が何もかも持ち出しおった。冬の大事な食いもんも全部、盗み出していったのや。今またあんたらのとこに、何かを持ち出してきたんやろ？」

掘れば掘るほど、苦しくみじめな過去が明らかになる。この地に残り、ぎりぎりの暮らしを続ける中で、逃走する者も出た。仲間が懸命に蓄えた乏しい食料まで持ち去って。

許す者もいるのに、また罪を繰り返そうとする者もいる。人は延々と過ちを繰り返す。

「もうじゅうぶんじゃろう。ここにはあんたらが探すものは、何もない。出て行ってくれ」

帝と剣をめぐる物語はここで終わるのか。帝はいなかった、剣もここにはなかった、と。

権左の体から、おさえきれない憤怒が静かにたちのぼるようだった。それは、彼らが忘れようとしている歴史に有綱たちが踏み入ったことへの怒りなのか、それとも、忘れようとしている過去そのものへの憎しみなのか。

有綱は思いがけず根深いものに触れてしまったことを自覚し、頭を下げるしかなかった。

「わかりました。お世話になりました。明日、出て行きます」

あとは続ける言葉がない。権左は答えず、腕組みをして黙り込んでいた。

その静けさの中で、くう、と聞こえてきたのは、奈岐がたてる軽い寝息だった。

「ち。こいつだけは悩みもないのか」

寄りかかられた腕を払うように、伊織が奈岐を体ごと有綱のほうへ押しつける。なにをするんだとばかり有綱も押し返す。すると奈岐はそれで薄目を開き、

「……剣は、ここにはないぞ。……龍の背骨は、まだ先だぞ」

寝ぼけたように、そんなことを言う。奈岐を挟んだ二人は、同時にため息をついた。

悩みなき平和な寝顔。偽りの兄弟三人、旅を続けていくのが奈岐には楽しくてならないのだろうか。ふっ、と笑いで区切り、有綱は権左に頭を下げた。

「おかげで末弟《こいつ》もすっかり元気になった。かたじけなく思っています」

心からの礼は、権左にも通じたか、やっと口元を緩め、うなずいてくれた。

旅が終わらない理由がここにある。剣のありかを知っていると断言してはばからない奈岐が、いまだ「ここにある」とは言わない以上、剣を探す旅は続くのである。

＊

皆が騒いでいる。誰か来るようだ。隣で若い女が片膝を立てて身構えている。表の戸から聞こえるその騒ぎが、ここに及ぶのではないかと警戒しているのだ。

奈岐はゆっくり起き上がった。腹がすいていることがわかった。そしてそれはここ数日来続いていて、女が奈岐のために懸命になにかしらを用意してきていることも知っている。

「ご安心くださいませ。この茜がおりますゆえ」

茜と名乗った女が振り返る。ああ、これは、また、夢だ――。

島にいる頃にもよく夢は見たが、ここのところその回数がふえている。今見る夢はどこなのか、粗末な窓から見える山の景色が、有綱たちと訪ねて来た祖谷渓であるのを教えていた。ということは、奈岐は、同じこの地で、時間だけ何十年という時をさかのぼって、その時のできごとの中にいるのだった。

「また里の者と諍《いさか》い合っているようにございます」

屋島から落ちて、ただひたすらに歩いた山道。雨に遭い、足は傷だらけでドロドロだったが、ともかくここに落ち着いて民家を借りた。持ち出してきた銅銭で茜たちが近隣の家から少量の食料と交換してきたことも知っている。だがそれも長引けば限りがある。里の者たちは、険しい顔で落人たちを閉め出すようになった。

「なんとみじめな……。こんな目に遭わされるのも田口の弟桜間介のせいだ」

誰となく不満を口にするのを何度も聞いた。

「義経に襲撃されて戦わずに逃げるなんざ、武士の風上にも置けぬ」

「そのあと、兄の田口重能は、水軍すべてを源氏に寝返らせたんだってな。ようもまあそんなことを」

戦況が伝わってくると、仲間内での反目が始まった。すなわち、自分たちが今舐めさせられている苦難が誰のせいであるか、戦犯を追及し始めているのだった。そしてそれはどう考えても、田口兄弟の裏切りが主原因であると明らかだった。

「やめろ。今はそんなことを言っている場合ではない」

ここまで頭《かしら》となって皆を率いてきた国盛がなだめる。主人教経から初名をもらって平《たい》姓《ら》を名乗ることを許され、別働隊の指揮をまかされてきた家人である。しかし彼も、田口への不満は隠すことはできず、ことさらに自分が主導権をとって前に立った。

「ここから先の探索はわが勢がやる。田口の衆は、我々を売るかもしれませんからな」

したがって食料の調達は彼の手勢の仕事となり、後から来る田口の手の者は何も得られないということが続いた。今度は田口勢の不満が募る。

「悪いが国盛どのは実際に戦ったこともなかろう。今のことはいざ知らず、これまで前線に立って戦ったのは田口でござるぞ。誰のおかげで内裏が建ったか、船ができたか」

「それはこれまで平家から受けた恩義を思えば当然であろう。この裏切り者が」

互いの反目は憎悪となった。しかも日を経るごとに溝は深まり、ついに略奪が始まった。

もとは手を携えながら屋島から落ちてきた仲間であったのに、今は互いに争い、だしぬきあう。

そんな争いを、何度も見た。そこへ、身を守ろうとする里人の抵抗も加わった。

「あんたら、出て行ってくれ。さもないと、通報するぞ。ここに平家がおる、と」

こんなところで争っては源氏にみつかってしまう。国盛がじれ始めているのも知っていた。しかし、今、近づいてくる騒がしさは、いつもと違う。

「ささ、もう少しです。あちらでゆっくりお休みを」

大勢で誰かを励まし、労《いたわ》る声だ。一人の病人を連れてきたのだ。

「茜。入るが、よいか」

外から聞こえるのは国盛の声だ。はい、と裾を払って姿勢を整える茜は、もとは伊勢という女官付きの雑司女《ぞうしめ》であった。伊勢が病で亡くなった後、こうして奈岐の世話をしている。

担がれるようにして入ってきたのは、やつれて青ざめた僧侶だった。頭の毛も髭も伸び、もつれて蓬髪といった体《てい》で、錦の袈裟も水晶の数珠も、高い身分を表してはいたが、絹の衣は破けて汚れ、まるで長い托鉢《たくはつ》の後のように見えた。苦しい旅を続けてきたのであろう。国盛に肩を貸され、苦しい息の下でやっと安らげる場に到着したという姿であった。

「すまんが、場所を空けてくれぬか。しばらくご養生なさる」

茜が急いで僧が横たわれるだけの場所を作る。さして広い家ではないが、百姓から借り上げることができたため、屋根があり板壁があるだけで上等といえた。

「さ、横になってくだされ。内記、脈見を」

ははっ、と答え、片方から支えていた御典医の内記が進み出る。

茜は運び込まれてきた僧が誰であるとも知らないようだ。無理もない。茜にかぎらず、ここに落ちてきたのは身分のない者たちばかりで、主筋にあたる位の高い方となると、顔も見たことがないのだ。現に奈岐のことも誰とわかっていない。目立たない木綿の着物を着せられ、たえず茜に匿《かくま》われているため、茜の子だと思っている輩もいるほどだ。

しかし国盛だけはその僧侶が誰であるかを知っているようだ。陪臣ではあるが、教経の一の家臣であったため、時折、御殿の上の身分高き方々の顔も見かけていたのだろう。

薄い褥《しとね》の上に横たえられた僧は、そこで初めて奈岐に気づいた。

「おお、なんと、そこにおわすのは……」

言いながら体を起こそうとした。奈岐が誰であるか、彼は知っているのだ。

「おそれおおいことじゃ、ご無事でござりましたか」

しかし彼には起き上がるだけの体力が残っていなかった。

「ここで息を引き取る失礼をお赦《ゆる》しくだされ。まもなく、ようやくお迎えが来まする。待ち望んだ、浄土の迎えが」

そして、微笑んだ。

「まだ生きておるのが不思議でなりませぬ。大海原に身を投げるまで一大決心だったと言うに、なぜに死ねなかったか。……ずっと無念でなりませなんだ」

言いながら、閉じた彼の瞼《まぶた》から涙が流れて落ちる。補陀落渡海とは、言葉の清らかさとは裏腹に、舵《かじ》もない木箱のような舟に乗せられ、外に出られぬように蓋を打ち付けられて海へ送り出される、言わば生きながらの棺桶であった。波にもまれ、大魚に襲われ、木の葉のように振り回されれば、気が狂ったとしても当然で、とても平静に念仏を唱え鉦《かね》を鳴らし続けてなどいられない。いつか必死で蓋をこじ開け、生きようとしたことだろう。

「死ぬつもりであったのに、砕けて木片になった舟にしがみつきながらなお生に執着するおのれの業《ごう》を悔いたものじゃ。もとより平家の者は水練ができるゆえにな」

そしてやがてどこかの岸に打ち上げられ、救い出されて今に至ったのであろう。

「大義であったな、国盛」

その一言だけで、国盛は、もったいのうございます、と感極まってひれ伏した。

「恩義に思うぞ。私を行き倒れにせず床《とこ》の上で死なそうとの思いやり」

「何をおっしゃいますか、ここで養生なされればすぐにお元気になられましょう」

「いや、もういい。じゅうぶん生きた、見た。今望むのは死、それだけだ」

彼の胸に去来するのは、高貴な身分に生まれ、見目にも恵まれ、光源氏とほめそやされ帝から褒美を賜った栄光の日々。そして荒れ狂う大海での地獄であろうか。

「最後に惜しまれるのはただ一つ。……国盛よ、争うな。田口の者どもを憎んではならぬ」

国盛は答えず、ただ頭を下げているが、肩が波打っている。泣けて、止まらないのだ。

「よいか、国盛。もう一度言う。争いはやめよ。そして、生きられるだけ、生きよ。……そなたらにそれを言うため、私は阿波の岸に流されたのかもしれぬ」

うなだれたまま、国盛も泣いている。上に立つ者が命じてやらねば、彼ら家子郎党《いえのころうとう》はいつまでたっても争い続ける。ならば身を賭して最後の命を下してやるべきだ。

「ああ、そしてこなた様も……ここを去って、生きられるだけ生き抜いてくだされ」

それは奈岐に向けての言葉だ。やっと開いた目は慈愛にみちている。もとより、繊細で、弓より笛を奏する方がその身に似合った平家の公達。屋島の内裏で、子供どうし遊んでいたとき、時折立ち寄ってきた貴公子だ。その頭に髪と冠をもどせば、誰と見覚えがあった。

「維盛であったのか……」

それは平家嫡流の小松家の御曹司維盛の、出家後の姿に間違いなかった。

そうと知って、外に何人かが集まってきているのは田口の家臣どもであるらしい。讃岐には小松家の荘園があり、彼らは顔も知らないままに長く小松家を主人と仰いできた。

「われらの主人田口重能ははからずも恩義に背いたが、家臣であるわれらは、決して裏切り者にあらず。最後まで小松どのに忠誠を誓いまする」

それだけを言いたくて、この家の前に集まってきているのだった。

「よい。……みな、許されておる。争い合ってはならぬ。よいな」

皆のすすり泣く声が一つになった。仏に仕える僧となった維盛の、ありがたくも哀しい最後の言葉。国盛が、耐えきれずに外へ駆け出して行く。まるで駆けることで涙を拭おうと言わんばかりに。山にはその日も、風がきびしく吹き付けていた。

＊

葬られたのは維盛だった。——目覚めた時、奈岐は深い虚脱の中にいた。

遠い海の彼方にあるという補陀落をめざし、海に身を投じた彼は、おそらく外海からの潮の流れに押され、阿波の岸へ打ち上げられた。救い上げられ、そして祖谷渓に平家の落人がいると聞いて山中に入り、さまよっていたところを国盛の配下がみつけたのだろう。海から山へ、身も心も疲労困憊した彼は、ついにこの山中でその生涯を閉じた。彼の墓は紀州のあちこちにあり、どれが本当のものかわかっていないが、それは遺骨がみつかっていないせいだ。そしてまたここでも、彼と知られてはならないために火葬に付された。せめて白い布を調達し、それでくるんで。

隣では、まだ有綱も伊織も起きている。暗がりの中で、いつものように明日のことを話している。彼らは常に前に進む者たちだからだ。

「記憶っていうのは、いつまで続くんだろう。あの人たちのように、覚えている者が覚えていればいいだけなのかな」

有綱の声。そして同じくらい低い声で伊織の声。

「人間だからな。後悔はいつまでも胸に残る。どうしてあのときあんなことを、ってな」

「へえー。おまえにも、覚え続けていることがあるのか」

からかうところをみつけては、ふん、と反発しあう彼らのやりとり。奈岐は微笑む。

「過去を悔やんで暮らすより、過去の過ちを正せばいいんだ。それだけだ」

聞きながら、奈岐は目を閉じる。夢の中の、あの子供になった感覚を思い出した。ひどく懐かしく、同時にひどく哀しかったあの感覚。夢とはいえどうして自分はあの子になるのだろう。できればあの夢の続きを見たい、そう思った。そして自分が誰なのか、つきとめてみたい。奈岐は寝返りをうち、ふたたび目を閉じる。

枝から枝へ渡る鳥たちの声が、せき立てるかのようだ。三人はまたも連れ立って歩いていくが、急な坂を下りたところで振り返ると、背後ではもう森がすっぽり視界をふさいでしまい、木また木以外に何も見えない。道はすでに獣路《けものみち》。こうしていると、この先の斜面に集落があったことなど幻だったかに思える。

「なんでそんなに何度も振り返ってるんだ？」

下り道が続く森の中で伊織が尋ねたが、それはあの和助が来ないかと確認しているからだ。刀を研いでやることはできなかったが、米に代えたいと熱望していた彼だから、もしかして一緒に出発してくるかと思ったのだ。

「まったく、面倒見のいいやつだな。次男とも思えん」

そうだな、とおかしくなるのは、兄なら下に弟がいてたえず面倒をみてやらなければならないが、弟である有綱はずっと上だけ見て、兄だけ追いかけていればよかったからだ。この旅が彼を変えている。それまで見なかった下や後ろに視線をやり、歩みを止めて待ったり下がって手を差し伸べたりしている自分を、あらためて知った。だからあの和助が気になるし、権左にみつかりあきらめたのならば気の毒に思えた。

「鴉が、また現われるかもしれんからな」

それも懸念の一つであった。播磨では今頃、一年で一番大事な収穫時期だ。こんなところで有綱たちを追いかけ回すより、一粒でも多く米を収穫する方がよほど大事であろうに、悪人どものの考えることはわからない。

山を下って、今朝まで見ていた頂《いただき》がずっと高くなったのを見た時、ひとまず有綱は緊張を解いた。その時、奈岐がまた妙なことを口走った。

「心配するな、有綱。権左らはあの里で氏神と先祖を守り、それ相応に幸せに暮らす」

まるで有綱の心残りを見抜いたかのような口調。この娘は時折そういう、何もかも知っているようなことを口にする。そしてどういうわけか彼を落ち着かせる。

「そうだな、奈岐。おまえの言うとおりだ」

うなずきながら歩を進める。争いあった者たちは去り、仲間を失った者たちが残ってあの墓を作った。そして子から孫へ、父祖の罪を忘れぬように記憶を伝える。そのようにして年老いて山中で朽ち果てても、あらがいもせず、それを受け入れるであろう。

「権左の父祖らが何のために生き延びたかを考えてみたんだ。結局、平家の再興なんか思いもよらず、死んだ仲間の後生《ごしょう》を弔って穏やかに生きていきたいだけだったんだな」

うん、と伊織が後を引きうける。

「鉄物《かなもの》の研ぎをたのんできた連中は皆、寡黙で警戒心は強いものの、殺気は一切なかった」

鍛冶ができる者さえおらず、何年も研いだ形跡のない鉄物を手にしてきた彼らに、反乱など起こせるわけがない。あんな鉄物では人は殺せないし、本格的に武装した北条の軍に立ち向かえるはずもない。彼らはただ平穏に生き続けたいだけなのだ。もしも役人が来て根掘り葉掘り訊かれたとしても、彼らは単によき場所を求めて流れ着いた山人の裔《すえ》だ、と押し通すであろう。

「高僧の死が、あの地にとどまる者と、また旅を続ける者とを分けたんだな」

旅を続けた者たちは、源氏を憎みながらも直接には反撃できず、源氏に与《くみ》して寝返った者を恨むことに代えるしかなかった。仮にその高僧が生きていたなら、そのお方の存在をきっかけとして平家の血脈を核に、ふたたび戦う大義もあったかもしれない。だが、主人を失った家人たちに、そこまで強い動機はない。ただ生き延びられればよかった。そしてどこへ向かっていったのか。

「ともかく、石立山をめざそう。いや、石立山じゃないな。剣山へ」

三人は今、終わってしまった物語の続きをたしかめにその山をめざす。

「なあ、有綱、伊織。……あたい、……夢を見たんだよ」

後ろを歩く奈岐がつぶやいた。二人は、ふうん、と上の空で返す。彼らはまだ祖谷渓の記憶の中に漂っていて、ただの子供に戻った奈岐の声には無頓着だった。それでも奈岐はちょこちょこと小さな歩幅で伊織を追いつつ話しかけた。

「屋島で義経の急襲を受けた時、みんな慌てて、全員が船には乗れなかったんだ」

うん、と伊織はうなずくだけ。

「それで、船に乗れなかった者は陸を行くしかなかったんだ」

これにもまた「うんうん」。そのことは権左から聞いたではないか、という顔だ。国盛なる家人に率いられ、彼らの父祖が陸路をあの地へ逃れたと。

「その時にな。……子供がいたんだよ」

夢の中で自分が憑依した者が子供であり、皆に「お上」と呼ばれてかしずかれていた感覚を、奈岐は今の今まで打ち消すことができずにきた。伊勢という若い女官もいたが、祖谷渓で亡くなり、雑司女の茜がその役に代わっていた。おそらく無理な逃避行がたたり、伊勢はあの伏せ墓の下に眠っているのだろう。だが子供はどうなった？

「子供、なあ。……そりゃ、帝のお遊び相手も一緒に連れられていただろうしな」

軽く、伊織が受け答える。

「お控えの皇子、守貞親王もいらしたから、お世話をする侍従にも子供がいたかもな」

いや、そういう身分なき姿ではなかった、と奈岐は黙って首を振る。焚きしめられた香も、この仮面と同じ、異国の高価な埋もれ木の香だったし、衣擦れをたてる御衣はまぎれもなく高貴な人しかまとえない錦であった。

「あれは帝だったんじゃないかな。……ねえ。帝が、ここに隠れていたんじゃないのかな」

思い詰めて、自分の仮説を口にしてみた。だが二人の反応はそっけない。

「それならそうだと権左が言うだろうよ。あれだけはっきり、死んだのは高僧だと伝わっているんだ。あの男にしてみればそう遠い昔のことではないんだし、間違わないだろ」

「やつらにしたら、その高僧の死はあまりに衝撃だったんだろうな」

「だからさ、有綱。帝はまだ死んでいない。この先も、生きて逃避行を続けたんだ」

なおも奈岐は言いすがる。それでも彼らは自分たちの推測をまとめることで頭がいっぱいだ。

「ああ、ああ、そうだよ。だから剣はもどってないんだ」

せっかく思いきって話したのに、軽くあしらわれて、奈岐は黙り込んだ。こうした推測に奈岐が加わることは珍しい。だから二人ともまじめに耳を傾けてくれてもいいだろうに。

「帝でないっていうなら、守貞親王なのか？　……あはは、違うよな」

推測しながら、奈岐はもう取り消している。維盛が口にしたあの子供への敬語は、守貞親王であってもふさわしいものだった。だが屋島では、乳母の治部卿局が船に乗り込む寸前だった。その際、大切な親王と離れるわけがなかった。

「そうだな。替え玉が守貞親王だという説は、ありえないな」

これについては有綱も伊織も、互いに顔を見合わせ、断固とうなずく。

「守貞親王なら壇ノ浦の後、乳母治部卿局殿とともに都へ連れ戻されていらっしゃるからな」

そしてなんといっても、親王の生存を喜んだ後白河法皇、あのお方が、自身、京の入り口まで迎えに駆けつけ、対面している。祖父として、親王が生きていたことがよほど嬉しかったのだろう。一つ間違えば自分も親王とともに平家と海をさすらうことになっていたのに、自分一人が免れた。だから親王が西海で舐めたその苦難を、心からねぎらいたかったのだ。

「親王が帝の替え玉として山に入ったなら、後白河法皇と顔を合わせたその場で露見している。ご生母のもとへ帰られた時にも騒ぎになるはずだ。けれどそこには再会の喜びだけがあったのだから、まぎれもなく本物だ」

京へ戻られた親王は、すでに弟が即位していたため玉座に着くことはなかったが、妃も娶られ、御子ももうけられ、そのお方が今の天皇、後堀河帝となられた。そしてご自身、後見すべき治天の君となられたのは世人のすべてが知っている。

「それに、もしも守貞親王がここで亡くなられていたんなら、あのお方も、なあ……」

言いにくそうに伊織が言う。あ、と目を合わせ、有綱も空をあおぐ。

そうなのだ。あのお方。あの風変わりな宮さまは、守貞親王が生存していたために、今のあの宙ぶらりんな運命を受け入れざるを得ず、世間をさまよっておられる。

守貞親王は子の茂仁親王が玉座に着くために必要な条件——ふさわしき皇族の後見人がいる、という役割だけを果たされた。そのことで人生のすべてを取り戻されたのだ。

人は人情として、幼い安徳帝を憐れみ、生きさせたいがために入水したのは替え玉だったと言いたくなる。事実を認めたくないからだ。そして、安易な存在を代用とする。だが安易なだけに、それはそう簡単には認められないのだ。

としたら、やはり奈岐が夢の中で憑依し、屋島から別働隊とともに陸路へ連れ出されていったあの子供は、他の誰でもない、帝本人なのか。また考えはふりだしにもどる。

道なき道を上りに上り、谷を越え沢をよぎり、炭焼き小屋で雨をしのぎ、葛の橋を渡って——。

奈岐たちのこの山旅もけっして楽ではない。この同じ道程を、帝のような脆弱なお方がたどれるだろうか？　それがかなえられたとしても、疲労困憊し、発熱して、屋島から遠からぬあの地で亡くなられたというのがもっとも納得しやすい気もしてくる。

「あのさ、やっぱりここには、他に子供がいたんだよ……」

奈岐はなおも言った。だが、今度は有綱がきっぱり、あのな奈岐、と向き直った。

「屋島ではまだ平家は負ける気がしていない。だから子供を落とす必要はないんだ」

たしかにその通りだ。長門彦島には知盛がいて、合流すれば巻き返せるとみて慌ただしくも出航したのだ。

でも夢の中では、と奈岐は言いかけ、そして黙った。しょせんは夢だ、自分の夢の中のことにすぎない。それに、二人の話題はもう違うところに進展していた。

「剣を山に埋めた、という話があるんだから、確かめなけりゃな」

そう、二人の頭にあるのは剣、なのだ。奈岐はもう何も言い出せず、ただ思った。あれは、誰だ。自分は誰に憑依したのだ。仮面の入った桐箱を、そっと手のひらでなでてみた。


九十九折《つづら》りの山道が何度も折れる。幸い晴天が続いたから、三人の足取りは快調だった。祖谷渓から石立山へ。それもまた険しく長く、決して楽な道とはいえない。互いに手をとり助け合って、ようやく山頂をきわめたというのがふさわしい。

目の前には、けっして剣のようにそそりたった形状ではなく、もとの名のとおり石を立てた山と表現したほうがよほどぴったりくる平たい山並みの頂上の線が続いていた。それでも彼らが剣山と呼ぶのは、悲惨な仲間割れの後、不戦を誓って剣を埋めたからだと和助は言った。しかし後世の者は、たとえば有綱たちのように、平家がらみで神剣が埋められたと飛躍して考えるにちがいない。だからこそ、本当の剣を探し出さねばならないのだ。

やっとのことで山の頂上に立った時、三人はみな、無言だった。あっけないほど視界が開け、はるばると向こうに連なる山並みまでもが見はるかせる。

「何も……ないな」

額を風にさらしながら、伊織は言わずにいられなかった。そして言ってしまってから、言わないでおいた方がよかったと、有綱の横顔を見た。

ここに来るまでの山道はあんなにも鬱蒼と木立が密集していたが、山頂には背の高い樹木はなく、足元に緑の草が茂る平原といった感じなのだ。吹き付ける風が強く、雨の量も乏しいのだろう、背の低い木が斜面に這いつくばるようにへばりついている。

「あー、苦労して登ってきて、こんな気持ちのいいてっぺんって、……よいなあ」

奈岐の声まですがすがしいのは、空が青く、視界がすとんと開けているからだ。

たしかにこれまでの山道を思うと、気持ちのいい頂ではあった。だが裏返せば、これだけ見晴らしがよければ、何かを隠す、という場としては適さない。

「仮に剣がここまで運ばれたとして、いったいどこに隠す?」

山頂の爽快さに反して、有綱は不機嫌だった。伊織は面白がってそれを煽《あお》る。

「その通りさ。埋めるとか隠すとか簡単に言うけどな、人が所持していても保管が悪いと錆びてしまうんだぜ。ここでみつけて掘り返しても、たぶん、ただの鉄《かな》クズだろうね」

和助が持ち出してきた刀の無残な姿はまだ記憶に新しい。不要の剣を放棄するならどこでもよいが、後々も使う価値を持つものならばそうはいかない。伊織は刀匠の弟子だけに、何もない山頂に宝剣を隠すことの非現実を口にせずにいられないのだ。

「神様に奉納するには、ちゃんと木箱を納める社殿がいる。それも、常時、人がついて、定期的に管理をしていかないと、奉納とはいわない」

だがここには社殿などなかった。山頂に社殿を作っても、木も育たない気候ではすぐにだめになるのがわかっている。道端には随所に何らかの神様が祀られてはいたが、岩だけで築いた素朴な祠《ほこら》がせいぜいで、とても剣を奉納するどころではない。仮に埋めたとしてもたちまち錆びつき、あるいは盗難に遭って持ち去られるのがおちだろう。

「そもそも剣を神様に奉納するのは、剣に神力を宿すためだ。だから人が大切にお守りして、祭《まつり》を行う。錆びたり欠けていたりでは神力なんて望めないからな」

伊織の言うとおりだった。剣を守るにもこんな山上で人が暮らせるはずがなかったし、年に一度登山してきて祭礼を行うにも過酷な道だ。その間に盗まれでもしたら元も子もない。保管ができないのを承知で無人の祠に埋めるなら、それは捨てたということになる。

「ではとっくに、誰かが盗んで持ち出したってことか？　ここにないのはたしかだぞ」

これまでのことを、整理してみる必要があった。風に吹かれながら、有綱は目を閉じる。

まず、屋島の戦いのあと、すくなくとも二百人の落人が集団となり、国盛なる家臣に率いられて祖谷渓へ落ち延びてきた。だがその後、高僧が死んで、国盛は山から下りて里人に接触し、白い布を手に入れた。高僧はその布を用いられて丁重に火葬された。他に、同行してきてこの地で命を落とした者たちも少なくなく、仲間割れで非業の最期をとげた者は、彼らを殺した者たちによって墓の下に葬られた。そこに名前を刻まなかったのは、思い出せば胸が痛むからだった。結局、数十人がそのまま山中に残り、里から絶対見えないような山の斜面にへばりつくようにして暮らしている。――そういう話だ。

そう、祖谷渓の杣人たちはやるべきことをやった。彼らの物語は完結している。

「だがそこには続きがあるぜ。祖谷渓に定着したのはせいぜい五十人程度。残りの者は、また旅に出たんだからな」

そう、いつ果てるともしれない逃避行へ。鎌倉方の追捕使《ついぶし》の目も厳しく、逃げる彼らも必死であろう。むろん、途上で死んだ者もいた。脱落しどこかへ逐電した者もいた。それらを差し引いても、あとまだ百人は生きていたはずだ。彼らはどこへ向かったのだ？

「結局、剣なんか、ないんだよ」

山道を歩き続けることに倦んだか、伊織が吐き出す言葉にも捨てばちな気配があった。有綱も迷い始めていた。こんな旅に、意味はあるのか。はじめから、剣はやはり山にはなく、海に沈んでしまっているのではないか。

だが、二人よりももっと疲れているはずの奈岐が、旅をやめようとは言わないのである。

「来てよかったじゃないか。剣は違う場所にあるってことを確かめられたんだから」

そう言って、手を振りながら、伊織の先に立って歩くのである。

「なんだよ、違う場所って、どこだよ」

むっとして伊織が奈岐を追い抜く。

「あたい、初めから言ってただろ？　龍の背骨に沿って歩くんだ」

険しい四国山地の尾根を龍の背骨にたとえ、奈岐はたしかに、その山筋に剣はあると言う。その揺るぎない自信は何だ？　この子は何を知っている？

ともかくこれ以上頂上にいても意味がない。彼らは下る。来た道を戻るのはむなしい気がしたからただ前へ、道が続く限り歩いて行く。

さすがに修験道の山だけあって、切り立った岩がむきだしになる崖には行場《ぎょうば》としてふさわしい難所がいくつかあった。そして驚くべきことに、そんなところには行者がいる。

岩場に座り続けて瞑想する者も見たし、滝に打たれて印《いん》を切る者にも会った。直角に切り立った崖の上から吊されて叫ぶ者を、あっけにとられて眺めもした。また時折、小さな湧き水を汲もうとして顔を合わせることもあった。獣しか住まないような寂しく暗い山中に人がいること自体が驚きだったが、人と人、軽く言葉をかわして警戒を解き、思いがけなく炊爨《すいさん》をともにすることもあった。山中にいても、生きる営みは同じなのだ。

ふと、有綱は思う。人知れず山の奥で修行を重ねる行者たちの営みは今に始まったことではない。数百年も前、役行者《えんのぎょうじゃ》から続いたこの国の精神世界の伝統だ。だとしたらわずか四十年前にもこの山には行者がいて、落ち延びていく者たちを見かけなかっただろうか。

自分で考えたことなのに、有綱はふふっと一人で笑った。行者に目撃者をみいだすなど山から砂金をみつけるようなものだ。妄想とは、どこまでもはてしがない。

その日、かなり下ってきた山中の滝のそばで休憩をとることにした。疲れていたのか奈岐は「あーあ」と叫ぶと脚を投げ出し大の字になって目を閉じた。伊織も同じく、葛籠を投げ出し、岩にもたれかかって居眠りを始める。有綱が歩くのが速すぎたのかもしれない。しばらく休ませてやることにして、有綱は一人、下帯一つの裸になって水に入った。

滝から落ちる水はひんやりと心地よく、髷《まげ》もほどいて体中の皮膚という皮膚を水に沈める。そのまま深い方に向かって潜っていけば、体がとほうもなく自由になった気がした。

滝の下は深くなり、広々とした壺状になっている。日が高い今の時刻は、透き通って輝き、碧《あお》の濃淡が層になって光をはねかえしていた。

その色に、思わず伊賀局の衣装を連想するのは自然なことだった。有綱は今までになく強く、こんなところでぐずぐずしないで、早くあのお方に、こうして自分が使者の役目を果たそうとあがいていることや、これまでわかったことを伝えたいと思った。

だがすぐに思い直した。これがあの方が求める使命なのか、それも定かでないのだ。剣探しなど、実はまったく無駄なことをしているのではないか。誰も望まぬ、誰も求めていない不毛なことをしているのではないか。

そのことだけでも確かめたいが、今はあの方も流人のお身の上。何の身分もない自分がとても文《ふみ》など差し上げられようはずもない。としたら、菊御刀を持って訪ねて行くしかないではないか。それも、ただ返すのでなく、自分がこの手で何かを摑もうと働いた証《あかし》を添えて。武士として、何の獲物も仕留めないまま逃げ帰るような中途半端なことはできなかった。

そう考えると、やはり進むしかないのだった。たとえ何も得られない日が続いても。

目を閉じると、滝の音が琵琶の音に代わる。そしてたちまち耳には、龍笛と笙の音がよみがえった。そしてまたも、階《きざはし》の先に、すい、と歩み出る舞姿。

始まりはあの時だった。あの夜から、自分の運命はあの方にからめとられてしまった。

やはり自分は何か妖術にでもかかったのだろうか。滝の音に負けないように大声を出してみる。あなたは何をせよとおっしゃるのです？　なぜに私を選んだのです？

とどまることなく流れ落ちる滝の激流に、有綱はこれまで見た夢やまぼろしの数々以上にはっきりと、その人の顔を思い浮かべることができた。

目を開くと、頭上はるかに太陽が小さな円になってきらめいている。手を伸ばしたらとてつもなく遠く、それは自分とあの人との距離を示しているかにも思えた。

もう考えまい。有綱は息を蓄え、深く潜った。ごぼごぼと自分がたてる手足の動きのほかには音が絶え、まるで清らかな碧の衣にくるまれる思いがした。こうしていれば行者たちのように、地上の穢れが流れ煩悩から解き放たれるのだろうか。

するとその時、はっきり、人の声を聞いた。

——小楯《おだて》有綱。大儀でありますぞ。

まさか、そんなことが。有綱は、たしかにあのお方の声を聞いた気がして水面に出た。

もちろん水音が聞かせた幻聴で、あたりは鱗をきらめかす魚たちがよぎるばかりだ。

愚かなことよ。ついに、あるはずのない声まで聞くとは。

煩悩のせいか。——今の自分がとらわれているものが煩悩ならば、それは剣、それのみだ。剣は、あるのかないのか。使命であってもなくても、今は自分自身が突き詰めてみたい。探す価値はあるのかないのか、その手応えだけでもほしい。

もう少し、時間を下さい。——揺らぐ自分に言い聞かせ、有綱はまたもう一度深く潜る。今度はさっきより深く。

なんと美しい世界だろう。水の中には、地上とは別の領域がある。

その広さ、その深さをたしかめるように、有綱はどんどん沈んで両手を広げ、水の中で舞ってみた。水圧のため機敏にはいかないが、その分、優雅に手足が動く。これならあの「青海波」も、無骨な自分が舞っているとは思えまい。青い青い、目も眩《くら》むような水の中。自分が今、はかりしれない大きなものに包まれている感覚がある。

それは幼い頃に死別した母のようであり、しっかり者の嫂《あによめ》のようであり、聡明な妙貞のようでもあり、気丈な桔梗のようでもあり——。

小楯有綱、有綱よと、ふたたび呼ばれた気がした。有綱は目を開ける。

澄んで、光に透ける水のむこうに、忘れられないおもかげが浮かんだ。それは、勝手な想像が見せる幻影ではない。光の反射が作る幾重もの白波にくるまれ、現実のものとして、長い黒髪を流れるままにゆらめかす裸身の女性。まさか、たしかにあの人なのか。

差し込む光に彩られ、その美しい人が微笑んだ時、有綱はとほうもなく猛々しい気持ちに突き上げられ、ぐいぐい泳ぎ寄った。幻かどうかを確かめるゆとりなどない。頰に黒髪が流れ寄る近さになった時、もはや我慢出来ずに髪を束で掴んだ。今掴まなければ永遠に幻になってしまう。荒々しく、我を忘れて引き寄せる。黒髪は他愛もなく有綱の手に巻き取られ、やがてその人自身がしなやかに彼の腕の中にたぐりよせられてきた。

有綱を見上げる黒い瞳、誘うように開かれた紅い唇、そしてまばゆいばかりに白くまろやかな胸の隆起。もう何も考えられなかった。有綱は貪るように唇を這わせた。あらがうこともなく白い体は有綱にゆだねられ、抱かれてしなり、柔らかに溶けた。

音のない世界での、恍惚の時間。いくすじもの光が、線になって有綱を包んでいた。

気がつくと、有綱のすぐそばを、何匹もの魚影がよぎっていった。腕の中にはもうあの人はおらず、ただ無数のあぶくが立ち上っていく。夢、だったのか。いや、そんな――。

まだ指の先に鋭敏に残るあの人の感触。夢のはずはない。水と光に溶けて一つになった。有綱はもう一度潜った。さっきより深く、残像でもいい、あの人の気配を求めて、深く。

やがて、明るくまばゆい水底《みなぞこ》の先に、光のささない場所が見えてくる。大きく窪んだ洞窟のようだ。魚を追って近づくと、暗がりに、何か光るものがある。何だ？

有綱は腕で水を掻いて、用心深く近づいた。光るものは二つ。ちか、ちかと、不規則に点滅をくりかえし、赤く鋭く光を放つ。もしや、剣か？　こんなところに？

後で考えてみれば馬鹿げた発想だった。地上でさえ守る者がなければ錆びて消滅する、と分析したのに、よもやこんな水中の洞窟に、金属が放置されてあるはずがないのだ。

なのに深い水の中は人の思考を飛躍させる。地上では考えもしないことを思いつかせ、有綱を洞窟の縁まで引き寄せる。幸い、まだ息が続く。光るものは、すぐそこだ。有綱は慎重に、洞窟に頭を入れてみた。なにやらそこは水温が違う。ぬるく、しかし水は動かず、静かにたゆたうような水の空間。ここは人が踏み込むことのできない聖域か。

そう思った瞬間、いきなり水が震動した。二つの輝くものの下で、何かが大きく開いて、動いたのだ。それが大きな黒い塊であるのがわかる。光は、その黒い塊の両の目だった。

地上であったらよほどの大声で叫んでいただろう。全身がこわばるような恐怖にはじかれ、有綱は反射的に身をそらし、あとは必死で水面へと浮上した。必死だった。

ううっぷ、とわけのわからない声を上げて水面を破り、体全体で大きな呼吸をする。目を開けると、浮上したのは滝の裏側で、耳をつんざく水音がした。急いで水中を覗き、脚で水を掻くが、幸い、何も追ってはこないようだ。いったい、あれは、何だったのだ?

滝の前面へと泳ぎ出れば、水中の静けさとはうって変わって、そこは滝の音がとどまることなく響く世界だ。岸辺の木陰では、まだ奈岐も伊織も眠っていた。有綱はゆっくり岸辺へ歩いて、水から上がった。まだ動悸がしている。

「よう、そこの若いの。おぬし、よう鍛えとるの。ええ体をしちょる」

ふいに誰かに声をかけられる。どこだ?　声は一本の木から聞こえる。見上げると、枝がしなり、ざざっと木の葉が散った。そこに、白い髭の老人がいた。あるかないかの細い目は、裸になった有綱の、筋肉の盛り上がった逆三角形の上半身をまぶしそうに見ている。

「天狗?　……ですか」

驚く有綱が見上げる中で、老人はにやっと笑うと、その高さからひとっ飛び、軽々と地上に降り立った。片手に杖を持ってはいるが、老人とは思えないまっすぐな姿勢だ。色褪せた麻の鈴懸《すずかけ》をはおり、首にはすりきれた結袈裟《ゆいげさ》、頭に大日如来の五智の宝冠をあらわす頭襟《ときん》をつけている。それで彼が天狗ではなく、生身の行者であるとわかった。

「おぬしら、もう結願《けちがん》か」

行者の衣装を着て山をおりてきたのだから、そう解釈されてもしかたない。

「いいえ、願がかなったとは言いがたく」

「だろうな。人の願など、なかなか現世ではかなわぬ」

「そういうものでしょうか」

衣を着ながら、ふと、この老行者ならさっき水中で見たものを知っているのではないかと思った。だがそれを話すなら、水底であの人のまぼろしを抱いたことも話さねばならない。寝ぼけているとか馬鹿な戯言《たわごと》だとか笑われそうで、遠回しに訊くことにする。

「御坊《ごぼう》は、山の行で、不思議な体験をなさることもあるのでしょうね」

「そうじゃな。たまにある。だがしょせんはその者の妄想じゃよ」

即答され、有綱はがっかりした。そうだろうな、とは思いながら。

「なんじゃ、その顔は。なんかええ目をみたんか？　よいのう、若いもんは」

すっかり行者に見抜かれているようで、有綱は赤面する。

「地上に降りたら、行のことは、まず忘れることじゃぞ」

え、と声が出た。せっかく山で得たかけがえのない感覚を、忘れなければならないのか。

「聖と俗の混同は、俗世ではいちばん苦しいことだからな」

そうか、あれは聖と俗とのあわいだからこそ見ることのできた幻影なのか。

「まあ、飲まんか。どうせ結願しとらんのだろう？」

老行者は有綱に腰の瓢《ひさご》を差しだし、使い古した椀に注いだ。酒のようだった。色が赤黒い。

「いえ、まだ日も高いゆえ……」

「これを飲めば、千里の山も飛ぶように行けるぞ」

深い皺《しわ》に囲まれ、落ちこんだ両の目は白く濁っている。なのにその目はいったい有綱の何を見ているのか。ためらったものの、有綱は椀を受け取った。ザクロ色に濁り、強い匂いを放つ液体が注がれており、まるで薬でも飲むように慎重にすすったが、思いのほかさっぱりとした口あたりに、二口目からは一気に飲み干した。

「ええ飲みっぷりじゃ。惚れ惚れするのう」

笑うと行者は恵比寿《えびす》のように眉も唇も顔の作りが曲線になる。

「昔、あんたに似たきらきらしい武者を、たくさん見たよ」

返された椀にみずから次を注いで飲みながら、老行者はどっかりと腰を据えた。

「みんな海に出て行って、はなばなしく戦った。若さは宝じゃ」

ぎょっとして彼を見る。海で戦った武者というなら、義経は二十七歳、その好敵手だった平家の能登守教経は二十六歳、平家の実質的な総師知盛も三十四歳だ。しかしそれを見た、というなら、この行者、年はいくつだろう。少なくとも六十、七十か。

「あの、あの……まさか、屋島の合戦のあと、この山中にいらしたのですか？」

喉がひどく渇いているのを感じながら、有綱はすがるように訊いた。

「そうじゃよ。わしは元は坊主じゃが、初めての行で山に入った頃のことじゃ」

「では、……では、見たのですか、この山に潜行していく落人たちを」

口の中がひりついた。なのに、そんな有綱を不審にも思わず老行者はあっさり言った。

「見た。そうさな。五十、百人はいたろうか。ここを通り、西へ向かっていくのを見た」

ああ、と呻かずにはいられなかった。有綱の脳裏に、祖谷渓で分裂し、さらに別な場所をめざして落ちていく一群の影が浮かんで動く。おかまいなしに、老行者はなおも続けた。

「西に、平家平《へいけだいら》という、山中にしては平坦な場所があってな。そこで滞在しちょるのにも会《お》うたぜよ。平場は馬も飼いやすいからな」

馬を、連れていたのか。いや、連れるどころか、馬は、ふだん自分で歩く習慣のない高貴な人を乗せて行くにはこれ以上ない乗り物だ。それに、屋島の内裏から持ち出した数々の道具を運ぶにも役に立つ。では、すくなくとも平家平までは、騎乗できる身分の武士がいたということだ。いや、それはもしかしたら帝のための馬だったか。

「じゃが長いことそこにおるんは無理じゃき。見通しが良うてみつかりやすいけんの。現にこのわしが見たほどじゃけん。それに、風がきつうて、ひと冬だって越せんわい」

「ならば、そこも去ったのですか」

「ああ、寒さをしのぐため近場の岩屋で過ごしちょったようじゃ」

岩屋、とは、行者がするような、野宿生活を意味する。御殿仕えの家人はもちろん、女もいたろう、よくまあそんなところで、と気持ちが沈んだ。

「馬は、どうしたんです？　狭い岩屋に連れてはいけませんよね」

前のめりになって訊く有綱に、行者は白く濁った目を向け、

「食いよった」

歯の抜け落ちた口の中を丸見えにして、痛快に笑った。

「食い物に事欠き、五十七人が餓死したんじゃけん、しかたなかろう。そのあたりに小さい供養塔があるはずじゃ。馬の供養とは、よほどかわいがっちょった愛馬やったんかのう」

ずっしり、胸が重くなった。彼らの過酷な旅がのしかかる。

「春が来て、さらに西へ行きおった。川之江《かわのえ》の岸辺から、また大勢の落人が合流してな」

「瀬戸内海に面した河口にある川之江から上がって来たなら、壇ノ浦の残党ですね？」

「そうじゃ。それに、先に裏切ったり逃げたりした地侍やその家来たちも、行き場がのうて続々合流したことやろ」

「でもどうやって、そこに平家の落人がいるとわかったんでしょう」

「先に荷物を持って逃げた不届者らが沿岸の町まで下りて、市が立つ日に小分けに銭に代えちょった。その時、これはどうしたと訊かれたら、祖谷渓の奥深い地で拾ったとでも言うたんじゃろ。どれも平家ゆかりのものと一目瞭然の品々じゃき、祖谷渓に行けば同胞がまだいる、と伝わったんじゃろな」

なるほど、いつまでも大仰な道具を運び続けられないし、逃走を続けるには銭は軽くて便利で、しかもどんな品とも交換できる。売買が、情報の拡散をもたらしたわけだ。片や、行き場のない者たちは、身分の高い大将でも生存しているなら救ってもらえる、導いてもらえると思い、夜陰にまぎれ、祖谷渓をめざした。

「海から上がって来た河野や田口の家臣の中には、主人の卑劣な裏切りを口惜しく思う者もおったろう。そやき、平家の落人らを助ける者もあったやろて」

そうか、と有綱は手を打ちたくなる。剣を探すにあたって四国が有力、とした理由は、土地勘のある者の案内がなければ潜行は不可能とみたからだ。その点、やはり四国にはそうした連中が多数、いたことになる。

「そこからはさらに深い山の旅じゃ。あんた、石鎚山《いしづちやま》は、行ったことがあるか」

いいえ、と首を振る。それでもその名高い山が四国の最高峰で、行者たちがめざす霊峰であるとは知っている。おそらくこの老行者は、そこでも長年、修行をしたのに違いない。

「そこならそう簡単にはみつかるまいと考えたんじゃろうな。石鎚への通り道、越裏門《えりもん》というところで集結し、山に入りよった。そこから先はさすがに馬も通れん獣路じゃ」

馬を食ったのが正解だったことになる。彼らもそう思いながら愛馬を偲《しの》んだだろう。

「越裏門からは、土佐の山中深く入ったはずで、もう人数も知れとったぜよ。そこからは知らん。どこに消えたか、姿を隠して、うまく生きながらえたんかのう」

四国の山という山を知っているらしいこの老行者は、生きながら山の歳月を見てきたといって過言でないだろう。平家平、越裏門、土佐の奥山――。有綱には今、落人たちのたどった行路があざやかに思い描けた。

「ついでながら御坊に教えていただきたい」

せっかく出会えた貴重な生き証人。肝心なことも、知っているなら教えてほしい。彼が見かけたその一行には、子供はいたか、剣を持っていたか。不審がられない言葉を選ばねばならない。有綱は考えた。だが考えるその一瞬の間に、背後で人の声がした。

「おおー、みつけたぞ。一天坊《いってんぼう》さまが、いらしたぞ」

森から駆け下りてきたのは二人の行者だ。声で、奈岐と伊織がぼんやり目を覚ました。

「有名な石立山の一天坊さまやぞ。やっと会えた。あんたらもわしも、運がええのう」

案内してきた行者は半年がかりで山の中を探してきたのだという。彼らはまず、まるで仏に供え物でもするかのように、背中の荷から一天坊への供物らしき食料を取り出した。

「里人から、盲《めしい》の娘の目を開いてほしいとたのまれとりましてな。けっこうな長者です」

一天坊と呼ばれた老行者は、無愛想に供物を見下ろしている。

「そんなことは、かなわん」

「そんなことはありますまい。あなたほどの神力があれば」

「そうですよ、私は昔、母の病を治してもろうた。この者は、長年の失せ物《うせもの》をみつけてもろとる。あなた様こそ当代一の神力の主。そやからあなたについて修行の道に入ったんや」

有綱は啞然とした。この行者は、それほど高名な行者だったのか。

「そりゃもう、法然《ほうねん》さまの高弟やったお方で、念仏だけでごまんと聴衆を集めたお方やで。あの法難さえなければ今頃は京で大伽藍の寺院におられたやもしれん」

また驚いた。それは、後鳥羽上皇が念仏宗の隆盛を国を揺るがすものとして危ぶみ、弾圧した「承元《じょうげん》の法難」のことか。それなら、法然はじめ弟子の親鸞《しんらん》ら何人もの僧が流罪になり、妙貞たちを出家させた僧らが斬首された、あの事件のことだ。

「阿呆、そんなこちゃあ、前世のような昔のことぜよ。あれ以来、地上はこりごりじゃ」

一天坊は面倒くさそうに手を振っていなすが、有綱は言わずにはいられなかった。

「なんというご縁でしょうか、その法難の主、鈴虫と呼ばれた尼君に会ってきました」

めぐりめぐる繫がりのふしぎ。だが一天坊は無表情に視線を遠くへ流しただけだった。

「言うたであろう、山では地上を忘れる。地上に降りれば行を忘れる。聖俗の混同は苦だ」

あまりに淡々とした口調にまた驚かされる。行者には懐かしむ思いはないのだろうか。

「それなら、自分の行いによって打ち首になった僧の菩提を、今このときも弔い続けている妙貞さまに、救いはあるのでしょうか」

奈岐が旅立ち、寂しいに違いないあの人にも、どうか安らぎがあることを願いたいのだ。

だがこれにも、行者の答えは簡潔だった。

「地上では山より早く時が過ぎる。時が薬になって、その尼君を癒やすだろうて」

その一言ですっかり納得させられ、有綱は言葉もない。

行者とはそもそも、山で修行を積むことにより自然界から霊力を得て、人知では解決できない世のさまざまを癒やし導く者たちだ。ゆえに俗世から離れ、ひたすら聖なるものを取り込んでおのれを磨く。期限を定めず、その身に実りを感じた時が結願となるが、念仏を捨てた彼は以来一度も下山することなく、俗世の方で彼を探してその力を借りに来るらしかった。そういう者にこうしてやすやす会えたのは、何かの因縁だろうか。

「うん？　待てよ。……なんじゃ、これは。えもいわれぬかぐわしき香が漂うておる」

突然、一天坊が鼻をひくつかせた。そうでなくとも、その香りはあたりに充満していた。はっと背後に目をやった。伊織はまだ寝ぼけ顔でこちらを見ているが、奈岐が、いない。

「あんたら、普通の行者ではないようじゃな」

杖を岩の上に打ち付けて一天坊が言う。しゃりん、と涼やかな音が鳴った。杖の先には鹿の角がついていて、そこにぶらさげられた数珠が揺れた音だった。

すると上の方から声がした。

「このなまぐさ行者。まだ生きておったか」

奈岐の声だ。どこにいるのか、目で探したら、仮面をつけて、岩の上に立っていた。

有綱は慌てて駆け寄ろうとした。彼女を見られてはならないのだ。この霊域においては、たとえ子供でも女が立ち入ることは禁忌だからだ。もし行者たちが、奈岐が少女であることを知ったら、それは大変な騒ぎになる。すでに一天坊は奈岐だけを見上げている。

「ほう。……そういうおまえは、どなたじゃな?」

「奈岐、やめろ。……おい、伊織、奈岐を取り押さえろ」

両手を上げて伸びをしていた伊織も、ようやく事態に気がつき、立ち上がる。しかし遅かった。奈岐にはすでに何者かが憑依している。

「忘れたか、一天坊。そなたに、馬の皮をもろうた者じゃ」

「やめろ、奈岐。……御坊、すまぬ。あれは下の弟だが、ちょっと悪さが過ぎるやつでな」

必死で言い訳しながら、有綱は一天坊の視界を塞ごうとじたばたした。しかし一天坊は、有綱の存在などもう眼中にない。

「なんと、それではおまえは怨霊か。成仏できずにさまよい出たか」

もう有綱や、伊織や他の行者の存在はない。一天坊は、岩の上の何者かとだけ対峙している。大きな音を鳴らして杖を振るい、彼は奈岐に向かって突き出した手で印を切った。

しかし奈岐は――奈岐に取り憑いた者はけらけらと笑った。

「そんなまやかしが効くか。わしは怨霊でも亡霊でもない。桜間介田口良遠《さくらまのすけたぐちよしとお》じゃ」

すでに奈岐の声ではなかった。野太く、少し訛《なま》りのある声で、仮面の者は堂々と名乗った。桜間介良遠。はて、誰であったか――。

一天坊は腰が砕けたように後ずさり、青ざめている。そして、信じられないという表情で、奈岐の仮面をみつめている。二つのくぼみを彫っただけの簡単な仮面は、こうして下から見上げると男の顔にも見えた。

「わしらの汚名は雪《すす》がれたか。わしらの忠義は通ったか。どうだ、一天坊よ」

奈岐は悠々と両腕を空に差し出した。


くう、と小さな寝息が聞こえる。奈岐の寝顔を見ていると、昼間、あのような大上段に大見得を切ったことが嘘のようだ。

なぜに奈岐に、名も知らぬ地侍の棟梁が取り憑いたのか、よくわからない。一天坊の言うように、この世に恨みを残し、誰かに何かを聞いてもらいたくて浮世をさまよっていたのだろうか。それなら、思うさま、語らせてやればよかったのか。

だがあのときすぐに伊織が岩場に上って奈岐を抱きかかえ、仮面をはぎ取った。時間はかからなかった。奈岐はもがいていたが、伊織に抱えられているとわかると安心したか、眠ってしまった。どんな種類であれ依《よ》りましというものは体力を奪うものらしい。

「なんと強い霊力だ。子供ながらに、あれほどはっきり、死んだ者を取り憑かせるとは」

一天坊はただそのことに驚いていた。冷や汗ものだったが、奈岐が女であることは隠しおおせたらしかった。滝音が轟く川岸で車座になって皆で座る中、彼はなおも唸っている。

「まさか桜間介田口良遠とはな。……まぎれもない、あれは良遠そのものじゃった」

桜間というのは屋島の南に位置する土地で、良遠はその地の頭にあたる「守《かみ》」ではないものの、次官となる「介」という役職にいた土豪のことだ。

「気の毒なやつよ。嵐の夜に義経に夜襲をかけられ焼き討ちにされ、仰天していずことも知れず逃げたんじゃ。後に、兄の重能が平家を裏切ったんを知ったんじゃき」

　長年、平家の家人として働き、目をかけられて、それなりの富も築いた。なのにまさか兄が平家を裏切り、滅ぼすことに荷担するなど――。弟も同意していたことだったなら、この時点で兄に合流したはずだ。しかし彼は姿を現わさなかった。やがて、兄が意気揚々と鎌倉へ出向いたことも知っただろうが、はたして彼は、それを喜べたか？

「いや、むしろ、なぜ平家を裏切ったりしたのだと、兄を責める気持ちの方が強かったかもしれんと、わしは思うんじゃ。平家への恩義は重々感じておったろうからな」

「ですよね。普通の心を持った者ならそう思う」

　だが鎌倉の侍たちは、田口重能の裏切りによって勝ったことを喜ばず、逆に、武士にあるまじき不義の男、と批難し、処刑してしまう。味方になって大いに働いてくれた者であっても、裏切り者とは仲間になれない、そう判断したからだった。

「あんたの言うとおりじゃよ。坂東《ばんどう》武者と西の平家とは、そもそも感性《かんしょう》が違うんじゃ」

　有綱には言葉もなかった。思い出すのは那須与一に首を射貫かれた、平家の「踊る男」だ。兄の重能は、彼そのものだ。敵を賞して浮かれて踊ってみせたのに、関東侍は残忍なまでの冷静さで、目障りな者を消した。重能が、関東の荒武者たちの感性が自分たちとは違い、猛々しくて容赦ないことを知っていたなら、はたして寝返ったりしただろうか。

「山の中で、弟は震え上がったことじゃろう。もしも兄に続いて鎌倉へ、弟ですと名乗り出ていれば、この腰抜けが、と批難され、同じように火あぶりにされただろうからな」

　そのため田口氏は末代まで拭えない汚名を被ることになる。弟や、その郎党としては、なんとか汚名を雪ぎたいと思っただろう。ゆえに、彼らが先導者となり、平家の残党を助けて四国の山々をさすらい、隠れ続けるしかなかったこともうなずける。

「良遠とその郎党は、懸命に逃げ延びていった。あいつに会ったのも、越裏門が最後じゃ」

「それで、奈岐に憑依して現われたのですね。御坊に、思いを伝えるために」

よほどこの世に残した思いがあるのだろうと思われたが、それは自分が兄とは違うこと、なんとか汚名を雪ぎたいということに尽きるであろう。

「そうじゃろうの。その一心で、やつは逃げる名目をほしがった。ただ自分たちが命惜しさに逃げるというのではなく、誰かのため、何かを守るためという、大義が」

はっとした。

「もしかして、その大義、というのが、帝と剣……？」

有綱の口をついて出たその考えを、一天坊は打ち消さなかった。

「剣がこの山に埋められたなどと噂があるようじゃが、剣はないぞ」

一天坊は断言する。他の行者が肩をすくめたのは、古墳荒しや墓荒しのたぐいが時折山にいるのを知っているからだった。すなわち、埋葬物を掘り返して奪っていく輩だ。山が、そういう夜盗のたぐいにとっても好都合な隠れ場となっているのも事実なのだった。

「小さな仏像でさえ、無住では駄目です。私の母は、一天坊さまに感謝して、この山に不動明王をお祀りしましたが、一冬越して、春に山に来たら、仏像はもうなかった」

「いや、あれは冬の間の大雨で流されたんやないか」

「きっと下の里に流れて、拾った漁師がありがたく祀っているかもしれんで」

天坊と行者が口々に言う。実際、川に仏像が流れてきて、それを拾った信心深い漁師が寺を建てた話は、信濃《しなの》の善光寺《ぜんこうじ》や武蔵《むさし》国の浅草寺《せんそうじ》などに例がある。だが剣が流れてきて神社に祀られた話はとんと聞かない。そもそも剣は道具だから、何かに転用されてしまう。

「つまり、山は宝剣の安全な隠し場所とはいえないわけだ」

有綱たちも同意見だ。剣は、この高い山の上にはない。

「としたら彼らの大義は帝、ですか」

白濁した一天坊の目をみつめながら、有綱は訊いた。今度は彼ははっきりとうなずいた。

「たぶん、な。……どこからか、子供を連れてきておったよ」

衝撃が走る。子供が？　やっと、現われた。祖谷渓では姿の見えなかった子供が、ここに。

「帝ではないのですか？」

「さあ、今となってはようわからん。帝らしきいでたちでなかったからな。まあ、帝といえど、戦をかいくぐった落人じゃものなあ」

なんということ。一天坊は、その子供を目撃しているのだ。

屋島からなら、いくら馬に乗っても、大人たちが命を落とすほど過酷な道程だった。さらに壇ノ浦から落ちてきたなら、海水を潜り、なお何日も歩いたことになる。第一、身分にふさわしくきらきらしい錦をまとっていたなら人目について、後で源氏の探索をかわせなくなる。一天坊の目撃は正しいと思った。

「帝であってものうても、神輿《みこし》があれば担ぐ者どもには使命ができる。それを無事に担ぎ続けるという使命が、の」

そうか、そういうことか。大きな納得が、融ける氷のように胸の中を動いていく。

屋島の合戦の後平家が海へと船を出す前に、桜間介田口良遠は城から逃げてすでに山中にいたのだから、どこかで帝を受け取ることは可能だった。それが本物の帝であれ替え玉であれ、嬉々として奉じ、お守りしたはずだ。そして四国の襞《ひだ》深い山中へ潜行していった。そうすることで彼らには生き延びる意味ができ、裏切り者の汚名も雪げるからである。

「ちょうどこれぐらいの子供じゃったかのう」

言いながら一天坊は眠る奈岐の上に顔を寄せる。そして顔を引きながらこうも言う。

「もうちょっとこぎれいな顔じゃったがな」

眠っている本人には聞こえない。伊織がそっと睨むと、くう、と平和な寝息が立った。

かつての身分にはそぐわぬ身なりの、子供が一人。落人や、裏切り者の一族に担がれて、この道を行った。強い風が吹き付け、止まぬ雨にぬかるみ、決して平坦ではない道である。どこへ行くとのあてもなく、ただ粛々と歩いて歩いて——。それは、胸に迫る光景だった。

「さて、わしはもう少し山にいて、そこらにさまよう者どもを慰めることとしようかの」

行者は本来、俗世の者を救うために修行をする者たちで、死者を弔うのは僧侶である。元は名のある念仏宗の僧だっただけに、一天坊はそれもまた自分の仕事と引き受けるのだ。

「結願は、まだまだ遠いのう」

こくりとうなずき、有綱は一天坊をみつめ返す。この行者には、山でなお百年も生きて、白濁したその目で見てきたすべてのことを、語り続けて欲しいと思った。


三人はまた山道を下っていった。今度は寺社まいりという名目を立てている。剣が隠されるための条件を消去法で明らかにすれば、剣は山の土中や無住の祠にはないのである。としたら、ちゃんと人がいて剣を守ることのできる寺社を探すべきだ。そして行路は、一天坊から聞いたとおり、越裏門からは土佐の山中をめざしていく。

「それにしても、まさか生き証人に出会えるとは思わなかったな」

道中はまた、それぞれが勝手につぶやく時間になる。

「生きた証人だったからよかったが、これが五十年、また百年たてば、人から聞いた話はあやふやになり、枝葉がついていくんだろう」

「つまり、剣山にはやっぱり平家の剣が埋まっている、と？」

「そう、死んだのが高僧でなく帝になっていたり」

「伝説、っていうのはそうやってできていくんだな」

「そうさ、ほんの少しの事実に大きな推測。話は大きいほどおもしろいからな」

他愛もない会話だが、笑い合えばそれが今この一歩一歩をたしかにする。

雲が流れた。時も流れる、時代も移る。落人たちが生きたことも死んだことも、やがて時間の中に埋もれていく。自分たちもそうだ。こうして、本当にあるかどうかもわからぬ剣を、探して歩いたやつがいたことなど、気づかれもせず埋もれていくだろう。

それでも有綱は、菊御刀を授けたあの人に、何らかの答えを持って行きたいのだ。自分が歩き、探して、そうしてみつけた確かな答えを。

彼らは歩き続ける。

「奈岐の言うとおり、この山脈の尾根は、まさしく背骨だな」

伊織が言うから思い出した。滝壺に潜った時に見たもののことだ。山脈全体が何かの胴体であるなら、水底にある大きな洞窟は何に当たるだろう。温度さえ違う深い水域。あれはこの山脈の臓腑であろうか。としたら、そこに潜んで大きな口を開いたあの塊は何だ？

「さて、この先は土佐と伊予の国境だぞ」

考えているうち、そんな場所まで来てしまった。

下り続けてもまだ高さはあるが、川が合わさってきて色が変わった。左から流れ込む支流の大《お》野椿山川《のつばやまがわ》。手前は用居川《もちい》だ。もうこのあたりは支流であっても仁淀川《によど》の流域になる。石鎚山までは、平面の地図の上なら三里というところだろうか。

「見て。なんて青い！」

奈岐が声を上げる。山の水は岩の間をころころと流れてきて、この平坦な場所に出て一息ついた、そんな広やかな河原である。石ころで埋まった岸を越えていけば、まるで停止しているようなゆるやかな水の流れ。底まで透き通るような清冽さだ。

目を上げれば、川の両岸は碧の山。せり出すような木々の緑が川に映る。その枝々を揺すって飛び渡っていくのは宝石のように美しい翡翠《かわせみ》だ。川が青いのは木々を映しているからばかりではない。もともと澄んですきとおった水が、日を受け、複雑に屈折して反射をもたらし、まばゆいまでの青を生み出しているのだ。

たえることなくせせらぐ川音を聞いていると、なぜかせつなかった。有綱は自分がこうも感傷的な男だとは思わずにいた。幼い頃、悪綱《あくつな》とか阿呆綱《あほつな》とか呼ばれた考えなしのあの自分は、謹慎や旅を経て、変わってしまったのか。そしてそれはよいことなのか。

いかん、こんな時は、みずから音を生んで、気分を清らかに改めることだ。有綱は腰の笛を取り出した。旅に出て以来、一度も吹いていなかった。伊織や奈岐の前で吹くのがおもはゆかったが、今は自分のために吹いてみたかった。川岸に腰をおろし、吹き始める。

二人はすぐに音を聞きつけた。水遊びをしていた奈岐が振り返り、小石を投げていた伊織が手を止める。笛の音は、川面をわたり、晴れやかな音色を清々しく伸ばしていく。有綱は心の中まで洗われ晒されていくような、そんなすがすがしさを覚えた。

「有綱、すごいんだな、おまえ」

「びっくりしたなあ。おまえ、やっぱり、侍にしとくにはもったいないわ」

音が止むと、奈岐も伊織も口々に讃えた。有綱はやや照れ、慌ただしく笛を袋にしまう。

と、三人がはっと耳を澄ませたのは、有綱が笛を完全に腰に収めてしまった後のことだった。川の流れる音に重なって、たしかにもう一つ、別な笛の音が聞こえてくる。

誰か、いる。そして有綱の後を受けるように笛を吹いている。それも、かなりの巧者だ。

探すまでもなく、笛の主は、川の対岸の一段高い岩の上に姿を現わした。

髷を結わない長い髪、少年のような水干に高下駄。

「まさか、あれは……」

長い髪をたなびかせ、無心に笛を吹いているのは、そう、交野宮《かたののみや》ではないのか。

目を凝らす。間違いない。そばに付き添うのはあの時会った智光《ともみつ》であり、さらに葛籠を背負った従者もいた。まさかこんな山中に、宮ともあろう高貴なお方が現われるとは。

有綱たちの動揺に気づき、彼も笛を吹くのをやめた。そして三人に向かい、

「何がまさか、なんだ？　熊野詣《くまのもうで》に比べたら、さほどたいした山道ではなかったぞ」

対岸の岩に立ったまま、宮さま――交野宮国尊《くにたか》王は、高らかな声で言った。

たしかに、京の御殿住まいの貴人であっても、後鳥羽上皇はもちろん後白河上皇ほか、貴族皇族、女性までも、年に何度も熊野の山道を歩いて参詣しておられる。

「おまえたちのように祖谷渓に行ったりせず、最初から土佐をめざしてきたのでな」

おそらく松山街道から来たものだろう。律令時代に敷かれた伊予と土佐とを結ぶ国道である。いつ江口を出発したかは知らないが、瀬戸内回りの船で伊予に着いたならば、後はさほど困難な道ではない。街道と名がつくだけに熊野よりはたしかに楽だっただろう。

だがここから先は同じようにはいかない。それでも自分たちを追ってくるつもりか。

「宮さま。我々はまだ何も得てはおりませぬ。手掛かりさえも……」

やっと、対岸に向かって主張した。この先もまた、何か得られるという目算はない。

すると高笑いが返ってきた。

「うぬぼれるな。そなたたちから横取りする気など毛頭ないわ。わたしはわたしのやり方で行く。さあ、どちらが先になるかな」

そしてまた高笑い。呆れて、有綱には言い返す言葉もない。

「わたしに山道は難しかろうと思うのか？　なんの、幼い帝も歩いた道であろう？」

ずっしり胸が重くなる。本当に幼帝が西海で亡くならず、また、祖谷渓で火葬にも付されず、生きて、田口の郎党に護られながら逃げ落ちられたとしたら、この道を歩かれたはず。岩に腰掛けて休憩をとり、手をひかれて沢を渡り、木の下で水を飲み、岩穴で雨をしのいで、そして次なる地を求め、自分たちと同じようにここを越えて行かれた。

「されど宮さまは村々で会う者たちに、どのようにその身上を語られまする？　返答次第では危険をも招きましょうに」

行者を装うにも、このように自由放埒な行いをなさる宮が、素性を隠して下賤の者になりきれるとも思えない。

「人の心配をするとは余裕だな、有綱。だがわたしには不要だ。わたしはおまえが思うほどひよわではない」

川音を跳ね返すような、まっすぐな声。たしかに、このお方は御殿にこもって百官にかしずかれている宮さまではなく、皇統という天下の流れに振り回されて身の置き所なく漂う身の上なのであった。ひよわであっては生きてはいけない。貴人といえどそこはさすがに思慮のないお方ではなかった。

「ここまでの苦労に免じて、一つ、教えてやろう。土佐の山間ではまめに祭《まつり》が行われる。わたしは祭を口実に、土地の有力者の家に泊まるつもりだ。むろんこのなりでは、身分を明かしたところで信じまい。あくまでもわたしは京のうかれ人。嘘ではあるまい?」

なるほど冒険に臨むにも、それなりの安全策は講じてあるようだ。

「ただし、もうすぐ雪が降る。わたしは道後《どうご》にでも行って湯に浸かり、春を待つつもりだ」

家内の安全、病気快癒に豊作満作。里人の願いは祭に凝縮する。そして祭があるということは、常時、村人が守っているお社《やしろ》があるということであり、そこには、神鏡や神剣が祀られている可能性が高い。宮の知恵に、三人は、しみじみ顔を見合わせた。


祭を狙うにも、すでに収穫の後の祭は終わっている。そして宮が言うとおり、山では遠からず雪の季節になる。有綱たちも、春までの時間をどうするか考える必要があった。

「やはり街道まで下りるか。……いや、まずは今晩の魚を捕まえることが先だな」

旅とは生きていくことなのだ。使命は生きてこそ果たせる。春までどこで食いつなぐかが新たに大問題となって立ちふさがるが、せめて保存食を作っておこう。有綱は水に入った。川の魚は警戒心が強く、素潜りで近づいたなら逃げてしまう。なので、ちょうどいい恰好に突き出た岩に、原始的な魚罠《わな》を仕掛けてみた。いわゆるもんどりである。流れに従って泳いできた魚が、一度入れば出られないよう、竹を組む。

「おい、うまくいったぞ。何か入っている。伊織、手伝え」

「なんだ、そんなもので何が掛かったんだ」

重くて岩からはずせない。ざぶざぶと脛《すね》で水をかき分け伊織が近寄っていき、有綱の反対側から仕掛けを持つ。二人して懸命に足を踏ん張り、力をこめて引っぱった。ところが、有綱が体の均衡を崩してしまい、うあっ、と声を上げて伊織を押し倒し、みずからも前のめりに倒れてしまった。ざぶん、と水音がして、伊織が川の中に尻餅をつく。その瞬間、箱から飛び出したのは大きなナマズだ。それが有綱の胸の下から伊織の頭へ、そして水へ。

「逃げた！　つかまえろ」

折り重なって倒れながら、有綱はなおも手を伸ばし、摑もうとする。

「痛い。有綱、まずおまえがどいてくれ」

倒された上にさらに水の中に押し潰されて、伊織が必死な声を上げる。どうやら腰をしたたかに打ったらしい。動けないし、起き上がれない。早く有綱にどいてもらいたい。

「二人とも何をじゃれあってんだ？　仲がええのう」

いつのまに来たのか、奈岐がそばで見ている。男が二人、折り重なったこの恰好を見れば、奈岐でなくともそう思う。伊織は痛みで顔をしかめながら奈岐を見上げた。

「奈岐、いいところに来た。俺を助けろ」

「なんで命令調なんだ？　素直に助けてってお願いしろよ」

「いいから早く」

やっと足場を確保した有綱が体を起こすと、伊織も懸命に立ち上がろうとする。だが川底の石で滑って、なおも有綱に抱きつく始末。すると有綱も有綱でまた傾いて、脚が滑って伊織におおいかぶさる。大騒ぎで三人、引っ張ったりつきとばしたり、ようやく伊織が起き上がった。だが冗談でなく、伊織は歩くことができなかった。足首を捻挫したらしい。

「すまん、伊織。……わざとしたんじゃない」

「わざとしたなら殺す」

有綱に肩を借りながらやっとのことで岸辺に腰を下ろした伊織は怒っていた。

こうなればしかたない。ちょうど川岸の崖に人が数人も入れる岩穴をみつけ、しばらくそこに留まることにした。岩穴は奥深く、苔がうっすら蒼く光っている。

「落人たちも、こんな岩穴で雨風をしのいだんだ」

帝も、とは口にはできなかった。雲上にあるべきお方が、ここでどう過ごされたかなど、想像するだけで息苦しくなる。夜になると洞窟の向こうに抜けた夜空に、無数の星がきらめくのが見えた。まさに満天の星たち。天の川が白い帯となって流れていた。帝や、おつきの女官たちも、この情景を目にしたのだろうか。三人、その夜は体を寄せ合って眠った。

ここにしばらく留まるとなると仕事はいくらでもあり、まずは森で葛《かずら》を取ってきては莫蓙《ござ》を編んだ。岩穴の中にしみ出す水や、天気が崩れて降り込む雨も、葛の莫蓙を敷けば濡れなくてすむ。獲った魚や柿などの果実も天日に干して保存食にする。

問題は日に日に気温が下がって、朝夕の冷え込みがきびしくなっていくことで、日中は薪を集めることに精を出し、日暮れとともにこれを穴の中で焚き火にして暖をとった。

焚き火は同時に山の獣から身を守るのにも役立った。奈岐を連れて山に入った時、有綱は狼が何頭か岩の上からこちらを窺っているのに遭遇したのだ。武家の癖で、つい背中の矢を取ろうと腕が動いたことに気がついたが、むろんそこには箙《えびら》も弓もない。

やはり刀か。——接近戦でしか役に立たない刀だけが武器というのを今ほど心許なく思ったことはない。狩りはもっぱら罠を仕掛けて猪や鹿を狙うばかりだった。

だが、刀は意外なことでも役立った。

「有綱、た、たすけてくれ」

ある時、伊織が死にそうな声で有綱を呼んだ。見れば彼の近くにぞっとするほど大きな百足《むかで》が這っているのだった。無数の足でうごめく姿のおぞましさ。咬《か》まれたら命取りだ。

「またか。おまえ、脚がいっぱいあるやつが嫌いなんだったな」

じっとしていろ、と命じておいて、有綱は刀を一閃、すばやく振り切ってみせた。百足は暴れたり逃げたりする間もなく真っ二つになった。もう体が二つに別れて命運が尽きているというのになおも無数の脚をうごめかせるのを見て伊織はふたたび悲鳴を上げた。

「ついに本性を表したな、有綱。おまえはやっぱり野蛮な侍だった」

「そうかよ、そんならおまえにくれてやろうか」

百足の死骸を刀の切っ先に刺したまま、有綱はおかしそうに笑う。

「阿呆。早く外に捨てて、成仏させてやらんかっ」

「ふむ。無銘の刀だったが、いわくができた。俺の刀は、百足斬り《むかでぎ》、とでも名付けるか」

「その刀、絶対に研いでやらないからな」

こんな事件も、落人たちは何度となく経験したのだろう。そこは自分たちのように笑いはあったか、慰めはあったか。有綱には、自分に伊織や奈岐がいることを幸運と感じられた。

それにしてもいっこうに音《ね》を上げることのない奈岐のたくましさには、有綱は正直、感心している。屋島で下船するのをあれほど強固に拒んだ時は、どれだけ足手まといになるかと思いやられたが、どんな過酷な野営も、まるで過去に体験しているかのように驚かず、むしろ楽しんでいるような姿に、何度も救われていた。

しかし今回、皆のお荷物になったのは伊織だった。動けず、何もできないばかりに日ましに暗い顔になっていく。痛みがひかないことに焦《じ》れ、口数さえも少なくなっていた。

そんな時、奈岐がどれだけ気分をひきたて、明るくしてくれたことか。

「はい。おみやげだよ」

昼間、薪や食料を集めに入った山で、奈岐は必ず伊織のために何かを持ち帰る。金色のもみじ、イガに収まった栗や、真っ赤な南天の実。何の役に立つわけでもないものを並べては、それをどこでみつけたか、楽しげに話す奈岐。うるさそうに聞き流す時もあったが、伊織もだんだん、一人でいる間の手なぐさみに、木片を小刀で削って置物とも飾りともいえない小さなものを作り始めた。見本は奈岐が拾ってくるものたちだ。

「へええ。それはどんぐり？　こっちは椿《つばき》の花か？　意外に巧いじゃないか」

作ったものを並べて遊ぶ奈岐の楽しげな様子を他愛ないものだと眺めつつ、ならば次は少し大きなものにしよう、と工夫が進む。どんな木材が彫りやすいか、形になるか、どんどんおもしろくなり、奈岐も次々、木材を拾ってきた。

「ねえ。椿がいいよ。もっと椿を彫ってよ」

作ったところで、どこへ持って行くのかすぐなくしてしまう奈岐なのだが、せがまれて、椿は大小四つばかり彫った。

「おまえ、刀匠になるより仏師の方が向いているんじゃないか」

有綱にはそう言われたが、たしかに木は鉄よりずっと扱いやすい。修整もきく。手を動かしている間は楽しくて、すべてを忘れた。やっぱり自分は手に技を持つ職人なのだと、伊織は利き手の掌をじっとみつめた。いつ、この手と技を、思う存分、使えるのだろう。鍛冶場を離れて久しい。今また作刀に臨めるならば、あの兄の工房でさえかまわないと伊織は思った。そして、最後に打った技術の証のようなあの刀を、師匠が自分のために父の元に届けてくれたことを思い出した。そんな師匠に報いるためにに、兄にも父にも頭を下げてみせよう。それが自分の恩返しだ。だが本当にふたたび鉄を打てる日はくるだろうか。

そうするうちに痛みも取れて、岩穴の周囲を歩けるようになってきた。

「この分なら、もう山道も行けそうだ」

「無理はするなよ。先で痛みがもどったりしても、こんな養生の場はないかもしれない」

そうは言うものの、雪の予感は近く、有綱はここに長くはいられないと考えていた。

「ねえ、見て見て、伊織、有綱。山の上の、天界の人がくれたよ」

弾んだ声で、奈岐がもどってきた。その手に大事そうに抱えているもの、それは有綱がいまいちばん欲しいと願っていた布製の手甲《てっこう》や脚絆《きゃはん》だった。どれもよく使い込まれて柔らかくなった古布を割《さ》いて細くし、捻って編んだ分厚いものだ。こんな山中では布をあらたに織るなどかなわないだろうから、おそらく交換などで手に入れた古着を長年愛用したのち、ぼろぼろになってなお利用しようとしたものだろう。厚さがあるから、寒さに向かうこの季節には重宝する。

「どうしたんだよ、それ。……天界の人って、誰だ」

「うふふ。伊織が作った木彫の椿と、交換したんだ」

　驚いたことに奈岐は、前に祖谷渓で聞いた無言交易の場がここにもあるのではと見込みをつけて、川のほとりの祠《ほこら》の脇に、伊織の木彫を並べておいたというのだ。川や橋は、しばしば境界線の役目をはたすが、山の民には生活域の境目になることもある。奈岐は木彫を全部並べたが、椿だけなくなっていたことから、さらに作るように注文をつけたのだ。

「この上の山の中にも、人が暮らしているってことだよ」

「まさか。ここより上なら、雪が降ったらすっかり閉ざされてしまうぞ」

　言ってから気づいた。そうなれば、落人たちには願ってもない。雪が下界からの道を遮断し、春になるまで追っ手を寄せ付けないからだ。伊織が歩けるようになったら山を下り、里を訪ねようと考えていた有綱は、信じられない気がした。この先の山中は奈岐の言葉を借りれば「天界」というにふさわしい深山で、日もささず平地も少なく、雑穀さえも育たないから、ここより暮らしは厳しいはずだ。仮に人が暮らす集落があるとしても、とても祭など行えまい。上ったはいいが、雪が降って帰れなくなれば三人そろって凍え死ぬ。

「いや、祭は収穫を祝うだけとは限らないぞ」

　考えあぐねる有綱に、落ち着いた声で言うのは伊織だった。

　作刀には必ず二振りの刀を作り、一本は神社に奉納するのがしきたりだ。そこには厄除けや魔除けの願いがこめられている。剣は厄や魔をも斬るのである。そして神に捧げたからにはその神力が衰えないよう、年に一度は祭礼を行い、気を新たにする必要があった。

「こんな山中なら、収穫よりは、厄除け魔除けの方が切実なんじゃないのかな」

　有綱は答えなかった。人里より早く冬を控える山の奥に、あるかどうかわからない祭を求めてこれより高い山中に踏み入るのは危険な気がした。

「人はいるよ。きっと祭もある。ああ、お神楽《かぐら》も久しぶりだ。あたい、早く舞いたいよう」

そういえば山の旅が始まってから奈岐が舞う機会はなかった。寂しい山間の集落にとって、舞は何よりの娯楽であり、皆が待っているに違いないだろう。

「なあ、旅の一座ということにしないか。奈岐は舞い、有綱は笛。俺は太鼓を作る」

太鼓の皮はないが、山で木を採り、箱でも作れば、棒で叩いて音が出る。伊織の提案に、奈岐はすぐさま、そうしよう、と踊り出す。そんな二人に有綱が水をさす。

「俺はやらん。俺の笛はそういうたぐいのものではない」

ちぇ、堅物、と奈岐と伊織が残念そうに顔を見合わせる。

「ま、いいよ。もう一度祠を見てくる。さっき置いた椿の木彫、風で転がってないか気になる」

下へ駆け出していった奈岐だったが、結果として木彫の椿はなくなっており、代わりに草鞋《わらじ》が三足、置いてあったのを持ち帰ってきた。こんな深山では米が穫れないだけに藁もなく、その草鞋にしても、何の植物ともわからない蔓《つる》で編まれていたが、すでに三人の草鞋はぼろぼろだったからこんなありがたいものはなかった。

「伊織が彫った椿が気に入ったんだ。きっとまだその辺にいるよ」

大喜びで奈岐は草鞋を履き替えるが、逆に有綱は警戒した。先日、薪を集めて帰る途中で、頭上の崖から石が落ちてきた。このあたりは崖が切り立ち、岩肌がむき出しになっているから要注意だ。上の道を人が歩けば、それだけで路肩が崩れて、下を歩く者たちの上に落ちる。草鞋を置いていった者がそのあたりにいるなら注意しなければならない。いや、それが鴉であるならいっそうの注意が必要だった。

有綱はすでに山は下りる決断だった。そして二人にも異論はない。

用心深く峠を下ると、まもなく川のせせらぎが聞こえてきた。そこへ、どこか近くの川のほとりで、人の声が上がった。しまった、というような、小さな叫び声だったが、山の木立が異常に大きく響かせたのだ。間を置かず、人が走り出す音がする。視線を移せば、川に赤い椀が浮かんで流れていくのが見えた。上方の溜まりで洗い物でもしていたのだろうか。うっかり流れに落としたそれを取りに行こうとしているようだ。

「ここで待っていろ。俺が拾ってくる」

有綱は二人を道に止め置き、一人で川原へ下りていく。こちらの方が川下だから、先に椀を拾い上げてやることができる。椀が岩角に引っかかったのを見定めて、有綱はためらいもなく川石の上を跳んだ。椀は、難なく拾い上げられた。背後の岸では、遅れて椀を追いかけてくる人影が木立の間に垣間見えた。渡してやろうと、ふと手の中の椀を見た。

ところどころ剝げているが、かえってそれが何重もの漆を施した立派な品だと示している。そして何より驚いたのは、やはり剝げて薄く消えかけてはいるものの、金の蒔絵で描かれた模様の中に、はっきり、揚羽蝶の絵柄があることだ。

これは、平家の紋ではないか――。

まさか、と衝撃に射貫かれたように固まる有綱の背後、川原に椀の持ち主が姿を現わす。

「それ、あたしのだ。……ありがと」

まるで初めてものを言う人のように、声を発し慣れないようなかすれた声。数間《すうげん》離れた石だらけの川原に、一人の娘が立っていた。そう、若い娘だった。

化粧気のない顔を輝かせるばかりに印象的な澄んだ瞳が、有綱をまっすぐ見ている。有綱は、あやうく椀を取り落としそうになった。

こんな奥深い山に、どうして若い娘が一人でいるのだ。山には危険がいっぱいだし、継ぎはぎだらけの地味な藍を着ていても、こんな山中にそぐわない雅《みやび》な器量は隠せない。有綱でなくとも驚いたろう。だが娘は用心深く近づいてくると椀をつかみ取り、ぺこりと頭を下げるや、まるで牝鹿《めじか》がはねるようにしなやかに、岸辺の道を駆けあがっていく。

「待ってくれ。あんた、どこに住んでるんだ」

思わず声をかけた有綱に、娘は立ち止まったものの、何も答えない。だからまた訊いた。

「その椀、あんたのものか？　この上に、人が住んでいるのか？」

椀は使い込まれていた。野営ならともかく、すくなくとも椀を使うほどの食生活を娘は営んでいるということだ。

娘は有綱をじっとみつめ、どう答えようか迷っているふうにも見えたが、何も言わず背を向けると、また駆け出そうとする。今度は有綱も追いかける。

「たのむ。人が住んでいるなら、祭が来るまで俺たちを置いてくれないか」

おそるおそる振り向く娘。

「祭？　あたしたちの神様の祭に来たの？」

「そうだ。おれたちは旅の一座だ」

そういうたぐいでは笛はやらん、とはねのけたのは誰だったか。上の道に立ったまま様子を見下ろしていた奈岐と伊織は、思わず顔を見合わせた。

第四章　神の巻

天界の集落への道は、本当にそこへ行けるのだろうかと不安になるほど遠かった。道はどんどん細くなり、周囲の樹木はますます高くそびえ立つ。

見上げれば空の面積は驚くばかりに狭い。まだ昼をいくらも過ぎていないだろうに、太陽が見えなかった。南中から少し傾くだけで山の高みに隠れてしまうからだった。

深い木立の中をただ歩いたが、道中、皆をまぎらしたのは奈岐《なぎ》のおしゃべりだった。

「ねえねえ、この草鞋、置いてったのあんただろ？　じゃあ、あの椿はどうしたの？」

はじめ警戒していた娘だが、奈岐の無邪気な問いかけに警戒を解き、黙って懐《ふところ》から木彫の椿を取り出すと奈岐の前に突き出してみせ、初めて笑った。

「あたしの村は椿山《つばやま》っていうろう？　椿は、魔除けとして大事にされとるき」

村の名前がわかると、次は有綱が彼女の隣を並んで歩き、質問を重ねた。

「名前は？　その……おまえの名前」

娘はまぶしそうに有綱を見上げながら小さく言った。

「可乃《かの》……。そんで、おまんは？」

彼女の集落は名前を隠してはいないようだ。年はまだ十六、七というところか。健康でしなやかな脚力を持ち、深山らしい日焼けとは無縁な白い肌をしていた。

「俺は小楯《おだて》……いや、有綱《ありつな》でいい。おまえ、どうして一人で山を降りてきたんだ？」

ここでは家の誉れも意味がない。名だけを告げて、家は何軒あるか、人は何人住んでいるかと質問責めだ。可乃は一つ一つ答えた。家は十八軒。六、七十人の集落だ。米は育たず、皆、山の恵みで暮らしている。この日も、下界の村との物々交換ができるミツマタを採りに来たのだという。紙の原材料になるミツマタは土佐の山中で豊富に採れるのだった。

「洗い物もあったしね。うっかり椀を流しちまって、人の命にかかわるき、必死やった」

「なんで？　なんで命にかかわるんだ？」

「それは、昔のことじゃけど。ばあちゃんの時代に、川で洗い物をしちょって椀を流してしもうて、川上に人が棲んどることがばれちまったがじゃ」

「ばれたらだめなんか？」

延々と続く問いにも面倒がらず、可乃は明快に答えを返す。

「そりゃそうやろ。山賊にでも狙われたらひどい目に遭おうが。それに、地頭だか何だか役人が来れば、年貢や賦役をとりたてられて、山賊よりもっとたちが悪かろう？」

たしかに、地頭という名の支配管理から逃れるために山中に隠れ棲む者もいる。米など穫れないのだから取り立てる年貢も期待できないはずだが、代わりに体で労働させる賦役に駆り出されれば時間が止まってしまう。

「けんど、お椀を拾った旅のお坊さんが、こんな山の上にも人がおるんかとふしぎがって訪ねてきた時には、みんな、たまげたらしいぜよ」

自分たちも、もしも可乃が現われなかったらあのまま下山していた。有綱は、まさかここより高い山の上に、人など住んでいるはずがないと思い込んでいたからだ。

「村では、みつけられてしまったからにはお坊さんを下界へ帰すわけにはいかんちゅうて、みんなで寄ってたかって、亡き者にしてしもたがじゃ」

ぞくっとして、伊織《いおり》は思わず足を止める。

「ああ、心配せんでええき。それはばあちゃんの時代のことやってば。今はあたしも、こうやって村境まで下りて交換したりしとろう？　どないもせんが」

可乃の声は明るかったが、伊織はいぶかしんでいる。どうにも若い娘の登場に目くらましされている有綱が不安なのだ。代わって奈岐が弾んで訊いた。

「それで、可乃の村の祭は、どんなのなんだ？」

「春の始めと秋の終わりにやるのは賑やかじゃよ。太鼓を叩いて、みんなで歌うがじゃ。けど、これからやるのは室内やき、ちょっとおとなしいかな」

寒くなる季節だから無理もない。だからこそ神楽《かぐら》は喜ばれるだろう。

「それで……お祭りしてるのは何だ？　何か宝物が供えられてるんだろな」

伊織がずばりと訊いた。行くのはいいが、宝物もないなら意味がない。

「神社の方はハクオウさんじゃが、御堂《おどう》の方は阿弥陀さんじゃったろか」

「いや、それはご神体やご本尊だろ？　宝物だよ。お供えしてある大事な宝があるだろ？」

「宝……かどうかは知らんけど、開かずの箱に入れられちょるもんはあるよ」

「開かずの箱？　それだ。それ、中身は剣じゃないのか」

つい勢いづいて有綱が叫ぶと、可乃は恐れをなして後ずさる。阿呆、と伊織と奈岐が目配せし

あう。お宝狙いだと警戒されては元も子もない。伊織が慌てて、

「お祀りされてる宝にちなんだ神楽があるから訊いただけだよ。いい神楽にしたいからな」

作り笑いを浮かべて言ったから、可乃の顔もほぐれた。

「ともかく賑やかにやってよ。こんなことめったにないき、みんなわくわくするがじゃ」

まかせとけ、と妙に明るく調子に乗っている有綱を見て、宝が剣でなかったら無駄足だな、と伊織が回復してまもない足をひきずる。

「あたいも、なんだか気分が乗らん」

「なんでだ？　最初にあの娘と接触したのはおまえだろ？」

「だってあいつ、きれいじゃないか。あたい、きれいな女は苦手なんだ」

そういうことか、と伊織は押し黙る。長く一緒にいて見慣れたせいか、伊織はもう奈岐を醜《みにく》いとは思わなくなっている。だが初めて会う人たちの反応はどうだろう。

「お面をつけとけばいいさ」

しかしそれは慰めにはならなかったらしく、奈岐は伊織を睨むと先へ駆け出した。

それにしても遠かった。日暮れが近づき、空そのものが明るさを失うと、あたりは急激に暗くなり森の影の中に沈んでいく。いったいどこまで歩けばいいのか。内心、腹立たしくなった矢先、ゆくての木の間に、ぼんやり、民家のようなものが見えた。

「さあ、着いたよ。ようこそ椿山へ。あんたら、まれ人じゃあ」

疲れなど知らない可乃の声で、いよいよたどりついたと知った。ここが天界の集落か。

そこは両側からすっぽり木々に覆われ、下の川から見上げても対岸の山から眺めても、まったく見えない死角にあった。前もってそこに集落があると教えられていたとしても、道なき道を迷

って迷って、案内なしにはたどりつけなかっただろう。日が暮れているため、村の全容もわからないが、家々はひとかたまりに密集して黒い影になっていた。どの民家にも灯りは見えず、人が暮らしているとも思えない静けさの中に沈んでいる。可乃は他の家に聞こえないよう密やかな足取りで一軒の家にたどりつき、有綱たちを招き入れた。

「おとうは蜂の蜜を採りに出掛けて今夜は留守じゃき。あんたら、そっちで寝て」

こんな山家《やまが》に板間があるのは上等で、屋根があり戸があるだけでも三人にはありがたい。さらに可乃は夜具代わりに獣の皮を寄越してくれた。そして、じゃあね、とあっさり言って衝立の向こうへ消えた。しかし毛皮にくるまって横たわる彼女の足から下は見えている。

「なあ。大丈夫かな」

声を潜めて伊織が言う。有綱は、何がだ、と訊き返しながら、どこか上の空だ。

「こんなとこに入れられてさ、寝入ったところをブスリ、とやられやしないかな」

道中、可乃が話した旅の坊主の末路がまだ頭に残っているのだ。

「その時はその時だ」

有綱にしても不安がないわけではなかったが、逆にそうなったとしたら、人を殺してまで隠す理由は何なのかをつきとめたかった。

「あれえ？　なんだ、こいつ、もう寝てる」

不安を隠せない二人をよそに、奈岐は戸口で倒れ込んだまま、もう寝息をたてていた。

「今日は疲れたもんな」

暗がりの中でも奈岐の罪のない寝顔が窺えて、二人は笑いながら奈岐をかかえて部屋の奥に寝かせる。そっと衝立の向こうを窺うが、もう物音すらしなかった。

やっと夜がすぎていき、外が明るんでくると、習性で有綱は目が開いた。いや、正直なところ、あまりよく寝られなかったと言う方が正しい。衝立の向こうで寝返りをうつ可乃の気配がするたび妙にどぎまぎしてしまい、なかなか寝付けなかったのだ。

外に出てみると、昨日は暗くてわからなかったが、この集落は斜面を人工的に切り開いた平地にあるのが見て取れた。地盤には丹念に石が積み重ねられて段々が作られており、その段々の上に道が通り、道に面して細長い長屋のような家々が肩を寄せ合うように並ぶ構造だ。急な角度の斜面に集落がへばりついている、というところか。

本来は人の住めない斜面の山肌を削り、石垣を積む。人の手だけで行う作業は、いったいどれだけの時間と忍耐を要したのだろう。有綱は驚嘆する。少し向こうに焼き畑で切り開いた小さな畑があり、村人をかろうじて養える粟《あわ》や稗《ひえ》、黍《きび》を作っているらしかった。

だが、あっと息をのんだのは向かいの山を見た時だった。朝日が当たって、白い霧がだんだん払われていくにつれ、みごとなまでの紅葉《もみじ》に彩られた錦《にしき》の山が現われたのだ。

何色にも染め分けられ、神々しいばかりに輝いていく山の貌《かお》。ところどころむきだしになった岩肌には、数日前に降った雨を集めて下る滝がいくすじも、白い段になって流れ落ちていた。ふだんは姿を見せない滝であろう。まるで山が生きて動いて呼吸するようだ。

まさに龍の息吹が潜む山。いやもしかしたら、ここは壺中《こちゅう》の天か。霧で隠され雪で塞がれ、決して地上から見ることのかなわぬ天上世界。まさに天界かもしれない。

「なんや、もう起きちょったん？」

ふいに声をかけられ、我に返る。可乃が出てきた。

「集落を眺めていたんだ。ここは、すごいところだな」

この瞬間にも生きて動いて流れて行く滝の生命力を前にして、有綱はやや興奮していた。

「うん、すごかろう？　……そりゃ、時々は思うんよ。ご先祖はなんでこんな山ん中に住み始めたんじゃろって。でもさ、別にここが悪いところだとも思《おも》ちょらんからね」

はにかむように可乃は微笑んだ。こんな奥山にいるのが珍しいようなふっくらとした雅《みやび》な横顔。だから有綱は知りたくなる。いつからおまえの先祖はここにいるのだ、と。

「きのう、ばあちゃんの話をしてたけど、それって、いつの時代なんだ？」

「さあ。時代なんて、わからんき」

そうかもしれない。下界と隔絶された天界で暮らしていれば、遠い京や世間で何があったかなど、何も関係のないことであろう。毎日が平穏に過ぎ、こうして山から日が昇りまた沈んでいけばそれでいいことなのかもしれない。

「有綱はどこから来たんじゃ？」

「京《みやこ》の方だ」

「なんじゃ、みやこか。あんまり遠くはなかろう」

は？　と思わず失笑した。可乃のような世間知らずにとっては、天界のような山奥とこの国の中央が直結しているらしい。だがもちろん、からかわずにおいた。

「おまえの父親は、京を知っているのか」

「そりゃもちろん知っとろう。ちょうど今回も近くの森まで行っとるはずじゃ」

可乃の父親なら四十代。もしも平家の郎党だったなら京の記憶もあるかと思ったが、屋島の合戦の時にはこの世に生まれていたかどうかも不確かだ。京など知らないに決まっている。いったいどこの話をしているのやら。

その時、坂の下から誰か歩いてくる気配がし、まもなく一人の男が現われた。強面《こわもて》の男で、道に立つなり二人を認め、ぎろり、鋭い視線を向けてきた。

「おとう、どしたん。えろう早かったがじゃ。……蜂の蜜はようけ採れたか」

「なんじゃ、こいつは」

可乃の問いには答えず、直接、有綱に言い放つ野太い声。獣の皮を胴着にし、日に焼けた顔の中で黒々と太い眉がぴんと跳ねていた。その下で大きな目が睨んでいる。

可乃の父であり、集落の長《おさ》を務める滝本軸蔵《たきもとじくぞう》。可乃が三人を祭に呼んだ事情を嬉々として話す間、視線を一瞬たりとも有綱から離さずにいる。

「他のやつらはまだ寝てるんだな」

答えを待たずにがらりと木戸を開け、主《あるじ》らしく板間に腰をおろすと用を切り出した。

「おまんら、ほんまに神楽ができるんか」

威圧的な低い声。伊織も奈岐も声で目を覚まし、もぞもぞと起き出してくる。

「これまで俺ら三人で、讃岐や阿波の村では何度も神楽をやってきた」

不審感を抱かれないよう、有綱はせいいっぱい堂々と答えた。

「ふうん。わしも祭に合わせて帰ってきたんじゃ。虫送りをせにゃならんでな」

「虫送り？　って、なんだ？」

眠そうな目をこすり、奈岐が聞く。百姓でない奈岐には初めて聞く言葉だった。米のとれる備前生まれの伊織はよく知っており、小さな声で説明してやる。

農耕をなりわいとする地域なら他でも広く行われており、やりかたに多少の違いはあるものの、農作物につく害虫を駆除することでより豊かな実りを得ようと願うのはどこも同じだ。ここでもそれが数少ない村の行事として祭の一つに数えられているらしい。こんな時期に行うのは、雪で村全体が山籠りになる前のささやかな娯楽も兼ねているのかもしれない。

「雪になれば春までどこにも出られんき、今年最後の神楽やの。賑やかにしたいがじゃ」

どすのきいた低い声で話しながら、軸蔵は何度も有綱を頭のてっぺんから足の先まで検分するかのような目つきで見た。

「こっちには笛と舞、それに太鼓がある。じゅうぶん派手だと思うが」

気圧されないよう、有綱はぐっと睨み返した。祭には、神々を喜ばせるための神楽がいる。祈りをこめた儀式の後に行うもので、神様がより近くへ降りてきてくださるように、そしてより親しげに人の願いを聞きとげてくださるように、芸能を捧げるのだ。

「よし、やってもらうがじゃ」

「ああよかった。……旅の一座なんて、なんともうまいぐあいに連れてきたろう？」

嬉しそうに可乃が三人を見た。有綱たちは村人の祈りを神仏に聞き遂げさせる祝言人《ほかいびと》として迎えられたことになったわけだ。だが、よかった、と可乃が言うのと有綱たちのそれは意味合いが違う。正直、有綱には舞や笛が人に害なす怨霊を外に追い出せるとは思えないが、村の宝物を見つけるにはこの方法しかない。それに、神楽に効験《こうげん》がないとも言い切れないのは、かつて、伊賀局《いがのつぼね》の舞と上皇の、天上にも上るばかりの崇高な音楽を体験していたからだ。自分たちにあれだけの演奏ができるはずもなかったが、鳥の声と滝の音くらいしか響くもののないこんな山奥では、きっと何らかの力が助けてくれると信じたかった。

「祭は大事なもんでな。わしら年寄りはあといくらも生きちょらんからええが、可乃のような若い者《もん》は、虫なんかにやられることのう、丈夫な子を産んでもらわねばならんき」

思わず可乃を見たら、有綱からは目をそらし、顔を真っ赤にして反論した。

「そんなん、いやじゃ。餓鬼を産むなぞ、まっぴらじゃ」

「阿呆。おまえが子を産まんで誰が産むんじゃ？　村の子孫がとだえてしまうろう」

父親として軸蔵が高圧的な口ぶりでたしなめる。しかし可乃は従わず、

「いやなこった。あたしは子を産むためにおるんとちゃうけんね」

それだけ言うと背中を向けて走って逃げた。舌打ちしながら軸蔵は、

「あのとおりの跳ねっ返りでな、村の男どもをコケにして夜這いも受け付けけん」

困り果てたようにつぶやくのだった。

有綱はくすっと笑いを洩らさずにはいられなかった。あの娘らしい、と思ったからだ。

軸蔵は祭の場へと三人を連れて行った。村の西はずれに神社と仏堂が続きの地にあって、目印のような大きな楠が、右と左、神社と御堂への参道を丁字に分ける恰好になっていた。この時代は神仏習合であるためふしぎではないが、普通、鳥居に掛かっているはずの扁額《へんがく》が見当たらない。

「神社の名か？　ああ、ここの者はみんな知っとるき、とりたてて書かんでもええがじゃ」

うなずきはしたが、それは探索が来た時の対策か？　この山奥で、平家の氏神である海の神を祭っていたならすぐに出自が露見する。それをごまかすためではないのだろうか？

「さあ、祭の準備にはここを使え。おまんら、今夜からはここで寝るとええがじゃ」

そこは小さな納屋で、神社と御堂、どちらを祭る時にも使う場らしい。軸蔵は、自分の家に有綱たちを泊めるつもりはないのだった。むしろ昨夜、自分の留守に、可乃が三人を引き入れたのが気にくわないのかもしれない。

あとで三人だけになった時、有綱は疑問を吐き出した。

「なあなあ、神社に名前がないのは変じゃないか？」

「いや、可乃が言ってたじゃないか。たしか『ハクオウさん』とか」

「ハクオウ、字は『白王』か？　……これ、つなげれば『皇』だぜ？　なんか意味深だな」

しかし追求して考える暇はなかった。ここはふだん、村の寄合所になっているらしく、話を聞きつけた集落の者がかわるがわるに覗きに来たからだ。みんな、やはり旅の一座は珍しく、神楽が楽しみでならないのだ。

「舞い手はおるき。娘どもも、舞うのが楽しみでな。後に若衆だけの直会《なおらい》もあるがじゃ」

打ち合わせとも言えない簡単な説明を受け、奈岐は自分の出番がないと知って、へそを曲げた。年頃の若い娘らが舞うなら下手でもずっと華やぎになる。

「奈岐も後ろで見とれ。あまりに田舎臭かったらもう一曲やるから舞えばいい」

二人で慰めるのだが、奈岐の機嫌は直らなかった。


今年最後と言ったように、山籠りを前に行う虫送りにはぎっしりの人が集まり、若い衆は社殿の外側から見物することになる。やはり祭は大人たち老人たちが中心になって執り行うのだ。とはいえ、祭を伝承するためにも、若者たちが見ておくことは大切だ。

神事そのものは実に素朴で、ご神体の前で祝詞《のりと》とも念仏とも区別がつかない合唱をみなで奉るのである。最後に、一冬を無事に過ごせるように、長である軸蔵が、

「山ん神様、おたのもうす」

と頭を下げ、皆が唱和。それで神事は終了、すぐに神楽の出番となるわけだ。

有綱と伊織が笛と太鼓を奏で始めると、娘たちがわらわらと登場した。老いも若いも、男たちがやんやの喝采。祭事用の簡単な帷子《かたびら》を着けた娘たちは、白粉をはたいて置き眉をしているが、照れる者、顔を隠す者、縮こまる者、五、六人はいるだろうか。中に一人だけ物怖じせず、しゃんと背筋を伸ばして堂々と舞う娘がいるのが目を引いたが、それは可乃だった。よくよく見ても、こんな山の中に珍しい立ち姿だった。

「さあ派手にやってくれよ、これで春まで舞いおさめじゃけんの」

誰彼なしに手拍子が始まり、それに食われないよう伊織の太鼓の音も大きくなる。つられて有綱の笛も弾んだ。始めは不承不承だったのに、鉦《かね》を叩き始めた奈岐もだんだん調子づく。場は盛り上がり、立ち上がって一緒に踊り出す男もいて、祭は終わりそうもない。

「ええ祭じゃったのう。旅の一座のおかげじゃわい」

皆が大いに満足してくれたから、有綱も伊織もまずはほっとする。

「さあ、皆の衆、直会じゃ」

祭がすんで、高揚する気分のまま皆は寄合所へと移動する。片付けをする女房たちが、あんたらも一緒にあっちでどうや、と促してくれたが、有綱は厠《かわや》へ行くふりをして外に出た。可乃から聞いた、開かずの箱。宝物を納めるならきっとその中だ。それは御堂にあるのではないか。そして今なら集落の者たちのほとんどがここにいるから、偵察するなら絶好の機会であった。

灯りを背に、周囲を窺いながら暗闇に沈む御堂まで行ってみる。だが木戸にはしっかり木製の錠《じょう》が掛かって、ぴくりとも動かない。隙間から中を覗いてみても暗くてよくわからないが、どこかに忍び込める隙間があるかもしれない。有綱は慎重に御堂を回った。

「何をしちゆう」

ふいに後ろから急に肩をつかまれ、心臓が飛び出るかと思った。振り返ると、それは軸蔵だった。とっさには何も言い訳が思い浮かばず、有綱は黙って彼を見つめ返した。

「おまえ、酒は飲めるんか」

いきなり何を言うかと思ったら、酒だと？　面食らったが、こくり、頷く。

「うちへ来い。猿酒《さるざけ》がある。飲んでいけや」

これにも黙って頷いた。拒否すれば首を締め上げられそうな気がしたからだ。

軸蔵の家は、昨日は可乃のせいでよく見なかったが、梁《はり》には作りかけの草鞋や、これから何らかの製品になる古布がいくつもぶら下がっている。畑の実りを期待できない分、人の手で、山の恵みを何か交換できるものへと作り替えるのがここの集落の営みなのだ。そういえば奈岐が交換してきた草鞋や脚絆もここで彼と可乃が作ったものだったのだろう。

生活のにじむ家の中を見回していると、軸蔵がまた唐突に言った。

「可乃はおらんぞ。若いもんは若いもんの祭に行っちょる」

別に、彼女の存在を気にしたわけでもないのにそう言われ、また有綱は面食らう。

「なんせ今年最後の祭じゃき。朝まで踊りの続きがあるろう。おまんも行きたいがか」

何を言われているのかよくわからず、有綱は苦笑いして首を振り、腰を下ろした。

親たちが祭事をとり行っている間、若者たちは別に集まり、彼らだけの祭をするらしい。娘らもいて、飲み食いしながら他愛なく喋るだけだが、それでも気の合う者どうし、男女の組が成立するというわけだ。つまり、若者たちには村公認の恋の時間。これもまた人間の神聖な祭なのだ。なぜなら村の存続と繁栄は、彼らの恋にかかっているわけなのだから。

「母親が早くに死んだんで、あの通り雑な娘に育ってしもうたが、ええ年頃じゃけんの」

妻が死んだのは可乃が十歳の時だという。父親として、また寒村を率いる長として、彼には次の世代に切実な望みを託したいのだろう。

向き合って座ると、軸蔵は有綱に、瓜《うり》を割って作った杯を渡し、酒を詰めた瓢簞《ひょうたん》からなみなみと注いだ。ザクロ色をしたそれは、石立山の老行者に勧められたものと同じだった。山中の猿が、木の祠に溜まったすぐりの実が発酵したのを飲んで酔っ払っていたことから、同じ手法で各家々で作るようになった酒だという。山ならではの味がした。

「あいつの母親は山の女やない。もったいなくも、京から来たお方の血を引いとった」

早くも軸蔵は酔っているのだろうか。話は可乃のことばかり。京からこんな山に嫁ぐ女がいるなど本当か。聞き返さなかったのは、有綱も酔い始めていたのかもしれない。

「おまえはいくつだ」

彼が口を開くときはいつも唐突だ。二十だ、と答えたら、そうか、とうなずき、ええのう、と一言つぶやいた。視線をぐっと有綱に据えたまま、また一杯を注いでくれる。

「ここでは虫送りを春にも夏にもやるんですね。その風習は、いつから？」

せっかくだからこの機を逃さず訊いておこうと有綱は膝を進めた。祭の風習がきちんと伝わっていること自体、村人の結束力の証《あかし》なのだ。祭は集団でないと執り行えない。

「そうさな、物心ついた頃には親がやっちょったき。だいたいどこの土地でもやるろう？」

「それはそうですが、ここの『虫』は、いったい誰の怨霊なんです？」

怨霊、という言葉に、一瞬、軸蔵がぎくりと反応するのがわかったが、そもそも虫送りは、もちろん虫による稲や木々への実質的な害を駆逐するというのが本来の趣旨ではあるが、多分に呪術的な意味合いを持つ行事なのだ。病にしろ日照りにしろ、人の力でなんともできない現象の原因は「虫」が悪さをするせいと考え、祈りで鎮めようというわけだ。

「他の地域では、虫は、不幸な死をとげてしまった人の怨霊であると考えるんですよ」

だから祈り、神楽を舞い、虫を鎮める。どの地域でも共通していることだが、怨霊を鎮めて「御霊《みたま》」とすることにより、祟りを免れることが目的だった。そしてそこから平穏と繁栄をいただく、というのが日本人独特の発想にもとづく「御霊信仰《ごりょうしんこう》」なのである。

しかし軸蔵の答えはそっけなかった。

「怨霊など……いつまでそんなもんがおるっち言うがじゃ」

そしてもう一杯、酒を一口に飲み干した。怒っているのか酔っているのか。

困ったなと黙り込んだら、慌ただしく木戸が開き、可乃が帰ってきた。

「なんじゃあ、おまえ、こんな早い時間に帰ってきよって」

「帰ってきたらあかんがか？　ここはあたしの家じゃろ？」

有綱がいるのに気づいて、はっと口を閉じたものの、その口調はどうにも激しい。

「けっ。また男を振ってきとろう。しょうがないやつじゃ。おれは寝るよ。おまえも帰れ」

言うやいなや、ごろりと横になった軸蔵を前に、有綱も杯を置いた。可乃にぺこりと頭を下げて、外に出た。一気に酔いが覚めた気がした。

吐く息が白い。伊織や奈岐はもう寝ただろうか。神社の方がまだ明るいのは、そこに残って余韻を楽しむ者がいるのだろう。さて、もう一度御堂に行くか。

すると後ろで木戸が開いて、可乃が出てきた。企みを見抜かれたようでぎょっと振り返った。

しかし可乃は何も言わず、静かに有綱に近づいてきて、そっと尋ねた。

「祭はすんだし……あんたら、もう山を下りて帰ってしまうがか」

そうだった。旅の一座がこれ以上ここに逗留する理由はなくなる。

「いや、その……できたらもう少しここにいたいんだが……」

宝剣についてまだ何も手掛かりがない。できればもう少し時間がほしい。

「ほんま？　まだ、ここにおるがか？」

可乃の顔が一瞬にしてはなやいだ。だが有綱には、ここにとどまる口実がないのだ。あの怖そうな軸蔵に追い払われないためにはどうすればいいだろう。

すると、可乃がそっと有綱の前に、掌を広げてみせた。どきりとして見返せば、

「見て。……雪じゃ。……初雪じゃわ、有綱」

暗い夜空を見上げて、可乃の声が弾んでいる。見れば、彼女の髪に、音もなく舞い降りる雪のひとひら。有綱は思わず、可乃の髪に手を伸ばした。指の中で、高貴な髪飾りの輝きにも見えた雪は淡《あわ》やかに消え、もうそこにない。あるのは小さな水のつぶだけだ。

目を上げると、可乃が子供のように頰を紅潮させて有綱をみつめていた。

遠い祭の薄明かりを帯び、舞い降りてくる雪、雪、雪。山の木立に冬が、来るのだ。


一晩で積もった雪は、思いがけなく有綱たちを椿山にとどまらせる口実をくれた。

「こないに積もるとは思わんかったのう。あんたら、しばらく帰れんぜよ」

皆は気の毒がってくれたが、宝剣について調べるにはいい時間だ。

「こうなったら雪がやむまで世話になりますが、村の仏さまにもお参りしなきゃだめだな」

御堂を見たい、と有綱が言えば、若い割には信心深くて感心だ、などと褒められ、尻がこそば

ゆくなるが、軸蔵は嫌がらず案内してくれた。

「氏仏堂《うじぼとけどう》じゃ。ここの者みんなでおまつりしている仏さんじゃ」

神社の反対側にあるのも簡素な御堂で、軸蔵は腰に吊した木製の鍵で戸を開ける。この建物の内外が、きちんと管理されていることが伝わった。

「ご本尊さまはどこ？」

寺で育っただけに、奈岐が物珍しそうに御堂の中を覗いた。

「あれだ。阿弥陀様だ」

漆塗りの立派な厨子《ずし》の中に、素朴な仏像が飾ってあった。漆はこの山でも採れるだろうが、おそらく京で作られたのでないかというほどの仕上がりだ。

しかし奈岐が不思議がって覗き込むのは厨子の後ろの壁だった。おかしな作りになっていて、柱と柱の間を斜めに交わる筋交《すじかい》の下に、一段低いはめ込み式の棚がある。それが前も横も、筋交で閉じ込められたように塞がっている。何が収まっているのだろう、木材の隙間から見えるのは人が背負える大きさの木箱だが、出すに出せないようになっていた。

「これ、何かの祭の時に取り出すのか？」

訊くと軸蔵は急に不機嫌になって首を振る。

「いや。それは、開かずの箱だ」

「へえー。これが開かずの箱……。いったい何が入っているんだ？」

ご本尊より厨子よりも、御堂の中でいちばん重要なのはまちがいなくその木箱に違いない。この御堂を建てる時に、そのような造り付けの仕組みで納めたものだろう。

「村の宝だそうじゃが、わしらも知らん。開けるとこの村が滅ぶと教えられてきた」

「村が滅ぶ？　……それは、誰が言ったんだ？　誰がこの木箱をここに納めたんだ？」

「だから知らん、と言うちょる。神様との決め事に、人が首を突っ込んではいかんがや」

軸蔵は半ば怒りながら言い、その後は黙り込んだ。

しかたなく有綱も口をつぐむ。まあいいか。ゆっくり探っていけばいい。

食料の乏しい冬場、ここの男たちは山に罠を仕掛けて野兎などを捕る。連れ立って山に入り、何日もかけて鹿や猪を狩ることもあった。子供の頃には何度か父と狩りに出掛けたことのある有綱だが、弓矢がなくては見送るしかなかった。

「狩りに行ったら三日は帰らんよ。家にはうち一人じゃ」

楽しげに可乃が言う。ずっとあの父親と顔を突き合わせての暮らしだから、一人になってのびのびできるのだろう。それより有綱の頭には、男たちの留守は探索の好機だ、との思いがちらつき、可乃には、ふうんよかったな、と軽く答えて流す。するとたちまち睨まれた。

「へ？　なんだ？」

まさか宝剣探しを見抜かれたはずはないが、何かまずいことでも言っただろうか。

「……勝手にしとれば？　唐変木《とうへんぼく》」

くるりと背を向けて去る可乃をぽかんと見ていると、伊織が肩を叩いた。

「あれってさ、父親がいなくて一人だからおまえに忍んで来いよってことじゃないのか？」

啞然とする。たしかに、軸蔵が留守なら好機とばかり、村の若い衆が忍んで来るだろう。父親としてはそれも期待してのことに違いない。しかし可乃はあの調子だ。

「阿呆か。そんなことしてみろ、親父に首でも締められるのがおちだ」

「それもそうだな。触らぬ神に祟りなし、か」

そして二人で笑い合う。なのにそばにいた奈岐が、何を思ったか、可乃を追いかけ、

「なあなあ、可乃。それならこっちに泊まりに来いよ」

無邪気に誘うのである。ぎょっとして有綱は奈岐を止めようとしたが、

「そうしようよ、一緒に寝よう。冬の夜は暖をとるにも大勢の方が薪も節約できる」

「なるほど、それもそうだな。奈岐、えらいな」

伊織までが賛同するから、いまさら駄目と言えなくなった。可乃は喜んでやってきた。

「また寝不足になるな」

有綱のつぶやきをよそに、可乃は能天気に、奈岐の隣に寝床をとるのだった。


ざくざくと、慎重に雪を踏みしめて山を上っていくと、時折、狐や兎の足跡が新雪の斜面に点々と続いている。食料の乏しい冬をなんとか生き抜こうとしている獣たちだ。

山の雪は深く、足元がとられ、思うように進まないことも多かったが、なんとか暗くならないうちに、彼らが夜を明かす炭焼き小屋に追いついた。

「なんで狩りなんかについて行くんだ、軸蔵たちが留守なら宝剣を探せるじゃないか」

伊織は反対したが、手仕事がある彼とは違って有綱は何もすることがなく、雪に閉ざされた小屋では息が詰まった。何より、たびたび可乃が奈岐のところに泊まりに来るから困る。

山から帰った軸蔵は、そのことを知って、いきなりどやしたものだ。

——なんじゃあ、おまん、何をしちゅうがか。

その剣幕に驚き、何もしとらん、と首を振ったら、彼はますます怒った。伊織は、

——娘を持つ父親ってのは複雑なもんだな。何かあっても怒るし、なくても怒る。

わかったようなことを言い、加えて言うには、

——いっそ、おまえ、可乃とできてしまえばどうなんだ？

無責任にけしかける。阿呆か、とたちまち有綱は腕組みを解いて反論だ。

——そうはいくか。そうなったら春が来たってここを動けなくなるぞ。

——へえ。おまえにしては珍しく慎重なんだな。

伊織が感心したとおり、他のことならすぐ調子に乗って「踊る男」となる有綱が、このことに限って及び腰なのは事実である。実は苦い思い出があるのだった。

謹慎中、召使の夕《ゆう》という娘に手を付けた。器量がいいわけでもなく、ただ従順な、小柄な娘だった。それでも有綱の鬱屈した日々の唯一の癒やしであり、いつかいとおしく思い、本気で嫁にする気になっていた。しかし二人の仲が露見すると、結局、父に引き裂かれた。立場を考えろ、召使が嫁になったらどっちも嗤《わら》われるだけなんじゃぞ、おまえは弱い者を弄《もてあそ》んだにすぎないのだ、と父の説教が痛かった。夕は姿を消した。つらかったのは、きっと自分を恨んでいると思うからだ。どこか違う屋敷に奉公を代え、身に合った幸せをみつけてくれたならいいのだが。

——そうだったのか。……しかし、慎重になるのはいいことだ。

——わかったようなことを言うな。ともかく俺は狩りに行きたいんだ。だから伊織、弓矢を作ってくれないか。ほれ、強そうな木材を集めてきた。これなんかどうだ。

——えーっ。また厄介な注文を。俺は武器職人じゃないんだぜ。

辟易しながらも、たのまれれば知恵をめぐらすのが匠《たくみ》というものであろう、伊織は木材と蔓を吟味しつつそれなりの弓を作ってくれた。細い枝を削って尖らせ山鳥の羽をつけた矢も数本ある。

有綱は感心した。これをひっさげ、軸蔵に次の狩りへの同行を申し入れたのだ。

ざくざく、雪に覆われた木立を縫って、一日じゅう、山の中を歩き回り、夜は炭焼き小屋で仮寝する。また次の日も同様だ。彼らの行動範囲は広かった。雪に守られ、下界からは誰も来る者もないのだから、山は全体、彼らの領域なのだった。

三日目、外は吹雪《ふぶ》いて、凍えるような寒さだった。一晩中、交代で火の番をしてなんとか耐える。冷たい手指に息を吹きかけ暖めながら、ふと、落人たちもこのようにして冬の旅をしのいだのだと思いやった。ここで感じることは、すべて彼らの逃避行の追体験ばかり。もはや京から着てきた絹の着物は役に立たなかったことだろう。今の有綱は可乃から借りた綿入れに毛皮の胴着を着込んでいるが、それでさえ震える寒さだ。帝が、同じようにこんな冬の夜を過ごしたなど、想像するだにありえなかった。

しかし、生き抜くというのはこういうことだ。おそらく、生き延びるという意味もまた。

雪がやんだ翌日は、さらに山を上って、頂《いただき》が見える高さまで来た。そして岩場で、立派な角を戴《いただ》いた牡鹿《おじか》に遭遇した。

世界のすべてを見てしまったような、澄んで涼やかな両の目で、有綱を見ていた。

彼は夢中で追いかけ、矢を射かける。全力で走り、また矢をつがえた。何本かは鹿の体に確実に刺さったことを見極める。鹿は逃げる。跳ねる。駆け抜ける。そして有綱たちは横から後から、鹿を追う。彼ら人間の方でも、この瞬間は生き抜くために必死なのだ。

長い追跡劇の後、やっと鹿を仕留めて倒した時は、有綱の中に言いようのない昂りがあった。美しい毛並みの牡鹿にはまだ息があり、充血した目を剝きながら有綱を見上げたが、とどめを刺してやらねばならなかった。南無阿弥陀仏。唱えて、有綱は刀を抜いた。

ほとばしる返り血。たちのぼる湯気。自分の中にも、猛々しい血が暴れている。どうだ、これでも西の侍は手ぬるいか。誰に言うでもなくつぶやいて、有綱は刀を使って巧みに鹿を屠《ほふ》った。これが狩りだ。命と命の戦いだ。自分の中に流れる非情の血、武士という者の荒々しさを、有綱は猛々しいまでに感じていた。

「うわあ、すごいやないの。こんな大物、誰が仕留めたん」

集落まで鹿を担いで帰った一行を出迎え、可乃は目を丸くした。

「有綱じゃ。有綱が仕留めおった」

嬉しそうに軸蔵が言った。他の男たちも、口々に、有綱の矢が正確に鹿の急所をとらえたことを褒めそやした。獲物は他にもいくつかあった。

「ちぇ。俺がいい弓を作ったばかりに、おまえの中の野蛮な血が目覚めたな?」

またしても伊織は皮肉で応じたが、有綱は満足だった。これまでは魚を獲るにも鳥をつかまえるにも一人だった。しかし今回、仲間がいたことでこれほど気分が高揚したのだ。

その夜はほとんど祭だった。四つ足の殺生は仏の戒律に背くことから、まず氏仏堂の前で供養の念仏を唱えて穢《けが》れを落とし、神社への供物として鹿を奉ってまた祈る。人々は信心深く、それだからこそ山に許されて生きてきたことが伝わった。

その後は、皆が寄合所に詰めかけ、鹿肉を捌《さば》くのも、塩漬けの保存食にするのも、その場で焼いてふるまうのも、すべての作業を総出で行う。それも祭だ。あとは酒宴になる。

単調な雪の日々に、狩りの獲物はこんな恵みとなって人々を活かす。有綱は、ようやく自分にも、生きるということの歓びがわかった気がした。きっと帝もこんなふうに、笑い、食べ、踊り出す落武者たちを、微笑みながらご覧になったことだろう。肉を焦がす炎が壁に映し出す影の中に、有綱はもう一人、この宴に加わっている人を思わずにはいられなかった。

宴はいつ果てるともなく続く。納屋まで占領され、今夜は奈岐も伊織も社殿で眠るしかない。眠ってしまった奈岐を運んだ帰り、つい御堂を覗いてしまうのはいつもの癖だ。

すると暗がりの中で、いきなり軸蔵と出くわしてしまった。厠に来たのだろうか。ただでさえとっつきにくい強面が、今は酒に酔って、いっそういかつい。

なんだおまえ、またも御堂に何の用だ、そう責められたらどうしよう。身構えたのに、

「どうだ、ここに根を下ろしてみるつもりはないか」

軸蔵が言ったのは、思いも寄らないやさしい声だ。

根を下ろす？　意味をつかみかねて、有綱はきょとんと見返す。すると軸蔵は鋭い目で、

「おまえ、旅の楽人などではないじゃろが」

言うやいなや、腰に下げていた鎌をはずして、有綱めがけてふりかざした。

「何をする」

反射的に有綱は体を反らせて鎌を避け、肘《ひじ》を突き出すことで、軸蔵の手首を弾いた。

かしゃん、と音をたてて地面に落ちる鎌。その音が、有綱を現実にひきもどす。軸蔵が、にんまりと笑った。

「やっぱり、楽人やなさそうやな」

とっさに起きた危機には、頭で考えるより体が動いてしまうものなのだ。有綱は唇を噛んだ。武士であることは、どうしても隠しおおせない。

「ええんや。わけはきかへん。この集落は、その昔、あんたみたいな侍が皆を引き連れてやってきて開いたんや。世間から身を隠すにはもってこいの土地やぜよ」

何を誤解されているのだろう。有綱を、事情あって逃げてきた罪人だとでも思っているのか。

「人には言わんが、可乃はおれの自慢の娘じゃき。この村であれほどの娘はおらんがじゃ」

また唐突な話の流れに、有綱はますます固まる。

「誰にも言うなよ。あれの母親は、平家の血を引く女なんじゃ」

頭を殴られた気がした。平家の血を引く男は根絶やしにされたが、男の愛を受けた女は生き残り、子を産めば血筋は次代に繋がる。可乃は、そういう系譜の女なのか。

「まあもう少し飲もう。どうせ朝になっても急ぎの用はないんやき」

そう言って、軸蔵は親しげに有綱の肩を抱いた。

*

山裾の森の中で、赤い旗指物がちろちろと垣間見える。

「あの赤い旗は、仲間の印だ。仲間の手の者がやってきたんだ」

奈岐は我に返った。いつか朝になり、この氏仏堂で皆の知らせを聞いている。

なのに、伊織はいない。有綱もいない。代わりに隣で見知らぬ男の声がした。

「見ろ。あれは、平家の者だと示す赤旗だ。きっと阿波から上がってきた桜間《さくらま》の衆だ」

ああ、また自分は土地の夢にとりこまれているのだ。奈岐は深いため息をつく。

「桜間の田口《たぐち》の家人なら、阿波から当面必要なものを運んできてくれたことであろう」

物見に出ていた者から次々知らせが入る。はるか眼下、木々の間にちらつくのは、たしかに平家の赤旗。山上にいるはずの仲間に向けて、自分たちの存在を示しているのだ。

桜間の衆は、落人たちがこの椿山へ落ち着くまで先頭に立って率いた主導者だった。だからみなは、山裾に見える赤旗も彼の手の者の救援だと思い込んだのだ。

そうなるまでには、長い長い時間があった、道程があった。なぜなら桜間介良遠《さくらまのすけよしとお》は、当初、源《みなもとの》　義経《よしつね》の奇襲に驚きあらがいもせず落とされ逃げたのだ。平家側には許しがたい腰抜けであり、しかも兄は、恩ある平家を土壇場で裏切った恩知らず者だ。

しかし後日、落人の前に現われた桜間介は、言い訳もせず、つらい山の旅路をみなとともに歩いた。先頭に立って倒木を払い、落石を避け、安全な地を求めて土佐の山奥へ。逃走した時に彼と行動をともにした家人どもも一緒である。越裏門《えりもん》から、山路を上がってはまた下り、落ち着ける場所を探して、雨に打たれ、獣に怯え、ひもじい思いに耐えてはまた歩いた。途中、多くの者が命を落とした。崖崩れに巻き込まれた者、滝壺に落ちて死んだ者、阿波から伊予へ入った山峡の地では、五十七人もの餓死者が出た。そしてようやく、彼は皆をこの椿山に導いた。人数はわずか七十人を数えるばかりになっていた。

その道程で、落人たちは桜間介への恨みを解いた。今や彼は、落人たちが誰より信頼すべき大将になっていた。

それにしても、自分はどうしてそんなことを知っているのだ。ああ、とため息をついた。奈岐の意識はまた遠い時を超えてこの土地の記憶にとらわれているのだろう。

みなが桜間介に先導されてこの椿山に落ち着いてからは、山で採ったミツマタや木蠟《もくろう》を下の集落との境界へ運んで、わずかな食料と交換した。ある者は山に入って獣をとらえ、その肉や毛皮も交換の対象となった。そのようにして、みなはなんとか生き延びた。

そう、生き延びるだけで必死だった。誰も、源氏や朝廷に反逆するつもりなど毛頭ないし、まして平家の再興などは不可能の極みだった。ゆえに、平家の縁と露見するものがあればすべて埋めた。取り調べにあった時、物証は言い逃れもできなくするからだ。

そのうち、斜面に石を積んで段々を造り、人が住める家を建てる作業が始まった。何年も何年もかかって、絶対に下から見えない完璧な隠れ里を作り上げた。だから川で椀を拾って里の存在に気づいた旅の僧は、気の毒だが消えてもらうしかなかった。

そのようにして守られてきた里へ、赤旗が現われた。壇ノ浦に没したはずの平家の旗が。

彼ら落武者の一団が屋島からひそかに陸路について、山をいくつも越える逃避行に入ってから実に十五年の年月が過ぎていた。祖谷渓で二年、旅で二年、そしてここ椿山で十年あまり。ひもじく、何においても乏しい暮らしだったが、この平穏がずっと続くと思っていた。なのに突然現われた赤旗は、何を意味するのか。みなは味方だと喜んでいるが――。

「いや。あれは仲間じゃねえぜよ。喋っている言葉が聞き慣れん訛りやったちゅうき」

傾斜のきつい山中をものともしない軽快な足取りで戻ってきた見張りの若者が告げた。

彼が言うには、赤旗を立てているのは関東の侍たちらしい。つまり、赤旗を立てて同胞と偽り、安心して近寄ってきた者たちを一網打尽にする魂胆だ、と。

「なんと。そこまでして、いまさらわれらをどうしようというのか」

「なんでも、最後の平家、六代《ろくだい》さまを探し出せと命じられての出兵のようで」

関東訛りの侍から、伝令はその任務のこともよく聞き分けてきた。

「六代、とな？　……平家の六代、高清《たかきよ》さまのことか」

それは誰が疑うこともないまっとうな平家嫡流、清盛の曾孫にして最後の平家であった。一度は高僧文覚《もんがく》によって命を助けられ、出家して僧になったはずなのに、十五年もたって、鎌倉は、平家の血がまだ残っていることを恐れたのだ。

「頼朝は少なくとも京生まれで、西の心を持った武将だった。だから六代さまを救った。だが北条は根っからの東の荒武者だ。血で血を洗う身内の粛清も容赦せんやつらだからな」

桜間介のつぶやきに、皆は震え上がった。そのとおりだったからだ。二代将軍頼家《よりいえ》は、その背後に付く関東武士同士の争いに巻き込まれ非業の死をとげた。三代将軍実朝《さねとも》が身内の公暁《くぎょう》に暗殺されたのもしかり。彼らに、古来この国で培われた雅《みやび》な情緒は通用しない。

「北条は、草の根を分けても六代さまを探し出せ、と言うとるそうじゃ。山の上に、隠れて人が住んどるゆうんも、下の集落の者が知っちょるき」

「しかし、ここには六代さまなんぞおらんがぜよ」

そう、平家の血を引く者は誰一人、いない。ここにいるのはその家来と郎党たちだけだ。

そう言いかけて、桜間介ははっとして顔色を変えた。

違う。もう一人、いる——。

他の者も同様に、ひやりと冷たいものを浴びたように蒼白になり、おそるおそる首をめぐらし、奈岐がいる方を見た。

最後の平家。そう、海に沈むことなく匿《かくま》われ、陸路をここまで逃れてきたのが帝であるなら、それはもっともたしかな平家の血。清盛の孫であり、たった一人の平家にほかならない。

桜間介が身震いしている。

「関東の者どもは、六代さまを探しに来て、もっとおそれおおいお方を発見するか……」

奈岐は震えた。自分は誰なのだ。ほんとうに、帝なのか。だとしたら、二位《にい》の尼《あま》とともに壇ノ浦の波間に沈んだ童子はいったい誰なのだ。

安徳帝が入水したのは大勢の者が見ていた。衆人環視の中で、二位の尼と幼帝はたしかに水に没した。そして義経の手で、周辺の海域はくまなく捜索されたのに、生きて浮かんだ体どころか、遺体すらも見当たらなかったのだ。

あれが見間違いであったなどと、現場にいた者の誰一人として言えようはずもない。ぎっしりと取り囲む三百艘もの源氏の船をすり抜けて、帝だけが逃げ延びるなど、それは絶対ありえないことなのだ。

なのに、奈岐は、ここで「お上」と呼ばれ、かしずかれている。誰なのだ。いったい、自分は誰だ、何がどうなっている。頭が混乱した。

しかし考える余地はなかった。桜間介が叫んだ。

「みんな、行くぞ」

どこへ、と訊く者はなかった。ともかくここを離れ、偽りの赤旗を掲げてくる関東侍から逃げなければならなかった。

その中に、奈岐の見知った顔があった。桜間介はその男を呼びつける。

「滝本軸之進《じくのしん》よ。今までよく務めてくれた。礼を言う」

見知った顔と思ったのは、あの軸蔵にそっくりだからだ。彼の父親なのか。まだ若い。

「おまえたちは、ここに残れ。お上さえここから連れ出してお隠しすれば、おまえたちはもうすっかり山の民。おまえたちが咎められることはなかろう」

ははっ、と軸之進が頭を下げた。関東侍が探し出そうとしているのは平家の血を引く者だ。身分なき家来や郎党まで血祭りに上げる必要はない。

「山旅ができない女子供は置いていく。大事にしてやってくれ、軸之進」

可乃によく似たおもざしの女もいた、腹に子を持つ女もいた。皆が袖で涙を拭った。

「われらは、こんな時のために前もって探しておいた別枝《べっし》へまいる。さらばじゃ」

越裏門からずっと一緒だった者、別な方面から落ち延びてきて合わさった者、さまざまだったが、時の権力から逃れてきたのはみな同じ。それが合流したり分裂したりしながら、手を携えて生きながらえてきたのだ。だが別れを惜しむのにもはやいとまはない。

「では、お上。またご造作《ぞうさ》をおかけしまするが、何とぞご辛抱を」

皆がひざまずく中、今度の奈岐はもうむずかったりしない。祖谷渓では八歳だったこの体は、もう二十三になっているのだ。我が身を案じ、我が身を守ろうとする者たちの声を聞き分けて、しずかに立ち上がる。

しかし、ああ、この衣の裾の、なんと粗末なことよ。奈岐は声も出なかった。

体の成長につれ、当初着ていた高貴な衣は小さくなり、また深山を上り下りしていく過酷な潜行の旅で、ほつれ、破れ、目も当てられないものになったのだろう。無言交易を行うにも、そもそも山深いこんな地に絹の衣を持っている者があろうはずがない。こだわってそれを求めたならば、いったい誰に着せる、と疑われる。

これが帝か？　いや、これで帝といえるのか？　なぜだろう、涙が止まらなくなった。

「さあ、まいりまするぞ」

ともに出立する者たちの、似たり寄ったりの貧しいいでたち。涙をぼろぼろこぼしながら、奈岐は一歩、また一歩と歩き出す。そう、自分の足で。――あたりまえだ、ここには帝にふさわしく飾りたてた牛車も、輿《こし》も、ない。ないのである。

「世話になったな。みなの者、達者に暮らせ」

奈岐ではないこの体の主が、そう言いながら、腰から刀を取り出し、見送る者どもに手渡した。

「もったいないことでございます……」

軸蔵にそっくりな、強面の山の男が、平伏しながらそれを捧げ持つ。

互いに寄り添って生きた歳月が結んだ絆だった。奈岐は代わりにもっと言ってやりたかった。十年、二十年、いや四十年後も、そなたの子孫はここで穏やかに生きていくぞ、と。だが奈岐の意識がこの体を借りているだけで、思いは声にはできなかった。

泣くまい、声に出すまいとこらえる心がわかる。奈岐の視界も涙で曇る。そして何も見えなくなる。ただ哀しくて、内なる嗚咽《おえつ》が響き続ける。

＊

呆然として目覚めた。氏仏堂で一人で眠った時間が、奈岐にそんな夢をもたらしたのか。見回せば、そこには有綱も伊織もいなかった。

しかし、おかげで奈岐にはわかった。人々が桜間介に導かれてここにすみかをみつけたこと。山襞のはざま、壺の中のごとき隠れ場を得て、十年あまりもの間、皆が帝を護ってここで暮らしたこと。しかしその平穏も、平家の六代高清を血眼になって探す北条の捜索隊によって破られ、落人はまた、残る者と旅立つ者、二手に別れてしまったこと。ここを去るに当たって先導役となったのが桜間介良遠、そして残る者たちの頭《かしら》となったのが滝本軸之進。女子供はここに残り、次の世代の子を産んで育てた。おそらく可乃の母親もそのうちの一人だ。

奈岐は外に出た。このことを、有綱や伊織に早く知らせたかった。ここの者が、どういう過去を持つかわかったことは大きな前進だ。なのに、二人はいない。

寄合所を覗いてみると、伊織は酔いつぶれて男達と一緒に眠りこけていたし、有綱はどこにいるのか、姿も見えない。

「有綱の阿呆、伊織の阿呆。なんで二人とも、あたいの話を聞いてくれないんだよ」

奈岐は口をへの字に曲げて、首から吊した仮面の桐箱を手でさすった。

そのころ、有綱は、軸蔵の家にいた。やはり、目覚めたところであった。

椿の花が落ちている。いや、よく見ればそれは木彫の作り物で、伊織が彫って、奈岐が日用品と交換してきた、あの椿だった。

見回すと、囲炉裏《いろり》の火も消え、薄暗い部屋は冷え冷えとしている。隣では、まだ可乃が眠っている。ああ、そうだった、と有綱は昨夜のことを思い出す。

脱ぎ散らかした衣服をかき集め、可乃の体を覆ってやる。安心しきって、満ち足りて、何の心配もないその寝顔は、見ているこちらまで幸せにする。

長いまつげだ。そっと指で触れてみた。可乃の体で、好きな部分はいくつもあったが、有綱はやはりこの寝顔がいちばんいとおしかった。そっとまつげに唇を当てた。温かくて、柔らかくて、有綱の心はなしくずしになり、もう一度可乃を抱きしめずにはいられない。

髪を撫でながら、どうしてこんなことになってしまったんだ、と自分を責める声を脳裏に聞く。もう絶対に軽々しくこういうことはしない、と戒めてきたのに。

昨夜は軸蔵たちと、しこたま飲んだ。寄合所には集落じゅうの男たちが集まっていたが、若い者はここことは別に、やもめ男の寅二《とらじ》の家に集まっているということだった。

――うちにゃ娘が二人おるろ。わしが留守の夜は仲間が寄って、まるで若衆宿の賑わいじゃが。

嬶《かかあ》らは嬶らで井戸端会議のようにお喋りに花を咲かし、つまり大人も若衆も娘らも皆、一晩かけて美味と滋養と会話を楽しむわけだ。これを狩りの恵みの祭と言わずに何と言おう。

伊織はとうに壁にもたれて眠っていたが、ふと、誰かが有綱に言ったのだ。

――おまんも若いんじゃき、あっちに行ったらどうじゃ。同じ年頃の方がおもろかろう。

――そうじゃそうじゃ。ちぃと覗いてきたらええ。合わんかったら戻ってこいや。

あとはほとんど全員にはやしたてられるように追い出された。ちらり、軸蔵と目が合ったが、黙って視線をそらされた。立ち上がったらふらりとする。皆と同じだけ飲んだはずだが、彼らはびくともしないのだから、相当酒に強いのだろう。唸るほかなかった。

寅二の家がどこかはわからなかったが、この寒いのに、戸外で二人の男女が語り合っているのがそれだろう。二人きりになりたくて抜け出してきたに違いない。娘が、胡桃《くるみ》で作ったお守りを渡す手を、若者がいとおしそうに両手で包む。邪魔をしないよう、有綱は家並みを一段下りた。

するとそこで、一人で帰っていく可乃の後ろ姿をみつけたのだ。

――可乃。おまえ、どうしたんだ。こんなところにいたら体が冷え切ってしまうだろ。

さっきの若者が娘にしたように有綱も可乃の手を取ったら、氷のように冷たかった。

――じゃああたためてくれたらええやろう?

単純に、家に入って火を熾《おこ》してくれという意味に取った。それで、連れて帰ろうと、ひとまず肩を引き寄せた。そしたら可乃は、するりと有綱の腕の中に抱かれた。思いがけない柔らかさと重みだった。頰に触れた髪が、すっかり冷たくなっていた。

それが導火線だった。若い二人が抱き合えば、他に何の妨げがあるだろう。

――可乃、おまえ、俺が好きか?

答える代わりに可乃はうなずき、潤んだ目をして有綱を見上げた。

――有綱はどう思いゆう？　あたしのこと、どう思いゆうん？

唇が、桜色に艶めいている。有綱もまた、答える代わりに、夢中で可乃のその唇を求めていた。柔らかく、とろけそうな唇。貪れば貪るだけ、有綱の中のいましめは吹き飛んだ。

――なあ、どうなん、有綱……。

体を離し、可乃が訊いたが、言葉では表せない。初めて会った時から、可乃のことは気になってしょうがなかった。そしてずっと意識しながら、ずっとこうなることを避け続けてきたのだ。それは、自分の気持ちに正直になることで、また夕のように、傷つけてしまうことを怖れたからだ。可乃を泣かせたくない、傷つけたくない、そんな気持ちは、ただ好きというだけの言葉ですまされるものだろうか。

といって強く抱きしめても、また抱きしめても、そんなことではなお足りない。

――おまえのことしか、考えられん。

雄叫びのように告げ、有綱は可乃の細い体を肩に担ぎ上げた。きゃ、と小さな悲鳴を上げてしがみつく可乃。その目は何も怖れてはおらず、もう何もかもを許してくれている。

ふと、鹿をみつけた時の気持ちが重なった。すべてを見通しているかのような、落ち着いて澄んだ鹿の瞳。追いかけずにはいられない、つかまえずにはいられない、自分のものにせずにはいられない。また武士《もののふ》の血が騒ぐのか。ただ可乃が欲しい、今はそれしか思うことのない有綱は「踊る男」だった。そのまま可乃の家まで駆けた。

あの時のことをなぞりながら、有綱は、さあこれからどうしようかと可乃の寝顔を見た。もう離れられない。可乃がただいとおしかった。自分には剣を探す使命があるというのに。

ぼんやりと、伊賀局を思った。手の届かない、雲の上の麗人。こうなってしまった有綱を憐れむように、扇で顔を隠して遠ざかるおもかげ。その一方で、この手の中には、牝鹿のようにしなやかで愛らしい可乃がいる。さあこれからどうするのだ――。

ため息をついた時、外で、奈岐の声が聞こえた。可乃を訪ねてきたのだろう。まずい。有綱は慌てて起き上がり、衣を着けた。

ぴとぴとと、集落のあちこちで水の音がした。山全体に白い霧が立ち、風で流され、あたかも山が動くかのようだ。そして実際、山の呼吸は春に向けて動いていた。巨大な山脈全体が、ゆるゆると溶け、その水によって、長い冬を耐えた生き物たちを解放し始める。

「蕗《ふき》の薹《とう》だよ。それに、蕨《わらび》も」

冬の間に編んだ籠いっぱいに、可乃が山菜を採ってきた。秋には茸、果実と、ふんだんに恵みを与えてくれた山は、どの季節にもこうして人を食わせてくれる。昔、晴れやかな顔で戸外へと出ていく民を、帝もほっとして眺められたに違いない。やっと春が来るのだ。

どこでみつけたか、可乃が椿の花を髪に挿していた。色彩のない冬景色の中で、そこだけ血が流れるようなあざやかな彩り。

「きれいだ。……………赤い色があると、見惚れてしまうな」

思わず髪に手を伸ばしたら、可乃ははにかんでうつむきながら、するりと腕に抱かれる。

いとおしい。有綱にとっては可乃こそが雪中でみつけた一輪の花だ。夢中で抱きしめる。

あれから何度か、軸蔵が家を空けるたび、どちらからともなく示し合わせて逢瀬を重ねた。可乃はつつましくも有綱に馴染んで、そのたび花開いていく椿のようだった。

これからどうする、との自問は消えてはいなかったが、雪が有綱に言い訳を与えてきた。今は他に何もできないから、と。――しかし、いよいよそうも言っていられなくなった。

「さあ、祭だ。冬の虫を払って、春の恵みを祈らにゃならん」

山の自然とともに生きる彼らは、節目ごとに祭を催す。そして一年でいちばん大きな希望を灯す春のそれは、氏仏堂で行ういちばん盛大なものなのだった。

どんな祭かと聞いてみれば、蔦で人形《ひとがた》を作って悪霊をかたどり、それに実際の害虫を一匹、くくりつけたうえで、住人総出で行列を作って持ち出し、鉦《かね》や太鼓を叩きながら村境まで行って川に流すのだという。可乃と出会ったあの川岸のあたりであろう。

「冬が越せた感謝はもちろんだが、家に籠もった悪い気を流さんとな」

毎年雪解けの頃には、厳しい冬を越せなかった弱い者から死者が出て、それを弔う意味もあったようだ。おかげで有綱たちは、とうとうあの「開かずの箱」に対峙できるわけだ。

「いよいよ宝剣に近づく時だな」

奮い立つように伊織が言った。彼も、有綱が可乃のところに忍んで行くことはもうよく知っていて、といってそれをひやかすこともしなかったが、有綱が使命を忘れているのではないか、案じていなかったといえば嘘になる。

「今度こそ、あたいの出番もあるよね」

奈岐も目を輝かせながら仮面を取り出す。このところ、それを眺めることがふえていた。香木の香りはその都度、皆の心に染みいり和ませるが、まだ何一つ謎はわかっていない。

寄合所には女房たちが集まり、仏前のお供えに余念がない。祭を担う壮年の男たちも、人数分だけ鳴り物と笠をこしらえる作業に没頭する。鳴り物は木をくりぬいたものを撥《ばち》で叩くだけの単純なもので、木を薄くしたり厚くしたり調整することで、こーん、と不思議に深い音がした。また、若い者らは胡桃を使って鈴を作った。祭の準備はどの世代にも、それ自体が一つの発散であり楽しみになっており、ふだん寡黙な人々が賑やかに喋りながら作業に打ち込む姿を見るのも、有綱たちには楽しかった。

「なあ、この祭はいつからやってるんだ?」

一冬をここで過ごしたことで、もうすっかり皆の衆に打ち解けたから、折に触れ聞いてみるのだが、この話題には正しい答えは返ってこない。

「さあな。じいさんなら知っとったろう。わしらは生まれた時からやっちょるきな」

じいさんたちが仮にこの集落を作った落人だったなら、今いる大人たちは二世ということになるか。可乃なら第三世代か。剣のことも聞きたかったが、それは祭でわかるはず。

春は目に見えて近づいていた。昨日あった雪の塊が消え、昨日なかった斜面に水がせせらぐ。次の満月が祭日に選ばれ、気分が浮き立つ中、気になることが持ち上がった。

「神社のお供えが消えたがじゃ。それに、寅二が留守の間に家が荒らされたそうや」

なけなしの食料がなくなったというが、盗人なら何もこんな山中に現われなくとも、もっと豊かな里を狙うだろう。集落の者とも考えられない。食物に困った狸や狐かもしれない。

「これが何かの前兆なら早《はよ》う虫を払わにゃ。熊でも出たらえらいことじゃ」

そんな不安をにじませながら月は膨らみ、準備も進んで、ようやく祭の日が訪れた。

山間の月は、せめぎ合うような山頂と山頂に囲われた空に現われ、尾根も谷もすべてをあらわにするだけの明るさで輝いていた。空の面積が狭いだけに月の滞空時間は短い。それを惜しむように、氏仏堂では手際よく祭が始まった。

御堂の周辺には松明《たいまつ》が焚かれ、まるで違う場所にいるかのようだ。壁にはびっしり、村人たちが作った人形《ひとがた》が吊され、墨で描かれた顔が、泣いているもの、恨んでいるもの、思い思いに主張しながら灯りの中に浮かびあがっている。

「さあ、神楽の出番じゃき」

簡素ながら神事がすむと、皆は待ちかねていたとばかり伸び上がって三人を迎えた。

太鼓が小気味よい弾みをつけて、伊織の手で鳴らされる。合わせて有綱の笛が始まった。それはもう単独で滑り出す風のようなもので、並び居る者たちの耳を通り抜けて山々へと吹き抜けていく。伊織の太鼓は邪魔をしないよう後を追っていくばかりになった。

そして奈岐。仮面をつけ、白い水干に緋袴をつけた姿でしずしず登場すると、背丈は子供の高さでも、それはすっかり奈岐とは別人だった。のみならず、御堂の外で燃えさかる松明の灯りが中まで照らし、奈岐の影をすらりと大きく引き延ばしていた。壁に映ったそれはもはや子供のものではない。掌に握った胡桃をギリ、ギリッと鳴らして拍子をとりながら皆の前に進み出る姿には、有綱も圧倒された。そして、奈岐は歌いだす。

あまざかる　鄙《ひな》にいくとせ　住まうらん
ここは潮路を三千里　波を枕に　旅寝せめ
君すむならば　ここの地も　雲居の月の上なれど
なお恋しきは　恋しきは　みやこなりけり　つまぞすむ

伸びやかな、そして御堂を震えさせるほどの高らかな歌声だった。一瞬、有綱が驚いて笛を止めそうになったのは、歌の詞に驚いたせいだった。たしか平行盛《たいらのゆきもり》が詠んだ和歌ではなかったか。

そう、後世の書物に残るほどの、あの名歌である。

君すめば　ここも雲居の月なれど
　なほ恋しきはみやこなりけり

望郷の念を詠んだこの歌を有綱が知っていたのは、歌人としても名高い行盛が、平家の都落ちの際、それまで師事していた藤原定家《ふじわらのさだいえ》に託していった詠草《えいそう》だと、広く伝えられているからだ。早くも今様に取り入れられていたのだったか。

見れば、おもだった村人たちはうなだれ、涙をこぼす者もある。その光景が身にしみて、有綱の笛はすすり泣くように高く響いて、人々の胸にせまった。

その時だった。奈岐が突然、腰の刀をしゃきん、と抜いた。舞の道具にすぎないが、切れる刃はある。ひっ、と小さな悲鳴とともに、村人たちが身を引き、楽《がく》の音《ね》が止まった。

「奈岐、どうしたんだ。……やめろ、刀を収めろ」

伊織が驚いて片膝を立て、奈岐を止めようとする。だが仮面に開いた二つの眼《まなこ》はどこか虚空をみつめるばかり。かまわず奈岐は刀を振り回した。

しゅっ、しゅっ、と音をたてて宙を切った刀は、勢い余って、壁に吊り下げられた人形を切り落とす。たちまちぱたぱたと崩れて落ちる人形の、泣き顔、怒り顔、笑い顔。皆が祈りを籠めて描いた顔だ。それらが折り重なって床に落ち、どれもが脱力しながら虚空を無言で見上げている。

「これは……。神懸かったんやないろうか」

青ざめた顔で、軸蔵が言う。舞のさなかに何者かが降臨し、依《よ》りましの処女《おとめ》に憑依することはそう珍しいことではない。そうでなくても石立山の山中で、いまださまよう地侍の霊に取り憑かれた奈岐を、有綱たちは目にしていた。

今の奈岐には誰が乗り移っているのだろう。今は誰も、刀をかざして迫り来る異形の者を見つめ返すしかできずにいる。その緊迫の中、仮面の奈岐が言葉を発した。

「そなた、なぜにわしを殺したのじゃ……」

それは奈岐の声ではなかった。間延びしてはいるが、低い男の声にほかならない。そう、奈岐には、誰か人間の男の怨霊が乗り移っている。

「なぜじゃ、わしはみなに会いたかっただけなのに……」

奈岐ではない誰かが言う。腹の底から震えさせるような恐ろしい声で。

村人はみな青ざめて、言葉もなくのけぞって、わなないていた。

「こ、これは実盛《さねもり》さんか。……実盛さんが憑いたんか」

大声で軸蔵が言う。実盛？　誰だ？　尋ねている暇はない。奈岐がそこに迫っている。

「有綱、どうなっちょるん……」

背後で可乃が不安げな声を上げた。有綱は両手を広げ、自分の背中で可乃を庇った。仮面の奈岐には何の感情もなく、空虚な二つの目で有綱を見下ろすばかりだ。

こんな時こそ落ち着くのだ。自分に言い聞かせ、目を閉じた。浄《きよ》い楽は鬼神をも揺さぶるはずだ。だから静かに笛を構えた。楽の音色には、異界の者も耳を貸すという。ならば、聴け。澄んだこの笛の音を聴いて、すさぶる心を鎮まらせよ。

有綱は笛を唇に当てた。死者も生者もさまよう者も、この月光の下に集まるすべての者のために奏でよう。遠い伊賀局にも届くように、そして何者か知らぬが異界の者も、その魂を揺さぶるように細やかに。

有綱は心を研ぎ澄まし、一心に笛を吹いた。おのれを無にして笛に没入した。

これは悲しい曲だ。そして美しい曲だ。はじまりは、遠く荒波が砕ける隠岐の海のしぶきのようだが、それが流れて、明石の浦に昇る満月に追いついて、そして瀬戸内の海を越えていき、龍の背骨のような山脈の尾根尾根をなぞって、ひた走る。有綱はただ吹いた。

ピイイッ、と最後に留めの音を響かせた時、同時に奈岐がばたりと倒れた。

「奈岐、奈岐……」

駆け寄る伊織。奈岐に憑依していた者が離れたのだ。だが奈岐はすでに意識がない。

「これは……どういうことだ」

やり場のない苛立ちをぶつける軸蔵。騒ぐ人々。御堂の窓を、満月がよぎっていった。

それでも祭は終わりまで遂行された。

悪霊は人形に移し、川に流さねばならないからだ。揃いの白い帷子《かたびら》に深編笠。誰が誰とはわからぬように歩をそろえ、松明を持った先導者はゆっくりとした念仏を唱え、それに太鼓の音が合わさっていく。

今夜ばかりは向かいの山からも、松明の火がちらちらと見えただろうし、山間にこだましていく太鼓や鉦の音が聞こえたことだろう。向こうの山もこちらの山も、へだてることなく満月は輝き、彼らが川に人形を流し終える頃には山に姿を隠すだろう。

奈岐はしばらく意識が戻らなかったものの、水を含ませると、いっとき目を開け、また眠りに落ちた。今は伊織の膝に頭を預け、こんこんと眠り続けている。さっき彼女に取り憑いていたのは誰であろう。村人が言う「実盛」とは誰なのか。

楽《がく》のための装束を脱ぎ、有綱は奈岐を伊織にまかせて外に出た。

月が、きーん、と音が聞こえてきそうなほどに冴え渡っていた。

寄合所では、村の女たちが瓢箪の酒器をそろえてささやかな直会《なおらい》の用意をしていた。今夜はおそらくずっと御堂は開いている。神楽の後じまいに氏仏堂に残った有綱たちには、今夜は絶好の時。有綱は、夜のうちに調べに入ることにしようと決め、祭の片付けを待った。

「なあ、おかしいろう？　何回数えても、笠と帷子が足りんがじゃ」

片付けの女たちが手間取っているのは、笠も帷子も、次の祭でまた使うものだけに、一つ欠けても困るからだ。しかしいつか諦めて、御堂に誰もいなくなるだろう。それまで待つしかなかった。

軸蔵たちの帰還まで時間はある。可乃を訪ねて家に入ると、彼女も待っていたのだろう、飛びついてきた。大変な場を目撃したのだから不安だったはずだ。強く抱きしめた。

「なあ、祭がすめば、有綱はどうするん？」

それは、有綱が訊かれたくないことだった。どうするか、まったく考えがないからだ。

「可乃。ずっと聞きたかったんだ。あの『開かずの箱』って、中には何が入ってるんだ？」

単刀直入とはこのことだが、前置きに何を話していいかもわからない。だが宝剣をみつけるという使命さえ果たしてしまえば、有綱は解放されるのだ。何の縛りも義務もなく、可乃とずっと一緒にいられることになる。だから、ここは聞いてみるしかないと思った。

「ひょっとして、剣……じゃないのか？」

ずばりと問いをなげてみた。箱の大きさからして、また、あの厳重さからみて、剣である可能性は高い。中身が何であるかぐらいは、可乃も知っているのではないだろうか。なんといっても彼女の父親は氏仏堂の鍵を預かる長なのだから。

「あの箱を開けることってできないのか？　ちらっとでいいんだ、中が見れれば」

一度切り出してしまえば、もう止まらない。自分の声に、目的のために相手を懐柔するような媚びがあるとは自覚するが、わけは後で話すつもりだ。しかし可乃の声は沈んだ。

「有綱……。もしかして、最初からそれを知りたかったん？」

ぎくりとする。そうだ、などと言えるだろうか。胸が痛い。それでも知りたい。知らねばどうにも動けない。軸蔵が黙り込む以上、可乃にしか訊けない、他にないではないか。

「たのむ、教えてくれ」

甘い逢瀬にこんな話をするとは、自分は非情な男と思ったが、真剣さだけは伝わったようだ。

「あれはね、御堂と一体になっちょるき。そやから御堂を壊さん限り、開かへんのよ」

言うだけ言って、可乃は怒気を含んだ目で有綱をにらんだ。

「御堂と一体、って……」

さらに尋ねようとした時、後ろでがらり、と木戸が開いた。軸蔵が立っていた。

「おまん、それを知りたさにうちの娘に近づいたがか」

どこまで話を聞いていたのだろう、彼の声は尖り、凍るような目をしていた。

とっくに軸蔵は二人の仲に気づいていただろう。だから今、虫送りをすませた直会に有綱を連れていこうと呼びに来たのだ。有綱に、今後の覚悟を確かめたくて。

「おまん、可乃をどう考えゆうがな」

それは男の責任のことであろう。この男には、嘘も言い訳もしたくなかった。

「すまない」

頭を下げるとすべての言葉が死に絶えたような沈黙になった。それを破るのは軸蔵だ。

「可乃、おまんは外に出とれ」

「なんでよ。あたしの話やろう?」

「ええから出ちょれ」

振り返ると、可乃は今にも崩れ落ちそうに震えて、有綱を見ていた。

「可乃、俺は……」

何か言おうと思ったのだ。俺は悪い男だ、それでもおまえのことは大事だと、そう伝えたかった。しかしそれより早く、可乃は家を飛び出した。

一瞬、腕の中に、可乃のやわらかい感触がよみがえる。それは今、有綱が失おうとしているぬくもりだ。ここで失えば、もう二度と取り戻せない。

俺はどうしたいのだ、有綱は自分に問いかける。京へ帰ったところで次男の俺にどんな地位や職務が待つというのだ。尊崇すべき上皇さまは不在で、どうせ世は鎌倉に牛耳られてしまっている。それより、毎晩のように可乃を抱き、一緒に年を重ねていく人生の方がどれほどか価値あるものという気がする。山で生き抜くすべも身につけた。伊織も奈岐も、今では家族のようになっているのだ。つらい旅は終わらせて、一つところに落ち着くことが二人のためかもしれない。有綱の中で、心がなしくずしに溶けていきそうだった。

そのとき、笛が聞こえた。いや、笛の音に似た、鳥の叫びか、梢《こずえ》の騒ぎか。

ともかく有綱は我に返った。もう隠すべきでない。

「すまん。……おれがここに来たのは、探さなければならないものがあるからなんだ」

自分がなぜここにいるか、打ち明けよう。言えば可乃を傷つける。親しく近づいたのはそのためだったとわかれば、軸蔵だって許さないだろう。だが嘘をつき続けるよりましだ。それに、今はこれほど可乃が大事なのだから。

有綱は大きく息を吸い込んだ。そのとたん、可乃がまっさおな顔になって駆け込んできた。

「ねえ、二人とも、あれを見て。……火や。火が燃えちょろう」

うろたえたその声に、軸蔵も、有綱も同時に家を飛び出した。

木立の上に、煙が上がっていた。そしてちろちろと赤い炎が躍る。何が燃えているのだ？　はじめ、誰もすぐには理解できなかった。それが祭の名残の松明ではなく、意志をもって燃えさかる火であるなどとは。

「か、火事じゃ。あれは、氏仏堂やぜよ。……氏仏堂が、燃えちょるんや」

夜陰に上がった炎は乾燥した山の空気を舐めるように、ちろちろと大きく、また小さく、しかし確実にその勢いを増しながら、赤の色を増殖させていった。

氏仏堂は一晩、燃え続けた。

山には井戸も川もない。御堂の周辺の木を斬り倒し、空間を作って類焼を防ぐのがせいいっぱいだった。あとは、傍若無人な火のふるまいにまかせるばかり。鎮火したのは翌日で、柱も梁も真っ黒に燃え落ちた。厨子があったあたりはとりわけ燃え方がひどく、真っ黒に焼け焦げた消炭も同然で、仏像すらも見分けられなかった。

放火だとわかったのは、まだ火がくすぶっているというのに火事場に入る人影が目撃されていたからだった。祭用の白帷子《しろかたびら》と深編笠を着けていたために当初は村人と思われたが、そのように大きな体軀の男がこの村にいたか、疑問はすぐにかき消された。それでも男は堂々と厨子のあったあたりの焼け跡を掘り返し、何かを取り出して持ち去ったという。男が身につけていたのは女たちが何度数えても足りなかった一着であり、御堂には少なからぬ量の木蠟と松明が投げ込まれたことがわかった。

「まったく慌てる様子もなかったちゅうき、てっきり村の誰かやろうと思《おも》ちょった」

それを聞いた時、有綱は思わず唇を嚙んだ。そばで焼け跡を見ていた伊織がつぶやく。

「そいつ、ずっとどこかに潜んで機を窺ってたのか」

今にして思い当たる。祭の準備の間に村人の家が荒らされ食料が消えたのも、誰かが村に侵入し、隠れてこの時を待っていた事実を裏付けている。

「なあ、有綱、そいつはひょっとして……?」

伊織が言いかけたが言われずともわかった。姿を見ていないが、それは鴉《からす》ではないか。

しかし、そんな憶測は役に立たなかった。氏仏堂を焼失した村人の落胆は大きすぎた。

「何が祭や、虫送りや。とんだ害虫を引き入れちょったもんやな」

あれだけ完璧にやりとげた祭に皆で酔ったというのに、未曾有《みぞう》の災難を前に、だれもがやりきれない思いにうちのめされていた。そしてそのやり場をみつけるしかなかった。つまり、すべてが有綱たちの招いた災いだ、とするしか。

「出ていってくれ」

それは当然の申し渡しだろう。有綱には返す言葉がなかった。今や軸蔵も、苦しい立場に追い詰められている。背後で青ざめながら成りゆきを見ている可乃が気がかりだった。

「待ってくれよ、おいらたちは無関係だ。そいつは最初から、箱の中身を狙ってたんだ。今はそいつを探す方が先だろ？」

伊織が抗議する。おそらく鴉は、御堂と一体になった開かずの箱の中身を取り出すには御堂ごと燃やすしか方法がないと考え、時機を窺っていたのだろう。

「もう若い者たちに追わせちょるき」

盗難とわかった時点で指図は出ていた。しかし相手が相手だ。

「だめだ。逆に返り討ちになるぞ。……おれが行かなくては」

前のめりになって、有綱は腰の刀を確かめた。

「待てよ有綱。こんな形で出てっていいのか？　あんたがいちばん嫌う不名誉な形だぜ」

はやる有綱を、伊織が制止する。たしかにこんな汚名を着せられたまま出て行きたくはない。

「行かないで、有綱」

村の女たちのうしろでこれまで黙っていた可乃が、父親の背後から歩み出てきた。

「有綱たちのせいやない。ほんまに悪いんは、隠れていて火をつけた男じゃろき」

村人たちの前に立って、必死で有綱を庇おうとしている。

「またもう一回、御堂を作っちゃればよかろ？　そんで、お祓《はら》いをして、また虫送りをしたらええやろうき。前よりもっと大きな御堂を、作っちゃればええがじゃよ」

どこまでも前向きな、その顔。さすがに軸蔵も、いつものようには可乃を封じない。

有綱もまた、必死に三人をとどめようとする可乃の思いに打たれた。このまま出て行ったなら有綱を庇った可乃も村で生きづらくなるだろう。それだけはなんとかしていきたかった。だがどうすればいい？

「みなの者、しずまれ」

突然、低い声を上げたのは奈岐だった。皆が振り返る。奈岐は両腕を胸の前で交差させ、静かに目を閉じ瞑想していた。伽羅《きゃら》の香が満ちあふれ、尖った言葉も萎《な》えていく。

「……丑《うし》の方角に、楠の大木があろう」

村人たちはぎくりとした。御堂と神社を分ける丁字の道に聳《そび》える古木。その木の根元に、小さな塚があるのも、誰一人知らない者はなかった。

「その木が怒っておる、祟っておる」

ひっ、と女たちの誰かが声にならない悲鳴を上げた。

「そなたら、ここなる旅の一座に、あの木のことを話さなんだな？」

ざわめきが起きる。有綱と伊織は、また何者が憑依したかと固唾をのんで奈岐を見守るが、村人たちは奈岐の言葉に凍り付いていた。

「よそ者の旅の一座に、すべてを話すことなく神楽を舞わせたのなら、それはうわべだけの祭になる。真の厄を払いたいなら、なぜすべてをうちあけなんだ。え？　なぜじゃ」

奈岐でない何者かが怒りで声を高ぶらせ、村人を糾弾する。みなはひれ伏し、泣き出す者もいた。その中で軸蔵がやっとのことで顔を上げ、か細い声で謝った。

「すまんこっちゃ……ほんまに悪かった。……たしかに、あんたらには隠しちょった」

後は村人たちの、口々の謝罪だった。

「実盛さんは、旅の人やった。そやから同じ旅人に、ほんまのことを伝えに来たんやな」

「なんまいだぶ、なんまいだぶ……。あれは、お父《とう》らがしたことやぜよ。わしらは、お父らに代わって、ずっと手厚く弔ってきた。そやから、たのむ、祟らんでほしい」

かわるがわるに言いながら手をすりあわせて祈る姿を見れば、問い詰めなくても事情はわかった。この村が抱える大きな闇。それは、谷川で洗い物をしていた時にうっかり流した椀を川下で拾い、こんな山の上流に人がいるのかと訪ねて来た一人の旅の僧を、秘密が洩れないようにと、村人たちが夜陰にまぎれて無残に撲殺したことだ。

集落の丑の方角、丁字の道に遺体は埋められた。そこには楠の大木があって、村人たちに、犯した罪の大きさを示威するように鬱蒼と枝を茂らせている。

「その旅の僧はただの旅人やなかった。実盛という、かつて平家に仕えた郎党やったぜよ。そやから、川を流れてきた椀の模様で、それが平家のもんやとわかって訪ねてきたがじゃ」

一人生き延びた彼が、こんなところで細々と生きていた同朋《どうぼう》を発見し、ありがたさに胸ふくらませ山を登ってきた。なのに、猜疑に満ちた村人は、彼を疑い、命を奪った。

悔やみ、恥じた親の世代は、手厚く弔うように重々言い聞かせてきたのだろう。こんな貧しい集落ながら、御堂を建てて祭をしっかり執り行ってきた理由がようやく納得できた。

村人たちの念仏はしばらくやまなかった。灯した蠟燭のせいで、伽羅の香りが濃厚になる。いつか胸の昂りはしずまって、村人の胸にはそれぞれの内側をみつめる敬虔《けいけん》な思いが満ちていた。

それを見計らったかのように奈岐が言う。

「あの木はずっとそなたたちを見てきた木だ。崇るか、守るか、それは今が正念場ぞ。よいか、あの木を柱に、氏仏堂を再建せよ」

その言葉にさからう者はいない。昨夜の神懸かりを目の当たりにしているだけに、村の者たちは従順なまでに奈岐の言葉に耳を傾けた。奈岐は腕を解き、右手を高くかかげた。

「盗まれたものは何だ?」

今や神懸かった奈岐は神そのものでもある。村人たちは、今は隠さず口々に言った。

「それは、村の宝物ですじゃ……」

有綱も伊織も、固唾をのんだ。村人は口々に言う。

「おじいの時代に、関東の侍がやってきた時、絶対に見られてはならぬと戒めて、仏さまに守ってもろうた一族の証じゃ」

「村の護《まも》りで、いざ事ある時だけ、開けて村を守れ、と言われちゅう」

なんたること。皆はこんなにも、父や祖父から教えられた宝の由来を受け継いできた。

しずかに聞いているかに見えた奈岐だったが、突然、こくり、と小首を右にかしげ、また反動のように左に傾け、最後は有綱の方に向かって左手を伸ばした。

「そこなる勇者よ、帝の忠臣よ」

言われた有綱は驚いた。これは窮地を逃れる奈岐の芝居なのか、それとも本当に神懸かっているのか。いずれとも見分けられない奈岐の言葉は強かった。

「行くがよい。村の宝物を取り返せるのは、そなただけだ」

あっ、と声が出そうになる。これは、みごとに三人をこの村から去らせる理由になるからだ。同じ出て行くにも、宝物を取り返しにいくという名目があれば恥にはならない。

だがそう思ったのもつかのま、奈岐はまた言った。

「じゃがなあ、そなたがもどるまで、この村には守護してくれる宝物がないことになる。ゆえに、そなたの腰の物を、預けていくのじゃ」

いきなり何を言うのだ。刀を取られては有綱も困る。

しかし客観的に見るなら、村の者も有綱も、どちらも損をしない公平な指図ではある。

「あとの二人は、置いてゆけ。そなたがもどるまでの人質じゃ」

なんということ。三人で逃げるならともかく有綱一人とは。

「わかった。必ず取りもどして帰る」

村人たちをみつめかえして、有綱は言った。他に選択の余地はなかった。

「待っていてくれ」

それは奈岐と伊織に向けた言葉ではあった。奈岐の言うとおり、盗まれた村の宝を取り戻して帰ったなら、預けた刀を返してもらい、三人そろってここを出て行こう。

そして同時にその約束は、自分を信じてくれた女への誓いでもあった。みつめれば、可乃が潤んだ目で有綱を見上げ、黙ってうなずいてくれた。


木々が騒ぐ。鳥が飛び立つ。足元は下り坂で、うち重なった落葉に滑ったり、むき出しになった木の根に足をとられたり。

それでも有綱は走っていた。山道を、走り下りていた。

そんなに焦って走ってどうなるものでもないと思ったが、ともかく気が急《せ》いて、走らずにはいられなかった。

ここは可乃に案内されてたどった同じ道のはずだが、いまはすっかり景色が違う。一人だからか、行きと違って下り道だからか。とてつもない勢いで下っている気がする。

鴉が御堂から宝を盗んで去ったのは直会のさなかだ。そして村の若い衆が追いかけたのがそのあと。それからさらにかなりの時間がたった朝になって出発した有綱だから、鴉はすでに里まで逃げ切ったかもしれず、そうなると人にまぎれ、どちらに行ったとも知れなくなって、見つけ出すのは雲を摑むように難しいだろう。

となると何年かかる？　いや、何年かかったとしても、見つけ出せるものなのか？　疲労とともに、鈍い絶望がじわじわと胸に広がる。

いや、そんなことを考えている間にも、走るのだ。走って、やつに追いつかなくてはならない。伊織と奈岐が、待っているのだから。

宝物が返らない間は、村の者は、村にわざわいを引き入れた者として伊織たちを嫌い疎《うと》み、ろくに食料も与えないまま監視を続けるに違いない。早く解放してやらなければ。

村を出るときの伊織の顔を思い出した。待っているぞ、とも、信じてるぞ、とも言わず、ただ有綱をみつめていたあいつ。奈岐は眠そうな目をこすっていたが、やはり無言で手を振った。あれは、言葉を必要としない信頼だろう。人質となってどんな目に遭おうとも耐えられる、それは有綱が必ず約束をはたして帰ると信じるからだ。

そしてもう一人。いつのまに先回りしたか山の境界のあたりまで下がった川のほとりで待っていた可乃。そこは二人が初めて出会った川のほとりだ。せきたてるようなせせらぎの音の中で、肩で大きな息をしながら立っていた。貫くような目で有綱をみつめながら。

――有綱、あたし、宝物のことは恨んじょらんき。

潤んだ目。何があっても揺るぎなく有綱を信じるそのまなざしを見て、抱きしめずにいられるはずがない。こんな時も、山は静かに二人を匿ってくれる。だがそのまま可乃の柔らかさに溺れてしまえば、前へ行けない、進めない。

――必ず帰ってくるから。

そう言って、また抱きしめた。うん、うんと、可乃はただ頷いている。何度も何度も。

歩き出す。走り出す。まるで逃げるかのように。

――待ちゆうき。どんなことがあっても、待ちゆうき。

背中に可乃の声を聞いたが、有綱は目をつぶり、夢中で走った。心の中でごめん、とつぶやき、ただ走るしかなかった。どこまで駆けても、崖に沿った下り道には終わりがない。

途中、急ぐあまり、急勾配の下り坂で足がもつれ、つんのめりそうになった。あわやのところで立ち止まり、体勢をもちなおす。

いかん、急ぐのはいいが、こんなところで怪我でもしたら元も子もない。初めて立ち止まり、竹筒の水を飲んだ。呼吸が荒い。汗が全身を流れていた。

どれくらい下りてきたのだろう。もう半分は来たはずだ。頭上で木々がそよぐ。

また走る。そして苦しくなって、また休んではまたまた駆け出す。そんなことを何度も繰り返した。一度休めば背中の荷物がやたら重く感じられる。

三人でなく一人なのは、ある意味、身軽だった。何度目か休んだとき、有綱は荷物で一番重い刀をおろしてみた。いつもは二本、携えてきたが、今はこれ一本だけ。

奈岐は、いや、奈岐に取り憑いた異界の者は、実に公平な指図をした。

村人にとっては、有綱から取り上げた刀がしばらく代理の宝物となるため表向きの損失はない。むろん本物が戻ってくれれば、刀は有綱に返すことになるから有綱にも損失とはならない。しかも、有綱が帰ってこない場合に備え、二人を質に残してきたのだから、村人にとっては大いなる保証が与えられたことになる。つまり、有綱が村の宝を取り返しさえすれば、誰も損はなく、丸くおさまるのだ。だが――。

そっと刀を抜いてみる。奈岐が持ち去ったのは有綱の刀、すなわち百足斬りの方だ。旅の間の唯一の武具だったが、百足を追い払うためにしか使えなかった刀である。有綱にはかけがえのない刀ではあったが、伊賀局から預かった菊御刀を奪われるよりは、損失は少ないといえる。いや、むしろ、この菊御刀さえ手元にあるなら、有綱はこのまま逃げることもできるのだ。

そうと知りつつ、奈岐は、いや、あの者は、なぜに菊御刀を有綱に残したのか。しょせん奈岐でないから、他に刀があると知らなかったか。

何であれ有綱には幸いだった。後顧に何の憂いもないなら、有綱は自由ということだ。一人で旅を続けるのも、また家に帰るのも、どっちを選んでもいいわけだ。

本当に？　このまま帰ってしまおうか？　葉裏のそよぎが有綱にささやきかける。そうしなよ、堅いことを言わず、このままゆっくりしていけば、と。

荒い呼吸を鎮めながら、そうだな、とも思った。

伊賀局の謎めいた使命、隠岐におわす上皇さまのこと。そして、これまで思い出しもしなかった故郷の家の面々が浮かんでは消えた。この先、使命を果たせず長く家に帰らなければ、さすがに兄も、口うるさい親戚筋の叔父たちも、あいつはどこへ行ったかと不審に思い始めるだろう。藤太《とうた》をはじめ、乳母や爺や家人たちは、すでに気を揉んでいるかもしれなかった。いつか有綱は立ち止まっていた。

そして自分に問う。いいのか、俺はこんなことをしていても、と。

奈岐や伊織は人質とはいえ、村人は本気で彼らに危害を加えたりするだろうか。伊織は鍛冶屋として重宝されるだろうし、何なら新しい御堂を建てるのに斧や鑿《のみ》など、必要な道具を創り出したり修理したり、あの器用さで御堂の彫刻までやってのけるかもしれない。奈岐は奈岐で、神楽のみならず、種々の預言やお祓いなど、巫《かんなぎ》の力を買われて珍重されるにちがいなかった。ならばいっそ、村に残るのが二人にとっても幸せではないのか？

頭の中で、縛りが緩んで解ける。そうだ、奈岐はあんなに伊織を慕っているし、帰る家のない伊織には、あの村は腕を活かせる場になるだろう。可乃も——おれと出会わなかった日に戻り、働き者の村の男を婿に選んで、毎年のように子を産んで幸せになるがいい。

気が楽になる、身も軽くなる。有綱は走ることがばかばかしくなっていた。

木の下にごろんと体を投げ出してみれば、解き放たれた思いがした。阿呆綱《あほつな》と言いたければ言え。悪綱《あくつな》と罵りたくば罵れ。俺はもう走りたくない。それが正直な心の声だった。

わおーー、と意味もなく叫んだら、体の中がからっぽになるような気がした。

なんという静けさだろう。平和だろう。目を閉じ、自分の呼吸だけをしばらく聞いた。

きょーん、とどこかで鳥が鳴くのが聞こえる。それに続いて、かしましい羽ばたきの音。

その時、額に、ころん、と小さな椎《しい》の実が落ちた。はっと有綱は目を開ける。この世界で、生きているのは自分だけだという気がしていたが、山はおのずと動いている。

そういえば先行した村の若い衆はどうしたのだ？　境界まで行ったとしてもあいつに追いつけなかったのか？　それならそろそろ引き返してきてもいい頃だ。

有綱は体を起こした。不吉な思いが胸をよぎった。

山道に慣れた彼らがどこかで鴉に追いついたとしたら——。

そう、宝物を返せと言い合いになれば、きっと戦闘になるはずだ。そして残忍な東者《あずまもの》を相手にしては、決して彼らにとって有利な展開にはならないだろう。

こうしてはいられない。ぶんぶんと頭を振る。ふたたび有綱は立ち上がった。

思い出せ、おれは村の者に約束したのだぞ。宝物を盗んだ者を見つけ出し、みなのもとへ持ち帰る、と。でなければ自分たちの潔白も証されない。すくなくとも、村にこのわざわいを持ち込んだ一因が自分たちにあるなら、そのつぐないはすべきなのだ。

さっきまでの、自分一人が楽になろうと考えたことを恥じた。ともかく早く追いつかなければならない。刀を身につけると有綱は全速で駆け出した。

以前より急ぎ、以前より速く。坂道で滑っても、足がもつれそうになっても、もう止まらなかった。走って、走って、そして走った。

九十九折りの、何度目だか数え切れない、似たような急な曲がり道にきた。

そこに、見覚えのある菅笠が無残に踏みしだかれて落ちているのを発見した。祭で村人がかぶっていたものだ。拾い上げて、有綱は道端を覗き込んだ。草むらから続いて木立が茂っているものの、そこは山の斜面で、下は深さも計り知れない崖である。

目で探すと、笹の茂みに小さな赤い緒《お》がぶら下がっているのが見えた。よく見れば緒の先には胡桃で作った小さな鈴がついている。用心しながら手を伸ばし取ってみると、ころころと音がした。祭の夜、神社の森で寄り添っていた男女が鳴らしていたものだ。

有綱はそれを懐に入れ、不安にかられながら先を進んだ。曲がり道を曲がりきったが、右手の山壁はほぼ垂直で、上から落石があり、いくつもの岩が転がって、行く手を阻んでいた。これは乗り越えるしかない。すべての荷物を背中に回し、岩に馬乗りになった時だ。

「とあっ」

いきなり岩の下から人が飛び出した。すんでのところで、突き出された棒をかわしたが、それは背中の荷物に当たり、有綱は体の均衡を失ってどうとのけぞり、尻餅をついて倒れた。その上にかぶさるように、岩の向こうから現われた男。

黒い狩衣に黒い袴、そして額を覆った黒い鉢巻。追い続けてきた鴉だった。

「足の速いやつだ。もう追いついてきやがったとは」

日焼けと汚れで黒く煤けた顔の中で、ぎらつくような二つの目が有綱を見下ろしていた。

「鴉……。おまえか、氏仏堂を燃やして宝物を盗んだのは」

ゆっくり立ち上がって、有綱は体勢を整える。

「そうさ。苦労したぜ。山賊まがいに、村に忍び込んで何日も好機を狙っていたんだ。だが、やっと手に入れた。おまえらが見込んだとおり、宝物は刀剣だったぜ。ほれ」

鴉は、背中にくくりつけた布袋にくるまれた長いものを大事そうに手で撫でた。

そうか、やはり、と鴉の背のものをまぶしくみつめた。

「なぜそこまでしてそれを……？　あの地頭が手にしたからって何の役にも立たないぞ」

「さあな。ご主人様はこの剣を持って、隠岐ノ島に行きたいようだからな」

隠岐ノ島へ？　そうか、桔梗《ききょう》が、井岡《いおか》は伊賀局さまに横恋慕していると言っていた。おそれおくも上皇さまに、宝剣を交換条件として差し出そうとしているのか。上皇さまにとって伊賀局さまが宝剣に値するか、計らせようというのか。――無礼な。有綱は、お局のために憤った。

「他へ持っていってもいいんだぜ。俺はこれを誰にだって売ることができるんだからな」

井岡の企みにも唖然としたが、鴉にしても、主人を裏切ることなど何とも感じない様子でいる。

事実、剣をほしがる者はごまんといるだろう。交野宮《かたののみや》にさしだせば、引き換えに大量の銭がもらえるだろうし、鎌倉に運べば北条氏は驚いて褒美を与えてくれるだろう。源氏の血筋が絶えた後、彼らは後釜の将軍選びに難儀している。もともと後鳥羽上皇の皇子を迎えたがっていたのにかなわず、摂関家から幼い三寅《みとら》を下向させることで恰好を保っているが、宝剣があれば、それを巧みに政治利用するにちがいない。

「駄目だ、鴉。それは人の勝手で用いるものではない。正統な持ち主に納めるべきだ」

ほとんど有綱は叫んでいた。もはや思考ではなく、感情だった。宝剣は、俗世の人間たちの意図で巡り渡るものではなく、天の意志、神の配慮でしかるべき場所に収まることが正しいのだ。

「はん、正統な持ち主、だと？　それはな、人が力で決めるもんだぜ」

言うなり鴉は刀を抜いた。岩が二人の間を阻んでいるが、ここで決着をつけないと永遠に追いかけっこを続けることになる。

力が決める。そう、今の天下は、武士という「力」によって支配された。そのため幾多の血が流された。平家がほろび、源氏もほろび、そして朝廷までが権威を失った。この国は、これからどこへ流れるのであろう。宝剣は、どこにおさまるのが正しいのだろう。

しかしそれ以上考えている余裕はなかった。切り込んでくる鴉の刀の正確さには揺らぎがない。有綱は全身で受け、はねかえすのがやっとだった。

「おまえより先に追いかけてきた連中なら簡単にやっちまうことができたんだがな」

構えなおして、鴉がうそぶく。

「村の連中を、どうしたんだ」

切り込む隙を窺いながら有綱が訊く。

「いつまでも追いかけられるのも面倒だから、始末したさ」

「始末？」

「気の毒だが、川に落としたよ。あとは鳥が片付けてくれるだろうぜ」

さっき耳にした不吉な鳥の声がよみがえる。なんということだ、あんなに騒いでいたのは、死骸に群がる鳥たちだったか。

「おれが鴉と呼ばれるのも、おれが通った後には不吉な鳥が喜んでついてくるからでね」

ぐっ、と有綱は柄《え》を握りなおす。袖にしまった胡桃の鈴が小さく鳴った気がした。

「おまえ、虫けらのように言うが、あいつらはあの村をこの先担っていく若い衆なんだぞ」

そう、あの祭の夜、大事な女と契りを交わした未来ある者たちにちがいないのだ。

「へえ、そうかよ。あんなしょぼい集落が、そんなに値打ちあるっていうのかい」

「何を言ってる。山の中じゃ米もとれず、かつかつの暮らしだが、それでも懸命なんだ」

鴉は何日も社《やしろ》に潜み、村の住居にも忍んで入ったというから、村の人々の暮らしをつぶさに見ただろう。決して豊かな暮らしではない。山に食わせてもらう最低限の生活は、旅人である有綱がこの身で体験したものだ。

「あほう。そういうことを言うおまえがぬるいのさ」

鴉は吐き捨てるように言い、有綱を睨んだ。

「何が村の守りだ、宝物だ。そんなもんで守られてると思い込んでるやつらを見てたら笑えてきたぜ。俺は東国の痩せた土地の生まれだ。おまえ、人が、生まれてくることも許されずオギャアと言った瞬間に間引かれるなんて知らんだろ」

黒い鉢巻きの下の目が、いつもに増してぎらつき、燃えるようだ。

「子供の頃、俺はおっ母《かあ》の腹が何度も膨れたのを見たが、俺の下には弟も妹もいない。なんでかわかるか？　間引かれたのさ。生まれてきたらみんなが食っていけなくなるからな。運良く生まれることができた俺も、十で売られた。家畜のようにな。関東の野を、食い物も与えられず何日も歩かされ西国へ来たんだ。ここのやつらにゃ考え及ばんだろうよ」

言い返せない、立ち向かえない。有綱は鴉の視線の強さに負けないようただ見つめ返す。

「だから世の中のやつら全部、一度俺みたいに落ちてみろって言いたいぜ」

そんなことが彼の悪事の動機なのか。確かに彼の生い立ちは不幸なのだろうが、貧しい山村に来てまで不幸の重さを比べるなど愚の骨頂ではないか。

「苦しいのはおまえだけじゃない。誰もおまえに、仏や神がいると教えなかったのか？」

かろうじて有綱は言い返す。神仏を語れる身ではないが、妙貞《みょうてい》や一天坊《いってんぼう》ら、僧や行者に身近に出会えたのは決して希有なことではなかったし、有名な西行や法然の話を伝え聞く機会は次を待つことなく訪れた。それは皆が苦しく生きづらく、この世を末法《まっぽう》としながら来世に救いを求める声がたえないからだ。その苦しさは身分にかかわりなく、権力の頂点をきわめた上皇さまであろうとあがいている。だからこそこの時代、仏門にも新しい息吹が興り立って、庶民のすみずみにまで浄土に生まれ変わる救いを教え示している。

「知らんな。念仏を唱えれば腹がいっぱいになるってのかい。生まれるガキが育つってのかい。そんなこたぁ、あるめえ」

違う、そういうことではない。何であったか、仏を念じさえするならば悪人こそが往生できる仏性を持つ、と説いた僧がいたではないか。妙貞が帰依した法然上人の弟子で、そう、親鸞といったのだったか。ああ、ここで論じ合っても意味がない。自分の無力を思い知る。この男にはもっと、魂を救うような強い導き手に出会うことが必要なのだ。

ではどうする。有綱は自分に問う。この不幸な男を、どうするのだ、と。岩をはざまに、わずかな距離で向かい合ったまま膠着《こうちゃく》している男と男が、これからなせることといえば。

ふっと可乃の顔が思い浮かんだ。村で、男の帰りを待ち続ける女たち。男がもう帰らないということも知らず、一日を千回の秋と感じるほどに焦《こが》れて落ち着かずにいる。俺は無事に帰って、不安なその顔を明るく晴らしてやることはできるのだろうか。

「すまん、鴉。俺にはおまえを救えん」

「はっ？　救う、だと？　冗談も休み休み言え。おまえなんかに助けられる俺じゃねえ」

言いながら鴉はすでに岩に上がり、ふたたび有綱に刀を振り下ろしながら跳んできた。

今度もかろうじてかわし、鴉に向き直った時、有綱の頭にありありと浮かんだのは皆の顔だった。今、自分に誰かを救えるとしたら、それはまず——可乃を泣かせたくなかった。どんなにおまえが大事か、川のほとりでは言えなかった言葉を告げてやりたいし、何ならもう一度強く抱きしめてやりたい。そして、奈岐が笑ってますます変ちくりんな顔になるのも見たかったし、伊織の高飛車な鼻を明かして笑い合いたかった。

そのためにはここを、鴉を突破していくしかない。

なぜにあんなに懸命に走ったか、今わかった。それは自分の成功のためではない。迷ったりくじけかけたりしたけれど、そういう愚かしい人間が全力をかけて義を守る、そのことが尊いのだ。なぜならその行動の先に、ぬくもりをもった人と人の喜びがあるからだ。だからここで命を落とせない。鴉に負けるわけにはいかないのだ。有綱は呼吸を整え、腰の刀に手をかける。

「お？　やる気だな？」

鴉の目が光る。これまで狩りをするにも鍛錬するにも弓矢がないことを歯がゆく思って来たが、これほど近い距離で一対一の対戦をするなら、刀ほど適した武具はないと思った。

上皇さまがみずから打ったという菊御刀が、どれだけ実戦で使えるかわからなかったが、今はとにかくこの刀にすべてをゆだねるほかはない。はっ、と一声、有綱は地面を蹴って、抜いた刀を相手に向かって振り下ろした。

むろん相手もじっとしてはいない。すばやく身を翻し、後ずさって身構えた。

地面はなおも下りに傾く山道である。人間二人が向き合うじゅうぶんな広さもない。そうと悟って、鴉は刀を構えたまま後ろに走り、道が折れる角にできた広場へと引いた。左手は木立。だがその下は崖だ。大立ち回りはできないが接近戦は可能だった。

きん、きん、と激しく刀が交わり、二人は何度も至近距離で互いの眼を睨み合った。刀で押し戻す力は互角。離れてはまた左へ刀を振り突き、近づいてはまた相手の刀をかわして後ずさる。

何度目か、振り下ろした有綱の刀の切っ先が、身をそらす鴉の額の鉢巻きをかすり切った。

はらり、と黒い鉢巻が水に溶ける泥のようにほどけ散る。その下に現われた鴉の額のありさまに、有綱は声をなくした。

鉢巻のせいで日焼けを免れ白いままに残った肌には、無残に焼け抜いた「奴《やっこ》」の焼き印。そして額から斜めに鉢巻が覆っていた左側は、耳を削がれ穴だけ開いた無残な瘡蓋《かさぶた》。

はっと鴉が手で覆ったが、すぐに不気味に嗤《わら》って有綱を見返した。

「こんなもん見て驚いてるのかい、武家の坊ちゃんよ。俺は家畜のように売られたが、数え切れねえほど主人に逆らい逃亡もしたから、そのつど体を痛めつけられ、このざまさ」

背いた罰、逃げた罰として片耳を削がれ、どこに逃げてもわかるよう牛馬のように刻印を焼き付けられた彼の人生が、どれほど苦渋に満ちたものであったか、おののく思いが有綱を襲った。

彼が力だけをたのみに自由を勝ち取り、さらに力だけで這い上がろうとするのを、自分には責める資格はないと思った。ではいったい誰が、彼を救ってくれるのか。

「俺がおまえを憎む理由をおしえてやろう。この焼き印を押したのはな、奥播磨の荘園の受領《ずりょう》だよ。井岡のお屋形《やかた》が取って代わって地頭になった、あの上月《こうづき》っていう荘官さ」

有綱は息をのんだ。井岡に追い出された領主というなら小楯の係累の者だ。父も兄も、そして有綱も、それゆえに井岡を敵対視した。だが鴉にとっては、井岡は積年の恨みを晴らして彼を解放してくれた恩人にほかならない。手下となって働くのは当然だった。

「ふん、わかったようだな。井岡のお屋形とおまえ同様、俺とおまえも悪縁ってやつさ」

鴉の言葉に有綱はまだ震えていた。たしかにどう巡らせればこんな悪縁が生じるのか。そしてそれは、このように戦って断ち切れるのか。またぐるぐると巡るだけではないのか。

南無阿弥陀仏、と思わず祈りが胸の奥からこみあげた。

人では断ち切れない。だとしたら、神や仏にゆだねるほかはないではないか。

祈りはわずかな時間にすぎなかったはずだ。鴉はその隙を突いて、さらに有綱に迫り来る。

「ぬるいな。おまえ、反吐《へど》が出るほどぬるいぜ」

鉢巻をはずしてからは鴉が前にも増して強くなった気がした。有綱は完全に防御に回らされている。どれだけの時間がたったのだろう。呼吸が激しくなり、右へ、また左へと身をかわしている間に、いつか有綱は崖側に追い詰められ、気づけば足元にもう地面がなくなっている。ころころと音をたてて踵《かかと》から小石が落ちた。

「ほれ、一度俺みたいに落ちてみろ。そしたら這い上がる苦しさがわかるだろうぜ。往《い》ね」

真正面から鴉に突かれた。じゃりっ、と足元で地面が崩れ、体勢が乱れた。しまった、と思ったのが最後だ。反射的に手を伸ばし、傍の木の枝をつかんだが、体はもう落下している。必死でもう片方の手を木の根へ伸ばした。

鴉の、獲物を前にした残忍な目が光る。最後のとどめを楽しむかのように、木の枝をつかんだ有綱の手を踏みつけた。痛みが走る。あとどれくらい耐えられるか、他に逃げ場はないか、有綱は足をばたつかせたが、そこに踏みしめるべき地面はなかった。

「へっ、ご苦労だったな。あばよ」

鴉が刀を振り上げた。もう駄目だ。有綱は目を閉じた。

その時、どこからか、ひょう、と風を切って飛んでくるものの音を聴いた。

ずん、と何かが命中して止まる鈍い音。目を開けると、鴉が、すさまじい声を上げて前のめりになるのが見えた。鴉が、ものすごい形相で傾きながら、向きをかえる。

「くそ……どこだ。どこにいやがる」

その頸筋《くびすじ》には、鮮血を吹き出させながら長く細いものが刺さっている。矢であった。白く、神々しいばかりに美麗に飾られた鴻《おおとり》の矢羽だ。

「どいつだ。……姿を現わしやがれ」

鴉は、どこにいるともわからぬ敵に向かって刀を振り回す。

しかし答えはなく、代わりに、とすとす、と軽やかな音をたて、真正面から空を切ってとんできた矢が、鴉の胸板を貫いて刺さった。

「ぐう……。おまえは、平家の……」

最後まで言い切らず、鴉が、どう、と音をたて、くずおれた。即死でなかったのは鴉の人並みはずれた生命力のせいであろう。だが誰が、矢を？　平家の、と鴉は言ったのか？

木の根をつかんだまま有綱は動けずにいた。鴉が倒れたせいで地面が崩れ、小石が転がり落ちてくる。避けようと目を閉じたが、次に開けた瞬間、信じられないものを見た。

倒れて肉塊になった鴉の体越しに、立派な鹿の角を冠した頭がある。いや違う、逆光になり、輪郭だけしかわからないが、頭に光の弧を描いているのは、大兜《おおかぶと》だ。まるで日輪が放つ触角のように、兜から空に、二本の鍬形《くわがた》が突き出ているのだった。

均整のとれた長い弧を描く弓を手にし、箙《えびら》に並んだ白い矢も見えた。

「ああ、あなたはまさか平家の大将……」

大兜の両脇に反り返る吹き返しや、後ろを護る錣《しころ》に囲まれ、顔は見えない。だがまぎれもなく、それは名のある大将級の武将に違いなかった。もっとよく見よう。目を見開く。なのに手が痺れ、それ以上は木の根を握っていられない。うう、と呻きながら、有綱は崖を落下していった。

庭で放し飼いになっている鶏が餌をついばみながらコココッ、とのどかに鳴いた。五、六羽も鶏が戯れる広場の先には桃の木が生い茂り、初夏ともなればたわわに実をつけるであろうことがわかる。一瞬ここは桃源郷か、と錯覚したのもおおげさでなく、簡素ではあるが、これまで厄介になったどこよりも大きく広い家の内が見て取れた。京の周辺ならば百姓の長あたりにふさわしい家だ。こんな山中には珍しいことだった。

有綱はまだ体の節々が痛むのを感じたが、崖の下から救出された時に比べればだいぶやわらいでいる。何が幸いしたか、おそらく落ちていく途中、崖に斜めに生えている木の枝に何度かひっかかったのが緩衝になったようだ。それがなければ、川床の岩に直接体を打ち付け、体じゅうの骨が粉々になっていたにちがいない。

「おう、起きておったか。そなた、なんとも頑丈な男よのう、小楯」

声のする方を見ると、京を出て以来ついぞ目にすることのなかった烏帽子に狩衣姿の、立派な公卿が入ってきた。こんな山中にこれほどの身なりの公卿がいるのはあまりにも不似合いだったが、よく見ればそれはあの宮の従者、智光《ともみつ》であった。

「これは、智光さま。……では宮さまがわたしを？」

「宮さまではない。ここでは国尊《くにたか》さま、と呼べ」

智光が訂正するとおり、宮さまの正式なお名前は交野宮国尊王が正しい。

「は……その……国尊さまが、わたしを助けてくださったのですか」

「そのとおり。この家の主、山之内善助《やまのうちぜんすけ》に命じてそなたは介抱されたのだ」

山之内――？　この土地の分限者であろうか。崖の下には谷川ぞいに平地があるから、人が暮らす民家もある。宮は宮なりに、宝剣をあきらめることなく追跡していたようで、とはいえいくらなんでも有綱たちのように行者や神楽師に身をやつすことはできず、下位の公卿を装うことにしたものらしい。庭先には従者も二人ばかり控えていた。

「よいか、宮さまのご身分は明かすまいぞ。ここの連中には京から使わされた蔵人佐《くろうどのすけ》ということにしてある。私は大納言堀川通具《ほりかわみちとも》さまの家人で、京から侍従として使わされた藤原智光。よいな？　どうせ雲上人のことは、ここの者どもにはわかるまいからの」

なるほど、三品《さんぼん》のご皇族であられた父君惟明《これあき》親王の御子であるなどと知れたらこのような場所ではもてなしもできず大騒ぎになる。蔵人なら殿内の書籍を校合する職務であり、文官が調べに動いたというのも無理な話ではなかった。

「では、あのときの大兜の大将は……」

落下するまぎわ、観念して目をつぶったら、わけもなく平家の武将、知盛《とももり》のことが脳裏をかすめた。いや、わけはある。有綱が繰り返し聞いた平家の軍記語りで、もっともりりしく、強かった武将。彼でなければ、あれほど堂々と矢を射る者はいないだろう。

しかしそんなはずはないのだ。人は追い詰められた時、思いも寄らぬ幻想を見るものらしい。そう落ちをつけた時、そこに宮さまが現われた。その姿を目にして、有綱は言葉を失う。

「おう、小楯。どうだ調子は」

顔の半分までを埋もれさせる大兜。まるで兜が歩き、兜が声を出しているような。

「ふう、兜だけで十分じゃ。これで大鎧を着たなら動けんぞ」

「いったい、その大兜はどうなされたのです」

やっと有綱が口にしたのは、礼を言うよりそんなことだ。

「これか。この集落で後生大事に守られてきたものだそうだ」

宮さまは大兜をすぽっと脱いだ。長い髪を無造作に一つに結んで垂らし、烏帽子もかぶらないのはあいかわらずの様子であった。しかし身にまとっているのは智光の比ではない桐竹の地紋のあるみごとな狩衣だった。いまだ無冠の有綱には宮中におけるその装束の色が何を表すかもわからなかったが、麴塵《きくじん》のそれがただならぬ身分のお方にしか許されないものであることだけは窺い知れた。おそらく山の者には何の知識もあろうはずはない。

「弓矢も一そろい、立派な塗籠籐《ぬりごめどう》のものがあったのでな。兎か鹿にでも試してみようと山に来てみたら、何のことはない、崖から落とされようとするそなたを見つけたわけだ」

そう聞けば確かに有綱は運がいいのかもしれないと思った。しまいこんであった矢がよくぞ数が揃い、弓も、弦が切れずにあったものだ。しかしもっと運がいいのは、面白半分にそれを持ち出した宮が、思いも寄らない弓の名手であったことであろう。

「こう見えて国尊さまは武芸にもひとかたならず励んでこられたのだ」

「智光、こう見えては余計だ。武芸に励むにも、弓なら一人でやれることだからな」

宮に言われて彼が小さくなったのは、刀なら相手がいることで、何度か宮の稽古に付き合ったものの、文官である彼にはじゅうぶん役目が務まらなかったからだろう。

「それで、鴉は……。いえ、あの賊は」

最後に見たのは鴉が胸に何本もの矢を受け、倒れた姿だ。

「息があったので手をさしのべたが、拒んだので放置した。いずれにせよ助からん。その後、川に顔をつけたまま死んでいるのをここの者がみつけたそうだ」

それが末期《まつご》の水となったのか。有綱には、吹く風になぶられるままになった額の焼き印が見えるようでやりきれなかった。父や自分たちの側では哀れな被害者だった荘官の上月氏が、実は鴉に残虐な傷を与えた加害者だった。何が悪で何が正義か、立場が変われば裁定は変わり、結局は鴉が言ったように、力で決めるしかないのかもしれない。武力、すなわち暴力で。

「それで、あやつが持ち去った宝物は……」

おそるおそる聞いてみる。鴉が氏仏堂に火を放ち、開かずの箱を焼け落ちさせてまで奪った宝物。有綱はそれを持ち帰らねばならないのだ。宮は浮かない顔で、

「智光、今一度、あれをここへ」

命じると、今度は智光が、狭い縁側にすわって頭をこすりつけている男に同じことを命じた。この家の主であろうか、四十がらみの、品のいい男であった。ははっ、とかしこまって部屋へ進み入ってくる。高貴な来客を突然に迎えたことで、すっかり恐縮しきっている様子であるが、無理もない、二人がまとった絹の光沢、綾錦の模様の精緻さだけでもこんな山家には不釣り合いで、

輝きを放つばかりなのである。

「このお方は……？」

むろんこの家の主で、宮の滞在や有綱の救助を手伝った山之内であろう。礼を言いたくて有綱が居住まいを正すと、彼はそこに平伏して頭を下げた。

「ありがたいことでございます。わしらは、鎌倉からの侍が来ることだけを恐れて椿山から逃れてきた者たちの子や孫でございます。それがなんと、朝廷から訪ねてきてくださるとは」

心からの感謝を述べた。どうやら宮はこの地を訪ねるについて、京に縁のある者がいればその子でも孫でも引き取りたいとでも申し出たのだろう。古い宝も、価値に応じて銭か米に代えてやろう、とも。なまじ嘘でないだけに山之内はありがたさに震えるばかりだ。

「我らが持っていたところで何の用もなさない鎧や兜が米に変わりますなど夢のようです」

鴉の尺度を借りれば、米など口にしたこともない寒村の者がしばらくの間、糊口《ここう》をしのげることになる。彼の感謝はもっともだった。

気の毒に山之内は自分の家というのに緊張のあまり二度もつまずき、ようやく神棚の下にたどりついて、鴉から取り返して以来そこに納めていた刀剣を捧げ下ろした。錦でも何でもない、茜で染めただけのそっけない麻の袋だ。かなり年月がたって埃をかぶり、褪色さえしていた。皆が見入る中で口紐がほどかれると、黒光りする漆塗りの鞘が現われる。それなりの造りのようだ。

「有綱、抜いてみろ」

命令したのは宮さまだ。

「宮……、いや国尊さま、しかしこれは、……」

抜けばその輝きで只人ならば目が潰れるといわれる宝剣。しかし抜くまでもなく、鞘の形状を見ただけで有綱は気づいていた。木の鞘が反っている。剣であればまっすぐで、こういう反りはついていない。言葉にならず、有綱は宮を見た。

「わかったか。それは刀だ。剣ではなく」

「はっ。さようにございまするようで」

鴉は宝物の袋を開かなかった。宝剣と信じ切っていたからだ。

宮はつまらなそうにそっぽを向く。落胆はもちろんだろう。はるばる四国にやってきて、山深い土佐の奥地にまで踏み入って追い求めたもの。それが、宝剣ではなく、刀であった、とは。むろん刀も、それはそれで村人にとっては大事なものであろうが、宮や有綱が求めているものではない。

「身分ある者が所持するにふさわしいこしらえなれど、刀、では、のう」

横を向いたまま、宮が扇を開いたり閉じたりし始める。この刀のために鴉に殺されかけた有綱にしても、これが結論であるとは、徒労もはなはだしい。

「そしてこの村にも、剣はない。鎧、兜に、弓矢はあったがな」

おそらく山之内に命じ、村の宝を残らず開けさせ調べたのだろう。

「それでは、その刀は、私が村に持ち帰ってもよろしゅうございますか」

いちおう許しを得ておかねばならない。

「もとより、奪うつもりはないし、買い取るつもりもない」

宮に限らず、身分の高い人ほどそういうところはきっちりしている。どれだけ苦労し下準備に時間や銭を費やしたとしても、持ち込まれたものが望みのものでなかった以上、びた一文、払わないのが彼らの経済観念だ。有綱はほっとした。

そこへ、一人の娘が茶を運んでくる。貴人を迎えるのだから、これでも村で一番器量のいい娘を選んだのだろう。有綱は可乃を思い出した。もしあの山村を宮が訪れたなら、間違いなく茶を出すのは可乃だろう。鄙《ひな》離れした品のいい顔だちがもう恋しかった。

「父や祖父が知ったらどれだけ喜んだことでしょう。このようなむさくるしいところにて、何もおかまいできませんが、何とぞお許しいただきたく……」

「かまわぬ。旅で、山家の暮らしは慣れてしまった」

宮は娘には見向きもせずにそっけなく言い、また茶には手も付けなかった。

察して智光が話の向きを変える。

「有綱もそろったことでございますし、この山之内から話を聞くことにいたしましょう」

苦しゅうない、と智光に促され、またしても山之内は平伏する。閉塞した集落にはめったに外から客など来ないだけに、きらきらしい公卿二人に話ができるのは夢にも等しい。

「亡き父、山之内甚助《じんすけ》から聞かされた話では、その刀は、父たち一行が椿山からこちらへ遷《うつ》る際、世話になった御礼として椿山の者たちに残した刀ではないかと察しまする」

それは有綱には得心がいく話だった。山裾に鎌倉の手の者が現われた時、より安全なところに逃げねばならなかった者たちが、それまで世話になった恩にこたえ、その刀を贈って去ったのだ。武家にとっては大切な武具だが、山深い地での逃避行ではたいして必要でなく、また大将級の者なら弓矢や刀はいくつも家人に持って運ばせるから、予備はほかにもあっただろう。よきものを与えて去った心づくしはじゅうぶん理解できる。

「村人たちは、それを村の宝として受け取ったのですね」

「はい。もしも山裾から誰ぞ攻め入るようなら食い止めるちゅうことで、椿山には滝本軸之進なる者ら数十人が残り、我らの父祖がこちらへ移動したと聞いとりますがじゃ」

椿山に残ったのが軸蔵の父にあたる者たち。そしてここに遷ってきたのが山之内。

有綱が会った村の人々の顔が頭を巡る。素朴で、あまり多くを語らないあの人々。彼らは、刀のことは父や祖父からくれぐれも絶対見せるなと戒められたのだ。鎌倉からの調べが来た時、万一刀を見られたら、ここに何者がいたかが露見する。ゆえに決して見るな、見せるなと、開かずの箱を作って封印した。そういうことだ。

「椿山の者に刀をお与えになられたのは、只人ではござりませぬ。それゆえ村の者は宝としたのでございます」

平服したまま、山之内が言葉を継いだ。

「ほう。只人でない、とな？　それは誰じゃ？」

「はい。我らの父祖がお守りしてこの地に来られたのは……」

言ってしまってよいものか、山之内は逡巡している。それはよほど大事な秘密として伝えられたものらしく、しかるべき時が来て、朝廷の公卿か高僧に尋ねられた時しか話してはならぬ、と具体的な指示もあったらしい。山之内は、今がそのしかるべき時と判断した。彼はもう一度平伏すると、震える声でこう言った。

「口にするも恐れ多いことでございますが、帝……にあらせられる、と聞いております」

瞬間、聞く側の三人に軽い衝撃が走った。有綱にしても、これまで訪ねた土地で誰もがうやむやにしていた存在を、初めてはっきり明かされたことになる。

「帝？　とは？」

一人、冷静な智光が、先を促す。

「は。それは、その……天子様にございます」

「いやいや、帝の意味を尋ねているのではない。どの帝かと訊いている」

「どの帝かと申されましても……。そう、父からは、平家の帝、と聞いておりまする」

安徳、という天皇号は死後に諡《おくりな》された。したがって生存中はその名で呼ぶはずがなく、彼の父が「平家の帝」と伝えたのは正しい。京の外、しかも下々の者の間では、天皇というのは国家最高職という認識はできてもその名を想像することは難しいのだ。

「なぜ帝が、こんなところにおわしたのだ？」

なおもかしこまって平伏している山の者に、さらなる質問を浴びせたのは宮だった。血筋で言えば、安徳帝は宮の伯父上にあたられる。そんなお方が消息をお尋ねになるのも、何か深い因縁のようにも思われた。

「源氏の追っ手から逃れ、土佐の山地へご潜幸《せんこう》なされたのです」

勢い込んで彼は言う。反動のように、三人は押し黙る。

潜幸？　口の中で、その言葉を何度もかみしめながら。

「潜幸」とは、その字のとおり、密かに隠れながら帝がご移動なさることを意味する。しかしそんな例はこれまでの歴史にないし、また聞いたこともない。だがここの者たちの中ではそれは普遍的に通じる言葉になっており、つまり壇ノ浦で平家とともに入水された帝が実は生きていて、隠れながら移動された、ということが大手を振って信じられているわけなのだ。

「この地に来られるまで、それは言語を絶するようなご苦労にあらせられたでしょう。皆はこの地に帝が定着なさると、山を開き、平地を造り、この家の上の山に行在所《あんざいしょ》を設けて水を引き、不肖、わが山之内家がここにてお守りいたしたのでございます」

「行在所……」

　天皇が仮におとどまりになる館だから、その言い方も正しい。山之内のこの家が山中に珍しく大きく広いことから察しても、せめて行在所と言えるだけの建物であったのかもしれない。それでも、帝にふさわしい威容が整うはずもない乏しい山中。きらきらしい丹《に》や青で飾り立てることもかなわず、あくまで仮のすまいとの認識だったのだろう。

「帝がこの地にいらしてお住まいになったことで、もともと別枝という土地だったこの地が名を変えました。その時以来、都という名になっております」

　それが彼の、何よりの誇りであるのだろう。今初めて彼は視線を宮に向けた。

「われらの祖父や父どもは、必死でこの地を帝の住まう場所としたのでございます」

　その懸命な訴えに、誰も何も返す言葉はなかった。

　暮らしていくのに欠かせない水を得るため石を切り出し山から水道を引き、わずかな平地に稗や粟も植え、こうして家屋を建てたことを彼は語った。けっしてそのことで褒美にあずかろうというようなさもしさなど感じられないまっすぐさだ。彼を突き動かすのはただ、父祖が立ち向かった艱難《かんなん》を伝え、それを乗り越えた苦労を知ってもらいたい、そんな思いだけであるのが痛いほどに伝わってきた。

　だが彼が熱く語れば語るほど、またも三人は、深く冷ややかな沈黙に陥っていく。

　都――。声には出さず、まず宮さまが庭の外へと視線をめぐらした。庭に遊ぶ鶏たち、桃の木々。花でも咲けば違うのだろうが、何の巧みもない空間に、はなやぎはない。

　　君すめば　ここも雲居の月なれど
　左馬頭《さまのかみ》行盛の和歌がまたもよみがえって反芻《はんすう》される。都落ちして海にさすらう平家軍が屋島にあった時に詠んだあの歌だ。

帝がいらっしゃるならどんなところも都には違いないが、と和歌はうたう。しかし屋島には少なくとも「内裏」と呼ばれる御殿があり、大臣《おとど》たち上達部《かんだちめ》たち高僧たちが艶光りする絹の官服でずらりと天皇の御前に居並び、朝議を行う政治の組織が形をなしていた。だからこそ平家はそこで例年どおり宮廷行事を行えたし、臣下に官位を授ける除目《じもく》も行うことができた。つまり、仮とはいえ天皇がいて政治を行う「都」の体をなしていたからだ。それさえ、朝堂たる大極殿《だいごくでん》の重厚さには比べるべくもなく、彼らは涙を落としたのであった。

なのにここは、そんな屋島からもさらに遠い山の奥。朝議を行う内裏どころか百姓家にもひとしい住まいがあるばかり。人も、身分高き者はほとんど命を落として、帝ひとりがおわすだけだ。

　なほ恋しきはみやこなりけり

平家の公達にとって、「都」が呼び覚ます風景は、羅城門《らじょうもん》にはじまる堂々たる門と塀に囲まれて、縦横に伸びる大路に洗練された土塀や家々が続く、花の平安京だ。さらに、応天門《おうてんもん》の先に開ける雲居の御所の、八重にも九重にも波打つ甍《いらか》の艶や、青や丹で飾られた風格のある大寺院の堂塔のたたずまい。圧倒的な京の都の景観を知るならば、この地が都というのは残酷だった。三人がすぐには和歌の下の句をつなげることができずにいたのも、その落差に耐えられなかったからだ。

しかし、本物の「都」を見たことのない山の者に――懸命に天皇の住処を作り、これが「都」と胸を張った者たちに、それを言うのは気の毒であった。

三人の沈黙にとまどったのか、山之内は、尋ねられない先から続きの話をまとめた。

「そのように懸命に作り上げたこの地でございますれば、ずっといらっしゃればよかったのですが、一年ほどして、帝をお守りする者たちが次の潜幸地を探してまいりました」

「……なんと。ここを都としながら、まだ他へ遷られたというのか」

都というのが、住めば都、の意味なら、ここで穏やかにお暮らしになってもよかったと思えてきた矢先だっただけに、さらなる試練が続いたことは三人の胸をふさがせた。

「はい。横倉山《よこぐらやま》にすみかをみつけ、お遷し申し上げ、その地が最期と聞いております」

「横倉山？」

「はい。この谷の向こう側にある山にございます」

この地もまた安住の地ではなかった。智光が皆に代わって質問役を続ける。

「そこにも村があるのか」

「は。土佐国唯一の修験道の霊場として、並の者では行けない山懐《やまふところ》にございます」

またも修験道か。有綱は、阿波でたどった剣山を思い出した。奥地の奥地と思われる山奥なのに、どこにでも行者がいて、野宿をしたり粗末な庵を編んでそれぞれの修行に打ち込んでいた。彼らこそは土地に縛られることなく、したがって権力にからめとられることもない自由な民だ。もちろん家もなければ財もないが、天地の間で生きることを許されて、はばからない。四国にはこうした人々によって霊山とされる石鎚山のような最高峰の山もあって信仰をあつめている。

「ここから見えるあの山が横倉山か？　なんとも奇妙な形をした山だな」

外に出て、山之内からあれです、と示された山は、誰の目にも特異なかたちをしていた。横倉山は、太古に海だったところが隆起してできたのだ。行者たちは石灰岩でできた高さ二十五丈もあろうかという断崖絶壁の上まで行くそうだが、そんな危険な突端に足を運ぶ者は馬鹿者だからと、「馬鹿だめし」と呼ばれているという。

「もう二十五年ばかり早ければ、わが父も健在で、京から皆様がおいでになったことを知らせに、喜んであちらの山へ走りましたでしょうに」

二十五年前。――もちろんここにいる三人ともまだ生まれていなかった。しかし帝が二十五年前にはまだ生きてこの土佐にいらしたということが、思いがけなく現実味を帯びてせまった。

「横倉へお遷りになった時は、私はまだ子供で、何も覚えておりませんのです」

詫びるように山之内が言う。

「ただ、かの地へ誰も寄せ付けぬよう、道の入り口を関所として腕のたつ者を置いて守らせておりました。なのでその者たちのことは覚えておりまする。五勇士と申しまして、子らが今もこの地でそれぞれの家を継いでおりまする」

山之内は嬉々として五名の名を挙げていったが、宮や智光にはもちろん、武家の有綱でさえ聞き知らぬ名字であった。落武者であるのが間違いないなら、平家方についた地侍の家臣たちであるのかもしれない。この地に土着して子孫をふやしているならそれは彼等にとって喜ばしいことだった。

「それらの者が帝をお守りしてここまで来たのか?」

確認するため智光が訊いたが、地元の勇者について関心を持たれたと思った山之内は声をはずませ、はい、とうなずく。

また三人が無言になった。田口や河野《かわの》といった土着の武士の家人にすぎない者が帝を守っていたというなら、その者たちが本当の帝の顔を知るはずもないのだ。智光がまた訊いた。

「では、崩御されたのも、かの地なのか?」

「さようでございます。ここから見える横倉山に、御陵を作ったと聞いちょりますが、実はこの村にも、御陵はございます」

「この村に、御陵が？」

おうむ返しに繰り返したものの、もう驚いてはいなかった。壇ノ浦対岸の赤間ケ関の御陵墓のほかにもいくつか、ここが御陵だとされる地があるのを、みなが知っている。

「横倉と別枝、どっちが本当の御陵なのだ？」

「我々は、この別枝こそが帝がお眠りあそばす地だとして、毎年、お祀りも欠かしません」

聞けば、やはり虫送りに重ねて、村人が総出となって太鼓を叩き、歌いながら御陵の前で冥福を祈る祭がずっと続けられているという。

「それを太鼓踊りと申しまして、帝がご存命の時、お慰めするために始めた踊りとか」

「ほう、見てみたいものじゃ」

宮が言ったが、本心だろうか、と有綱は首をすくめる。

山中に隠れ潜む身なら賑やかな音曲は禁忌であったにちがいなく、素朴な太鼓にすぎなくともそれは大いなる慰めになったかもしれない。そう思う一方で、有綱は思い出さずにはいられない。配流の途上とはいえ上皇が望まれた管弦のあそびは、それはそれは洗練されたものであった。琵琶は、殿上人でなくば耳にすることもできない渡来の名器で、伊賀局の舞も当代一流。兄と二人、有綱が舞った青海波にしても、簡略とはいえ、神を喜ばすための高等なものだ。この宮にしても、あれだけの笛の名手になるには、それなりの師匠から手ほどきを受けたことだろう。だが――。

幼くして山中をさすらい、そうした高雅なあそびに触れる機会を持たず、また洗練された師にも恵まれずに育たれたそのお方は、山の者たちが懸命にもてなす太鼓でも、じゅうぶん喜ばれたのかもしれない。そう思うと、いっそうそのご境遇がお気の毒であった。

「それにしても、御陵が二つとは」

智光も首をひねった。

「祀ってあるのだから、どちらかが空というわけはあるまい」

「そう、遠く離れた横倉で亡くなった帝が、死んでここにもどるというのは妙だしのう」

「としたら、もう一人は誰だ？」

「さあ、そのようなことは、私ではもう、わかりかねます」

困惑する彼にそれ以上の質問を浴びせるのは酷だった。彼らはこの地の御陵こそが本物だと信じて祭を続けているのだから。

「で、崩御あそばした時、帝はおいくつにおなりだったのだ？」

「二十四歳、と聞いております」

ふいになまなましく像を結ぶ青年天皇。八歳で海に沈んだゆえに、皆は幼い子供を想像しているが、歳月は子供を大人にする、男にする。

「二十四といえば、不肖、私とそう変わらぬお年にございます」

有綱は言った。宮は彼より年下になるが、自分も変わらない、というかのように首を振った。たいした食事も口にせず、また優雅な詩歌管弦の手ほどきも知らず、粗末な衣をまとい、山中に忍びながら定住の地を求めてさすらい続ける暮らしの中で、齢《よわい》二十四になったその青年は、自分の存在をどうとらえていたのだろう。本当の京など見たこともない者たちに囲まれかしずかれながら、いつか「都」に帰ることを望んでいただろうか。

「聞けば聞くほど、やるせないのう」

宮がそう言ったのは、自分に置き換えてのことだろう。帝になるかもしれないという立場ながら、世をさすらうのはその青年帝と同じ。だがこの宮には堀川大納言という確たる後ろ盾があり、身分に応じた環境もある。だからこそ何も持たず山中を潜幸する帝がやるせない。

「学問などはどうしておられたのだろう」

率直な質問は、わびしい奥山に帝が本当に暮らしておいでなら、せめて心が晴れやかになり広い世界を垣間見させる学問の時間をあげたいと願ったからだ。有綱自身、どこにも出られない謹慎中、学問や修練がどれほど気晴らしになったか身をもって知っている。

山之内はすかさず答えた。

「はい。それは帝にあらせられますから、ちゃんと漢学も学んでおいでででした」

「どのような書を」

「さて、私どもには、とんとわかりませぬが」

どのような書であったか、誰が教えたか、こんな深山に帝に侍講《じこう》できるほどの教養ある者がいたのか、と質問は続き、山之内は汗をかきかき懸命に答えたが、定かな書の名も学者の名前も挙げることはできなかった。無理もない。山人には学問など無縁のことだ。

「京から侍講を招いたりすればそれだけで帝がここにいると露見するであろうし」

扇で首を叩きながら宮が言う。自身、幼くして醍醐寺に預けられ、当代一流の学僧や博士に学ばれた。それでなくては人の上に立つ者とはいえないし、生まれが高貴というだけでは通用しないのは周知のことだ。そうした深い学びの結果、幕府すら考え及ばない「銭の病」への方策を立てられたことを、有綱は身近に見ていて感服している。

「帝とは難儀な職務であるらしくてな。宮中儀礼の煩わしいことといったらない」

苦虫をかみつぶすような顔で宮は続ける。あの後鳥羽上皇が早くに帝の座を退き上皇となられたのも、帝の義務たる宮中儀礼の数限りないことに倦んだというのが一番の理由だった。国のため民のため祈るのが天子の役目であり、そのための儀礼をそつなくこなすことが帝王学なら、道具一つないこの山中でそれを身につけるなど不可能だった。

「それに、帝は、一人ではまっとうできぬ。背後に補佐役があってようやく立てるのじゃ」

これにも、宮は苦い顔で言った。帝とはそれほどに困難な地位。ゆえにこの宮は、どれだけ学問や武芸にひいでていても、補佐すべき父君がなかったために玉座を逃された。

しかし学問のことは山人には想像もつかないであろう。智光が話題を変える。

「帝にはここまで、椿山でも別枝でもそれぞれ供奉した者がおったというが、横倉山へは、誰が随行して行ったのだ？」

これまで返答に四苦八苦していた山之内だが、それは、と明快に答えた。

「平知盛さまにございます」

顔を上げ、堂々と答える山之内に、思わず、は？　と声を上げたのは有綱だ。

「何と言った？　知盛、だと？　……壇ノ浦で沈んだ、あの知盛だというのか」

「はい。さようでございます」

後の言葉が続かない。壇ノ浦の船上で、潮目が変わり劣勢となったのを悟るや、女人たちにいちはやく覚悟を決めさせ、みずからは体に碇《いかり》をぐるぐる巻き付けたとも、鎧を二領着込んだとも言われるように、二度と浮かび上がらぬことを決意して海に飛び込んだ平家の猛将。実際その遺体がみつかることのなかった、あの平家嫡流の大将のことか？

山之内はけろりと答えた。

「知盛さまは生きておられ、ここ別枝にやってきて、帝を導き横倉山に入られました」

「ありえない」

　ほとんど叫ぶように有綱は打ち消した。そうでなければ、武士として華やかに散った彼の物語が精彩を欠いてしまう。万に一つ、浮き上がったとしても、源氏のくまなき捜索を逃れ、土佐にやってくるなど絶対に不可能だ。有綱は強い語調でそう重ねた。

「それが、生きておられたのです」

　頑として、山之内は譲らなかった。

「知盛さまなら、帝に漢学も指南できましょうし、笛や、蹴鞠もなさったようです。この先に、毬ケ奈路《まりがなろ》という広場も残っております」

　啞然とする有綱をよそに、山之内は喋り続ける。有綱は首を振り続けるばかりだ。百歩譲って、あの国盛《くにもり》の例が示すように、主の名をとった家人というなら理解もできる。だが山之内はあくまでも、知盛本人だったと主張する。

「もうよい。ご苦労であった。ようわかった。あとはこちらであいはかる」

　宮が仕切った。知盛は死んだ、死んでいないと、言い合っていても平行線だった。山之内は話すべきことを話し終えたことに感激しながら平伏した。

　彼が去って、三人だけになると、誰からともなくため息がもれた。

「聞いたか、智光。ここが都だと」

　さっきは何も言わなかったが、たまりかねたように宮が言う。智光も、はい、とうなずきはしたが、笑ってはいない。

行きくれて　木の下かげを宿とせば
　花や今宵の主ならまし

詠み人知らずとして勅撰の『千載和歌集』に入った薩摩守忠度《さつまのかみただのり》の歌が頭をよぎる。贅をこらした御殿で育った平家の公達が、戦のために都を逐われ、行き場所もなく今宵は野宿。ふと見上げれば桜の花が、敵味方のへだてなく咲き誇って木の下を貸してくれる。——美しくも哀しすぎる歌の情景に、有綱は何度、胸を詰まらせたことだろう。

公達の歌でさえそのように哀しいのに、それを雲上のお方であられる帝までもが同様に味わわれたというのなら、あのまま、西海に果ててくださっていた方がお幸せであったのではないか、そんな気にもなってくる。

「海に沈まず、本当に生きておいでだったのだろうか」

思うことは有綱も同じだが、今や彼には帝そのものよりも、知盛が生きてここに来た、というそのことが頭から離れない。山之内の熱い弁には迷いがなく、教えられてきたことだけを伝えようとする誠意があった。彼にとっては、帝の潜幸も知盛の生存も揺るぎない事実なのだ。それがわかるだけに、あれ以上言い争うことができなかった。

「当時の鎌倉方の西国支配にかける情熱は徹底していて、どんな山間も漏らさず調べに来たことでしょう。あの者の言っていることに間違いはありません。ただ、大将格はみな捕らえられたり自決したりしていますから、山間に残るのは雑兵にすぎず、鎌倉方にしても、残党たちが恭順し従うならば殺す必要はなく、自軍に組み入れる方が得です。現に、この近隣を支配している地侍は、鎌倉方についたからこそそれを認められています」

「ということは、とことん隠れ逃げざるをえなかったのは、やはり……」

みつかってはならない存在だけが、徹底して隠れ、逃げ続けた。椿山から別枝へ、そして横倉山へと。

そう、鎌倉方も、宝剣や帝を追っているつもりはなかっただろう。どちらも壇ノ浦で衆人環視の中で海に沈んだものなのだから。彼ら追捕使は、義経、六代と、自分たちの妨げになる者だけを追っていた。雑魚を含め、それ以外の者には追うだけの価値はなかった。

「さて有綱。そなたはどうする?」

宮こそどうなさるのか、知りたかった。もう宝剣はあきらめるのか、まだ横倉山まで行ってみるのか。有綱のこれからは決まっている。椿山では、みんなが彼を待っている。

「私は今一度椿山にもどり、この刀を村人に返してまいります」

訊かれるまでもないことだった。たとえぼろぼろになっても約束は果たさねばならない。

「よかろう。その先は、どうするのじゃ」

これも決まっていた。

「手がかりがあるならば、横倉山に行って、確かめてみまする」

「行者しかたどりつけぬ険しい山中だと言うぞ?」

「帝もいらっしゃった道でございますれば」

それはかつて宮が使った論法だ。思い出したのか、宮はにやりと笑い、絹の銭袋を一つ、智光を介して、寄越してくださった。中身は宋銭であろう。

「持って行け。邪魔にはならぬ」

旅を続ける者には、たしかに嵩《かさ》が少なく携行しやすい利点がある。おそらくこの山之内の家に滞在するにも宮はこれで支払っているにちがいない。物々交換でじゅうぶん交易できる山の民が銭を巧く使えるかどうかわからなかったが、さきほどの山之内の話では、これで米を買うということだったから、里の荘園に道筋がつけてあるに違いない。有綱もまたこの銭で、伊織や奈岐に多少の米など土産に持ち帰ることができる。

「それで、あなた様は」

よけいなこととは思ったが、ここまで、御殿に暮らす高貴な人とも思えぬ行動力を示してみせた宮だけに、知りたかった。それは智光も同じだったようで、そろそろ京が恋しい彼は切実な目をして宮を見た。

「宝剣さがし、のう。私は本当に帝になりたいのだろうか、それがわからなくなってきた」

そしてふらりと立ち上がり、縁先まで出て背伸びをした。

「帝たるお方がこんなところにいらしたとは、あまりにも辛《つろ》うてな。信じたくないのだ」

現在の後堀河帝に何かあればお控えの身となられるお方だ。帝がどのように存在すべきか、いちばんよくわかっておられるからこそのつらさであろう。

「窮屈な京が苦手でふらふらしていたわたしだが、ここが都と言われればそれも違うのでな。……宝剣は、もうよい。旅はここまでじゃ」

智光がほっとした顔をするのを苦笑して見下ろしながら、宮はくるりと振り返った。

そのとたん、ハッとその目が見開かれ、何かを凝視するのがわかった。

視線は部屋の奥、さっきまで刀が祀られていた神棚に留まっている。あれは、とつぶやいたきり、吸い寄せられるように歩み寄ると、神棚へ手を伸ばした。

「これは……。智光。今一度、山之内を呼べ」

命じながら、乱暴に神棚の上の盛り塩を摑んでいる。塩の白い粒がこぼれてまき散らされた。

まるで何かを祝い、あるいは清めるように、ぱらりと空に散っていく。

有綱の前にも舞い落ちてきたからわかった。こんな山間には珍しいが、それはただの塩、それ以上でも以下でもない。おそらく無言交易で手にしたものか、あるいは古代に海だったところが隆起した土地ゆえに岩塩がとれるのか、ともかく、塩は祀りごとにも、また人が生きていくにも必要な要素ではある。

しかし宮が顔色を変えてまでみつめているのは塩ではなかった。塩をすっかりはらいのけ、その掌に残った器の方だ。大きな貝殻――おそらく、はるか北の海で採れるホタテ貝だ。それも、すこぶる大きく形のいい。

「それは、宮中の儀器でございますね？」

確認するように智光が言う。貝殻の形が末広がりであることを好まれ、宮中の儀式では盛り塩の器として用いられる。それが、ここに。山の中の民の家に。

とりわけ大きく整った形をしたその貝殻が何を知らせているのか、有綱はぼんやりと、智光が山之内を呼び出す声を聞いていた。

ふたたび九十九折りの曲がり道をいくつもいくつも越えていき、有綱は椿山をめざした。

行きは、この道をふたたび歩くことがあるとは思えないほど、さまざまな思いが頭をめぐったことを思い出す。息を切らしながら帰り着いた彼をみつけて、まっさきに駆け下りてきたのは伊織だった。

「有綱っ。……有綱っ」

待っていた、とも、必ず帰ってくると思っていたぜ、とも、何らか言いようはあっただろうに、ただ名前しか言葉を知らないように、彼は坂の上に立って有綱を見下ろしていた。やはり、待ってくれていたのだと知った。それも、一日千秋の思いでこの瞬間を。

当然だろう、彼らは有綱が帰ってくるという約束のための人質なのだ。有綱が帰らなければ、どんな罰が待っているか、日々、村人の視線の冷たさ、態度の厳しさは針の筵《むしろ》に等しかったに違いない。

「伊織、遅くなってすまなかったな」

彼にもそれしか言葉がなかった。あとは二人、がっしり肩を抱き合うばかりだった。

「遅いよ、有綱」

二人にじゅうぶんな時間を与えた後で奈岐が出てきた。これにも、有綱は言葉少なく、

「いろいろあってな」

としか答えられない。そしてその後ろには、泣きそうな顔の、可乃。今にも何か気持ちをあふれ出させそうに有綱をみつめていたが、結局、何も言わなかったのは、すぐ後ろに父親の軸蔵がいたからだ。

「取り返してきたか」

彼はどんな感情もその顔に浮かべず、有綱を見た。答える代わりに、有綱は背中にゆわえつけた麻袋入りの刀を下ろして手渡す。軸蔵は初めて口元を緩ませた。

「ようやってくれた」

信頼を取り戻した。そう思った。鴉との死闘も、その一言が報酬ならば悪くなかった。

「おうい、宝物が戻ったぞ」

軸蔵は山の斜面に向かって高らかに刀を振り上げてみせた。集落からは、軸蔵の声にこたえて、おう、と複数の声が上がる。彼らには木々の枝越しに有綱の姿も見えていたはずで、上までたど

りついた時には、見知った顔が全員並んで彼を待っていた。どの顔も、よく取り戻したな、とのねぎらいがにじみ、言葉の代わりに誰もが有綱の肩を叩いた。

だが喜びの顔ばかりではなかった。その中には何人かの娘たちがいて、すがるような視線を向けてくるのがわかった。その声を代表するかのように軸蔵が、

「先に、探しに出した若い衆のことを知らんか」

静かに訊いた。有綱は首を横に振るしかできない。そして袖から、道端でみつけた胡桃の鈴を取り出して渡す。軸蔵が黙ってそれを娘らの前にかざしてみせる。

「それ、あたしのや。あん人に、あたしがお守りとしてあげたもんじゃ」

最後まで言い切らないうちに一人の娘が軸蔵に駆け寄り、鈴をひったくる。

「あん人は、どこ？　なんで一緒に帰らんかったん？　なあ、どこなんじゃ」

涙に濡れた目がせっつくように有綱にすがる。答えられるはずもない。ただうつむいた。

「俺が行った時にはすでに戦いは終わっていた。相手は恐ろしいやつだった」

自分もすんでのところで命拾いしたことを話すには少し時間が必要だった。

大きく泣き崩れる娘を、可乃が抱き留めて肩をなでてやる。

取り返した喜びと、失った悲しみ。村は言葉もなく、その両方を受け入れるしかない。

「ともかく、ようやってくれた。よう休んでくれ。それとも、どないや？　飲むか？」

訊きながら、軸蔵は片手で杯を傾ける仕草をする。

「いや、休ませてもらうよ」

崖から落ちた時の打身《うちみ》がまだ本復していない。それに、伊織たちとも話し合いたい。

「そうか。わしらは氏神さんに刀を奉納する。直会があるき、飲むなら寄ってこいや」

もとより信心深い人たちだ。本物の刀がもどったなら、早速祀って加護を祈るのだろう。

「別枝で、山之内某という人に会いましたよ。その刀、帝から下されたものだそうですね」

ぎくっと肩をこわばらせた軸蔵だが、山之内から聞かされたならもう隠してもしかたないと思ったのだろう。振り返ると、そうだ、とさっぱりした顔でうなずいた。

「わしだけは村長《むらおさ》として聞かされとった話じゃ。……預かっとった刀は、返しちゃろう」

軸蔵は、叱られた子供のように目を伏せながら、有綱の刀を返してくれた。しばらく離れていた刀を、ひとしきり手でなでさすった後、いつものように腰に帯びた。

よかったな、とでも言うように、伊織が有綱の肩を叩く。うん、と言いよどむ有綱だったが、やはり大事なことは告げておかねばならなかった。

「伊織。鴉が氏仏堂を焼いてまで持ち出したのは、宝剣じゃなかった」

え？　と意味を探り、みつめ返す伊織。有綱はさらに言葉をつながねばならない。

「刀だったんだ。剣ではなく」

それだけ言えば刀匠である伊織にはわかるだろう。刀と剣の違いを有綱に説いて聞かせたのは他でもない、伊織だったのだから。

「そうか。剣と刀は、よく一緒にされるからな」

それほどの落胆もなく、伊織はすんなり受け止めた。

「なかなかにいい刀だった。抜くと、ギラギラと、光が走る」

「お？　いっせいに光が走るなんて、百足かよ。いっそ百足斬りとでも名付けるか」

「百足斬りは俺のこの刀だろうが」

別枝にたどりつくまではずっと一人で走り続けたから、こうして軽口をたたき合える相手がいるのは楽しいことだった。そしてそれがこれからも続くことが、なお喜ばしい。

「伊織、奈岐。また振り出しにもどっちまった。この先は横倉山へ行くしかなさそうだ」

すべてが徒労だったと思うと声にも落胆がにじんでしまうが、伊織は意外に明るい。

「そうか。そりゃしかたないな。あと少しで完成だったんだけどな」

何が？　と尋ねる前に、奈岐が答える。

「伊織は、その刀を入れる木箱を作ったんだよ」

へえー、と頷きつつ、人質となっても彼がたゆまず何かを作っていたことに感心する。あらためて見回すと、焼け落ち、黒く爛《ただ》れた消し炭のようだった氏仏堂がすべて撤去され、跡には山から伐り出されたばかりの楠の木材が横たわっている。わずかの間の留守だったのに、人々は生きて、動いていたのだ。

「これ見て、有綱。これが、伊織が作った新しい宝物庫だよ。ほら、箱の表に、蟹や魚を彫るんだよ」

目を輝かせながら奈岐が指差す一間《いっけん》ばかりの直方体の木箱には、前面にも横面にも下絵があった。どう見ても稚拙なのは、奈岐が描いたものだろうか。島で育った奈岐には、山また山を旅するこの日々の中で、長年馴染んだ潮騒の音や波間に漂う生き物たちが恋しくなったのかもしれない。

「氏仏堂と一体にして、柱や床板を動かさないと開かない仕掛けは前と同じだが、石を使って、もっと複雑にしてみたんだ。これなら誰にも盗み出せんぞ」

ふたたび火災に遭っても燃えないように、わざわざ山から石材を切り出してきたとは、さすがは生まれながらの物造りの匠。有綱は目を丸くしながらその案を聞く。

「おまえ、もしも俺が帰らなかったとしても、ここでじゅうぶん暮らしていけたな」

褒め言葉のつもりだったのに、伊織は眉を逆立て、言い返す。

「阿呆を言うな。俺はおまえと行くことになっている」

笑ったものの、本心では嬉しかった。ともに行くと言ってくれたことが、何よりも。

「そうだったな。伊織、おまえは刀を打つ男だ。刀匠はあくまで刀匠であらねばならん」

もの作りの巧い便利な男ではなく、刀を打つのが彼の才を生かす最高の道。ならば彼を、しかるべき場所に連れて行くのも自分の使命だ。

「あーあ。出来上がりを見届けられないのは残念といえば残念だが、いたしかたない」

いつもなら何か言い返す伊織が、今は照れただけだった。図面はすでに渡してあり、後は村の者が分担しながら作り出していくことになっているという。だから伊織は少しも残念そうな顔をしていない。それどころか、

「直会に、行ってこいよ。酒が飲めるのはおまえだけだからな」

と有綱を押し出す始末。そうだな、と同意するのは、彼らと話し合う時間はこの先いやというほどあるからだった。

神社へ向かおうとすると、奈岐がひょこんと前に立ちふさがり、にやっと笑う。そして意味ありげに指を立て、右を指すから、目でたどると、その先には可乃が立っていた。

「ちゃんと話しておかないとだめなんじゃないの？　女心は一筋縄じゃいかないよ」

「阿呆。ガキのくせにつまらないことを言うんじゃない」

押しのけるようにして、前へ行く。その背に向けて、奈岐がまた言う。

「直会の後も、おっちゃんは帰らないからね。あたいらで朝まで相手しとく」

ふん、そんなことで気を利かせたつもりか。どうせ先に寝てしまうのが落ちだろうに。

無言で歩を進めながら、有綱は自分に言い聞かせる。たしかに彼女と話しておかねばならなかった。今となっては刀とわかった村の宝を、知りたい一心で彼女に近づいたこと。だが目的を果たす前に、可乃に惹かれてしまっている事実。それでもこれから彼女を置いて、最後の手掛かりを見届けるため横倉山へ旅立つことも。

――わたしは行くぞ。行って、帝が眠るという御陵に詣でてみたい。

そう言い切った宮の顔を思い出す。宮中儀式で用いる盛り塩の器を発見してから、宮は山之内の話を信じる気になったようだ。たしかにこの地に帝がいたなら見届けたい、と。

――わかりました。それでは、椿山からもどりましたら、同道させていただきましょう。

有綱がそう答えたのも、宮の中の変化につきあいたいと思ったからだ。加えて、知盛が生きていたという話の真偽を確かめたいとの探究心にあらがえなかったからだった。

そうして「都」の地から椿山へ取って返してきたが、道中、考えていたのは可乃のことだ。残していく者のことだ。彼女を泣かせることなく、自分は別れを告げられるだろうか。

意を決し、有綱は可乃の前に立つ。しかし、先に言葉を発したのは可乃だった。

「出て行くがやね？」

それを言おうとしていた有綱だったのに、またしても言葉がなく、ただうなずく。

可乃は、今にもこぼれそうな涙の溜まった目で有綱を見上げている。その目は有綱を途方もなく哀しくさせた。可乃を泣かせたくなかった。それだけを思って走ったことを、どう伝えればいいのだろう。

「可乃、泣かないでくれ」

それしか言えない。そして、そっと抱きしめるしか。瞬間、涙がはらりとこぼれた。唇で、涙の粒を拭おうとした。だが可乃は有綱の腕をふりほどく。

逃げていく、去って行く、初めて会った時のような、牝鹿のような軽やかな足取りで。

このまま別れていいのか。去っていいのか。有綱は呆然と可乃の後ろ姿を見ていた。

小舟の上から、射落とされた扇が舞う。ひらひら、弧を描きながら波のまにまに漂う扇。お見事、と浮かれてはならない、踊ってはならない、それがおまえの足りないところだ、と父や兄の声がする。はかなく去った夕の後ろ姿が浮かんで消えた。

しかしそれでも有綱は、自分の心に正直に、喜ばしいことには手を叩きたい、踊りたい。たとえ残虐なヤツに隙を突かれて首を射貫かれても。今は可乃を離したくなかった。

有綱は走り出した。この手から逃げようとする若い牝鹿を追うかのように、心が逸った。ただ本当の気持ちを告げるために。

＊

風が止まった。さきほどまでは烏帽子の下をくすぐるように吹いていたのに。

船が不気味にぐらりと揺れた。新中納言平知盛は天を仰ぐ。日はまだそこに、高かった。

「誰か。誰か見えるか。海豚《いるか》の群れは、いずこにぞ」

漕ぎ手に向かって声を上げる。水面に近い水主《かこ》なら、何か見えるであろう。

「はっ。いまだ、いずこにも」

左舷からの声に一度は胸をなでおろすものの、何やら知盛には胸騒ぎがする。

戦いの半ば、総指揮官である兄の宗盛《むねもり》は、平家の軍船の下を矢のように泳ぎ去る海豚の群れを見て、陰陽師の安倍晴信《あべのはるのぶ》に占わせた。

千頭、いや二千頭にも見える海豚の大群。船のすぐ底をかすめるように、おそろしい速度で潜行していく白い魚影は、船上から眺めても壮観だった。

晴信は言った。海豚の進む方向にいる軍が負けるでしょう、と。

預言通り、平家軍は優勢で、数で勝る源氏の水軍をぐいぐい押して進んだ。

だが、風が止まったのだ。これは何を意味するのか。知盛が小首を傾げたのもつかのま、わずか先の水面下を、こちらをめざしてくる白い魚影の塊が見えた。

海豚だった。さっき通過していった大群が、そのまま、向きを変えてこちらめざして突き進んでくるのだ。

あっと声を上げる間もなかった。海豚の通過と同時に、潮の流れが変わったのを知る。

合戦開始当初は、平家軍の船をぐいぐい押して、戦いを有利に導いた潮だったが、今は逆に西へ西へ引いていく。そして潮が、源氏の船を押し出してくる。

平家の軍船と源氏の軍船はたちまち互いに入り乱れた。敵船団の最先端の船上にいるのは大将の源義経である。

彼は船から船へ、軽々と八艘も跳び移っては平家の兵を斬り倒し、非戦闘員である水主らを次々と射殺させては平家の船を操縦不能に陥れた。武装もしていない船の漕ぎ手を狙うなど卑怯千万、と言いたいところだが、生死を賭けた戦の場にあって、なおも決まり事を守って戦う平家が甘いのは一目瞭然だった。

これを見た平家の猛将、教経《のりつね》も、船から船へ跳び移りながら次々と敵を倒していく。

そこへ、信じられないことが起きた。味方のはずの阿波の田口の水軍が、突然、平家軍の赤旗をかなぐり捨て、源氏方である白旗に転じたのだ。

海面はたちまち平家の赤旗、赤符《あかじるし》で埋まっていく。まるで龍田川《たつたがわ》の紅葉が嵐に吹き散らされていったかのように、水面は真っ赤になる。無情にも切り捨てられかなぐり落とされた旗、旗、旗で、波打ち際に寄せる波でさえ薄紅色に染まって見えた。

獣でも三日飼えば恩を忘れぬというのに、あれだけ目をかけ重用し、またこの海戦では右腕ともたのんだ田口が、土壇場で敵に寝返るとは。

呆然として、知盛はそれからの戦の流れをみつめていた。

平家は見るまに劣勢となり、もはや勝機がないのは明らかだった。

知盛は目を閉じる。思えば須磨《すま》一ノ谷での敗北が、すでにこの日を暗示していた。

あの時、海に面して陣を敷いていた平家軍は、予想もしなかった背後の急峻な鵯越《ひよどりごえ》から、敵の大将源義経の急襲を受けた。むろん平家軍は総崩れ。彼自身、その子・武蔵守知章《ともあきら》、そして郎党の堅物太郎頼方《けんもつたろうよりかた》と三人連なり、必死に海へと敗走した。

そこへ敵の児玉《こだま》党が追撃してきたのだった。当然ながら、交戦となる。

——父上、お逃げくだされ。

一声叫ぶや、知章は取って返し、父に組もうとした敵の中に割り込んでいく。

——殿。この間に早く。

知章を守ろうと、堅物太郎も後を追った。

知盛自身もともに戦うべきだった。だが自分は平家軍の大将。その自覚が彼に目をつぶらせた。大将が簡単には死ねない。頭を失った胴体がどうなるか、それを思えば、まず大将は生き延びなければならなかった。だから後を彼らにまかせる道を選んだのだ。

彼らが死闘をくりひろげる間に、彼は浜辺をひた走り、海上にあった味方の船に逃げ延びることができた。けれども二人は、敵に討たれた。

骸《むくろ》となって砂浜に倒れた二人の姿をはるかに眺め、とめどなく涙がこぼれ落ちるのをどうすることもできなかった。息子と忠臣との犠牲の上に、自分はこうして生き残った。

彼らだけではない。愛してやまない名馬・井上黒《いのうえくろ》をも手放さねばならなかったのは断腸の思いであった。船上は敗走してきた将兵がひしめきあい、とても馬を乗せる余地がなかったのだ。涙を呑んで陸へ追い返したが、愛馬はなかなか離れようとしない。

胸がはりさけそうだった。

そこへ、後に平家を裏切ることになる阿波民部田口重能《よししげ》がささやいたのだ。

「あれほどの名馬が敵の手に落ちれば、こちらには痛手となりますぞ。射殺しましょう」

しかし知盛はうなずけなかった。

「命運をともにした馬なのだ。どこでなりとも、無事に生き延びてくれればそれでよい」

日ごと友のようにいつくしみ、心を通わせてきた愛馬であった。田口に射させず馬を追い返したが、馬の方では知盛をどこまでも追って駆け続ける。しかしようやく追うのをあきらめ、波打際で一声、いななくと、遠ざかる船影を見送るように立ち尽くしていた。

つらい別れであった。あれだけの名馬、この後は最高権力者たる後白河法皇のもとにでも送られ、ふさわしい待遇で厩《うまや》に繋がれることだろう。せめてそれだけが心の慰めだった。

この感性を、関東の者どもは平家が公家化して軟弱になったと嘲笑う。

だが大切なものを一度になくしたあの時、おそらく自分の命運は尽きてしまったのだと知盛は思う。そしてあの時から、彼は自分が死ぬことにさほど恐れを抱かなくなった。

ただ、一門を率いる大将であるために、死してもこの首だけは敵に取られまいと願うばかり。死せば魂魄《こんぱく》は負けずとも体は動かず、敵方の辱めに遭えば抗《あらが》うことも逃げることもできない。あの一ノ谷の戦いの後、都大路へ送られていった一門の敗残者の首が受けた残酷非道な処遇のことは、話に聞くだに身震いした。

おそらく、ここ壇ノ浦の波間が自分の死に場所となるだろう。

知盛は肩で大きく息をした。潮の香が肺いっぱいに満ち、それはそれで悪くはなかった。彼は自分の船を、帝がお乗りになった御座船へとこぎ寄させさせた。そこには実母の二位の尼、妹の建《けん》礼門院《れいもんいん》、そして甥にあたる安徳帝が乗っておられる。

「もはやわが一門の武運は尽きたようです。まもなくみなさまは、これまで目にしたことのない珍しい東夷《あずまえびす》を見ることになるでしょう」

東夷、の響きに、女官たちはおののき、袖で顔を覆って震え上がった。人相も違えば言葉も違う、どれほど残忍な者どもであるか、よくよく思い知らされてきた方々である。

「どうかお心を決め、見苦しいものはすべて処分してくださいますように」

知盛が言えば、みな涙をこらえ、船内を整え掃き清め始めたのが哀れだった。

お守りしきれず申し訳ない。知盛の心にあるのは武将としての詫びだけだった。

悔いはある。水島の戦いで源氏に勝利した後、福原まで勢力を盛り返したあの時に、一気に京へ上りたかった。だが総大将である兄の宗盛に却下されたのだ。

そもそも都落ちを決めたのもこの兄だった。武門の長でありながら、兄はなぜに戦いを回避したがるのか。いや、言えばそれは繰り言になる。今はもう、最期の時なのだ。

「一門の大将として、見るべきものはすべて見た」

そう、人の勇敢さも裏切りも、何もかもを。彼は平家の運命をここに見届けたのだ。

「家長《いえなが》はおるか」

知盛は呼ぶ。伊賀の平内左衛門《へいないざえもん》家長は乳母子《めのとご》である。

「はい。御前に」

「そなた、前々からの主従の約束は違《たが》えまいな」

「もちろん、生死は、どこまでも殿とともに」

汗と返り血でくすんだ家長の頰が濡れていく。そして無言で、主人に鎧二領をお着せする。次いで自分も、同じく鎧二領をその身に着込んだ。

重い。知盛は思わず声に出しそうになる。だがこれでいい。これなら浮かび上がることはまずないだろう。

「家長、よいか」

「は。いつなりと」

そして互いに体を組んで、やっ、と主従は海へ跳ねた。白いしぶきが上がり、船を揺らした。いっしょに沈む。沈んでいく。

「殿に続け」

見ていた忠義の者ども二十あまりが、知盛主従の後を追って次々と海に飛び込んだ。

海は、赤い。おびただしく赤い海の中を、兵たちが沈んでいく。

ああ、これを見ている自分は誰なのだ。話に聞いたとおりそのままを、なぜにこれほど鮮明に見ていられるのだ。

自分に問いかけ、そっと目を開けた時だった。ゆらゆらと日に透ける水の向こうに、たちのぼる長い黒髪に包まれた白い女の顔が見えた。

女はまばたきもせずこちらをみつめている。泣いているのか。水の中というのに、大きな涙の粒が、まるで珠玉の粒が連なるように、こぼれて大小、列を成して流れて行く。

――泣かないでくれ。

手を伸ばし、言おうとするが、水の中とて声にならず、ただごぼごぼと水泡が出るばかり。たのむから泣かないで。そう言いたいのに届かない。体が深く、沈んでいったから。

*

有綱ははっとして目覚めた。いや、眠っていたわけではないから、目覚めるというのはおかしいだろう。しかしこんな白昼、知盛を思ううち、その壮絶な最期のさまをありありと見ていたのだから、やはり自分は眠って、夢でも見ていたのかもしれない。

「おい、有綱、大丈夫か」

頰をぴしゃりと打たれて、今度は本当に我に返った。伽羅の香りが濃厚だ。

「まったく、もう。息が止まってるんだからびっくりしたよ」

目の前に、奈岐の顔があった。

水に沈む夢を見ていたのだ。だからその間、息をしていなかったのだろうか。

「返してもらうよ。素人にはこの仮面は毒だ」

奈岐は、有綱の手にある仮面を乱暴に奪い取った。そうだった、奈岐に仮面を見せてくれと言ったのは有綱だった。そしてぼんやりするうち、白日夢を見ていたようだ。

知盛の、何もかもを見尽くした悟りの目。山で対峙した大鹿のように透徹した目だった。

「なあ、奈岐。その仮面が放つ香は、人の意識を麻痺でもさせるのか？」

わが身に起きたことがまだ信じられなくて、有綱は奈岐に尋ねる。

「そうだな。感は鬼神に至り、穢れを除き、静中に友となる――。香には他にも、数えて徳が十はあるからな。有綱を空っぽにして、そしてもっとも深い部分を引き出したんだろ」

子供のくせに悟りきったようなことを言うとは思ったが、今もまだ漂うこの香り。あれほど鮮明な情景を夢想したのは、やはりこの香木の威力としか考えられない。

「有綱は、知盛が生きてこの集落に来たってことに、そんなにこだわってるわけか」

横から伊織が言う。

「あたりまえだ。知盛は一門の命運を見届け、みごとなまでに潔く海に沈んだんだ。それが、幽霊じゃあるまいし、こんな山奥に現われて、帝の潜幸を助けたって言うんだからな」

今も、あの山之内の当然顔を思い出すと苛立った。英雄は花のように散り、波のかなたに退いて帰らないのが美しいのだ。それを、大童の髪をびしょ濡れにして、なんなら海藻などもへばりつけて、砂だらけの姿で荒磯の岩に這い上がってくる姿など、見たくもない。

「わかった、わかった。けどな、有綱、海底に沈んだ知盛を、偽物でもいい、もう一度呼び起こさなければならない事情があったのかもしれないぜ」

伊織の言う「偽物」という言葉に、有綱は冷静さをとりもどす。ともかく本人は壇ノ浦に沈んだ。その情景を壊さないなら、どんな仮定も受け入れられるような気がした。

「どんな事情だ？」

「おまえも言ってたじゃないか。帝には、後見できる身分の高い補佐官がいる、って」

「だからって、死んだ者に補佐は務まらないだろう」

「そこだよ。知盛は死んでいっそう名声を高めた。だからその名声を利用……と言っちゃ悪いが、借りたかったやつらはいるだろう。なんせ、平家随一の英雄なんだからな」

それなら納得できる。誰もが惚れる男の中の男を、生きていたことにして帝を護らせたなら、無敵ではないか。

「偽の知盛役をやらされたヤツは荷が重いだろうが、知盛の家人か、あるいは彼につながる者がいたのかもしれんな」

嘘をついているとも思えない山之内の顔を思い出し、すべて符合する気がした。

しかしまだ有綱には気になることがある。夢の最後に見た女の顔だ。あれは――。

泣かないでくれ。そう言ったのは有綱だった。だからあれは可乃だったのか。子供のように何度もうなずき、泣いちょらん、と強がった可乃。椿山を出る前の、最後の夜だ。

――わかっちょったよ。始めから、有綱を好きになっちゃいかんと言い聞かせとったんに。

指で涙を拭って、可乃は笑った。

――そやかて、どうせ有綱は出て行ってしまうろう？　わかっちょったよ。

そして背中を向けて小さな声で言うには、父に「みやこ」のことを訊いたらしかった。

――うちが知ってる「都」とは違て、有綱がいた「京」は、それはそれは大きいのやて？

有綱には答えてやることができなかった。いや、答えることは残酷だと思えた。

――そんなとこに、うちが行けるはずもない。行ったら有綱もうちも恥ずかしいじゃろ。

そんなことはない、となぜにすぐ打ち消してやれなかったのか。正直すぎる自分を呪った。可乃は睨み返すような目で有綱を見た。泣くまいとせいいっぱい耐えているのだ。

——うちはここから出て行かん。出てっちゃならん。有綱とうちはそういう定めなんや。

有綱がどういう言葉もかけられなかったのは、それが事実だったからだ。このまま村に残って可乃と一緒になって、力仕事をこなしながら暮らしていく。それもいい、と思う瞬間もあるにはあった。伊織や奈岐も一緒に残り、それなりに穏やかに生きていけるかもしれない、と。だが見せかけの幸福は、きっといつか壊れてしまう。剣のゆくえを見届けない限り、体をここに置いても、ずっと心はさまよい続けるに違いないのだ。

すまない、と謝るのがいいのか、嘘でも、必ずまた戻ってくるから、と言えばよかったのか。ろくでもない男は寄せ付けずに来た賢い女だ、どうせ偽りには気づくだろう。だからせいいっぱいの誠意をこめて言うほかなかった。

——可乃のことは好きだ。いとおしいと思っている。離したくないと思っている。

そこまで言っただけなのに、可乃は両手で有綱の口をふさいだ。

——やめちょって。もうええよ。うちはこの後も生きていける。有綱なんかおらんでも。

強がりであるのはすぐにもわかる。それは素直に、行かないでと言われるよりも心に響いた。無理矢理にでも抱き寄せずにはいられなかった。細い腰を、折れそうな肩を。

なのに可乃は両手で有綱を押し返した。

——あつかましい男や。もう出ていくっち、言うとろう？　早《はよ》う行き。

もう会えない、そう思うとせつなくて、何度撫でても口づけても、この胸にあふれくるいとしさにはきりがないというのに、そう思っているのは有綱だけなのか。

——うち、男には不自由しとらんのよ。だから、あんたも忘れてくれてええのんよ。

有綱は呆気にとられる思いだった。しめっぽく未練たらしいのは自分だけだったのか。

――幸せになってよね。有綱がどこに行こうと、うち、ずっとそれだけを祈っちゅうき。

頬にはまだ涙の跡があるというのに、なんと晴れやかな目だったことか。

そうか。それなら旅立っていける。有綱も微笑んだ。いい女を好きになった、そう思った。

俺もずっと祈っているからな、それだけを言った。

それが可乃との別れだった。

「阿呆じゃのう、有綱は」

いきなり背後で奈岐が言うから、有綱は考えていたことを見透かされたようで驚いた。

「な、何が、だ」

顔も赤くなっていたかもしれない。奈岐は覚めた目で有綱を眺め、代わって伊織が言う。

「有綱。おまえの留守中に、奈岐と、この仮面のことを話し合ったんだ」

それは有綱も気になっていたことだ。奈岐をあのようにすみやかに神懸かりにする、その仮面。つけないまでも、手にして、あまりのかぐわしさにぼんやりしていただけの有綱も、あんな白日夢に浸ることになった。考えれば恐ろしい力ではある。

「島を出る時、庵主さまは、奈岐はまだ自分が何者かわかっていない、とおっしゃった」

伊織の言葉で、有綱も思い出した。奈岐を連れて行く二人に、くれぐれもよろしく、とたのみおくその時のことだ。

「あたいはいったい、何者なんだ?」

いつになく、迷子のような心細げなまなざしで奈岐が言うから、有綱はどう答えていいかわからなかった。感度のいい依りまし、あるいは霊感の強い巫《かんなぎ》。そんな答えでは納得しない切実なものが奈岐のその目に滲んでいる。

「伊織には、あたいが見た夢のことを全部聞いてもらった」

それと同じことを、今また有綱にも伝えようとしていたのに、彼は心ここにあらずで生返事だった。そのことを奈岐は「阿呆」となじったのだ。そばから伊織も、

「これはよくよく大事なことだぞ、有綱」

と身を乗り出す。思えば、剣のゆくえを知っているというので連れ出してきた奈岐だった。その途上、剣があったとされる平家の名残が色濃い場所では、彼女は必ず神懸かった。名前を刻まぬ伏せ墓でも、無残に殺された旅の僧の霊を祀った氏仏堂でも。

あれは、自分たちには見えない、そう、この世のものでない者たちが、奈岐の肉体を媒体として何かを伝えたがっていたからだろう。

「二人とも、今度こそよく聞いて。いいか、話すぞ？　あたいが見た夢はね」

奈岐は訥々と話し出す。屋島では子供であった。平家はまだ負けてはおらず、帝を落とす必要はなかったはずなのに、脱出する別働隊に担ぎ出された。そして阿波の山中では、乳母の着物に隠れていた。仲間の分裂と争いを見、そして思いがけなく那智の沖から浄土に船出したはずの維盛を看取った。だが壇ノ浦での夢は見ない。

「そしてこれから、行在所もある『都』という名の村に行くんだろ？　あたい、怖いよ」

奈岐は震えている。唇が真っ青なのは、本気で怖れているのだ。それに気づいた伊織が、そっと肩を叩いてやると、子猫のようにしがみついた。

これから行く別枝、都という名で呼ばれるあの桃源郷は、帝と奉られた青年が過ごした地なのだ。

何かが起きる。奈岐の恐れがそう語っていた。そして剣はどこなのだ。


別枝に着いてからは雨が続いた。けれども奈岐には案じたような変化は訪れずにいる。山之内の家にはなおも宮たち一行が逗留していて有綱の到着を待っていたが、奈岐はまず宮の姿に度肝を抜かれて目を丸くした。

「夢では平家の公達衆のみごとな装束を何度も見たけど、じかに見るのは初めてだ」

それが偽らぬ印象というものだろう。こんな鄙《ひな》の山村では、ただ圧倒される装束だ。

「奈岐とやら。そなたのことは有綱から聞いた。すぐれた巫だそうな。ならば今宵、あの社に籠もって何ぞ託宣を受けてみよ」

託宣とはそのように遊び半分で行うものではない、とでも言い返しそうな奈岐の口を、伊織が慌てて手でふさぎ、代わりに、承りました、と返答する。

「危ない危ない。よいか奈岐、このお方はおまえが直《じか》に口のきけるお方ではないのだぞ」

「有綱、かまわぬ。そなたの連れなら、今よりは私の連れだ」

礼儀を知らない子供の奈岐をたしなめる有綱を、宮は気さくな態度で許してしまう。

山之内は村の衆にも声をかけ、氏神の社を奈岐のために開けてくれたが、当の奈岐は一人でそこに籠もるのを嫌がった上、夜の暗さにべそをかく始末。

「いやだよ。伊織、一緒にいてくれ」

「俺なんかが一緒にいたら、出るものも出ないだろうが」

言い出したら奈岐は梃子《てこ》でも動かない。ため息をつきながら有綱が奈岐を見た。

「奈岐の場合は、こちらから招くのではなく、あちらからやってくるのを待つのみか」

「なんだ、みずから招くことはできぬのか。そんなことでは力のある巫とは言えんな」

宮にそう言われ、ふてくされてしまったのだから、やはり子供だ。

「ともかく明日は横倉山に出立しましょう」

「しかしあいにくの雨だぞ。山の上の雲を見れば、これはしばらく続きそうだ」

山の雨は、ただでさえ暗い森が重く湿ってあらゆる世界を閉ざすかのようだ。

「かまわぬ。晴れの日もあれば雨もあろうて」

案外、頓着しない宮は、衣装も動きやすい狩衣《かりぎぬ》に替え、予定通りの出立とした。

「横倉山へは、お墓詣りなのですね？　でしたら私は行かなくてもよろしいな？」

屋外に出るのを好まない智光がちゃっかりと言う。

「実はそろそろ京からの使者も来る頃ですので」

彼は街道筋の里に連絡をとりあえる者を置いていた。こちらからも京へ返す文がある。

そんな智光にはかまわず、宮は先に歩き出す。お供なら、有綱たちでじゅうぶんだった。

「有綱が椿山へもどっている間に、『都』を案内してもろうたぞ」

楽しそうに宮は言うが、案内は小一時間もかからなかったはずだ。山之内が言ったとおり、ここは山を切り開いて人工的に作った平地で、行在所や乳母の屋敷といった住居跡を見てきたものの、どれも広さを望めない横長の土地に建っていたという。

「これでは体がなまってしまったであろうな。馬にも乗れぬ、毬を蹴れば谷底まで落ちる。山の中腹の同じ高さを、行ったり来たり、歩くしかなかろうて」

やるせない、と言っていた宮なのに、今は少しは狭い山間の「都」に慣れたのか、こんなところに、と嘆く口ぶりがなりをひそめている。

「どうだ、おまえたちここの御陵も見ておくか？」

これから横倉に御陵を訪ねていく前に、ここ別枝にもあるもう一つの御陵を先に見ていこうというのだ。

山之内が先に立って案内する。皆は、くねくねと続く山道をついて上がった。その先はやはり、人工的に拓かれた平地であり、氏神を祀った神社の続きに、こんもりとした土まんじゅうが盛られていた。

「これ、だそうだ」

あっけらかんと宮が指さす。周囲は森で、土まんじゅうの全体は木々に埋もれてよく見えない。参道もなければ玉垣もなく、聖なる気が通るという鳥居も見当たらない。有綱も伊織も、その素朴さに打たれ、ただ目を見張るばかりだ。

「そなた、京の七条にある後白河法皇のあの大陵《おおみささぎ》を見たことがあるか」

畿内の育ちであることをふまえて有綱に尋ねたものだ。はい、とうやむやにうなずいたのは、実は彼は、そばにある三十三間堂の荘厳さしか覚えていなかったからだ。

「賑やか好みであらせられたからな。京の賑わいから遠からぬ場所にお眠りあそばれておる」

帝も上皇も、生前の勢力が御陵の規模や位置を決めるのだ。そのようにして大和や河内《かわち》には古代の王たちの巨大な陵墓が無数にある。

「死んでしまえば墓の大小など本人にはわからんだろうが、あの大陵を知っておれば、こちらの陵墓は、せつないのう。隠岐の上皇さまも、早くお戻りにならねばな」

ふいに後鳥羽上皇が登場したので有綱ははっとする。たしかに、あれほど傑出した上皇でも、今の立場のまま亡くなられたら、遠い鄙の地にこの土まんじゅうほどにしか御陵は築かれないかもしれない。人の生と死とは、かようにも切実にはかられるものなのか。

「これから行く横倉山の御陵と、これと、どちらが本物なのだろうな」

そう言って宮は苦笑した。踵を返す前に、有綱はそっと手を合わせる。たとえ素朴でも、雑草一つなく掃き浄められているのは山之内らこの村の者たちが心を尽くして守っていることがうかがえた。そこに眠っている者は幸せ者といえよう。

しのつく雨に、蓑《みの》や笠を着ていても全身が濡れそぼり、体が冷えた。奈岐は大丈夫か、また熱など出さないかと気に掛けながら、有綱はできるだけ急ぐことなく先へ進んだ。

横倉山は天を衝くほど高い山で、今は雨雲にすっぽり覆われ形を明らかにしない。一行は先の視界の開けぬ山道を登りに登った。修験道の行場というだけあって厳しい道だ。

「奈岐、大丈夫か」

伊織も時折振り返るが、奈岐は無言でついてくる。智光でさえ屋敷に留まったのだから、無理せず一緒に待っていろと言ったのに、怯まずついてきたその真剣さからすれば、やはりこの先に何かがあるのかもしれなかった。今度こそ剣はあるのか、と訊きたかったが、有綱も黙っている。あるなら奈岐の方で黙っていないだろうと思ったからだ。

斜面のあちこちで降雨が走り始め、せっかちな流れを生むのがわかる。雨はやまず、世界は今すっぽりと、天から降りしく水に包まれていた。

やがて、こちらです、と山之内がつけてくれた案内人の五助《ごすけ》が指さした。目深にかぶっていた笠を持ち上げてその先を見ると、人工的に作られたゆるやかな上りの坂道が見えた。ところどころに丸太を打ちつけた段々もあり、人が歩きやすいよう配慮されている。

「どこだ？　見えんぞ」

宮が苛立った声を上げたとおり、上っていく道はあるものの御陵らしきものは何もない。前には段々のある坂道が上に向かって続いているだけだった。

「道は、この先で折れ曲がっちょるんです。まっすぐやと下から御陵がまる見えですき」

じかに見ては恐れおおいという気遣いに、宮も黙る。たしかに道はわずかに右に折れ、そこから見上げれば正面に、こんもりとした陵墓らしきものが見えてきた。坂道を上り詰めれば鳥居もあり、丸太を切り出して玉垣に代えた柵がぐるりと取り囲んでいるのも見える。柵の中には小石が敷き詰められて、しん、と清浄な気が満ちているようだった。

雨は一息ついたようで、木々の梢からはなおも水がしたたりおちている。

「ここに、帝が祀られているというのか……」

言ったきり、皆は名状しがたい思いに打たれた。霊峰の山懐に、本当に御陵があった、という感慨とともに、ここに葬られた人がいたということがあらためて胸に迫ったのだ。

別枝にあったものよりずっと広い空間が切り開かれているために、まるでここだけが壺の底の世界のようだ。大和に眠る王たちの陵墓なら、眠りをさまたげないよう俗世から隔てる濠が周囲にめぐらされている大規模なものもあるが、ここは、深山だけにじゅうぶん御霊は静けさをむさぼれるであろう。

雨のせいであたりは昼というのになお暗く、水を含んだ木々の緑が、のしかかるような圧をかけてくる。

「帝は何が原因で亡くなられたのだ？」

「ご病気やったと伺っちょりますが」

「何の病だ？」

さあ、と首を傾げるだけで、五助には答えられない。二十四歳のご寿命だったのなら、やはり奥山での潜幸の無理がたたったと解釈するのが正しいだろう。

「お子は？　いなかったのか？」

これにも五助は何の情報も持たない。妻となるべき女人がいたかどうかも定かでないし、病弱であったなら子をもうけることは難しいだろう。何より、こんなところで皇統を引き継ぐお子が生まれても、どうやってその血にふさわしくお育てできようか。ここは平地の常識が通用しない潜幸の地だ。

「ここまでついてきたのが知盛と言ったな」

違う、と有綱は即答したかった。しかし、

「さようでございますき」

とうなずく五助の言葉を頭から否定するのも大人げない気がして黙っていた。

「では帝が亡くなって、その者はどうしたのだ」

阿波の葛橋《かずらばし》の国盛は、貴人が亡くなった時、悲しみの中で懸命に手に入れた白い布で葬った後、里に下りて土着した。おそらくここでも同じ慟哭《どうこく》が響き渡ったことだろう。

「嘆き悲しみつつこの御陵を守ったと聞いちょりますが、その後は里に下りて、さあ、長く生きたようでございます。今この御陵を守っちょるんも同じ里の者でございやす」

壇ノ浦の時点で知盛は三十四の男ざかりだったが、帝の崩御の時は五十ほどにはなっていたか。輝く若き公達の、老いた姿を思い浮かべることは難しかった。知盛には永遠の武者であってほしいのだ。陸に上がり、もはや戦うこともなく、ただ人目を避けてその日その日の糧を得るため奔走する疲れた山家の男は、どうにも知盛像に合致しない。

「かつての猛将も、たった一人となっては、帝だけが生きる意味であったのだろうかのう」

もしも彼が本当に知盛だったなら、周囲は雑兵の生き残りばかりで、れっきとした平家の血を引くのは帝と自分だけ。となれば、二人の結びつきはいっそう深かったであろう。そして血の繋がった甥であり、平家の誇れる象徴でもあった帝が亡くなった時、老いた彼にはもはや、生きる意味もなかったかもしれない。

「私ならどうしたであろうかのう。それればかり考えてしまうことよ」

笠を脱ぎ、宮は小さくまとめあげていた長い髪をほどいて垂らし、空を見上げた。雨で緑を濃くした山腹をくりぬくような小さな空だ。白い山霧があちこちにたちのぼる。

この宮ならば、皆にかしずかれながら隠れ続けることには飽きてしまい、みずから山を下りてしまったかもしれない。常々、宮をお守りするのに苦労している智光ならばこう言うだろう。安徳帝が宮さまのような気性のお方でのうてようございました、とでも。

「有綱、今私に話しかけるなよ」

そう言いながら、宮は一人語りに喋り出す。そうせずにはいられないというように。

「私はな、今、私と同じ皇統の血を引く一人の子供が、かくも過酷に、与えられた運命を生きぬいた、そのことに、ひどく動揺しているのだ」

さもありなん。臣下である有綱らにとっても、帝ともあろうお方の、この終焉《しゅうえん》の地はあまりに寂しすぎる。かえすがえすも、なんという波乱に満ちた人生であろうか。平家に属した落人たちに守られながら土佐の奥山に連れられていき、辛苦を重ね、そうして行在所のある「都」なる地に落ち着いたが、それもつかのま、安住できず、峻険な横倉山にたどりついて天寿を終えた。それはあの戦がもたらした、影の物語なのかもしれない。

楢《なら》の木々が、杉の木々が、名も知らぬ常緑の高木が、あちこちで濡れそぼり、その葉先からぽたぽた涙のようなしずくを落とし続ける。まるで山全体が泣いているかのようだ。

御陵の横手に回っていた奈岐が、端の湿地で花をみつけた。薄紫の可憐な花だが、男たちには目に留まらなかったささやかな草花だ。深山に育つ白根葵《しらねあおい》であるとも、誰も知らない。黄色い花芯を囲む四枚の花びらを、奈岐だけが手に取ってじっとみつめた。

「そのちっぽけな花が、褒美とでもいうのかなあ」

伊織がため息とともにつぶやいた。ともあれ、ここも無駄足だった。次はどこへ、とはまだ考えられない有綱だったが、ふしぎと徒労感はなかった。一輪の花しか報いてくれないここまでの旅は、決して楽ではなかったものの、自分たちの足跡は、それに見合う以上の真実を紡ぎ出したではないか。そんな気がする。

その時だった。

「……よう来てくれました。……約束を違えず、よう来てくれましたな」

背後から、低く籠もった、声がした。男とも女ともつかないゆっくりとした声。

思わず振り向くと、声の主は、仮面をつけた奈岐自身だった。

「奈岐、おまえ、また仮面をつけたのか。どうして」

伊織が歩み寄ろうとしたが、有綱は制した。またも、奈岐には何かが起きている。

だがいつもの神懸かりとは様子が違うのは明らかだった。絞り出すような声を発した後、奈岐は苦しそうに体をよじり、両手で仮面をはずそうともがいている。

「やめて。……あたいは誰なの、……あんたは誰なの……」

見ている者にはまるで一人芝居にも見える二色の声。一つは憑依した何者かの声で、一つは必死に抗《あらが》う奈岐の声。これまでは奈岐の意志などおかまいなしに誰ともわからぬ者がその体に取り憑いたが、今は奈岐自身の意志が残って、その者に体を借りられることを激しく拒んでいる。乗っ取られまいと、戦っている。

「あんただね？　あたいをここまで呼び寄せたのは……。あたいをどうしようっていうの」

「奈岐、どうしたんだ、……ど、どうしてやればいいんだ？」

体をよじりながら苦しむ奈岐を見かねて、伊織が駆け寄る。

「顔が……、顔が……」

もがきながら、奈岐は前後が見えず伊織をつきとばしてしまう。なのになおも、

「この仮面をはずして、伊織……はずしてくれないと、あたい、……ああ」

なんとか仮面を剝がそうともがく奈岐。しかしまたあの低い声が呻く。

「待っていたのよ。……また会おう、必ず会おうと、言ってくれたから……」

もがき、身をよじる奈岐が、こらえかねて叫んだ時、頭上高く、鋭い稲妻が光った。

ぴかり、と鋭く光って空を割り、この世のすべての色を変えて駆け抜けた稲妻が消えた瞬間、反動のように暗闇が落ちる。そして、まるで空が裂けたかのように降り出す雨。

その勢いに皆が口々に声を上げたが、雨はそれさえかき消してしまう。遠慮もなしに、桶の水をひっくりかえしたような大雨だ。間を置かず、おそろしい大音《だいおん》で雷鳴が轟いた。

皆は思わず地面に伏せた。どどどん、と耳をつんざく恐ろしい音がして、どこか樹木に落雷した。炎が上がり、真っ二つに割れた大木が、ずしん、と地面をゆるがせ倒れていく。

この世の終わりとはこんな情景か。激しい雨が、一寸先の視界すらかき消してしまう。ぐしょ

ぬれに吹き殴る雨を受けながら有綱はやっとのことで片目を開けた。そして見た。かき煙る御陵の前、地に倒れ伏した奈岐に向かって、玉垣を抜けて歩み寄る人影を。

奈岐、と叫んだが、それは怒れる雷鳴によってかき消された。

*

近くで波の音がする。東の岬から昇る日の出。働き者の漁師たちはもう船を漕ぎ出し、女房たちは浜辺で貝を採り、年寄りは目をしばたたかせながら藻塩《もしお》を焼く。海のむこうには、手の届きそうなところに島、島、島の緑がけむる。

ああ、ここは、なつかしい瀬戸の多島海だ。北に見えるのは因島《いんのしま》の山陰で、南に見えるのは伯方島《はかたじま》に違いない。幼い頃から毎日のように島を駆け巡って眺めた景色がそこにある。なつかしい生口島に帰ってきたのだ。奈岐は胸がいっぱいになり、目を閉じた。

しかし次に目を開けた時、そこは、同じ海域の島でも、どこか自分になじまぬ景色に変わっていた。奈岐は緑の葉のしげみに包まれている。これは大きな木だ。四方に広げた腕のような枝々が、海風を受け、まるで梢が意志を持った生き物のようにざあっと鳴った。

「渡岐《とき》。……そこにおるのは渡岐であろう。わかっておりますぞ。下りてきなされ」

緑葉のそよぎが人の声に変わり、木の下には巫女が立っている。老いているのは髪の半ばを占める白いものでわかったが、何より、その巫女は、なんとも醜い顔をしていた。

日に焼けて肌は黒く、目はぐりっと丸く大きく、口もそれに負けずに大きい。まるで「がたろ」のような。後ろから来る付き人の方が、愛嬌のある団子鼻であるだけましであろう。

奈岐がその老巫女の顔を異様に思わなかったのは、まさに自分がもう少し成長したならその顔になる、そんな、どこか共通するものを見て取ったからだ。

それにしても、渡岐、とは誰だ。奈岐はざざっと音をたてて木からとびおりる。裸足で地面に着地すると、二人は駆け寄ってきて、おおぎょうに奈岐の袴の裾を払って整えた。

「探しましたぞ。お着替えになったまま、お姿が見えないから」

団子鼻の侍女が言う。言われてみれば、奈岐が着ているのは見たこともないほど立派な山鳩色《やまばと》の装束だ。呆然とあたりを見回すと、ここは大三島、それも大山祇《おおやまづみ》神社の境内であるとわかった。今下りてきた大木が、変わらぬ姿で立っていたからだ。

「髪に、木の葉がついておりますよ。ほれ、鏡で見てごらん」

老巫女が袂《たもと》からよく磨かれた鏡を取り出し、奈岐の前に掲げてみせる。あ、と驚きの声が出てしまったのは、そこには、奈岐とは別人の、美しい少女が映っていたからだ。ふっくらと色白で、三日月の眉の下にはたおやかな目と唇。だが少女ではない、美豆良《みずら》に結ったその黒髪が、少年の姿をしていることを物語る。

「そなたはただでさえ美しかったが、そのように装うとどこから見ても高貴なお方じゃ」

鏡をひっこめながら老巫女がうっとりと言う。その手を、奈岐はぐい、と引いた。もう一度、鏡を見て確かめたかったのだ。

しげしげと食い入るように鏡を見る。その美しい顔が本当に自分なのかと。

「生まれてすぐに母を亡くしたそなたら姉妹は哀れであったが、妹のそなたは果報者じゃ。わが家に女が生まれればみな醜女じゃが、まれに美女が生まれることもある。その美しい方に生まれただけでも幸いなるに、このようによき方にもらわれていく身となるとは」

見たいなら気のすむまで見ればいいとでもいうように老巫女は鷹揚に微笑んで、鏡を譲る。

そうか、自分は孤児で、これからどこぞへもらわれていくのにこんな立派な装束を着せられているわけか。奈岐はもう一度、鏡に映る自分の顔をしげしげと見た。

まれに生まれる、美しい少女――。

奈岐は鏡を押し返す。この顔は奈岐自身のものではない。これは、先の世代の話だった。

「よいのか？　……この鏡は姉に、残してゆくか？　そうじゃなあ、そなたはこれからは珍しい唐渡りの品でも何不自由なく手に入るであろうからの」

老巫女は鏡を袂にもどし、ふと、近づいて来る人の気配に気がついた。

「おお、早岐《さき》。妹を見送りに来たのか？」

視線をたどれば、おずおずと近づいてくるのは小柄な少女だった。巫女装束がまぶしいばかりに白く、まさに潔斎《けっさい》がすんだばかりであるのを示している。この神社に仕える女たちは、老いや若きにかかわらずその能力によって神に仕える位置が違い、衣装も異なる。早岐、というその少女はおそらく強い霊感を持つ巫女なのだろう、頭の冠は、主になって神託を聴く者の証であった。

しかし、早岐とは、誰のことであったか。

よくよくみつめて、やがて奈岐はまたも息をのんだ。早岐というのは、顔も見知らぬ奈岐の母に違いなかった。奈岐と同じ、醜いとされる大きな目が何よりの証だ。

そういえば奈岐の母には妹があって、ある時、大山祇神社に参詣に来た高貴な人に、子供ながら美貌をみいだされて、もらわれていったと聞いている。富貴《ふうき》な家に望まれもらわれるならその子の出世。神社では喜んで送り出し、先方からは、これまで育てた礼にと過分な財宝を喜捨されたという。これがその少女、渡岐――奈岐には叔母に当たる人なのか。

「渡岐、もう行ってしまうんやね。……ねえ、……時々はあたしを思い出してね」

姉である母は、もらわれていく妹との別れを悟り、泣きべそをかいているからなお醜い。くしゃくしゃにゆがめた顔を手で拭いながら、差し出したのは小さな花束だった。何も言わず一本を、美豆良に結った髪の片方に挿してくれた。みつめあえば、彼女も冠の下に、同じ花を挿している。白根葵の花だろうか。この神域の、奥まった藪《やぶ》に群れて咲くのを、姉妹で遊んだ時にみつけて互いを飾り合った記憶が流れ込む。

「ほれ、渡岐。姉さまもお達者で、と言っておやり。また文《ふみ》も書いてくだされや?」

本当はそんな花などこの豪奢な装束には不似合いで、老巫女としては取って捨てたいだろうに、微笑んでいる。奈岐は――奈岐が憑依している美少女は、何も言わずにうなだれている。たった二人のきょうだいである姉から離れ、生まれ育った島からも離れ、見知らぬ人々が乗る船へと連れられて行くのだ。それは六歳ばかりの子供には不安であろう。皆はそう解釈して、できるだけ少女を刺激しないよう慮っている。

そこへ、ほがらかな男の声がかかった。

「おお、皆、ここにいらっしゃったか。そろそろ潮がよいようじゃ。船も整いましたしな」

見れば、烏帽子もりんと装った直衣《のうし》姿の公達だった。二人ばかりの従者を引き連れ、まるであたりまでも輝かせるような華やかな立ち姿。直衣の地紋の光沢は言うまでもなく、腰に差した刀の作りのみごとなまでの美しさが、彼の身分の高さをおのずと示す。

「これは御曹司殿がわざわざと、恐れ多いことでございます」

老巫女は恐縮して腰をかがめ、この上もないものに接したように頭を垂れる。

「子供のことゆえ、むずかってでもおられるかと気になりましてな」

そしてしみじみと奈岐を見る目は、慈愛にあふれ、やさしい。

「心配はいらぬぞ。そなたは今より、我らが大事にかしずき奉ることになるのでな」

そう言って奈岐の頭を撫でたが、すぐに手をひっこめ、

「おっと、船に乗ればこのような真似はできぬ。大事なお方ゆえ、触れるなど恐れ多い」

長い袖を振り払って、また笑った。

この人と行くのか。ぼんやりと彼を眺め、そしてわけもなく安堵した。老巫女が言った。

「私どもも、何も案じてはおりませぬが、どうか、よろしくおたのみ申しまする」

すでに納得しあって決めたこと、別れは円満だった。ただ一点、姉の早岐が、泣きながら妹の名を呼び、追いかけてきたこと以外は。

「泣いてはいかんと申しておろう？　こんな果報者に、涙は不吉じゃぞ」

老巫女がたしなめる。公達が鷹揚に笑い、従者に何かを指図した。

「そうよのう、妹がいなくなれば寂しいであろう。そなたには、これをやろう」

うやうやしく従者が取り出し、公達が姉の早岐に差し出したのは桐の小箱だ。

「開けてみるがよい」

すすりあげながら、早岐はそれを開けてみる。とたんに、えもいわれぬ香りが満ちた。

「それは遠い南の国の大地に埋もれていた香木じゃ」

「なんと。これは伽羅の香りでござりませぬか」

公達が最後まで言い終わらぬうちに老巫女が声を上げる。伊予一宮、海と陸の大神を祀るこの神社でも、神主ほどに位が高い者でも小さなかけらさえなかなか手にすることはできない。

「そう。よき香りがするであろう。唐渡りの工芸品で、そのように大量の香木を使ったものは珍

しい。我らが飾りに持っているより、そなたは巫女なれば、これは霊力を宿すものになるやもしれん。埋もれ木は『陰』。そして穢れなき乙女は『陽』だからな」

ふしぎそうに、早岐は公達がくれたものを覗き込むばかり。

「その香りがすれば妹を思い出すがいい。雲の上に上がった妹を、な」

価値がわからぬままに、奈岐はもう一度、ふしぎそうに公達を見上げた。

「あなた様は、渡岐を連れて行って、海に沈めるおつもりですか」

言われた公達はぎょっとして固まってしまう。老巫女が慌てて早岐の間に立った。

「お許しを。子供の言うことでございます。……これ、早岐、お黙りなされ」

妹が立派な公達に連れられ富貴な家門の子となるというのに、姉の早岐の様子があまりにも悲しみに満ちているのが、皆、理解できない。その代償として彼女自身もこんな高価な伽羅を与えられたというのに、その嘆きようは何なのだ。羨むというならわかるが、そうでなく、心から憐れんで、そのように泣いて別れを惜しむのは。

「いいかげんになされや、早岐。そなたの妹はな、破格の出世をなされたのですぞ」

声を尖らせ、老巫女が言う。そしてついには彼女を抱きかかえて羽交い締めにした。

「見苦しい。私が取り押さえておりますゆえ、知盛さまはどうかその子をお連れください」

公達は、平知盛であったのか。

「いや、そのように無理に押さえずとも……」

目を見張る奈岐の前にかがみこみ、彼は姉妹をかわるがわるに眺めてにっこり笑い、

「仲の良い姉妹ゆえ引き離すのはほんにかわいそうじゃ。だがこの妹には、他の者では務まらぬ大事なお役目があってのう。落ち着けば、会いに来るがよい。喜んで迎えようぞ」

じっくりと早岐に言って聞かせたから、ようやく彼女も鎮まった。そして妹に言う。

「会いにまいりますから。……どんな姿になろうと会いにまいりますから。だからお願いです、渡岐を沈めないで。必ず、必ず大地にお返しください。私が会いに行けるように」

「早岐、黙るのです。……さ、このまに知盛さま、渡岐をお連れ下され」

苛立った声を上げ、老巫女は早岐の口をふさいだ。

おそらく、早岐には見えていたのだ。渡岐のたどる未来が。大事な役目をはたすためにもらわれていき、やがてこの公達ともども、海底《うなぞこ》に沈んでいく滅びの道が。

だが奈岐は何も言えず、従者に手を引かれて知盛についていくばかりだ。

その先の波止場には、目の覚めるような朱で飾られた立派な御座船が停泊している。舳先に大きな龍が装飾された、どの船よりも大きくて立派な船。この国最高の身分のお方が乗るにふさわしい大船だった。

乗ってはならない。頭の中で警鐘が鳴る。乗れば、もうおまえは帰れない、と。

船の舳先の龍が、金色の目玉をぎろっとめぐらせたように思った。いや、顎を飾る二本の髭もゆらりと動いた。四つ爪の足までも、かりかりと。

これは竜宮からの使いの船なのか。ならば行き先は、早岐が言うとおり、海の底か。

警鐘が鳴り続ける。それはいつか雷鳴となって音量を増していく。空が翳り、稲妻がひらめくや、雷が最大限の音量で、どどどん、と天の太鼓を鳴らしてどこかに落ちた。

＊

雨はまだ降り続いていた。

横倉はあまりの深山で、落人たちも別枝のようには落ち着いて斜面を切り開く期間がなかったからか、行宮《あんぐう》があったというあたりも斜面ばかり。大きな建物を作ることはかなわなかったらしい。帝が亡くなった後は守役の知盛も里に下りたというくらいだ。ここは人が棲むには適さない地であったのだろう。もともと耐久性が高くない木造の家々は、人が去ってしまえば保《も》たなかったようで、二十数年たった今は廃屋も同然になった粗末な家が数軒、残っているだけ。そのうちの一軒に、有綱たちは雨宿りをしている。

誰も、何も、語らない。山の草の茎を敷き詰めた屋根は、雨仕舞《あまじま》いだけはよくできていて、小降りになった雨音も吸収して、この狭い空間にしとしとと静寂を作っている。

誰ともなしに、雨が止めばここを出て別枝にもどるつもりでいるのは、五助が迎えの準備のために山之内の屋敷へと帰って行ったからで、宮もまた、そこに智光を残してきたためだった。それにつけても、みな、雨に濡れてすっかり疲れ、凍えていた。宮の下僕が懸命に火を熾したそばで、奈岐は仮面が取れないままに眠りこけている。

「奈岐が見た真実は、……山之内らここの者に、話すべきでしょうか」

誰もが気になりつつも口にはしない話を、初めて切り出したのは有綱だった。

山之内らは、帝ははるかこの地に潜幸してきてここに葬られていると信じている。しかし御陵の前で神懸かった奈岐の託宣は、それを打ち消すものだった。

「ここに眠るのは帝ではないと、……あの者たちに言うというのか？」

誰もが無言の理由はそのことだった。山之内を始め落人の子孫であるここの民が皆、真実だと信じることを、たかが巫の託宣で覆し、かき消してしまう権利が自分たちにあるのか。

しかし奈岐の、巫としての能力はこれまでじゅうぶん見てきた。その奈岐が明かしたのだ。この御陵に眠るのは、帝ではなく、帝として生き、帝として死んだ、別人だった、と。

そう、それは大山祇神社で育った奈岐の母が、幼い頃に生き別れた妹だった。

奈岐は言う。瀬戸内の制海権を握っていた頃の平家の大将、知盛が、大山祇神社に詣でた際にその子をみつけ、帝の身代わりとして仕立てたのだと。そしてそれはじゅうぶん納得のいく話だった。知盛ら平家の首脳には、帝の相手も含め、何人かの子供が必要だったのだから。

「別れのまぎわに渡した花がここで咲いているのが何よりの証拠とは。……きっと、姉からもらったその花を、枯れても捨てず、種になっても肌身離さず持っていたのだな」

考えれば考えるほどに、子供の心が哀れであった。単に年が似通うだけでは高貴な方の立ち居振る舞いはむずかしく、漁民の子では務まらない。それなりの出自を持ち、かんばせもうるわしく、似た年頃――となると、条件にかなう子供はそう簡単に見当たらず、女子でもかまわぬということになったとは推察できる。もとより大山祇神社では、その地を治める河野を始め、平家の庇護も大きかったから、喜んで協力しただろう。

そんな事情で選ばれ、帝の身代わりを務めるべく連れて行かれたことを、その子はわかっていたのであろうか。老巫女たちは納得ずみでも、まさか平家が滅びることなどわからずにいたに違いない。ただ一人、姉の、醜い巫女、早岐を除いては。

「知盛は、姉の早岐の願いをかなえてやりたかったのだろう。海に沈めないで、地に還して、というひたすらな願いを。そしてそれを妻の治部卿局《じぶのきょうのつぼね》明子《あきこ》に申し伝えていたに違いない」

低い声で伊織が言った。屋島を退く折、第二皇子の守貞親王を守って女官たちを差配したのは知盛の妻明子だった。その際、少女は船には乗せず、険しい四国山地へと落とされたのだ。まだ平家は戦えたのだから落とされる必要はなかったし、身代わりならば最後まで帝とともにあるべきを、早々と帝の姿のままで前線からはずされた理由は、そうとしか考えようがなかった。すなわち、知盛が少女の姉と交わしたあの約束のせいだった、と。

囲炉裏に躍る火の足を見つめながら宮がため息を吐くように言った。

「敵の目を欺く身代わりは他にもまだ複数いたようだが、壇ノ浦からは皆、同様だろう」

それらが山陰や丹波などに逃れ、同じように御陵を築かれ祀られている。落武者たちにとっては影であろうが帝の存在とともにあることこそが生き延びるための希望であったことだろう。

「つまり、大人どもが、帝でなくなることを許さなかった、ということか」

それは考えられることだった。替え玉を替え玉と明かしてただの子供に還してしまえば、自分たちが逃げ落ちる大義を失う。彼らは、自分たちがただ負けてみじめに逃げるのではない、という言い訳がほしかった。その点、帝をお守りしているのだと唱えれば、逃げることにも生きることにも意味が生まれる。そして彼女が死んでも、その御陵を守っているとの大義があれば、この深山で細々と生きても咎められることはない。

「それでその子は、帝であることをやめるにやめられなくさせられていったのですね……」

深い同情を示して伊織がうなだれた。

つまり、身代わりである少女天皇は、本人が望むと望まざるとにかかわらず、落武者たちが生き延びる唯一の希望となり、理由そのものになっていったのだ。

「皆を活かすために、彼女は最後まで帝であり続けたということか」

二十四歳にまで成長し、一人の女性となりながらも、男装を続けて帝で通し、皆の心のささえとなって、ただ生きた。傍には屋島からついてきた雑司女の茜《あかね》が乳母の虎岡《とらおか》と名を変え、それらしくふるまいながら彼女の身辺を庇ったから、女性であることは最後まで露見することはなかった。だが女性では妻を娶って子を成せるはずもないし、彼女にとっては、自分が生き続けること、それだけが、人々を生かす唯一無二の方法だったであろう。

燃える錦の紅葉に、髪に舞い降りた白雪に、そして清冽な滝のせせらぎに、有綱たちがたどった旅のひとこまひとこまに、その人もいた。そして川で戯れる皆の姿に目を細め、獣を狩った者たちの笑顔を炎の影で見守り、さらには苔が輝く洞窟の中で皆を励まし、満天の星を仰いで旅の続きを明日に誓った。

その人こそは、皆が耐えて生きぬく証であった。暮らす領土は小さな隠れ里にすぎないが、皆の安寧と希望をみごとに治めぬいたのだ。

「そういう帝も、おったのか」

ため息をつきながら、宮が言った。

権力はない、富貴もない。だがわずかといえど、彼女を帝として奉る落人という「民」のために、立派に帝の役目を果たした。そこに「私」という自分の幸《さち》はない。ただ他者のため、臣のためにしか、生きる意味はないのだから。

「帝とは、すなわち臣を生かすこと……か」

かみしめるように宮がつぶやいた。

そのようにして自分を滅して生きたとはいえ、心残りはただ一つ。幼くして別れた姉のことだけを彼女は思っていただろう。真実を知ってもらいたい、その一心で、体に流れる一族の血をかりたたせ、あらんかぎりの巫の才を用いて奈岐をここへいざなった。

――待っていたのよ。……また会おう、必ず会おうと、言ってくれたから……。

奈岐に取り憑いた者の悲しい声がよみがえった。あれは、花が枯れても種になっても、幾星霜を経ても変わらず少女の胸に秘められた、たった一つの願いだった。

その約束を、姉の方でも忘れなかった。子をみごもった段階で霊力を失い、奈岐を産むとすぐに命もついえた。そのように定められた運命であったのだ。だから自分の思いを、子である奈岐に託した。伽羅の香木の仮面とともに。

――会いにまいりますから。……どんな姿になろうと会いにまいりますから。

離れ離れになるまぎわ、妹に堅く誓ったことを、奈岐の体を借りてなしとげ、邂逅《かいこう》した。

「奈岐の旅にも、私と伊織の旅にも、深いえにしがあったということです」

自分たちは、長い時を超えて姉妹の思いに呼び寄せられて奈岐に出会ったのかも知れない。彼女と、姉妹の思いを実らすために。

「意味のない旅はない、ということだな。……私はな、なぜに自分が玉座に着けなかったか、そのことを考えてしまうのだ。何が足りなかったのか、とな」

それは宮がこれまでにも数限りなく自分に問うたことであろう。生まれの正しさ、学問、教養、そして運。何度も問い直しては、足りないものを求めてきた。自分ではなく、従弟が後堀河として即位した背景には、その父である守貞親王が、ともかく生存して息子の後ろ盾になるという条件を満たしたからだ。だから、自分に足りないのは自分の能力ではない、運だった、そう考えて世をすねてきたが、そうではないのかもしれない。

「こだわるのではないぞ。今上の帝には父君の、……平家と命運をともにさせられ西海に同行したことで帝位を逃した守貞親王の、全人生を賭けた願いがあった。二度と不幸な戦《いくさ》はすまい、分断はすまいと、わが子が生きる御代がただ平和であることだけを願う思いの強さであろう。それがわれらにはなかった。帝であれば不可欠な思いだ」

こだわらずして、なおもそんな話を持ち出すだろうかと思ったが、有綱にはこの宮が、初めて会った時とは大きく変わっていることに気づいていた。江口で会った時のような、宙ぶらりんで浮ついた気配は、もはや、ない。快楽主義的だった風貌さえも、今は引き締まって見えた。それこそこだわるのではないが、剣などなくとも、また、背後に有力な後見がなくとも、自分の力で帝にふさわしい者になってみせると言ってのけそうな気概も窺えそうに思えたが、それさえ以前のような大言壮語ではなくなっている気がした。

「終わったな……」

ぽたぽたと、木々のあちこちでしたたり落ちる雨だれの音が、宮の声を響かせる。

帝の所持品ならびに山の暮らしで不要なものは、その時すべて埋めたり処分したと五助は言っていた。そして帝や知盛についてきた者たちも、奥まった横倉を捨て、山を下りて行ったという。剣はどこに？　まさか御陵を暴くわけにはいくまい。

帝の死とともに、剣は永遠の謎となった。宮も、有綱も、そして客死した鴉も、それぞれ動機の異なる旅であったが、めざしたものはただ一つ。同じ神剣だけをさがしてきた。だがその手掛かりはここで潰《つい》えたのだ。

「有綱、おまえたちは、これからどうする」

訊かれても、すぐには答えが出ない。だからそっと伊織を見た。彼もまた首を横に振る。

「宮さまこそ、これから、どうなさいますので？」

しかし彼はもう心を決めたのか、妙にさばさばと木々を見上げた。

「剣のことは、もうよいのだ」

そうおっしゃると思いました、というふうに、伊織もうなずく。

「帝であるとは、かくも辛苦を伴うものだ。そして、誰が帝になるかは、天が決める」

濡れた長髪を肩の後ろへ分けやりながら、宮の出した答えはすがすがしい。

雨も上がった。ちょうど別枝から五助が戻ってきた。奈岐はなおもこんこんと眠っており、五助が連れてきたたくましい炭焼きの男がおぶって行くことになった。

雨でぬかるみ、時として滑りそうな山道を、草鞋をドロドロにしながら連れ立っていく。帝も同じように歩かれたのだな、とは、誰も口に出したりしない。

別枝に着く頃には空はすっかり晴れ上がったが、例によって山に囲まれた狭い空は、いっこうに心まで晴らしてくれない。その分、思いついたように口を開くのは宮だった。

「蒸し返すようだが……たしかに大山祇神社に来て少女を連れて行ったのも知盛で、屋島でその少女を手放したのも知盛だろう。だが、ここに潜行してきたのは、知盛なのか？」

後ろからついていきながら、有綱は今度こそきっぱり打ち消したかった。

「いいえ宮さま。その者が本当に知盛であったなら、そして死んだ帝が本当に剣を持っておられたなら、帝亡き後、持ち主をなくした剣の始末を何より先に考えたでしょう」

王者なくして何の神器であろうか。剣は帝の私物ではない。中納言にまで昇り詰め、朝堂にも列したことのある知盛なら、この国にとって剣がどれだけ重要なものであるかは熟知していたはずだ。帝はここに葬らざるをえないにしても、国のために、剣は都の賢所《かしこどころ》に返さねばなるまいとわかっていたはず。なのにその者はただ帝の御陵を築いて、里に下りて生涯を終えたという。剣は勝手にどこぞに埋めたとでも言うなら、その男が日本《ひのもと》を思うことなく剣を私物化したことになる。剣の意義も知らず、自分たちの狭い了見だけで。

だからやはりそれは知盛ではない。有綱は確信する。国事のことなど思い至らぬ身分低き者ならともかく、彼ほどの男なら、恩讐を越え、どのようにしても剣は朝堂に返したにちがいないのだ。

「そう、その男は知盛じゃないよ」

はっきりした声は、奈岐のものだった。まだ炭焼きの男の背中の上である。男が驚いて奈岐をおろすと、仮面をつけたままの彼女はすっくと地面に立った。そこは集落のはずれ、まもなくもう一つの御陵がある場所だ。横倉の御陵を見てきた今は、こんもり木々に埋もれた別枝のそれは、いっそう小さく寂しく見える。ここには誰が眠っているのか。

「皆で、ともに弔ってやろうよ。火を熾してくれないか」

何日も眠り続けた後の人のように、奈岐の声はさっぱりとして歯切れよく、炭焼き男に、御陵の前で火を焚くことを命じた。男はすぐに枯れ木を集め、難なく小さな火を熾した。

「祈ってやるんだ、ここに眠るその者の冥福を」

奈岐はぬかるんだ土の上にしゃがみこみ、お経を上げ始めた。横で炭焼き男が火を熾すが、薪が湿って、焚き火はたちまち白い煙を上げてくすぶり出す。あたり一帯、白い煙幕を張ったように視界までうっすら遮り始めた。慌てて男は乾いた薪を探しに飛び出していった。

念仏がとぎれた間合いを見計らい、有綱は、訊きたくてたまらなかったことを口にした。

「教えてくれ、奈岐。ここへ帝の身代わりを潜幸させてきたのは知盛じゃない、と言ったな？」

奈岐は、そうだ、と即答し、いかにもさっぱりとした声で言う。

「時がたって、もしも落武者たちがみつけだされてしまった時、助かるためには帝を守ってきたと主張しなくちゃならない。だけど、御殿にも上がったことのない四国の地侍たちが、いくらこのお方が帝だと申し上げても、誰も信じないからな」

仮面をつけたままであるのに、声は奈岐のものだった。今まではそれをつけると別人が乗り移って、奈岐が奈岐でなくなったというのに。

そんなことが気にならないほど、奈岐の返答には誰もが納得できた。

落人らは懸命に隠れ続けたが、それでもみつかってしまった時、助かるための方策を用意しなければならなかった。その切り札が「帝」だったのだ。まさかこんなところにそのような高貴な方が隠れておわすなど、にわかには誰も信じられまい。だから、せめて役人達が耳を貸すにふさわしい身分ある者を立てないといけなかった。それが、知盛だった。

有綱には納得できた。ここにいた知盛は潜幸を率いたわけではないし、帝の教育を補ったわけでもない。単にみつかった場合に備え、権威づける存在として、名のみ蘇ったのだ。

「それには誰かが、知盛を名乗り、知盛らしくふるまわなければならないよな」

「そうだよな。山之内さんも他の人も、申し合わせたように知盛だった、と信じている」

横から伊織が賛同した。そしてさらに疑問を付け加える。

「誰が？　誰が知盛を名乗って演じたんだ？」

阿波では国盛が、主人の教経の初名を名乗り、皆を率いた。名には、それにふさわしい器がいる。少なくとも皆が知盛と思い込んでくれるような侍でなくばならなかったろう。

「それがここに葬られている人だよ。死んでなお、人々の守りになってここに眠る」

皆の視線がいっせいに土まんじゅうに集まる。そう、ここも帝の御陵だということにすれば、それを守る人々に大義を与えることができる。たとえ真実でなくとも、ここが帝の終焉の地だと主張すれば、探索の手はここで止まり、横倉まで延びることはないだろう。

そう考えて、自ら墳墓に入り、来たるべき探索への守りとなったのは、いったい誰だ？

奈岐はその者の名前を言わず、前より高く大きな声で念仏を唱え始めるばかりだった。

だが、答えを急ぐ必要はなかった。その人物は、みずから思いを伝えたかったらしい。

皆は見た。白い煙幕に透けて、かすかに土まんじゅうの前にたたずむ人影を。

小烏帽子《こえぼし》にくたびれた狩衣のその男は、奈岐の口を借りて名乗った。

「桜間介良遠にございまする」

それはあまりにはっきりとした男の声だった。今では有綱もその地侍の名を知っている。平家を滅ぼした裏切り者の名としてのその名前を。――以前、剣山で、一天坊なる山の行者といる時、奈岐に取り憑いたのもその名前の侍だった。あの時はまだ仮面の力の何たるかを知らず、奈岐の異変に驚き慌てて封じてしまったから、霊の方ではいまだ無念を告げることを果たせず浮遊していたのかもしれない。

影は言った。なおも奈岐の口を借り、苦しむことなく思いを語った。

「我、平知盛を名乗りしは、これすべて、兄、阿波守田口重能の、人としてあるまじき裏切りをつぐなうためなり」

衝撃が走る。四国の一地方の副官と、殿上人の平家の公達とでは、あまりに身分に差がありすぎたが、落武者の中ではせめて認められる土豪であり、じゅうぶんではないが必要最低限の教養もある彼以外には知盛が務まる者がいなかったことが窺えた。

壇ノ浦での重能の裏切りの後、生き残りはしたものの、田口兄弟への恨みは末代までも刻まれる。まして、兄が鎌倉で火あぶりにされるという末路を見た後では、恥にまみれながらも弟がこの地で生きていくには、落武者と合流するしかなかったのだ。

それでも落武者たちの田口批判は拭いされず、手を取り合いたくともはねのけられる。後悔しているとか、恥じているとかの生やさしい反省の言葉では、とてもではないが通用しなかっただろう。彼ら兄弟のために、どれほどの将が、兵が、命を落としていったか、罪を贖《あがな》うには重すぎる。

だから彼は、身を挺して潜幸隊を助けてみせたのだ。四国最後の潜幸地である横倉山にも追従し、知盛を名乗り、帝と落武者たちを助けるほかに彼の生きる道はなかった。

そういえば、平家の恩に報いることなく逃亡した桜間介を、椿山の軸蔵も、ここの山之内らも、決して悪くは言わなかった。彼が落武者のために尽力したことは、おそらく地元の総意として認められているのかもしれない。

「わが思い、わが無念、聞き遂げられし今、晴れて浄土へ向かうなり。かたじけなくありがたく……。願わくは念仏を乞いたまうものなり……」

白煙が消えていくと同時に良遠と名乗った者の影も薄れて消えていく。それはこの世とあの世のあわいに射す光が、白煙の幔幕《まんまく》に映して見せた幻影なのか。

煙が引いてみればそこはあとかたもない、ただの墳墓だ。

今見たものが現実か、なお信じられず、みなは目を疑い、耳を疑い、言葉もなかった。ひたすらに奈岐が念仏を上げ続けている。

それも、今までにないことだった。これまでは、憑き物が去ったとたん、激しく体力を消耗したせいでその場に倒れるのが常だったのに、今はいっこうに念仏をやめない。

それを不気味に思ったのは、長く奈岐と時間をともにしてきた仲間だからだ。有綱は胸騒ぎがした。このまま奈岐がさっきの影と一緒に異界へ引き込まれてしまうのではないか。そうでなくとも、母の妹を、たった一人、横倉の御陵の土の下に残してきたのだ。寂しさのあまり、彼女たちが奈岐を連れて行こうとするのは当然の思いかもしれない。

「奈岐、もういい、念仏は俺が代わる」

つい大声になり、有綱は奈岐の隣にしゃがみこむ。彼女を失うことはできない。何者であろうと、有綱が奈岐を守らねばならないと思った。南無阿弥陀仏、と声を張る。

「有綱、俺も念仏する」

思いは伊織も同じだったようだ。有綱と反対側から、奈岐のそばにしゃがみこんで、これもまた、南無阿弥陀仏と唱和する。

そのうち奈岐の体がぐらつき始めた。胸の前で合わせていた両手を落とし、肩を落とし、首も前へうなだれる。気づけばもう念仏の声さえ上げていなかった。なのになおも聞こえる念仏は、土の下から響いてくる。ここにある体にはもう奈岐の魂は残っていないのか。

「奈岐、行くな、……しっかりするんだ、帰ってこい」

思わず有綱は片膝を立てて身を起こし、奈岐の肩を揺すぶった。たちまち伊織が、

「乱暴するな、有綱。奈岐は弱ってるんだぞ」

揺り返すように奈岐を引き寄せる。そして彼女の気が抜けていることに気がついた。

「こら大変だ。……、奈岐、奈岐、こらっ、奈岐」

奈岐の体は抜け殻のように軽く、伊織は勢い余って振り転がしてしまう。ころん、と伊織の方

へ倒れ込んだ奈岐の顔から仮面がはずれた。どれだけもがいても取れなかったというのに、今はするりと耳の下にぶら下がり、伽羅の、えもいわれぬ香りが放たれていく。

「有綱、見ろ。これは……。この、奈岐の顔は……」

言われなくとも有綱にも見えた、伊織の膝の上に仰向けになった奈岐の顔は。

呆然とする二人の背後に、宮が近づく。そして奈岐を見下ろし、ため息をついた。

「これが、この者の本当の顔か？　……こんな摩訶不思議なことが、あるのか」

おそるおそる有綱が奈岐の顔に触れようとする。そこにあるのは、奈岐とはまったく別人の顔なのだ。

何が起きたか、そしてどうすればいいのか、なすすべもなく固まるその場に、事情を知らない炭焼き男が駆け込んでくる。

「お待たせしたのう。この薪なら濡れてないがじゃ。煙は出んじゃろう」

呆然としている三人が、やっとのことで我に返る。

間を置かず、山之内と連れだって智光もやってきた。

「国尊さま、よくぞお戻りになられました。お待ち申し上げておりました」

智光の声に、宮は夢から覚めたように顔を上げる。そして目ざとく彼の表情に気づいた。

「智光、その顔はなんだ？　何か悪い知らせでもあったのか」

幼い頃からともに育った乳母子、表情一つでわかるのだ。言い当てられて智光はとまどうが、覚悟を決めて、さようにございます、とうなだれた。

「なんだ、元気のない。……言ってみろ。もう、少々のことでは驚かんぞ」

たった今目撃したことに比べれば、現実の世で起こることなどたいしたことではない。そう言いたげに報告を待つ宮の顔を、智光はまともに見返すことができずにこう言った。

「二つ、ございます」

「だから、言うてみい」

なお言葉を選び迷い続ける智光が、やっと口にしたことは――。

「まず一つ目。堀川の大臣《おとど》が、お亡くなりになりました」

そばで聞いていた有綱までが絶句したのは、その人こそが宮の後見人であったからだ。多大な銭袋を与え、自由を与え、いずれ宮が玉座に着けば朝廷内での後ろ盾ともなる人物だった。それが亡くなったということは、何を意味する？　そう、宮が思い描いていた将来が、一瞬にして暗闇に消えたことを表していた。宮の衝撃を思うと目を上げられない。

しかし順序として、智光は衝撃の大きい方をあとに回した。次の報告こそは、宮を完膚なきまでに打ちのめすものだった。

「あともう一つ。……それは」

さすがに宮も腹をくくり、真剣な顔になって智光の言葉を待っている。

「それは、今上の帝に、姫君が誕生なされたとの由《よし》にございまする」

これほど人が蒼白になるのを、有綱は見たことがなかった。智光が言ったことがどういうことか、よく考えなければ庶人には理解できないだろう。今の帝の後堀河帝にお子が生まれた。それはこの国の民として、この上ないめでたい慶事であった。なにしろ、国と皇室を未来につなぐ新しい命が誕生したわけなのだから。

しかし、やがてわかってくる。宮にとっては、それは自分の皇位継承の可能性を完全に消滅させるできごとであることが。

そもそも彼が仏門にも入らず元服もせず宙ぶらりんな身分でいるのは、後堀河帝が体が弱く、お子をもうけられないと思われているからだった。お世継ぎが望めない場合に備え、この交野宮がお控えとして待機していた。しかし案に反してお子が生まれた。それなら次は皇子の誕生も期待できる。となれば、お控えの君である宮は用なしだった。

「どこまでもご不運がつきまとい、無念にございまする」

ほとんど智光は泣いている。ここまで苦楽をともにしてきた身としては、宮が玉座に着く日こそが至上の夢であり、生きる大義であったろう。

「そうか、姫を、な……」

現実を受け止め、かろうじて宮がつぶやいたのはそんな一言だった。しかしその一言が彼の思いのすべてを語り尽くしている。

有綱はただ胸が痛かった。人が弱っているとき、小さくなっているとき、見過ごせないのが彼の性分だ。踊る男は阿呆だと言われても、今はこの気の毒な宮さまに寄り添わずにはいられない。なのに今は、何も、してさしあげられることがない。帝王ともなるべき者は常に孤独で、打ち砕かれるような衝撃すらも、一人で耐えるしかないのだ。

「それでよい。――そなた、解き放たれたな」

そのときだった。伊織の膝からむっくりと起き上がり、奈岐が言い放ったのだった。

みなが驚いて彼女を見る。仮面はない。本当は、宮に向かって無礼な、と戒めなければならないのに、かぐわしい香りの漂う中に立ち上がる少女の顔は、驚きを集めるばかりだ。

「帝とは、民の重荷を背負う者。けっして権力や富に溺れる者ではない。わかったばかりであるのだから、よかったではないか、解放されて」

ぬけぬけと奈岐は続ける。それは託宣なのか、それとも彼女自身の言葉なのか。

「自由に生きよ。思うさまに生きるがよいのだ」

言いながら、奈岐は宮に向かって仮面をかざしてみせると、一人、さっさと山道を下り始める。どこも疲れてなどいないという、しっかりとした足取りで。

「ふっ。ようぬかしたな」

続いて宮も立ち上がり、奈岐の後を歩き出す。そしてふと気がついて、腰の刀を取った。

「これはそなたの作だったな。……持って行け。わたしは、もういらん」

弟弟子《おとうとでし》の亀六《かめろく》が師匠から盗み出して宮に渡った刀である。それを伊織に与え、丸腰になるとは、もう世を捨てるということか。

横倉山に葬られた偽りの帝の、生き様、死に様。解き放たれることのなかった重い役目は、まさに帝であり続けることだった。だが今の宮は、奈岐が言うとおり、すべての執着、しがらみから解き放たれたのだ。

「もとより私は自由だ。思うとおりに生きておるわ」

長い髪を背中へ払い、高らかに笑う交野宮国尊王。その後を智光が追い、従者も追う。

「おれたちも行くか」

「どこへ」

奈岐を追って立ち上がる伊織に、有綱が目で尋ねると、伊織は迷わず答えた。

「おまえの行くところが俺の行くところだ」

しばらく有綱は伊織をみつめ返す。互いに言葉にしなくともわかりあうことがあった。

先を行く奈岐の後ろ姿は、気のせいか背丈もいくぶん伸びたように見える。何より、振り返るその顔は、そう、がたろと言われたあの醜い顔はそこにはなかった。仮面が剝がれたとき皆がみいだしたように、遠い言い伝えで醜女ばかりが生まれる家系にあって、まれに生まれるという美女の顔が奈岐のものになっていた。

剣はどこだ？　今は答えずにおく。山と山に挟まった、壺のような小宇宙を、今はゆっくり下って、それから考えたらいい。有綱は、そう思った。

第五章　海の巻

満ち来《きた》る潮とともに、近づく雨の気配を濃厚に感じた。

まもなく雨になるだろう。雨を呼んでいるのはわたくしだ。

碧色の小袿《こうちぎ》を脱ぎ、白い小袖姿になって館から浜辺へと踏み出す。砂地を歩くのはうまく足元の均衡がとれず心許ないが、すぐに葦の茂みも果てて岩が突き出す岬になる。

かもめ鳴く　入江に潮の満つなへに
　　あしのうは葉を　洗ふ白浪

上皇さまはいつも行在所である寺の内から海を繊細に歌になさる。今はまさに満ち潮で、岸辺に茂る葦が上葉まですっかり波に洗われ、雨を予感したかもめたちがやたらと騒いでいた。

両手を広げ、目を閉じる。人の目には、伊賀局《いがのつぼね》という女官が一人、供も連れずに浜辺に立って、波間に跳ねる魚を眺めていると映るだろう。事実、夕波が立つこの時刻は、この島に来てからのわたくしのかけがえのない瞑想のときになっていた。

ほら、もう雨のつぶてが頬に当たる。

水はわたくしの吐息で動く分身だ。今は土佐の山奥の高山に降って、木々を濡らしてきたところ。雨のつぶては一つ一つが目になって、そこで繰り広げられたことどもをすべて、わたくしの脳裏に映し出してくれるのだ。

徒歩《かち》で山を下りる若者が見える。どうやら、土佐のその地に、探しものはなかったらしい。小《お》楯有綱《だてありつな》。鋼《はがね》のようにまっすぐな男。

かの者に、わたくしは菊御刀を授けた。神剣のことは漠とした暗示でしかなかったから、意味がわからないまま持ち逃げされたとしてもしかたないと思っていた。しかしあの者がだめでも、菊御刀は誰かの手に渡り、いつか真意に気づく者が現われればいいと考えていた。

だが、あの者は予想以上の働きをみせてくれた。

眠りに就いて忘れ去られている神剣は、人の意識で呼び覚まされるだけで意義があった。剣は人の意志によって目覚める。そして震え、動き出す。剣は、おのれが存在することを強く意識されてこそ、戦いなき世をしろしめすため本来の力をみなぎらせるのだ。

当初、剣が震えるほどの強い意識を放っていたのはただ一人、上皇さまだった。出会ってみれば、権力の頂点にあったあのお方は、剣なしに自分が万能の上皇としてこの世を動かそうとなさっていた。

それが、本当はいつまでも物質としての剣にこだわっている小さな男であると知ったのは、わたくしが人として生きた歳月のたまものであろう。今のわたくしは、力なき遠島の貴人を救ってさしあげることだけに終始している。

「亀菊《かめぎく》、ここにおったか」

後ろから呼ばれ、はっとして両手を下ろす。岩影の下の海面で、ぽしゃん、と魚が跳ねた。

振り返ると、上皇さまが寺から出て近づいてこられる。磯臭いにおいも、止むことのない潮騒も、この島を囲むすべてがお嫌いなのに、こんな岩の先端まで来られるなんて。

「どうなされたのです？　もう雨になりそうですのに」

慌てて裾をつまんで立ち戻ると、上皇さまはふしぎそうに水面《みなも》に目をおやりになる。

「そなたが集めたのか？」

見ればまだ波の下には、無数の魚影が群れている。

「まさか。……わたくしが魚を呼ぶなど」

きっぱり打ち消し、袖を払えば、魚が一匹、また跳ねた。

「そうか？　わたしには、そなたが毎日ここで魚と語らっているのかと思えてのう」

勘の鋭い上皇さまだ、ふっ、と小さく息を吐く。魚影がたちまち散っていく。

「こちらに来てからは、波か魚しか、語れる友はなくなりましたゆえ」

言った端《はな》から、それが愚痴に響かないかと気を遣う。だが上皇さまの関心は波間にある。

「水無瀬でも、泉水の鯉は、そなたが近づくと群れをなして寄ってきたものよのう」

荒磯の岩をごらんになるにつけても、水無瀬の離宮の苔むした石橋を思い出される上皇さまだ。けれども今はわたくしへの不審にかられておられるらしい。狭い行在所《あんざいしょ》でこれだけ長くおそばにいると、常の者とは違うわたくしの性《さが》にお気づきになられたとしてもふしぎでなかった。

「のう、正直に申してみよ」

何を、と訊くより先に、上皇さまのまなざしにつかまってしまう。まばたきもなさらず、まっすぐにわたくしを、ただみつめられる。

「そなた、消えたりはせぬであろうな？　このわたしを置いて」

「女の身でいかにこの海を越えられましょう。島を出る時はお主上《かみ》とご一緒でございます」

「まことじゃな?」

はい、とうなずくと上皇さまは小さくため息をおもらしになり、そっとわたくしに寄りかかられる。まるで母にすがる子供のように。

をきわびぬ　消えなば消えねつゆの命
あらばあふよを　まつとなけれど

このごろは気が弱くおなりになって、歌にもそれが表れている。こんな命、消えるものなら消えてしまえ、などと、やけになられて。

「亀菊よ。そなたのことは、神崎川の水の中から、このわたしが拾い上げた。今でもはっきり覚えておる。わたしには時折そなたがこの世のものでないように見えるのだ」

「まあ。この世のものでない? わたくしは妖怪か、はたまた亡霊でございますするか」

けらけらと笑ってみせたのに、お主上はそれにはつられず、真顔のままでいらした。

当たらずとも遠からず。わたくしが入水して世を去ろうとした白拍子の体を借りてこの世に憑依した水の者であるとは、巫力《ふりょく》のあるお石《いし》さまのような白拍子ならばうすうす気づいているだろう。だが何のために生身の人間になって存在するかまではわからず、ただ不気味がっている。なのに上皇さまは目をそらさずにこうおっしゃるのだ。

「そなたが何者でもよい。わたしはそばにいてほしいぞ」

その目を見返すことができず、うなだれる他に、わたくしに何ができよう。

お寂しかろう。京に帰れぬままにやがて五年。当初は悲しみにうちひしがれておいでながらも、捲土重来の意志は固く、さまざまに文などしたためられたりなさっていたが、今はすっかりお角がとれて、静かに和歌に没頭なさる日が続いている。管弦のあそびも、先の明月の折に琵琶を取り出されたものの、つまびくことなくおしまいになられた。

人は変わるものなのだ。そう、このわたくしも。当初は人としての記憶も持たぬ空っぽな憑依の形代《かたしろ》だったのに、上皇さまのおそばにあるうち、いつしか芽吹いた女の心で命が潤い、どうにかして苦悩からお守りしたいと願うようになっていった。

天の意志か海の思惑《おもわく》なのか、わたくしはこの国の支配者に剣の意識をもたらすための使い番としてここにいる。それは源氏にせよ北条《ほうじょう》にせよ、力で天下を牛耳ろうとする者にも伝えるべきことだった。だが両者とも、なろうと思えばなれたのにこの国の王にはならなかった。剣がなくとも揺るぎない権威を有する天皇という存在を、じゅうぶん理解していたからであろう。

ところが思いがけなく頂点から転げ落ちたこのお方こそ、まだ剣を欲しておられた。遠い昔に海に沈んで、還るはずのないあの剣を。

ならばわたくしはそれを解決してさしあげるほかはない。剣を忘れることができれば、このお方はすべての苦悩から解き放たれるのだ。それには剣と向き合うしかない。あろうとなかろうと、物質としての剣がこの方を縛り付けているのだから。

とはいえ、遠島にやられ身動きがとれなくなる身に何ができようか。だからあの者に託すほかはなかった。身分なき下級武士の息子ながら、天皇を守る近衛の尉《じょう》にもふさわしい澄んだ魂を持つ若者。この者なら、上皇さまのために何かを持ち帰ってくれるのではないか。そう信じた。

そしてやがてここに来る。旅の同志となった刀匠をつれて。

「さあ、お主上。中に入りましょう。まもなく雨になりまする」

わたくしも小袿を羽織らねばと思ったが、欄干に掛けておいたはずが見当たらない。風にでも飛ばされたか。まあよい、わたくしのものとわかればもどるだろう。

「実は、石《いし》を召し出したのだが姿が見えぬ」

浮かない顔で、お主上は仰せられる。波間で魚どもの背びれが翻る。お石さまといえば、ここしばらく、気鬱で暗い顔をなされていたことを思い出した。

「わたくしと同じく外の空気に当たっておいでなのでしょう。雨でございますし、きっと今頃は中にいらっしゃるのでは」

そうか、と気のないお返事をなされたが、上皇さまが気にかけられるのには同情できた。侘しい島暮らしでは、女官たちの顔が一人でも欠ければ寂しくなる。

ぽつり、ぽつり。さあ、本格的な雨になる。

そっとお主上のお袖を引く。雨は、海上に少なからぬ波浪を生む。関守たちはこんな夜には近づく船も出る船もなかろうと守りを緩めるであろうし、疑いのある船が海上にあるのを見たとしても、それを捕らえるために自身が船を出すのは怯むだろう。

水面の下で魚影が走る。あとは勇気ある者たちを見守るだけだ。来たれ、旅人よ。雨は本降りになってきた。

＊

雨が激しくなってきた。だが逃げる身には幸いかもしれぬ。わらわはもう前に進むしかない。

「お石さま、本当にお行きになりますのか」

館から手引きをしてくれた婢女《はしため》のミツが、本降りになった雨を気遣い、不安げに言う。

「そなたはもっとここにいたいのか？」

ぎろりと見やると、ミツはすくみあがって走り出した。

上皇さまにつき従ってこの島に来て、早くも五年が過ぎ去った。わらわは当初、二年ばかりもたてば上皇さまの罪もゆるされ京への帰還がかなうと思っていたのに。これほどの身分のお方が五年もお暮らしになるには、ここはあまりに無情な地の果てだ。

先に都から届いた知らせでは、九条《くじょう》関白さまが鎌倉方に上皇さまの帰還を打診なさったそうだが、北条の者は頑として聞き入れなかったということだ。いまだ上皇さまのお力を恐れるがゆえのことだろう。だとしたら、もう京には帰れないのか。もう若くないわらわにはあといくばくも時がないというのに。

藻塩《もしお》焼く　海士《あま》のたく縄　うちはへて
苦しとだにも　言ふかたぞなき

上皇さまの歌のとおり、毎日毎日、藻塩を焼く海士が縄をくりだすように、いつ終わるとも知れない苦しいわたしの毎日も、ただ苦しいとだけ言いたいというのにその手立てもないのだ。やり場がないなら、もう逃げ出すしかないではないか。最後はせめて懐かしい京で息絶えたかった。

……それがこたびの、わらわの出奔の動機だ。

わらわが一人欠けたところで、上皇さまにはまだ多くの女たちがいる。けっしてお寂しくはあるまいと思う。だから文も残さず飛び出してきた。雨が、好都合に降り出したから。

北からの風が吹く日は、おのずと舟を南へ漕ぎ寄せ、一日とかからず対岸に着けるそうだ。あらかじめ申し合わせておいた漁師が、蓑《みの》で全身を包み、小舟の上で待っていた。その顔もまた、雨空を見上げ、同じ不安を語ろうとする。だから強気で言うばかり。

「雨を案じるのか？　どうせこの先、海に出ればいやでも飛沫《しぶき》をかぶってずぶ濡れだろう」

漁師は黙り、茣蓙《ござ》の覆いを取ってそこに座れと合図した。駄賃は宋銭で、一年働いても手に入らないだけを渡してある。無事に着けば同じだけを払う約束だった。いかに危険でも文句はなかろう。海上は白い波頭が立っているが、やがておさまるはず。ミツと並んで茣蓙にくるまっているのも一時の辛抱。来る時は嘆きで過ごした舟の上が、今度は望みをかけた時間になる。

荷物はたった一つの葛籠だけ。これが持てるすべてと思うとわびしかったが、蓑の下に着込んでいるのは、さっき館を出る前に欄干に掛かっていたのをみつけた小袿だ。ふっくらと温かい。あの亀菊のものだとはわかっている。濡れないよう取り入れてやるつもりが、我ながら魔が差したとでもいうのか、そのまま持ち去ってきてしまった。今頃、亀菊は困っているだろう。

京であればすぐに上皇さまが新しいものを下賜してくださるが、いかんせん、こんな島では絹の衣など望めない。目の覚めるようなこの碧色の染めも錦糸の菊の縫い取りも、京でなければできない技術だ。それを知っているから、誰もが京から持ってきた品を大切にしている。この小袿も、亀菊が大事に手入れしてきたものだろう。焚きしめられた香が微かに匂った。

しかしそんな思いをめぐらしたのもつかのまだ。漁師が舫《もや》いを解くと、思った以上に舟はぐいぐい進んだ。雨は容赦なく降りかかり、大波小波が舟端を越えて襲ってきては、ミツと二人、声を上げて舟端にしがみついた。

波は懲りることなく何度も何度もやってくる。それでも島に居残るのとどちらがましか、自分に問えば耐えられた。真っ暗な海に、ごうごうと鳴る風、打ち付けるような雨のつぶて。耐える、耐える、耐えるのだ。

上へ、下へと波に揺らされながら思った。あの亀菊は逃げ出したいと考えたことはなかったのか、と。そしてすぐに打ち消した。思わないのだ、あの者は、きっと。

上皇さまのおそば近くにはべって離れないあの者を、ずっと眺めていたからこそ、わらわは気づくことになる。あの者は、夕刻になると浜辺に行って魚と話す。魚が群れになって波打ち際まで寄ってきて、まるで何かを口々に告げていくかのようにぴちゃぴちゃと騒ぐのだ。亀菊はじっとそれをみつめて耳を傾け、手の一振りで魚たちを散り散りに返してしまうこともできる。

こんなことを口走ればわらわの方が頭がおかしいと言われ、亀菊への中傷もはなはだしいと批難されるのがおちだ。だから誰にも言わずにきたが、浜辺でたたずむあの者は、まるで作りかけの塑像のように静かで、見開いた目は鱗に覆われたように白く曇って焦点を得ない。

ある時、何気なく見ていて目を疑ったのは、風が立って、見たこともない大きな魚が沖から泳いでやってきた時だ。魚に驚いたのではない。魚に向かって手を差し伸べたあの者の耳が、尖って、何やら鰓《えら》のようなものが見えたからだ。

ああ、これも、誰かに言ったりしたら、わらわが物狂いしたと笑うだろう。島での暮らしの寂しさのあまり、とうとう気が触れてしまった、と。

まさに歌のとおり、誰かにわかってもらうすべもなく、どうしたのかと尋ねてくれる人もない中で、一人、胸に秘めたままでいるしかなかった。しかしもう限界だ。あの者はきっとこの先、上皇さまを海の下の、わだつみの国の龍王にでも据えようと企んでいるのではないか。不吉な考えが日に日に現実的になって迫ってくる。

そんなことを考えながら、ずぶ濡れで歯を食いしばり、舟にしがみついていたが、遠くに岸のあかりが見えてきた。長い辛抱だったが、別天地に着くのはもうすぐだ。

岸には、漁師にたのんで宿も用意させてある。わらわ程度の者が逃亡したとて、血眼になってまでは捜索すまい。しばらく潜んで、ミツと二人、京へ上るつもりだった。

雨は止まないものの、北風の威力は甚大であった。岸が近づき、ようやく一息ついた時だった。背後にこれまでにない巨大な波が沖の方から押し寄せてくるのが見えた。まるで魔物の表皮のように、大きくうねって持ち上がり、天に届かんばかりの壁になる。

あっと叫んだのもつかのま、舟は木の葉のように軽々と波の上に押し上げられた。獰猛な獣が暴れるように、海がうねる。舟は、まるで高い山の頂上に昇るように波の上に持ち上げられ、そして今度は一気に急降下。ミツと、ひしと抱き合い悲鳴を上げた。

そして波の下へと打ち付けられると、舟は他愛もなく裏返って、乗っている者らすべてを情け容赦もなく海に放り出した。

ずぼん、と入水するのにいくらもかからなかった。ずぶずぶと、もがく間もなく沈んでいく。水圧が全身から自由を奪っていた。

北の風に押されるようにここまで来たのに、やはりこの逃亡は無謀だったか。ごぼごぼと、自分が吐いた息が泡になって過ぎた。

もう駄目だ。どれだけ沈んだことか、うっすら目を開けると、海上はあれほど荒れて波がうねっていたというのに、そこはまるでたゆたうような海流に包まれたおだやかな水域なのだった。小さな魚が、右へ左へ、よぎっていく。ふわり、わらわだけが水中に浮いているのは、蓑の下に着込んでいた小袿が大きく膨らんでいるからだった。

なんということだろう、この衣に包まれている部分だけが静かなのだった。そしてしばらく先の水の中に、一筋の光が射すのが見えた。

そこだけぼんやり明るい中を、小魚がきらきらと背びれを反射させながら往来する。光はだんだん大きくなって、やがてそこに一人の影が浮き立った。

観音さまか、阿弥陀さまか。思わず両手を合わせた。どうかお救いください、と。

しかしそれは仏さまではなかった。たしかに神々しくまばゆいが、その顔は見覚えがある。水にゆらめいているが、それはあの者、亀菊に間違いない。

なんだというのだ。あの者がわらわを追いかけてきて、こんな目に遭わせているのか。

全身の血が煮えたぎる。――やらせまいぞ。亀菊などに、してやられてなるものか。

にらみ返すと、わらわは必死で水を搔いた。少しでも遠く、少しでも上へ。もがいてもがいて、やっと海上へと浮かび出た。もう息が限界で、波間に顔を出して必死で呼吸した。

海面ではなおも波が荒れていた。さっきまで乗っていた舟も、漁師もミツも、どこへ行ってしまったのか。沖からの波が、ぐいぐいとわらわを押してくる。どうやら小袿が空気を含んで、わらわを浮かせているのだ。

目の前に、首から紐掛けした守り刀が浮かんでいた。慌てて摑んで懐に収める。最後に我が身を守る刀。これがあればどんな悪に遭おうと多少の危険は振り払える。そう思った。

波間から遠く岸を見ると、小さな灯りが一つ。海士の苫屋《とまや》でも何でもいい。誰かいるなら助けてたもれ。――もとより水練など一度もやった経験はないが、上皇さまが何度か泳がれるのは見たことがある。同じようにはいくまいが、わらわは無我夢中で、そちらに向かって水を切った。

＊

わしがそんな早朝、出雲国の浜辺にいたのは偶然ではない。この井岡隆繁《いおかのたかしげ》、諦めが悪いのが性分で、おかげで地頭の身にまで這い上がった。それにはちょっと裏もあってな。

博打の勝負に臨む時、その日の朝に坊主を見たなら「攻め」、壺装束でお出かけの姫さん奥方さんを見たなら「やめとこ」って程度の験担ぎだ。まあ、こんな末法の世に生きてるんだから、念仏を唱えるやつらほど神さん仏さんを信じてなくとも、お告げやら占いやらはちょいと気になる。だが今回ほど強烈に「攻め」を示されたことはなかった。

それは黒い鳥が空で輪を描いて飛び、うるさく騒ぎやがる朝だった。播磨の湊、室津で、奇妙な乞食坊主と出くわしたんだ。

室津は千軒ともいわれて賑わう湊《みなと》で、あの名高い法然さんも、土佐に流される時はここに泊まって風待ちをした。四国九州の往来には必ず使われている湊だからな。当然、遊女宿もあり、かの法然さんは遊女たちまですっかり仏の道に帰依させたそうだ。触れるものみな仏の世界になびかせるほどの、たいしたお坊さんだったとは、わしでも知ってる。

だが、わしが出会ったのは、日に焼けて赤黒い顔をした、天狗みたいな乞食坊主さ。一天坊《いってんぼう》とかいう、長く四国の霊山に籠もって修行してきた霊力のある坊主だとか。何十年ぶりかで山をおりてきたそうで、うさん臭い行者が何人も金魚の糞みたいにくっついていた。

なんでも、船宿の主人が目の中に入れても痛くないほど可愛がってる一人娘の目が見えなくなって、どんな加持祈禱も効き目がないってんだ。そこでその一天坊ならと薦める者が何人もあり、四国の山という山を探させ、ついに呼び出してきたんだという。

その坊主、弟子たちともども大挙して山を下りてきたそうだが、ひとたび長者の家で祈禱を行えば、らくらくその場で娘の目が開いたっていうんだからたいしたもんだぜ。主人は喜び、祭のようなもてなしが続いているっていう最中だった。隣の船宿で飲んでいたなら、いやでも騒ぎが耳に入り、へえ、と気になるじゃないか。そうよ、わしは江口には出入禁止になっているから、あれ以降、もっぱら遊ぶのはここなのだ。

そして厠《かわや》でばったり、噂の坊主に鉢合わせしたのさ。やつは、わしを見るなり後ずさり、こう言った。――何を待っておる、おぬしの欲しいものは山にはないぞ、ってな。

はあ？　ってとんまな声が出たぜ。いったい何のことだと思ってね。だが、待つと言えば、宝剣を探すために放った鴉《からす》からの連絡がとだえていたところだった。やつを待っているというなら当たっている。かれこれ一月《ひとつき》にもなるから、何か異変が起きているとは感じていた。とはいえ、こうして遊びで近場の湊に来るのはともかく、何日もわしが領地を離れて土佐まで行けるわけがない。隣の地頭がいつ境界線をかすめとりにくるか知れなかったし、百姓どもはちょっと目を離すと賦役を免れようと怠けにかかるからな。だから、いずれ誰かを調べに行かせなくちゃなと考え始めていたところだった。

思い当たった顔をしたわしに、やつはさらに言った。

――待ち人は　いづもの浜に立つ波の

歌占《うたうら》かよ。普通こういうのは若い巫女が神懸かって言葉をつかんでくるもんだが。

わしは続きの下の句を待ったが、やつはいっこうに口を開かない。見れば、左の掌をわしに向かって差し出してやがる。銭をよこせ、ってことだろな。とんだなまぐさ坊主だぜ。しかし厠へ来ただけだから持ち合わせがない。黙っていると、やつはコホンと咳払いして手を引っ込め、さっきとは違う早口で言ったもんだ。

――碧《あお》の衣ぞ　取りて絶えなむ

どういう意味だ？　説明を聞きたかったが、やつはすました顔で通り過ぎた。

これはいくらなんでも気になるじゃないか。部屋にもどって考え直し、もっと詳しく聞こうと手下を差し向けた。だがやつには次から次へ、失せ物探しやら病気快癒やらさまざまな願いを持った民が押し寄せていて、割り込むゆとりもないらしい。賄《まいない》を積めばいいんだろうが、どうせ金魚の糞どもが着服するのがおちだろう。あほらしくて、やめた。

それにしてもやつの繁盛ぶり。世の中には、病気はもちろんさまざまな人間関係に悩み生活に苦しむ民が、なんとも多いもんなんだなあ。まあ、これが末法の世なんだろうが。

ともかくわしはわしなりに、あいつの歌占を解釈してみたものさ。いづも、はもちろん隠岐ノ島の対岸の出雲国だ。その浜に、待ち人が「出《いず》」、つまり現われるということか。鴉は手に入れた宝剣を、わしにではなく、上皇さまに渡そうとして出雲にいる、というんだな？　ないとは言い切れない、もともと飼い慣らしにくいやつだった。命令をきかず、勝手なことをしでかすんなら見逃せない。あいつに、いくら前金の銭を払ったというんだ。

怒りをこらえ、わしはなおも考える。下の句の意味だ。これがよくよくわからない。

碧の衣、ってのは海のことだろう。いや、ずばり衣をさしているのか。そういえば亀菊が着ていた小袿が、目の覚めるような碧だったことを思い出し、まさかと思う。取りて絶えなむ、つまりこの手に取って望みが達成される、ということじゃないのか？

相談するような学のある連れがいるわけでなし、わしは一人、何度も自分で考えた。そして達した結論は、待ち人の鴉が宝剣を持って出雲の浜にいるなら、行って、取り返せばいいじゃないかということだった。それ以外に解釈のしようがなくなってきた。

そこで一か八か、領地の祭がすむ頃を見計らい、出雲までやってきたというわけだ。

ここは隠岐ノ島へと舟が渡る出雲の湊。高貴な流人が捕らわれている島は対岸にあり、関守の船も絶えない。ここの領主も警護の賦役を命じられ、余計な出費で大変だろう。同情するが、なにしろ前代未聞の貴人だけに、万一何かあっては首が飛ぶ。しぜん、厳重になるのもうなずけた。そんなだから、地元の漁師に舟を出せとたのもうにも、そうそう近づけるもんじゃない。

かれこれ十日も過ごしてみたが、宿にはたいした女もおらず酒も不味く、だんだん、あの坊主に騙されたような気がしてきた。そもそもちゃんと礼を払って得た託宣ではないからいいかげんなものだ。わしも存外、阿呆だな。あんなものを信じるとは。

雨がやんだら帰るつもりで仕度を始めた。浜に出たのは天気を確かめるためだったが、大きな鳥が頭上でつきまとうから、つい波打ち際まで誘い出されたようなものだった。

ここの海は、わしが見慣れた瀬戸内の海とは大違い。波が荒くて、だだっ広くて、どんより曇った日が多いから、気持ちもふさぎがちになる。上皇さまもお気の毒にな。まして女官たちには世の果てとでも思えただろう。

雨が上がってもまだ風があり、空は灰色、波打ち際は流木や魚の死骸や、さまざまなものが打ち上げられていた。

そんな中に、わしはみつけた。まるで羽衣のように、そこだけ鮮やかな衣が打ち上げられて、波にくすぐられて膨らんだり萎《しぼ》んだりしているのを。

晴れやかに澄んだ海のようにあざやかな碧。なんだ、あれは。近づくと、金糸の縫い取りがある、いかにも高貴な衣だった。そんなものがなぜ浜に？　よく見れば、見覚えがある。籬《まがき》に菊の模様を散らした柄行きは、わしに因縁があるあの女のものに違いなかった。

待ち人はいづもの浜に立つ波の――。あの生臭坊主の歌占は当たったのだ。それも、鴉などではなく、待ち人というよりなお強く何年も何年も執着している女の方で。

慌ててわしは駆け寄った。打ち上げられていたのは衣だけではなかった。こんもりと衣が包んでいるのは、長い髪の女人だ。気を失って倒れているのだ。

波がひっきりなしに寄せては返すから、ともかく波打ち際から離さないと。

乾いた岩場へ衣ごとひきずっていくと、うっと息をし、女はたて続けに咳込んで、水を吐いた。相当海水を飲んでいたようだ。

女は意識が戻ったようだが、なおも苦しそうに咳を続けた。ようやくおさまった時、流れる黒髪の間から女がわしを見た。その目の、恐怖に怯える青い顔。はりさけそうに目を見開いて身をそらす。たしかにわしの顔は凶悪だが、そんなに恐れなくてもよかろうに。

女は、亀菊ではなかった。落胆するのと、女が懐から何か取り出したのは同時だった。思った女でなかったという失望がわしを油断させていた。だからその女が小さな守り刀をつかみだしてすらりと抜くのもぼんやり見ていた。すぐに笑う余裕がもどったけどな。

「おいおい、わしは、助けてやったんだぜ？」

「寄るな、下郎。触ると許しませんぞ」

震え声で女はわしの手をはねのけ、威嚇した。その気位の高さだけは、あの女と同じだった。おもしろい、わしは笑った。わしを相手に、そんなもので勝てると思っているのか？　こんな早朝の浜で、濡れた女と二人きり。へへへ、願ってもないしつらえじゃないか。

「そういきりたちなさんな。ゆっくり、楽しもうじゃないか。え？」

そして身を乗り出した時だった。女はためらいもせず、わしに斬りつけた。

すっ、と冷たい感覚が首筋に走るのを知った。

えっ？　わしは自分の首筋に手を当てる。ぬるり、と熱い。見ると、わしの掌は血でまっ赤に濡れている。まさか、こんなことが。喧嘩無敵の俺がこんな女に斬られるなどと。

これは夢か。確かめるまもなく女はふたたび斬りかかる。何にそんなに怯え、猛り立っているというのか、半ば悲鳴を上げながら、女は必死になってわしをめった斬りにした。

よけるまもなかった。全身から力が抜けていく。わしは膝をついてその場に崩れた。

碧の衣ぞ取りて絶えなむ――浜辺で手に取った碧い衣のせいで、俺の命は絶えるのか。占いは、そういうことだったのか。わしの頸《くび》からは鮮血がどくどくと流れ出していた。

斬っておきながら、女の顔はなおも凶悪なものに襲われる恐怖のためにこわばって、肩で大きく息をするたび、ひっひっ、と喉からすすり上げるような声を出す。

こいつ、狂っている。――嵐の海のおそろしさで、頭がおかしくなっているのだ。

「お、……お石さま、こ、これはまずうございまする。早《はよ》う、お逃げくだされ」

女の背後から、同じようにずぶ濡れになった小女がよたよたと現われた。

まずい？　わしが死ぬのはそれだけのことか。

「悪《わる》う思わんでくださいましよ」

小女は眼をつぶってそう言うと、碧い衣をわしに被せた。視界がふさがれ、衣の内は真っ暗闇。わしはまだ生きているのに、女が震えながら南無阿弥陀仏と唱えている。

あたりはもう血の海だ。衣ももはや碧の色をとどめないだろう。

だんだん寒くなってきた。手が動かない、身が動かない。わしもここでお陀仏か。

その時、わしには見えた。黄金色の輝く波を押し寄せながら、海から近づく大きな魚。音もなく波をかきわけ進んでくる。

そして、確かに見えた。尖って突き立つ背鰭《せびれ》の前に、すっくと立つ女が。それは、噂に聞く阿弥陀様か。知らん。わしは神さん仏さんを信じないからな。

頭上で鳥がけたたましく鳴く声がしたが、鴉ではなかろう、ここは海辺だ。波が、わしの体を、くすぐっては引いていく。遠い昔からそうしていたように。やめてくれ。せめてもう少し、あの女の顔を眺めていさせてくれ。わしはなすすべもなく、意識の淵に落ちていく。衣が包む闇の中で、目を見開いたまま。

＊

――里遠み　きねが神楽《かぐら》の音すみて

雨が上がって、夜には遠く里の方から神楽が聞こえる季節になっていた。この島では、いつもは海鳴りと、潮風が松の枝を揺らす音しかなく、それも五年ですっかり聞き飽きていたから、それ以外の音、とりわけ人の営みが感じられると気が紛れる。

――をのれもふくる　窓のともしび

こんな日は久々に笛などふいてみようという気にもなる。珍しいことだ。そんな気持ちを下の句にして、わたしは紙に三十一文字《みそひともじ》を書き付けた。

歌は、神に通じる言霊《ことだま》だ。よき歌を捧げればきっと聞き遂げられる。だからこの島にいても、日々、和歌に挑んだ。なのにいくらうちこんでも寂しさは晴れず、京への帰還もかなわない。それは、わたしの歌がまだ神を動かす域には達し得ていないということなのか。女官の一人、石が出奔したのも、非力なわたしへの懲罰なのかもしれない。女の身で、危険を冒してもわたしから去りたかったのかと思えば、絶望的な思いに突き落とされる。

訪《と》へかしな　雲の上より来し雁の

ひとり友なき　浦に鳴く音《ね》を

このまま一人きりになってしまうのであろうか。誰も訪ねる者もないまま。

筆を置くと、それを待っていたかのように、几帳の向こうで亀菊が声を出した。

「お主上、お邪魔することにならねばよろしいのですが、訪問客にございます」

わたしが怪訝な顔で振り返ったのも無理はあるまい。訪問客、とな？　こんな遠い島に、文をくれる者はまれにあっても、口先でなく実際にやってくる者など現実にあろうか。

「なんだ美保関《みほのせき》から泳いでくる魚にでも聞いたのか？　それとも恵比須《えびす》様のお告げと言うか」

まともに信じられるはずもなく、笑って返した。だが亀菊は真顔で続ける。

「勇気ある若武者でございます。刀を帯びて、刀匠を連れてまいりましたぞ」

笑いとばしたかったが、刀匠、という響きはあまりに懐かしいものだった。

かつては刀もこの手で何本も打ったものだが、わたしが刀を生み出すことはもうあるまい。むなしい島の暮らしでは、始終、監視の目がついて、馬に乗るにも毬を蹴るにも、連れとてない。ましで武器にもなる刀を打つには原材料の玉鋼はいるし、それなりの設備をそなえた工房もいる。とても望むべくもないことなのだ。

しかし亀菊が几帳をどかすと、そこにはたしかに二人の若い男が控えていた。

「以前、播磨までお主上を警護してきた兵衛《ひょうえ》の武士団にいた侍にございます」

かしこまって亀菊は言い、わたしを窺った。部屋の端で、二人は深々と礼をした。

「上皇さまにはお久しゅう……。前にお目もじを賜りました小楯有綱にございます」

どこで会ったか覚えがなかったが、居住まいの正しい若い男などこの島で見ることもなかったから、亀菊が明るくなるのは当然だったし、それはわたしも同じことだ。そして若者どもはもっと、わたしに直に対面する事実に興奮さめやらぬようだった。

「そなたら、どうやってこの島に来たのじゃ？」

島へは警護が厳しく、漁師以外は身体改めに止めだてされるはずだった。なのにどちらも腰に佩《は》いた自分の刀とは別に、背中にもう一本、布にくるんだ刀をくくりつけている。

「はっ。それが、何のご加護でございましょうか、上皇さまをお訪ねする一心で舟に乗れば、行く先の海路がみごとに凪《な》いで、するすると島に導かれてまいりました」

めったにそういう晴れやかなことを聞かないだけに、小楯なる者の言葉は耳に快い。

何の用じゃ、と訊きそうになったが、荘園の訴訟がどうの、階位がほしい、などと願ってきても今は何の力もないのだから、来たことだけをありがたがらねばならなかった。

「そなたたち、お主上に、持参してきたものをお見せなされ」

亀菊が促す。はっ、と一礼、小楯と名乗った男が背中に負った刀を下ろし、さしだした。

「お見覚えがございましょうや？」

おもしろそうに亀菊が言う。一見してよくできた作りの刀のようだが、はて――。

「小楯が連れてまいったこの者は備前長船の伊織《いおり》と申すそうで、師匠は暁斎《ぎょうさい》とのことです」

「暁斎……。なんと懐かしい名を聞くことよ。して暁斎は、息災か」

思わず声がはずみ、刀を手に取る。この重み。この反りの具合、鞘の感触。これはわたしの作ではないか。最高の玉鋼、最高の刀匠。望んで得られぬものなどなかったわたしの、全盛期を象徴するかのごときこの刀。

「おそれながら、師匠は鎌倉の地でみまかられました。私はまだ墓参もできておりません」

深く頭を垂れて告げる弟子の声に、刀を持つ手の力が萎えた。武士の棟梁たる鎌倉方が、あれほどの刀匠を見逃すはずはない。幕府の工房に招かれ、作刀と指導を引き受けたらしいが、年も年だ、備前に帰ることなく亡くなったと、その弟子は説明した。

過ぎにける　とし月さへぞ　うらめしき
いましもかゝる　ものおもふ身は

わたし自身の和歌が胸で響いた。ただ歳月の無情を思わずにいられなかった。

「して、なぜにこれをそなたが持っておる？」

たしか、これは初めて菊の刻印を押した刀だ。亀菊の「菊」。この刀以来、それをわたしの紋として使うようになった。その記念の刀だった。

「わたくしが小楯に、とある使命とともに預けました。それを持ち帰ってまいったのです」

「使命？　とな？」

訊き返すと、小楯は、はい、とうなずき、亀菊の顔を窺った。身分のない者はわたしを直接に見てはいけないし、言葉をかけてもいけないことになっている。だが今はこんな立場だ。かまわないから話してみよと促した。しかしこの者が恐縮していたのは亀菊に対してだったらしく、上目遣いに亀菊を窺ってはまた平伏する緊張ぶりで、なんとも歯がゆい。

「それが……。我々はこの菊御刀が暗示するものを探して長い旅をしてまいりました。されどそれは的外れであったやもしれませぬ。恥ずかしながら伊賀局さまから戴いた命題が、私にはよくわからなかったのでございます。それで、返上しにまいったという次第です」

ますますわからない。旅、というのはわたしを訪ねて来る旅ではないのか。

「どういうことだ、亀菊」

この者たちに使命とやらを与えたのが亀菊なら、直接訊くほかはない。

「的はずれも何も……そなたは時が来たら旅に出さえすればよかった。そしてどこへ向かう旅であっても、たどりつくのが目的ではなかった」

まるで謡うように亀菊は答えたが、二人の若者同様、わたしでさえ煙に巻かれた思いだった。いったいどういうことなのだ。

かまわず、亀菊は几帳を入り口に立て回す。外からの視線を塞ぐためだ。流人のもとに誰か訪ねて来たと知られれば、たちまち無粋に見張りの者が踏み込んでこよう。

「さあ、これでよい。かように狭きところじゃ、もはや直接に申し上げなされ」

亀菊に促され、小楯はようやく顔を上げ、おずおずとながら順を追って話し始めた。

備前から伊予へ、そして讃岐、阿波を経て土佐へ。未知の土地を行く旅は、ここを動けぬわたしには興味深い。だが話し始めてまもなく話は驚くべき方向に向かった。

「実はこの国の各地に、安徳の帝は生きている、との伝説が残っておりまする。我々はそのうち、もっとも信憑性の高い四国を訪ねてまいりました」

なんと言った？　わたしは天皇の名を聞き違えたかと思った。安徳天皇、だと？

「はい。先帝は海に沈まず生き延びて、四国に落ちてこられた、と申す者どもがあまたおり、我々はその地を順に巡って参りました」

絶句したまま後の言葉が出なかった。想像を絶する話であった。まさか、兄帝が、二位《にい》の尼《あま》に抱かれ波の下の都へ沈んだ幼い天皇が、生きていた、など。

本当なのか？　生きておわしたのか？　生きて陸地に？

おそらく誰もが抱くその疑問を、この者たちもまず抱いた。ゆえに首をかしげながら一歩一歩、伝説の地を旅して訪ねたという。そしてその地で大切に帝の足跡を伝えていく者たちにめぐりあって、腑に落ち、理解することでその地を後にしてきたというのだ。

天皇の四国潜幸という荒唐無稽なこの話には、わたしも何度も矛盾を突きたくなったが、ともかく最後まで聞くことだった。唇は真一文字に結んで、ただ耳を傾けた。

幼い貴人を擁した一群が、ぼろきれのように山中深くさすらったのは事実だという。そこここに足跡はあり、ともに生きた者たちの末裔の証言もあった。聞いているうちわたしにも、今なお名を語らずに伏せ墓を守っている阿波の者や、馬を食して葬ったという岩屋の者たち、そして、陵墓を築いて今なお守って暮らす土佐の者たちが、目の前にまざまざと見える気がしてきたからふしぎだった。だがそれは本当に天皇だったのか。

「おそれながら、我々がたどったのは帝ご本人ではなく、平知盛《とももり》が立てた身代わりの者であったようにございまする。されど落人どもは帝として最後まで礼を尽くしました」

全身から力が抜けた。兄帝本人ではなかった、と？

「帝とよく似たお年、よく似た背格好の、少女にございました」

この者たちの連れである奈岐という者の血脈に連なる少女だという。戦によって犠牲にされた者の血が、時を越え、縁者を呼んだのだ。真実を知ってもらいたいためだけに。

「それでもその少女が帝なら、落人たちは、国の王として敬い、どんな境遇になろうとも扶《たす》け、護《まも》りぬいたのでございます」

そして命を賭して、四国山地の奥深く、行者も二の足を踏む深山にまで同行して奉った。同時にまたかの帝も、どこまでもおのれに従って生きようとする者たちを、最後まで見捨てなかった。

二人はそのように話すのだ。

少女天皇。——宮殿も玉座もないのに、頭上に架空の冠を着せられ山奥をさすらった者。

兄帝が生きていたという説は打ち消されたのに、心のざわつきが鎮まらないのは何ゆえだろう。偽りの帝はどうして自分が帝でないと叫ばなかったのか。どうしてもとの少女にもどらなかったのか。そしてどうして苦渋に満ちた人生をまっとうしたのか。胸が詰まる。

人目を避け追手を逃れてさすらう日々に安らぎはなく、皆にかしずかれたところで粗末な山の隠れ家でどんな幸せが望めたであろう。それでもその者は周りの者をうち捨てなかった。たとえ偽物であっても帝を失えば落人たちに生きていく理由がなくなるとわかっていたからだ。

帝とは、民のため国のため、ひたすら鎮護をさぐる者。その領土の広さにかかわりなく、また民の数にかかわりなく、つねに安寧と平和の世を求めて邁進するのが責務だ。その意味で、横倉に眠る「帝」は、本物であろうとなかろうと、真の帝であったといえよう。

——わたしはどうか。

それほどまでに民が心のささえとし、生きるよすがとする者になれたであろうか。

また逆に、わたしをたよる者たちにこたえ続けられたであろうか。

とにかくに人のこゝろもみえはてぬ

うきやのもりのかゞみなるらん

権力をなくしたとたん離れていく者たちの冷たさに、失望しては恨み、呪いさえして暮らしてきた。けれども、山奥に潜幸したその帝は、ひたすらに民草どもの思いをくみ取り、それをかなえるために命を尽くした。言うなれば、わたしが広く光さす地表を統《す》べたとすれば、山に生きた先帝は、小さくも影の領土を治めたのだ。

小楯の話が終わった時、この者らの後ろに、流転を経てきた若い貴人の痩せた姿が透けて見えるような思いにとらわれた。

「それで、姪だというその者、奈岐《なぎ》とやらはなぜにここにおらぬのです？」

言葉も出ないわたしに代わって亀菊が訊いた。顔を見合わせ、有綱と伊織の顔がなごむ。

「奈岐は、ここへ来る途上で別れました」

「瀬戸内の島に帰ったのです。横倉に葬られた叔母の墓所の土を島に持ち帰り、大山祇《おおやまづみ》神社の土に還したいと申しましたので。今頃は懇《ねんご》ろに供養に専心しておりますかと」

かわるがわるに二人が答えた。どちらも、その者のことを話したくてたまらないように。

そうか、と得心した。その者にとっては菊御刀は直接の関係はない。それより、この二人に連れ立っていくことで自分に流れる血の謎を解決することができたのだ。縁もゆかりもないはるかな山地で死んだ叔母の霊も、それで故郷へ帰れることとなった。帝ではなく素の少女にもどり、心安らかな眠りについただろう。わたしまで安らかな思いになった。

「おそらくもう仮面をつけてもさまざまな者に取り憑かれることもなかろうと思われます」

二人のほっとした表情には、奈岐という者に注ぐ優しさがあふれていた。

「島では、奈岐を育てた尼僧が、無事を祈って待っていたことでございましょうし」

言葉を選び、わたしの反応を窺いながら有綱が言った。

鈴虫《すずむし》――か。覚えている。姉妹で院に上がった清純な娘たち。そしてわたしの留守に勝手に髪を下ろして出家をし、煮え湯を飲ませた者たちだ。

上皇のわたしは、最大多数の民のためには、災いをなす少数の者を罰して切り捨てなければならなかった。権力が傷つけ不幸にした者は数知れない。せめて今、心穏やかであってくれればそれでよいと思った。

「そしてここにおります暁斎師の一番弟子、伊織でございますが」

小楯は声をあらため、隣に控える伊織に顔を向けた。

「おのれを後回しにして旅の案内人を務めてくれました。父は則宗《のりむね》といい、備前福岡には師匠が届けてくれた刀が待っておりますゆえ、今後は立派に後を継ぐでありましょう」

旅をともにした者、旅の途中で出会った者、それぞれをねぎらいたいのであろう、小楯の口調は優しさに満ちていた。その者が背中に負っているのは、師匠が一人前と認めたという刀であろうか。一度は盗まれ、宮の手に渡り、そしてこの者に戻ったという。

「神に捧げるというその刀、見てみたいものじゃ」

促すと、若き刀匠は一瞬ためらったものの、静かに刀をおろし、亀菊に差し出した。

わたしのために暁斎はずっと剣のことを気にかけ、鎌倉へ去る前に何らかの結論をもたらそうと、その人生を賭けて一番弟子を遣わした。刀を作るために修業を積んできたこの者にとっては、それは理不尽な命令であったに違いない。しかし師匠への忠義が勝《まさ》った。この者がいなければ小楯の旅は始まらなかったが、この者自身にとっても、旅の途上で鎌だの鍬だの刀以外の道具を作った体験は、使う人の喜びを知るまたとない収穫になったであろう。暁斎の志は、たしかにこの者の中に生きている。

その暁斎がすべてを託した一番弟子の作刀である。亀菊から手渡され、鞘から抜いた。

その瞬間、刀はわたしを圧倒した。波打つ刃紋の柔らかさ、切先の端整さ。何より、鍛錬された鉄が放つ存在感は王者にも匹敵する。人が作るものでこれほどのものはあろうか。

「みごとである、伊織。……いや、則宗であったな」

ははっ、とかしこまる刀匠に、嘆息したきりそれ以上の言葉をかけられなかった。

満足気な小楯。しかし刀をしまう前に訪れたわずかな静寂の間に、伊織がひそひそ声で、

「兄貴面するんじゃねえよ、有綱」

とつっかかる。するとたちまち小楯も、わたしの前であるのも忘れて言い返す。

「伊織、帰っても兄貴を殴るなよ。武力や暴力はいかん。技を見せればわかることだ」

二人をたしなめるでもなく、亀菊が声をたてて笑った。武士である小楯が武力はいかんというのだから、たしかにおかしい。小楯は、はたと恐縮して居住まいを正し、頭を下げた。

「恐れながら上皇さまにお願いがございます」

神妙な声に慌てて、伊織も小楯に倣って神妙に頭を下げ直した。

「つきましてはこの者に、上皇さまの銘『菊』の一字をご下賜いただけませぬでしょうか」

何かと思えば自分ではなく人の願いか。たちまち伊織が、何を勝手なことを、と言い返しそうに小楯を睨んだが、今度はわたしの面前であることを慮って口をつぐんだ。

「菊の紋ではなく、文字の方か？　たやすいことだ。即座にしたためてやろう」

言えば即座に、亀菊が筆を取って寄越す。これも亀菊が繋いだ縁だ。こんなことがこの者にとって褒美になるなら、わたしの存在もまんざらではないということではないか。

「則宗、これを受けよ。そなたはわたしの、最後の御番鍛冶である」

こんな鄙の地だが、この者はわたしにまたとない名刀を見せてくれた。敬意を込めた揮毫《きごう》は、白い料紙に墨の文字も黒々と、菊の一字。亀菊によって彼の膝前に戻された刀の上に、そっと重ね置かれた。伊織は感極まって、声を震わせながらその場に伏した。

「この上もなき幸せ。向後はこれを『菊一文字』としていっそうの精進をいたしまする」

後世に名刀として名をとどろかせるほどの刀の系譜がここに始まるのなら、これもわたしが生きた証に違いない。そして彼もまた、迷うべくもない自分の道にたどりついたのだ。

同じように伏せてはいるが小楯の顔も微笑んでいる。よきかな、と二人を眺めた。

そこへ、さあそれで、と切り出したのは亀菊だった。

「次はそなたの話です。小楯有綱、そなたはいったい、菊御刀から始めた旅で、何を得て、そして何を得られなかったのです？」

一瞬、小楯は呼吸を整えるだけの間を置き、静かにお辞儀をすると、まるで微熱でもあるかのような潤んだ目でわたしを見た。

「上皇さま。我々は、平家とともに海に沈んだ草薙剣を探しにまいったのでございます」

これには息が止まりそうだった。草薙剣。——三種の神器のうちの一つ、失われた神剣。この者どもは、それを探していたと言うのか。

「かの神剣は、源平合戦の中、安徳の帝とともに西海に沈んだと言われておりますが、皆は言うのです。実は先の帝は、剣を持って落ち延びた、と」

揺るぎない小楯の声に、わたしは陸地に放り投げられた魚のように、呼吸ができず唇を震わせるばかりだった。次いで、両袖で胸を押さえたのは、そこに刺さった何かが、脈打つようにうずき出して、どろどろと流れ出すような錯覚があったからだ。

申し訳ございません、と小楯はふたたび手をついた。むろんわたしが恐慌をきたしていることに対する詫びではない。ゆっくり目を上げ、彼は本当の詫びを口にする。

「剣は、我々では、みつけられませんでした」

我々ではみつけられなかった、とな？　では他の誰かならみつかる、とでもいうのか？　ならばやはり、剣はたしかにどこかにあるということか。

動悸が速い。どくどくと脈打っている。全身の皮膚が破れそうなほどに。

「海に沈んだはずの剣が地上のどこかにあるなど、始めは私も信じませんでした。ですが、あるかもしれないと思えるだけの、民の口伝えに動かされたのでございます。そしてもう一人、私たちとは別に、交野宮国尊《かたののみやくにたか》さまが、同じ可能性を求めて旅立たれました」

何者なのか、聞けば、自由気ままなその宮は、血縁でいうならわたしの甥になる。皇族でありながら宙ぶらりんな立場に置かれ、ゆえに神剣があれば手っとり早く帝になれると考えたのが剣探しの発端という。笑えなかった。権威の象徴としての剣を求めていたのだから、それはわたしに代わって旅をしたといえるかもしれぬ。

そして我々ではみつけられなかったと言うからには、その宮もまたみつけられなかったのだ。

「ですが、宮さまは剣の代わりに、得難いものを手になさいました」

苦しい潜幸のすえに深山で薨《こう》じた帝を知ったことで、帝になることの重さ、厳しさを学んだというなら、たしかにそれは剣より価値がある。帝とは、単なる頂点ではないのだ。

とはいえ、後ろ盾になるべき大臣《おとど》を失ったなら今度こそ僧門に入るしかないかもしれぬ。帝とは、個人で務まる職務ではなく、組織でかからねばこなせぬ仕事でもあるからだ。

「その得難いものを持って、宮さまは鎌倉へ向かわれました」

鎌倉に？　何のために？　解せないわたしに、小楯は慇懃に答えた。

「宮さまがおっしゃるには、今や皇位継承にも口出しをする幕府によってわが人生が歪められた。それなら最後まで責任をとれ、と直談判なさるのだと」

驚いて、目が丸くなった。そんなことを、思っていても直接言える輩はおるまいに。

「あの宮さまならおやりになるでしょう。あのなりのままで幕府に乗り込んで」

呆れた男だ。元服もせず僧にもならず、長髪のまま成人したというが、そんな姿のままで幕府に乗り込むというのか。

「そうすることで、幕府に押さえ込まれた皇室の意地をお示しになるおつもりでしょう」

あまりに型破りな行動に、言葉もなかった。その宮を迎え、北条は、いったいどう対応するのだろうか。ふと、連中のうろたえる顔を見てみたいと思った。

よき話を聞いた。だがこれで片付いたわけではない。まだ肝心かなめの話を聞いていない。

「それで、……け、剣は、あったのか、なかったのか」

珍しく声がもつれた。

神剣のないまま、わたしはもちろん、次の天皇の土御門帝も、その次の順徳帝も、そのまた次の仲恭も、そして今上の天皇も、五代にわたって剣のないまま即位が続いている。そしておそらくこの先もそうであろう。剣がないのは異常事態ではなくなり、それが継承されていく。誰もわたしほどには神剣の存在にこだわらず、それでも世が普通に維持されていくなら、それでよかった。しかしまだ本当にどこかにあるというなら話は別だ。

「どうなのだ」

つい気持ちが昂り、声を荒らげた。今聞きたいことはそれだけだ。

その勢いに押されたか、申し訳ございません、と小楯はひれ伏してしまった。

謝らせたいのではない。答えが聞きたいだけというのに。

「亀菊、なぜにそなたはこの者に神剣を探させたりしたのだ」

小楯が答えないなら矛先を亀菊に向けるしかない。声が乾いて嗄《しゃが》れていた。

「お主上、わたくしは何も命じてはおりません。ただこの菊御刀を授けただけです」

いえっ、と小楯が顔を起こす。その勢いを沈めるように、亀菊はふたたび凜として言う。

「そなた、わらわがたのんだことを、ちゃんと覚えておりまするか？」

小楯は記憶をまさぐるように目を一回転させて、亀菊を見る。

「は。……たしかにお局さまはわたしに、……使者の命題はこの太刀と扇にある、そして時期が来たらわかる、と仰せられた」

「そのとおり。よく覚えておるではないか。わたくしはそのように言いました。使命は時期が来たらわかる、それまで待て、とな。決して、剣をみつけてこいとは言いませなんだ」

あっ、とだしぬかれたような小楯の顔。

「使命は、そなたが考えたのです」

へなへなと崩れそうな小楯は、やはり異《け》の者にでもたぶらかされたかと言いたげだ。

「そのような顔をするものではありません。神剣をみつけだすのが使命ではなく、この国に足るもの足りないものを確かめ、みつめなおす、その道程こそが大事なのです」

打たれたように、小楯はひれふす。たしかに、亀菊の与えた手がかりは重かった。神剣のことを思い出したなら、日本《ひのもと》の民はおのれの国を誇り、この国で生きることを喜ぶでありましょう。そして、そなたには武人としての栄誉が手に入るでしょう、と。亀菊は悪びれもせず、明るい目をわたしに向けた。

「お主上がこの国の王におわしますなら、このように一心に道を求める若者こそが必要でございましょう。よき臣ありてこそ、帝は輝くものではございませんか？」

若い侍はなおも頭を垂れたまま、もったいなきお言葉、と絞り出すような声で言う。

たしかに、どのように世が変わろうとも、正しき道を探し続ける使者は要る。亀菊がこの者を選んだわけがわかる気がした。身分ではない、真に道を求める者こそが必要だ。

おそらくこの若者は殿上の高貴な女人から重い刀を預けられた意味がわからず、その命題が何か、考えに考えたのであろう。何日も何日も、はたまた何年も何年も。そしてとうとう答えを求める旅に出たが、それが亀菊の言う「時期」であった。亀菊のかけた謎を考えるたび刀は重みを増し、何もみつからぬたびまた重くなって、それがあらゆる苦難を越える力のみなもとになった。愚かとは言えない。愚直な者ほど障害にもめげずどこまでも進むものだ。遠い日のわたしがそれを示しているではないか。

しばらくして、小楯が丁寧に頭を下げ、あらためてわたしに問いかけた。

「おそれながらお尋ね申し上げます。上皇さまは、今も剣がお入り用でございまするか」

むっ、と目を剝く。剣なきために、わたしがどれだけ苦しんだか。持たざる剣を補うためにどれほど自分に厳しく精進したか。決まり文句のようにそう答えてきたのに、今はなぜだか言葉が出ない。言い返すには、腹立たしさが足りないのだ。亀菊の言うように、道程こそに意味があったと思えてきたからなのかもしれない。

小楯はわたしを怒らせるために訊いたのではない証拠に、丁寧に次の言葉をつないだ。

「もしもまだお入り用で、御命《ごめい》を賜るのでございましたら、この小楯有綱、地の果てまでも剣を探しにまいる所存でございます。たとえ帰れぬ旅であっても」

迷いのない目だった。触れれば跳ね返されそうな一本気な目だ。

笑うしかない。地の果てに剣があるというのか？　みつけられるのか？

「今度《こたび》の旅では我々は剣をみつけることはできず、したがってここにはございません。ここにないのは事実ですが、どこにもないとは言い切れず、またあるとも言い切れません。さりながら、これまで愚かにも使者の役目もわからずやみくもに旅をしてまいりましたが、改めて上皇さまから定かな命を頂くとなれば、今度は性根を入れ替え、臨みまする」

わたしが命じたらこの若者は本当にふたたび剣探しの旅に出るだろう。そういうまっすぐな男であるのはもうよくわかった。そしてわたしへの忠義がまことであることも。

その男の視線がわたしを射貫く。だからこそ容易には答えられない。

「お主上、お命じになりますか？　この者は、言葉どおり、生涯かけて探すでしょう」

追い打つように、亀菊までもがそう訊いた。またも小楯は言葉を重ねた。

「もう一度お尋ね申し上げます。剣は、いまだ上皇さまに入り用でございますか？」

追い詰められ、わたしは萎えてうなだれるしかなかった。

わかっているのだ。剣など、今さら手にしたところで何の意味もないことは。

「そう言えばお主上、源氏も北条も、あっけないくらい、剣には頓着しませなんだな」

助け船を出すように亀菊が笑う。その通りだ。彼らは剣を探しもせず、偽物の剣を立てることもせず、あらたに「御成敗式目」なる条文を打ち出したということだ。武士を統率するものが剣ではなく紙に書かれた決め事であるというのには面食らうが、剣がもはや必要でないのは明白だ。剣にこだわっているのはこのわたしだけだった。

遠島での五年で、わたしは京のすべてから切り離されたはずだった。なのに剣の話が出されたとたんこれほど動悸がしたのは、まだ忘れきっていなかった証拠だろう。それを、亀菊の使者は、この小楯は、白日の下に引きずり出し、どれほどむなしい執着であるかを問い詰めてみせた。

わたしは認める。もうわたしは剣などいらない。必要ない。

認めてみれば何かが氷解し、わたし自身が溶け出すような、そんな虚脱が身を包んだ。剣はなかった。それでよい。はなからあるとは思っていないのだから、落胆もない。

何にこだわってきたのだろう。わたしは一度に老人になったような気がした。そんなわたしを案じたか、亀菊は膝を進めて近づいて、袖でわたしの頬を拭った。もちろん泣いてなどいない。いないが、亀菊に触れられると泣きたくなるのはなぜなのだ。

「小楯よ、何物にも代えがたい剣を手にしましたな。上皇さまは息も絶え絶えですぞ」

こんな時にそんな冗談を言える大胆さも、他の者に代えがたい美点であった。こけにされているのに、わたしは泣き笑いせずにはいられないのだから。

たしかに小楯にとって、剣を求めてさすらった旅は、二度と得られぬ心の剣となるだろう。苦難を越えた経験と自信、友との信頼、忠義の意味や、世のありよう、真の男の生きる美学。旅が与えたものははかりしれない。そしてそんな男どもの旅の成果を目の前で聞いたことで、わたしは本当に剣で斬られたように、今までの執着から切り離されていく。

「皆の者、許せよ、みっともない姿を見せるが、なにしろ息も絶え絶えなのでな」

若者たちにそう断って、わたしは亀菊に体をもたせかける。それ以上自分で座っていられないほどに疲れを感じていた。この者たちとともに、まるで長い旅を終えたようだった。

大きく息を吐く。笑って亀菊が袖を広げて受け止めた。

水辺で魚を集めて話す女。じかに触れればひんやりと冷たいほどの白い肌が、薄暗がりで蒼く輝くことに驚いた夜もあった。この者は、何のためにわたしの前に現われたのであろう。時折、深く猜疑しながらも、こうして護られている安心感に勝てずに来た。わたしが一人でないと実感できる唯一の場所。まるで母の胎内にくるまれているかのような。

思えばすべては亀菊の腕《かいな》の中のできごとだった。小楯を核に、若い世代に剣を思わせ、考えさせ、その意義をたしかめさせたことはもちろん、わたしがこうしてもう剣はいらないと認めることも、水から来たこの女が小楯に託した使命のうちであったかもしれない。

わたしは自分で涙を拭った。自分を哀れんで泣くのはこれが最後だ。動悸は去り、生まれ変わったように胸のあたりがすがすがしい。

栄誉の他には褒美を得られないこの若者に、わたしは一つだけ、訊きたかった。

「それで？　そなた自身はどうするつもりじゃ、小楯有綱」

それを訊かねば皆の旅は終わらない。

小楯はしみじみと亀菊を窺い、少年のようにはにかみながら、おずおずと言った。

「不躾ながら、こうして上皇さまと伊賀局さまが仲むつまじゅうお暮らしなのを目の当たりにし、気づいたことがございます」

何じゃ、と小楯を見たのはわたしだけでない。伊織も、亀菊も、その先が聞きたいのだ。

「それは、いかな鄙の地に住まおうと、寄り添う相手のある幸せにございます」

思わず亀菊と目を見合わせた。遠島の身のわたしが、幸せというのか、この者は。

「上皇さまがお持ちのかけがえのない宝を目にし、私も自分の気持ちに気づきました」

くもりのない目でこの者は言う。単純で、先のことなど考えぬ直情の男だ。

「土佐に、どうしても心に残る女を置いてまいりました。居ても立っても居られぬほどに、顔を見とうございます。そして顔を見たなら、もう離れたくはございません」

なんだと、女のもとへ行くと言うのか、しゃあしゃあと。

「帰郷し兄を支えて家門の繁栄に尽くすのはその後にいたしまする。まずもって私の刀は、いとしい者を護るがためにこそ使いたいと存じまするゆえ」

はっ。これが呆れずにいられようか。長い旅の帰着が一人の女だったとは。

だが人生とはおよそそうしたものだ。すべては男と女が出会うことから始まり、地面を広げ、時を育てて歴史にしていく。そこに邪《よこしま》な思いはなく、信頼し合って作った世界であれば、そこが神剣の領域となるだろう。はるかな遠島であれ深山であれ、剣は、どこにあろうとこの国を誤ることなく平和に導く証。乱れては整い、争っては統一され、帝も臣も、皆が一途に願う安らかな山海の時空を望む者だけにゆだねられる。それが、姿なき心の剣のありようなのだ。

舞へ舞へ蝸牛――。遠くでお祖父さまの口ずさむ今様が聞こえたような。

亀菊と顔を見合わせた。やっと、失われた剣の呪縛から解き放たれた思いが満ちた。

「二人とも、ご苦労であったな」

我ながらふしぎなくらい優しさに満ちたねぎらいだったと思う。

夜が明ける。新しい旅を始めるこの者たちを、咎められることなく帰してやらねばならない。

いざさらば　ここを都と定むべし
　松尾の山のあらむかぎりは

いつもは寂しさまさる浜の鳥の鳴き声や松の音が、妙にすがすがしく耳に響いていた。わたしは生まれながらに剣を持たなかったが、ぶざまに這いずり立ち上がる人生の途上で歌を得た。これ以上の剣はなかろう。亀菊がうなずき、そっと微笑んだ。

わたしは大まじめに、この島で歌を百首も作ってやろうと考えていた。

エピローグ

深い深い海の底。

潮の流れも海底地面の揺らぎもなく、沈黙の中でまるで時は止まったままのよう。時折、小魚たちが何の考えもなく横切っていくが、それを捕食しようという邪悪な大魚の眼《まなこ》も存在しない。

だからこそ海底に突き刺さった剣は何にもさまたげられることなくそのままにある。歳月を経て、今や砂地と一体化するほど固まって、すでに柄にはフジツボや海藻がからみつき、まるで複数の龍が身をもってからまりながらそれをささえて守っているかに見える。

その下の地殻のあたりに別な世界があるなど、地上の者は誰も知るまい。

まさしくここは、二位《にい》の尼《あま》たるこのわたくしが、帝に、参りましょう、といざなった波の下の都である。

剣は、その世界への入口を示すごとく砂地に突き刺さって立ち尽くしているが、冥界のような深海の暗闇にあれば、脅かす者は誰もない。このまま無限の時が過ぎるようだった。

ここを黄泉《よみ》の国と呼ぶ者もいるが、そうではない。わたくしの意識はこのように冴えて、生き続けているのだから。

そしてそれはもちろん、抱き奉ってこちらへお連れした帝にしても同じこと。わが血脈を引く孫にして、地上を統べる帝王におわすこの君は、きっとめぐる前世で十善の徳を積まれたのだろう、我ら平家一門の希望の光でもあらせられた。そのありがたき存在の、どれほど畏《かしこ》く、またいとおしかったことだろう。

臣下の妻にすぎないこのわたくしが、女の身では最上の位である二位を授かったのも、おそれおおくもこのお方の祖母であるがゆえだ。

そんなお方を、西の海の争いに連れ出しただけでなく、なぜに海に沈め奉ったと、わたくしを責めるむきもあるのは知っている。世に並びなき日輪のごとき帝王を、平家が私情によって海の下へとお連れしたのかと。

笑止である。この君を粗野な関東の侍どもの手にかけ都へお送り申し上げることなどできようか。お守りすべき我ら平家一門が、無情な荒くれ武者どもによって生きながら罪人のように扱われてしまえば、誰が代わってこのお方を今まで通りにお守りするというのだ。

揺れる船上で、決断がせまっていた時のことを思い出す。すでに海面はうち捨てられた平家の赤旗で紅に染まっていた。もうわれらには行き場はない。けれども波の下には、我ら平家一門が氏神とする厳島神の導きにより、海底をしろしめす竜宮がある。わたくしがお供すれば、そこに帝をあらたな王として迎えることができるだろう。もしかしたらそれこそが、海で繁栄した我ら一門がこの帝に託した本望であったのかもしれないではないか。

だから覚悟にも決断にも逡巡はなかった。一門の公卿たちも、わが息子知盛《とももり》をはじめ、教経《のりつね》ら、優れた者どもがつき従ってくれる。

国母にあらせられるわが娘徳子《とくこ》には、決戦を前に、よく言い含めた。

「一門の運命も尽き果てたと思われます。この戦で男が生き延びることは万が一にも考えられませぬ。されど女は殺さぬ習わしゆえ、そなた様は何とか生き長らえて、主上の後世をも弔い、私の後世をもお助け下さい」

涙ながらにうなずかれた女院だったのに、一門の入水を次々と目の当たりにしては、看過してはおられなかったのだろう、ご自分もまた、後を追って海に飛び込まれた。そして源氏の熊手にかかって引き上げられる。国母と知って周りの者がほうっておくはずがなかったのだ。生まれ育った都へ送り返される旅は、想像もしないおつらい道だっただろう。

そこでわたくしは道中、明石の浦で、夢枕に立った。

女院は驚いておいでだった。無理もない。われらがたどりついた、昔の内裏よりももっと立派な海底の御殿。帝を始め、一門の公卿殿上人がずらりと揃ってお目見えしたのだから。

「二位の尼さま、ここはいったいどこでしょうか」

昔と変わらぬうつくしいかんばせで、女院は素直にお尋ねになる。わたくしは答えた。

「竜宮城ですよ」

女院は眼を見張られ、もう一度、わたくしがいる宮中の様子をごらんになった。

「今まで知っている宮よりも美しく良いところでございますなあ」

地上の宮の紫《し》宸殿《しんでん》の、至上の場所にお住まいだったお方が、そのようにつぶやかれた。

「それでは二位の尼さま、そこには苦しみはないのでしょうか」

きっと地上の宮では、心の晴れぬこともおありのことだろう。

だが海底の宮であっても苦しみはある、とは『竜畜経《りゅうちくきょう》』にも書かれているとおりだ。

「ですので、女院、どうかよくよく後世を弔って下さいまし」

そう申し上げた。聡明な女院のこと、法華経にある竜畜経のこともご存じのはずだし、女院が体験なされた人生こそが「六道《りくどう》」そのものであるとお気づきだろう。

六道とは、衆生が業の結果として輪廻転生する六種の境涯であるといわれているけれど、何のことはない、女院は生きながらにして、死後に生まれ変わるべき世界を体験なされた。勢い猛き清盛《きよもり》の娘として生まれ、地上の贅をきわめて帝に入内、仲むつまじく夫婦の契りをお交わしになり、次の帝を生みまいらせて国母となられた。女人として最高の地位に昇られたのだ。なのに都落ちして海浜を流転。水や食料にこと欠く暮らしにお耐えになって、最後は一門が血に染まりながら滅んでいくのに立ち会われたばかりか、御身も囚われとなってしまわれた。これは、天道、人間道、修羅道という善き世界のみならず、畜生道、餓鬼道、地獄道の悪趣の世界もその眼でごらんになられたことにほかならない。

かの玄奘三蔵《げんじょうさんぞう》は悟りを開く前に六道を見られたというし、本国の日蔵《にちぞう》上人もまた、蔵王権現の力で六道を見たというくらいで、生きながら六道を目の当たりにするなどめったにできない。そのことがおわかりになれば、きっとこの後の人生では、念仏に精を出して、帝の菩提を弔ってくださるだろうと信じられた。

夢ではそこまでしか暗示できなかったが、女院はよく理解してくださったようで、人里離れた大原に移られ髪をおろされて、日々念仏に埋没された。

いにしへは月にたとへし君なれど
その光なき深山辺の里

あの輝くばかりのお姿を誇られた女院が、飾るべき光をなくし、草深い里にお過ごしなられておると、お付きの者は嘆いただろう。だが女院は心の内にこそ光を得られた。

穏やかな海底の宮にこうしていられるのも女院の手厚い読経のたまものと思えばありがたい。

その後は女院も、運命にさからわず天寿をまっとうされた。一切の苦しみもなく、静かな微笑さえたたえたお顔であったから、后宮《きさいのみや》の時代から女院のそばを片時も離れず奉公した者たちはとりすがって涙に暮れた。

それでもさすがに帝の后であられたお方の昇天を、迎える側で放置するはずもない。西の空には紫の雲がたなびき、珍しい匂いが部屋中に満ちあふれ、妙なる楽の音が聞こえていたそうな。

建保《けんぽう》元年十二月のことである。

女院が日々、我ら一門の菩提を弔ってくださったおかげで、わたくしも恩讐を越え、こうして穏やかな心でいることができる。これを成仏というならそうかもしれない。

あとはただただ静けさが無限に続くのみと想われたのに――。

時折、剣が震えるのだった。

震えて、小さなさざ波を起こす。それは、剣を求める者たちの意識の波だ。

剣なしには、地上が正しく治まらない。だから正しき世を求め願う者たちが、懸命な思いで平和の象徴たる剣を探す。そして剣はそれを感じて微動するのだ。

行ってやりたい、助けてやりたい。天の意志が剣に伝わり、ふるえていた。やがて剣の震動は、たまたま前を泳いで通り過ぎようとした小さな魚をとらえて乗り移る。

魚は光も届かぬこの深海から、水面きらめく海表向けてまっすぐ、上昇する気泡のように泳ぎ上る。そうして偶然、命を絶つべく入水した白拍子の華奢な体をとらえて宿った。

その者は、異界から来た末端の生命を身の内に受け、強く剣への念を放つ者のそばへと引き寄せられた。

後鳥羽上皇だ。剣を震わせていたのは、剣なしに即位した次の帝であったのだ。

女を通じ、地上のことがよく見えた。権力が西と東に二つに分かれ、片や古来の伝統で、もう一方は武力によって、民と土地とを治めようとしているさまが。

しかし武力をたのむ者には神剣は無用。おのれの刀をたのめばよい。いさかいや困難や、あらゆる難儀が起こっても、暴力で解決し、強い者が正義となればそれでよいのであろう。

だがそうでなく、あくまで血を流すことを避け、互いの秩序と譲歩で理解しあっていこうと願うなら、この剣が必要になる。

思い出してみるがいい、神代の昔、暴れ、のたうつ大蛇《おろち》の狼藉《ろうぜき》に苦しむ民を、天から降《くだ》ったスサノオノミコトが救った時、尾から取り出されて地上の国にもたらされたのがこの剣だ。人を食らい、民を泣かせ、大地を荒れさせたおおもとの大蛇を退治した時、ようやく平和と安寧が訪れたのだ。そのことを、地上の者は覚えているか。

人はなぜに学ばない？　剣の出現までに流された血、奪われた尊い命の数々を。悪夢のようなあの悲しみをくり返さないため剣を授かったのに、なぜまだ争い傷つけ合う？

若者たちが旅立って、剣のありかを探す間、海底の剣は震え続け、今にもみずから砂地を蹴って、ゆらりと海中に漂いだしそうだった。剣が強く意識されていたからだ。

いつか、もっと切なる願いで地上の者が平和を願い剣のことを想った時、きっと剣はふたたび鳴動するのだろう。

しかし今はその熱量が足りない、想いも足りない。万民の願いが一つではない。

ゆえに、この国はしばし乱れ、戦いという名の暴力で互いに領土と権力を奪い合う時が続くだろう。誰も神剣のことを思い出さず、多くの血が流されて、苦しみの声が地上に満ちるだろう。

さあ何十年、何百年、続くだろうか。

争うがいい。戦うがいい。斬り合い、撃ち合い、殺し合い、地上に幾多の血が流される間、剣は動かず、われらに静かな時が流れ続ける。

あれまあ、地上の若者どもも、それぞれ別の道に向かい始めたようじゃ。一人は刀匠として名を残すために。一人はもう一度山に踏み入り、心にかかる女に会いにいくために。

よきかな。

あの者どもの健闘を称して、せめて舞ってやろうではないか。竜宮の楽、青海波を。

これ、知盛、教経、ほかに、わが一門が誇る麗しの殿上人よ。浪の下の宮殿で、舞ってみせよ、謳ってみせよ。烏帽子に珊瑚の枝を挿し添えて、碧く艶めく直衣の袖を優雅に返し、きらめくように笑みながら。それ、このうえもなく雅《みやび》に優しく。

次に誰かが剣を思い出すのはいつになる？　そもそも人と人が善なる心で秩序を築いて結び合う、そんな時は来るのだろうか。

おや、小魚の寿命が尽きそうだ。目覚めた女は、まるで夢を見ていたかのように驚くだろうが、案じることはない。そこは隠岐の穏やかな海。流島百首の歌を詠み続ける上皇とともに、のどかな日々が待っていよう。

ゆっくり、ゆっくり、地上に戦いが失せるその日まで、青海波の雅なる舞の余韻とともに、波は無限に寄せては返し、夜と昼とが際限もなく巡っていくことだろう。

●参考文献

鎌倉文明史論　日本歴史地理学会　三省堂
承久の乱　本郷和人　文春新書
日本刀の歴史と鑑賞　小笠原信夫　講談社
日本刀の鑑賞基礎知識　小笠原信夫　至文堂
後鳥羽院　丸谷才一　筑摩書房
遠島御百首注釈　小原幹雄　隠岐神社奉賛会
新古今和歌集　小林大輔　角川ソフィア文庫
後鳥羽上皇　新古今集はなにを語るか　五味文彦　角川学芸出版
建礼門院右京大夫集　久松潜一・久保田淳校注　岩波文庫
梁塵秘抄　榎克朗校注　新潮日本古典集成〈新装版〉　新潮社
平家落人伝説の旅　加藤賢三　朝日ソノラマ
平家秘史　伊藤加津子　関西書院
絵巻物による日本常民生活絵引第五巻　澁澤敬三　平凡社
愛媛県の歴史　田中歳雄　山川出版社
愛媛県の地名　日本歴史地名大系　平凡社
高知県民俗地図　高知県教育委員会
愛媛県民俗地図　愛媛県教育委員会文化振興局
土佐の芸能　高木啓夫　高知市文化振興事業団
吾川の古都　安徳天皇の行在所　伊藤猛吉　池川町郷土史研究会

平家伝承地総覧　全国平家会
安徳天皇御史蹟　藤原豊安　自費出版
安徳天皇御陵墓参考地廻りと横倉山御潜幸の大畧　西俊治集録　横倉宮社務所

●取材協力
高知県仁淀川町観光協会
刀剣博物館

本作は書き下ろし小説です。

著者紹介
1956（昭和31）年、兵庫県生れ。神戸女学院大学文学部卒。1987（昭和62）年、『夢食い魚のブルー・グッドバイ』で神戸文学賞を受賞し、作家デビュー。2009（平成21）年、『お家さん』で織田作之助賞受賞。2022（令和4）年、『帆神　北前船を馳せた男・工楽松右衛門』で新田次郎文学賞、舟橋聖一文学賞受賞。主な著書に『銀のみち一条』『負けんとき　ヴォーリズ満喜子の種まく日々』『天平の女帝　孝謙称徳』『花になるらん　明治おんな繁盛記』『春いちばん　賀川豊彦の妻ハルのはるかな旅路』など。

さまよえる神剣《けん》

発　行……*2024*年*4*月*15*日

著　者……玉岡《たまおか》かおる
発行者……佐藤隆信
発行所……株式会社新潮社
〒*162-8711*　東京都新宿区矢来町*71*
電話　編集部（*03*）*3266-5411*
　　　読者係（*03*）*3266-5111*
https://www.shinchosha.co.jp
装　幀……新潮社装幀室
印刷所……株式会社光邦
製本所……加藤製本株式会社
乱丁・落丁本は、ご面倒ですが小社読者係宛お送り下さい。
送料小社負担にてお取替えいたします。
価格はカバーに表示してあります。

ISBN978-4-10-373718-6　C0093